IN 3 MINUTEN VEREEUWIGD

Alon Amir

In 3 minuten vereeuwigd

Deze uitgave werd mede mogelijk gemaakt door OUTtv

Oorspronkelijke titel: *Three minutes of eternity*
Vertaling: Jan Heemskerk, Nederhorst den Berg

Omslagfoto: Ido Izsak
Model op omslagfoto: Shirly Nov
Contact Alon Amir: alon@alon-amir.com
Zetwerk: V3-Services v.o.f., Baarn
Druk: Printsupport4u, Steenwijk
ISBN 978 90 4940 129 0
NUR 332

Een uitgave van:

Uitgeverij Strengholt
Hofstede 'Oud-Bussem'
Flevolaan 41, 1411 KC Naarden
Postbus 338, 1400 AH Bussum
T.: +31 (0)35 695 84 11
F.: +31 (0)35 695 84 40
E: info@uitgeverijstrengholt.nl
www.strengholt.nl

Inhoud

1

De veiligheidsbriefing

MEI, BAKOE

'OKÉ MENSEN, ALLEMAAL VERZAMELEN IN DE LOBBY VOOR DE veiligheidsbriefing, kom op!'

Yanai was het aanspreekpunt voor de pers die meereisde met de Israëlische delegatie naar het Eurovisie Songfestival, dit jaar in Bakoe, de hoofdstad van Azerbeidzjan. De delegatieleden, die pas drie uur geleden waren geland op een bouwvallig vliegveld dat Yanai nog het meest deed denken aan een troosteloos stadje in India, bewogen zich met lood in de schoenen in de richting van de lobby op de negende verdieping van het luxueuze Marriott Hotel.

Yanai had al zo veel van dit soort briefings meegemaakt, dat hij het hele kletsverhaal moeiteloos uit zijn hoofd zou kunnen ophoesten: stap nooit in de allereerste taxi die voor je stopt, loop nooit alleen, vertel de beveiliging altijd waar je heen gaat – het was altijd hetzelfde. Heel belangrijk, natuurlijk. Maar altijd hetzelfde. Een paar jaar geleden was een van de delegatieleden zonder bericht uit het hotel vertrokken. Toen hij een dag later terugkwam van een heerlijk avondje met een plaatselijke schone, bleek dat iedereen de hele nacht in rep en roer was geweest omdat ze bang waren dat hem iets was overkomen. Zijn escapade kwam hem op een krijsende stroom verwensingen van het opperhoofd van de delegatie te staan en sindsdien had niemand het gewaagd de huisregels te overtreden.

De delegatieleden verzamelden zich voor de glimmende liftdeuren. Ze hadden na de lange vlucht blijkbaar nog genoeg puf over om gezellig te kletsen. Yarden, de leadzangeres, het achtergrondkoortje en de rest van het spul zochten een plekje op de loungebanken en het hippe tapijt van het hotel dat pas twee weken geleden was voltooid, als onderdeel van een mislukte poging de stad een fris en trendy aanzien te geven. Bakoe was koortsachtig aan het bouwen. Enorme zandvlaktes werden 's nachts omgetoverd in overdadige parkeergelegenheden, wegen werden geasfalteerd, luxehotels uit de grond gestampt, en de plaatselijke bevolking werkte dag en nacht om de nieuwe muziekhal af te bouwen, waar het Songfestival dezer dagen moest gaan plaatsvinden.

'Mag ik even de aandacht,' schreeuwde Vadim, de hoofdbeveiliger. 'We zouden graag willen beginnen.' Waarop de officier en zijn twee ondergeschikten, die speciaal waren meegereisd om de delegatie te beschermen tegen elk denkbaar gevaar, zoals verwacht van wal staken met hetzelfde voorspelbare verhaal dat hun twee dagen vóór hun vertrek naar Bakoe ook al was voorgeschoteld. De jonge artiesten verloren al snel hun belangstelling en praatten luidkeels verder waar ze waren gebleven – waarom zouden terroristen hen te lijf gaan? Ze waren immers entertainers, geen politici!

'We. Zijn. Nog. Niet. Klaar!' bulderde Vadim, en alle ogen keken weer – nu licht geamuseerd – in zijn richting. Yanai werd er een beetje ongemakkelijk van. Wat kon er nog méér te vertellen zijn?

'Zoals jullie weten,' vervolgde Vadim op hetzelfde volume, 'is deze hele verdieping om veiligheidsredenen exclusief aan ons gezelschap toegewezen. Bij de ingang zal permanent een beveiliger worden gestationeerd om ervoor te zorgen dat niemand zonder speciale toestemming de verdieping betreedt. We hebben de antecedenten van alle schoonmakers grondig onderzocht, en zij zijn – behalve wijzelf – de enigen die zullen worden toegelaten. Dit betekent dus ook dat jullie geen bezoek op je kamer mogen ontvangen ...'

Uit de mond van Niv Zalah, de sous-chef-de-mission, klonk een geluid als een stervend dier. 'Geen bezoek? Waar moet ik verdomme dan al die heerlijke plaatselijke hapjes aan mijn sabel rijgen?' Iedereen barstte in lachen uit, want het Songfestival was de natte droom van iedere Europese gay, en Niv stond bekend als toegewijd en overactief lid van de LHBTI-gemeenschap.

'Ik ben blij dat jullie het allemaal zo grappig vinden,' bitste Vadim, en zijn hoofd werd zo rood dat zelfs zijn kale kruin zachtroze opkleurde. 'Het maakt me geen reet uit wie er neukt met wie, zolang het maar niet gebeurt op deze verdieping. Probeer te onthouden dat Azerbeidzjan een islamitisch land is en ze hier niet bijzonder homovriendelijk zijn.' Hij knipoogde naar Niv. 'En dat is nog niet alles!'

'Zoals gezegd: we hebben de hele verdieping tot onze beschikking. Ik verwacht dat jullie 's nachts de deur dubbel op slot draaien. Als jullie midden in de nacht schoten of geschreeuw op de gang horen, wil ik dat jullie ...' Voor hij zijn zin kon afmaken verdween de glimlach van alle gezichten en werd het doodstil. Yanai gooide de spanning in scherven: 'Wacht even! Schoten? Wat staat ons hier in godsnaam te wachten?'

Dit was de eerste keer in zijn lange Songfestival-carrière dat er ooit hardop over vuurgevechten was gesproken. Iedereen wist dat ze naar een land gingen met een open grensverbinding naar Iran, maar er waren hardnekkige geruchten dat de Israëlische luchtmacht een basis had in Azerbeidzjan, dus niemand had zich erg veel zorgen over terreurdreiging gemaakt.

Sommige delegatieleden begonnen nerveus te lachen, wat Vadim nog bozer maakte. 'Vinden jullie idioten dit serieus grappig?'

'Vadim,' zei Yanai, 'niemand vindt het grappig, dit is nou hysterie. Hoezo wordt er geschoten bij ons op de verdieping? Ik vraag je nog één keer: is dat wat ons hier te wachten staat?'

'Yanai, hou je gemak – ik ben nog niet uitgepraat. Ik herhaal: als je midden in de nacht schoten of geschreeuw hoort in de gang, hou dan de deur goed op slot en verberg je in de badkamer of in de kast, en ja, Niv, ik begrijp hoe moeilijk het voor je is om terug in de kast te gaan. Hoor je ons roepen, kom dan uit je kamer en ren naar de lift aan de rechterzijde. Neem die lift naar verdieping min 1. Dat is de parkeergarage. Loop daar naar de verre zijde en wacht op ons, aangenomen dat we daar allemaal veilig en levend aankomen. Begrepen?'

Op dat moment was het enige geluid op de negende verdieping het irritante zoemen van een klein insect. Elk delegatielid was doodstil. Dit was de eerste keer in al die maanden van voorbereiding, dat ze werden geconfronteerd met de mogelijkheid dat iemand het op hen zou kunnen hebben voorzien.

Met de gebeurtenissen in Amsterdam nog vers in het geheugen, was het Yanai die als eerste weer bij zijn positieven kwam: 'Vadim, zijn er nog andere dreigingen waar we van moeten weten? Is het überhaupt voor ons wel veilig om de straat op te gaan? Er staan een paar officiële gelegenheden in de planning en we worden geacht te komen opdraven bij alle repetities. Hoe kunnen we ooit nog met een gerust hart het hotel verlaten na wat je ons zojuist hebt verteld? Het is al erg genoeg dat deze stad sprekend lijkt op Gaza, moeten we er nou van uitgaan dat ook Hamas ons hierheen is gevolgd?'

'Yanai, hou alsjeblieft even je kop. We proberen je niet bang te maken, we willen alleen dat je weet wat je te doen staat als een dergelijke gebeurtenis zich voordoet. Ik zeg niet dat we een aanval verwachten. We hebben geen enkele aanwijzing dat iemand de delegatie kwaad wil doen. Sterker nog, je weet dat ons hotel zwaar wordt beveiligd door de plaatselijke politie en wij er eigenlijk alleen maar als back-up bij zijn.'

Hij was nog niet uitgesproken, of de liftdeur gleed zonder enige waarschuwing open. Iedereen draaide zich geschrokken in de richting van de onverwachte verschijning – één achtergrondzanger piepte in doodsnood: 'Mammie!'

Szilvia, het licht mollige en eeuwig goedlachse hoofd van de Hongaarse delegatie, die in hetzelfde hotel verbleef, stak haar hoofd uit de lift, benieuwd waarom alle Israëli's zonder duidelijke reden bij elkaar zaten. 'Zijn jullie al begonnen met feesten zonder ons ook uit te nodigen?' vroeg ze, en het was pijnlijk duidelijk dat ze absoluut niet begreep waarom iedereen haar zo wezenloos bleef aankijken. Angst hing nog zwaar in de ruimte en het was wederom Yanai die als eerste zijn tong had teruggevonden. 'Szilvia, ik zie je straks in het restaurant. We zijn even met een veiligheidsbriefing bezig.' Szilvia knikte, trok haar hoofd terug in de lift, en verdween naar de elfde, waar de Hongaren logeerden. Alle ogen richtten zich weer op Vadim.

'Dus jullie gaan een kogel voor ons vangen?' vroeg Niv met een klein glimlachje.

'Kijk toch eens, dames en heren, het lijkt erop dat onze Niv zich aanbiedt als mijn persoonlijke menselijke schild,' antwoordde Vadim in een poging de boel wat op te vrolijken. 'Als er iets gebeurt kom ik héél dicht achter je staan, dan heb jij er ook nog een beetje plezier van.'

'Schat, ik hoop dat je dan tenminste een flinke Magnum voor me hebt, en geen klein klapperpistooltje, anders ben ik héél teleurgesteld ...'

'Niv, je bent bij deze officieel walgelijk. Mijn vrienden, de briefing is afgelopen. Ik herhaal: er is niets om bang voor te zijn. Maar een gewaarschuwd mens telt voor twee, toch? We hebben een lijst voor jullie gemaakt met alle telefoon- en kamernummers, zodat jullie ons makkelijk kunnen bereiken als je het hotel wilt verlaten. We werken in een acht-uur-ploegendienst, dus maak ons leven niet moeilijker dan strikt noodzakelijk. Oh, en nog één ding, als je een telefoontje krijgt van de receptie met de mededeling dat er een pakje voor je is bezorgd, en je verwacht geen pakje, laat het ons dan direct weten. Hetzelfde geldt voor vreemdelingen die je graag willen ontmoeten. Verder veel plezier en probeer je een beetje te vermaken: we zijn vorige week al de stad in geweest en we vonden het hartstikke leuk!'

'Ja, júllie! Jullie vinden dit leuk. Jullie voelen je hier waarschijnlijk net zo goed op je gemak als een bataljon commando's op missie in de Kasbah! Wij zijn gewone mensen. Wij zitten hier nog bij te komen van de hartaanval die je ons zojuist hebt bezorgd!'

'Toe nou, Yanai, er is niets aan de hand. Je hoeft je nergens druk over te maken.'

'Vertel dát maar aan de Israëlische ambassadeur die hier in Bakoe nog geen drie maanden geleden maar net een aanslag op zijn leven heeft overleefd! Of aan de mensen bij het *Chabad Jewish Center*, dat ze twee weken geleden probeerden op te blazen! En oh ja, Niv, moesten we daar niet een bezoek aan brengen? Vind je dat nog steeds een slim idee?'

'Ach toe ... het wordt vast een knalfuif!' grijnsde Niv.

'Niv, je bent niet alleen een smeerlap, je bent ook een eikel. Ik hoop dat je wordt ontvoerd en verkracht door vijf lompe Hamasstrijders – meervoudig!'

'Owww, dat klinkt heerlijk – die neem ik vannacht in mijn gebeden mee!'

En daarmee was de briefing ten einde gekomen. Iedereen vertrok naar zijn kamer om de koffers uit te pakken, kleding uit te hangen, te kijken wat de minibar te bieden had, en te proberen wat stoom af te blazen voor de grote dag van morgen, als de eerste repetitie op het programma stond.

Nog enigszins van de leg door wat hij net allemaal had gehoord, klapte Yanai zijn laptop open en wachtte tot hij verbinding kreeg met het WIFI-netwerk. Dit is een derdewereldland, maar ze hebben hier in elk geval WIFI op je hotelkamer, en dat is meer dan we van Israël kunnen zeggen, dacht hij knorrig. Hij opende Skype en belde Mirit, een zangeres die Israël een paar jaar geleden had vertegenwoordigd, en tevens zijn beste vriendin. 'Zo, ben je veilig aangekomen? Alles goed gegaan? Ben je nog niet gekidnapt?'

'Hou op, doe niet zo flauw. Ze hebben ons net gebriefd, en behalve het gebruikelijke repertoire van "stap niet in verkeerde taxi's", "ga niet alleen wandelen", "doe je keppeltje af", "draag je davidster onder je kleding" en "laat ons weten waar je heengaat", hebben ze dit keer twee nieuwe horrorregels geïntroduceerd.'

'Oh ja? Wat hebben ze nu dan weer verzonnen? "Eet alleen maar koosjer" en "ontken dat je bent besneden"?'

'Was het maar waar! Het gaat over vuurgevechten, vluchtroutes, verbergplaatsen ... Het is echt doodgriezelig, zeker als je weet dat mijn kamer vlak naast de nooduitgang is, en ik dus bij een aanval als eerste aan de beurt ben.'

'Hou op, Yanai. Er gaat helemaal niks gebeuren. Niv is waarschijnlijk door en door gestrest en wil jullie allemaal lekker bang maken.'

'Ja, maar dat is juist het ding: Niv deed de briefing niet. We hebben drie bloedserieuze gasten van de Geheime Dienst bij ons. Dat is nog nooit gebeurd. Weet je nog, een paar jaar geleden, in jouw jaar? Toen hadden we precies één 64-jarige mottige Rus die alleen maar lag te slapen in de bus!'

'Ik weet het nog! Als de dag van gisteren! Je hebt gelijk: het is wel een beetje alarmerend dat ze de Geheime Dienst hebben meegestuurd. Zijn ze wel jammie, die gevaarlijke jongens? Kun je niet een geheime date voor me regelen?'

'Je bent on-ge-loof-lijk. Ik sta hier op het punt omgebracht te worden en het enige waar jij aan kunt denken is een potentiële echtgenoot. Fijne vriendin ben je. Weet je wat? Kom gezellig naar de begrafenis als ik ben vermoord door terroristen en zoek het zelf lekker uit! Niv heeft al gepolst of ze gay zijn, maar ze zijn allemaal zo hetero als wat, dus wie weet maak zelfs jij nog een kans!'

'Heel aardig! En hoe is Bakoe? Net zo erg als je dacht?'

'Hou op, schei uit. We hadden in de bus naar het hotel al een mooie nieuwe naam bedacht: Bakut! Het is net Gaza met wat vleugjes Parijs – heel kleine vleugjes, dat wel. Het vliegveld is een nachtmerrie. Nergens computers, alles gaat met de hand. We moesten zelfs iemand omkopen om de instrumenten het land in te krijgen. Ik ga sterven in een derdewereldland, Mirit, en het ergste is: het is allemaal jouw schuld.'

'Wat? Hoe heb ik hier iets mee te maken?'

'Jij hebt onze artiest uitgekozen. Als je gewoon netjes voor Raya Fadida had gestemd, was ik nooit ingehuurd, en zou ik hier nooit in Bakoe oog in oog met de dood hebben gestaan!'

'Ach zo ... Hee, Yanai, ik zou dolgraag dit fascinerende gesprek voortzetten, maar ik ben net op een website aangeland waar ze beeldige doodskisten verkopen en die slokt al mijn aandacht op. Wil je een bruine of een paarse?'

'Ha-ha-ha! Ik ga onder de douche en dan een drankje doen met Szilvia van de Hongaren. Het hotel hiernaast heeft een ronddraaiend dakterras – perfect om terroristen te spotten. Ik spreek je morgen!'

'Veel succes met de repetitie morgen! Laat even weten hoe het ging!'

Nadat Vadim hem toestemming had gegeven het hotel te verlaten, schoof Yanai aan bij Szilvia en vertelde alles over het briefingdrama. 'Ik weet niet of ik nou opgelucht of beledigd moet zijn dat Vadim me zonder bodyguards heeft laten gaan. Vinden ze het nou niet erg dat ik doodga of denken ze dat ik veel te onbelangrijk ben en geen rechtgeaarde terrorist een kogel aan me gaat verspillen? Hoe dan ook: ik wil een borrel en wel nu!'

'Het klinkt allemaal vreselijk griezelig. Als je bang bent op jullie verdieping te slapen, kun je altijd bij mij komen logeren. Ik heb een heel comfortabele bank.'

'Nee, zeg, ik zou me vreselijk schuldig voelen als jij door mijn toedoen op de bank zou moeten slapen.'

'Tuttut, ik zou niet degene zijn die op de bank moest slapen, honnepon. Zie maar wat je doet: het aanbod staat. Als er enge dingen gebeuren, kun je altijd bij mij in de kamer terecht.'

'Dankjewel, echt superlief van je. Hé, maar even iets anders, hebben de mensen van de organisatie jullie ook telefoons met plaatselijke simkaarten gegeven?'

'Ja. Ieder hoofd van de delegatie en alle perswoordvoerders hebben een telefoon met lokale simkaart gekregen. Ze gaan helemaal los, dit jaar.'

'Het lijkt er wel op. Jammer alleen dat deze lelijke stad zo meurt naar benzine. Ik denk dat er een paar olieraffinaderijen achter het hotel staan. De hele stad stinkt naar een gigantisch tankstation. Eén licht ontbrandbaar scheetje en we gaan met z'n allen in vlammen op.'

Yanai en Szilvia genoten van een gezellig drankavondje in het ronddraaiende restaurant en gingen terug naar hun kamers. Hoewel Yanai vroeg op moest om zich voor te bereiden op de eerste repetitie, kon hij de slaap niet vatten door alle angstige gedachten die door zijn hoofd spookten over slachtpartijen op de negende verdieping. Uiteindelijk moest hij een halve slaappil nemen om eindelijk in slaap te vallen.

2

Het Eurovisie selectiecomité

FEBRUARI, TEL AVIV

'JULLIE ZIJN STAPELKRANKZINNIG! IK BEGRIJP ABSOLUUT niet wat ik hier doe, en ik zou ook weleens willen weten welk genie heeft bedacht dat we de beslissing over wie Israël gaat vertegenwoordigen op het Songfestival gaan overlaten aan een zooitje gasten die niets met Eurovisie te maken hebben en nog niet de geringste kennis van muziek bezitten! Wat heeft het leger te maken met het festival? Waarom zouden we zelfs maar overwegen een anoniem 17-jarig meisje uit een ultrareligieuze buurt in Jeruzalem te sturen? Ik ben hier helemaal klaar mee. Ga verder, als je moet, maar dan zonder mij. Ik wil niets meer met deze schertsvertoning te maken hebben.'

Deze vlammende tirade van Mirit kwam na het aanhoren van urenlange dramatische discussies vol eigenbelang en intrige, die allemaal niets te maken hadden met het kiezen van de juiste act voor het Songfestival. Ze pakte haar tas en verliet de vergaderkamer waar het speciale selectiecomité van het Televisiebureau al vele ondraaglijke uren in sessie was.

'Ik vermoord hem,' siste ze, terwijl ze de kamer uitbeende. Ze kwam helaas maar een paar stappen verder voor ze werd ingehaald door Menashe Cohen, werknemer bij het Televisiebureau en hoofd van het selectiecomité.

'Luister! Je hebt voor honderd procent gelijk. Ik ben het eens met elk woord dat je net hebt gezegd. Ik voel me precies hetzelfde. Maar wat kun je verwachten van een semipolitieke warboel als het Televisiebureau, dat sowieso nergens op slaat? Weet je, soms moet je gewoon heel veel keutels kauwen voor je een truffel tegenkomt.'

Mirit keek hem verbaasd aan. Ze was altijd gesteld geweest op Menashe. Ze hadden in het verleden bij allerlei projecten met elkaar samengewerkt, en ze wist dat hij altijd de beste bedoelingen had.

'Je weet dat ik niet degene ben die dit Comité in het leven heeft geroepen, en ik zou ook nooit deze groep mensen met dit doel bij elkaar hebben gezocht, maar er is dan ook door niemand naar mijn mening gevraagd. Ik begrijp ook niet waarom er in dit gezelschap een afgevaardigde van de Vereniging van Huiseigenaren in Jeruzalem moest aanschuiven. Kom op, je hebt de kandidaat gezien die hij naar voren probeert te schuiven. Daar kan de pers weer weken mee vooruit. Maar dit is precies waarom ik jou erbij wilde hebben. Als redelijke stem. Een monument van professioneel gezond verstand. Met jou erbij heb ik tenminste één objectief persoon aan tafel. Als je weggaat, winnen zij, en zitten wij wederom opgescheept met een act die kansloos is voor de finale.'

Op de een of andere manier wist hij altijd precies de juiste snaar bij haar te raken, dacht Mirit. Ze mocht hem graag, maar hij was net iets te glibberig met woorden en de ervaring had haar geleerd dat je altijd goed moest uitkijken of Menashe niet een klein loopje met de waarheid nam. Maar diep vanbinnen was hij een goed mens, en ze hield van goede mensen, zelfs als ze de werkelijkheid een beetje in de richting van hun eigenbelang ombogen.

'Je weet heel goed dat ik al vanaf het begin niets met deze freakshow te maken wilde hebben,' zei ze luidkeels, zodat alle aanwezigen in de vergaderkamer er overduidelijk van konden meegenieten. Het interesseerde haar geen bal wat de mensen van haar dachten en of ze zich wel politiek correct gedroeg. 'Ik ben hier alleen maar omdat Yanai me heeft overgehaald. Ik ben geen jaknikker en ik wil al helemaal niet de zondebok zijn als dit Songfestival weer uitdraait op een drama voor Israël! Ik heb waarachtig wel wat beters te doen met mijn tijd!'

Menashes hart ging als een razende tekeer. Hij was er wel aan gewend dat artiesten flipten, maar dit keer had Mirit gewoon gelijk; de beraadslagingen in het benauwde kamertje, diep weggestopt in het trieste en verwaarloosde gebouw van het Televisiebureau, waren een complete farce. Hij kon alleen maar jaloers zijn op het feit dat zij ervan kon weglopen; een luxe die hem helaas niet was gegund.

***

Israël had al vijf jaar de finale gemist en de druk op de schouders van Menashe om weer op het hoogste podium aan te treden was immens. Als hij niet een respectabele plek op de ranglijst in de wacht wist te slepen, zou het weleens zijn laatste jaar als hoofd van de delegatie kunnen zijn. Een zware klap, want hij was verknocht aan het privilege dat hij uit hoofde van zijn functie prachtige plaatsen in Europa mocht bezoeken en interessante mensen kon ontmoeten. Hij was dol op de spanning en de energie waarmee het festival werd omringd, op de wilde feesten en al het beste dat het leven had te bieden, samengebald in twee magische weken in het jaar. Want alles was immers beter dan opgesloten zitten in het aftandse gebouw van het Televisiebureau, zelfs als je daarvoor twee weken naar Azerbeidzjan moest. Het Eurovisie Songfestival was het project dat alle ellende, die hij zich de rest van het jaar moest laten welgevallen, de moeite waard maakte. Het licht aan het eind van de tunnel van ego-oorlogen en waardeloze programma's; het enige waardoor hij alle shit van zijn superieuren – die hij haatte – kon verdragen...

'Jíj kunt hiervan weglopen,' zei hij vriendelijk, met een overduidelijke nadruk op 'jij'. Hij legde zijn rechterhand op haar schouder en keek haar recht in de ogen. 'Jij kunt weglopen. Maar ik niet. En ik heb je nodig. Als je nu vertrekt, wordt die kleine onervaren kraai uit Jeruzalem gekozen omdat ze een machtige lobby achter zich heeft staan. Het maakt jou uiteindelijk niets uit en jij zit er niet mee in je maag, dat weet ik. Maar ik zit er wél mee in mijn maag, Mirit. Ik vind dit belangrijk. Dus ik vraag je nog één keer: ga alsjeblieft die kamer weer in en gebruik je overredingskracht om die mensen op het goede pad te zetten. Ik heb je daar nodig. Doe het niet voor jezelf, doe het voor mij.'

Mirit haalde diep adem. En nog eens. En nog een keer. 'Je bent echt een waardeloos iemand.'

Menashe wist dat hij had gewonnen. Mirit zou terugkeren naar het vergaderkamertje en het gesprek zou een nieuwe en dramatische wending gaan nemen. Hij kon er altijd op vertrouwen dat hij de juiste woorden wist te vinden om zijn zin te krijgen. 'Voor je weer naar binnen gaat, zou ik het op prijs stellen als je de bovenste knoopjes van je blouse zou willen losmaken. Die kerel uit Jeruzalem is een echte geilneef. Hij doet alles wat je wilt als hij ziet wat een prachtig stel tieten je hebt.'

Op dat moment kon Mirit alleen maar denken aan hoe ze Yanai Tenenbaum zou gaan vermoorden – een van haar beste vrienden en de klootzak die haar had overgehaald zitting te nemen in dat vervloekte comité. Ze ging hem eerst uitgebreid martelen. Langzaam, zodat hij optimaal leed. Alleen Yanai kon haar overhalen urenlang vrijwillig plaats te nemen in een steenkoud kamertje, zonder iets te eten of te drinken, in het gezelschap van een groepje ezelskoppen, die om onbegrijpelijke redenen waren aangewezen om uit maken wie Israël zou gaan vertegenwoordigen op het Eurovisie Songfestival. Wat kon het haar schelen? Ze keek nooit naar het programma. Het was een overbodig circus dat niets met muziek te maken had, en wat haar betrof meteen kon worden opgeheven.

Een week geleden, toen Menashe had gebeld om haar te vragen voor het comité, had ze direct nee gezegd. Maar nadat Yanai boos was geworden omdat ze had geweigerd en haar had overspoeld met redenen waarom ze het wél moest doen, had ze Menashe teruggebeld en gezegd dat ze van mening was veranderd. En nu was ze hier, verteerd door wraakgevoelens richting Yanai – hij zou hiervoor gaan boeten!

Mirit ging weer zitten in de stoel naast Menashe, en haalde nog maar eens diep adem. Ze wist dat ze niets had te verliezen. Het kon haar niet schelen wie er werd gekozen en welk liedje er zou worden gezongen. Maar het kon Menashe wel schelen en – belangrijker – Yanai ook. En ze hield van Yanai, nou ja, misschien niet nu, maar normaal gesproken wel. Als het belangrijk was voor hem, was het belangrijk voor haar, en was ze bereid te vechten voor een goede afloop.

'Zo gaan we het aanpakken.'

Zodra hij deze woorden uit haar mond hoorde komen, wist Menashe dat de race gelopen was, en hij rustig achterover in zijn wiebelstoel kon gaan zitten. Als ze iets belangrijk vond, al was het maar een heel klein beetje, zou ze ervoor vechten. Daarom wilde hij haar erbij hebben. Hij hield van haar, waardeerde haar, en wist dat ze de juiste keuze zou maken. Met andere woorden: ze ging het nooit laten gebeuren dat de kansloze, krankzinnige kraai uit Jeruzalem, met haar volstrekt willekeurige gekras, namens Israël zou worden uitgezonden naar het Songfestival. En dat gebeurde dus ook niet.

3

De zangeres

FEBRUARI, TEL AVIV

HET WAS EEN REGENACHTIGE DAG IN FEBRUARI, TWEE WEKEN na alweer een glorieuze operatie in Gaza die niets had opgeleverd, behalve tientallen dode soldaten, duizenden ontredderde burgers en honderden slachtoffers in Gaza. Maar de wereld bleef, als altijd, draaien.

Het was vroeg in de avond en Yarden lag op de oranje bank in haar driekamerflat in het centrum van Tel Aviv. Vanaf het eerste begin van de militaire operatie had ze zich intens hulpeloos gevoeld, en kon ze de afschuwelijke emoties die haar overspoelden, niet van zich afschudden. Opgesloten zitten in schuilkelders, rennen voor je leven als je de huiveringwekkende herrie van het luchtalarm hoorde – hoewel dat alarm nog verre viel te prefereren boven het sinistere fluiten en de daverende echo van ontploffingen van de raketten die overal neervielen ...

Na het einde van de militaire operatie was ze niet meer in staat geweest zichzelf van de oranje bank te tillen, waarin een krater in de vorm van haar achterwerk als permanente herinnering aan haar ellende was ontstaan. De beelden van de uitgeputte soldaten in hun geïmproviseerde vooruitgeschoven post; de gewonden voor wie ze had gezongen in het ziekenhuis; de geamputeerde lichaamsdelen die ze maar niet uit haar gedachten kon bannen – Yarden wist dat ze emotioneel en mentaal gebroken was, en dat het een hele tijd zou duren om de schade te repareren, als dat überhaupt nog mogelijk was.

Ze zette de televisie aan en zapte langs de kanalen totdat ze op een nieuwszender het weerbericht tegenkwam: regen en een enorme storm. Natuurlijk komt er een storm, dacht ze. Na oorlog komt er altijd een storm. Altijd. Dat weet iedereen.

Ze had al meer dan twintig songs afgewezen die voor haar waren geschreven door allerlei songwriters – ze gingen allemaal over oorlog. Ze had er geen behoefte aan beroemd te worden over de rug van de doden. Ze wilde het niet en het hoefde ook niet. Vanaf het moment dat ze een paar jaar geleden eerste werd in een realityshow, was het met haar carrière alleen maar beter en beter gegaan. Ze had helemaal niet voor die soldaten willen zingen om een goede beurt te maken bij het publiek. Sterker, ze had er helemaal geen camera's bij willen hebben – dat was het idee geweest van haar agent, die meende dat haar carrière er een duwtje in de goede richting van zou krijgen en zich niet had gerealiseerd dat zoiets slecht voor je ziel is. De media waren dol op dit soort items, maar ze maakten Yarden misselijk vanbinnen. Ze wilde oprecht mensen opvrolijken en troost bieden waar ze kon, in deze vreselijke, onmogelijke situatie.

En dus had Yarden onvermoeibaar rondgerend, ging ze op de foto met honderden kinderen uit het oorlogsgebied in het zuiden van het land, en deed wat ze het beste kon: zingen. Iedereen om haar heen was erg professioneel en deed wat ze dachten dat goed was, maar dat wilde niet zeggen dat ze het ermee eens hoefde te zijn. Als ik dit nog een keer ga doen, sta ik erop dat er geen media worden toegelaten, dacht ze bij zichzelf, en ze moest meteen lachen, vooral omdat ze wist dat de volgende uitbarsting van geweld niet lang op zich zou laten wachten. Elke twee jaar was er een grote militaire operatie – je kon er de klok op gelijk zetten.

Haar telefoon ging over en onderbrak haar gedachten. Het was haar persoonlijke manager, Effie Bouskila, met wie ze al samenwerkte vanaf het moment dat ze de New Big Star-show had gewonnen. Hij was destijds een van de producers van de show en had meteen haar potentieel gezien. Ze was een uitstekende zangeres die er beeldschoon uitzag en ook nog eens intelligent was. Haar charme, indrukwekkende stem, lange, ranke figuur, volle bos met blonde krullen en weelderige lippen lieten er geen misverstand over bestaan: hij moest met haar in zee. Er was direct chemie tussen hen geweest en na het zevende seizoen van de show nam hij ontslag en werd haar manager. Zijn gok had uitstekend uitgepakt: Yarden was al twee keer gekozen tot zangeres van het jaar, haar albums werden goud en platina en haar optredens waren altijd stijf uitverkocht.

Yarden pakte haar telefoon en keek een moment naar de vertrouwde profielfoto van haar manager. Ze had geen zin om op te nemen, ze had eigenlijk nergens zin in, en de koude februarilucht en de zwarte wolken werkten ook niet mee om haar depressieve bui te verjagen. Ze nam op – Effie zou niet bellen als het niet belangrijk was. Hij wist wat ze doormaakte en deed alles wat hij kon om haar leven te verlichten.

'Hee, Effie ...'

'Yarden, ik hang aan de lijn met Yigal Levi, de voorzitter van het Nationale Televisiebureau, je staat op speaker!'

Om de een of andere reden klonk hij belachelijk blij, wat haar nogal verbaasde, gezien de vreselijke tijd die ze allebei net achter de rug hadden.

'Hallo Yarden, met Levi. Alles goed? Ik heb je veel op tv gezien tijdens de grote militaire operatie, en ik wilde je complimenteren met wat je allemaal hebt gedaan om het moreel in de samenleving hoog te houden in deze zware tijden.'

Ze bleef stil en probeerde te raden waarom de baas van het Televisiebureau, die ze maar een paar keer in het voorbijgaan had ontmoet, haar persoonlijk zou opbellen om een complimentje te geven.

'Het verheugt me bijzonder je te mogen meedelen dat je bent uitverkoren om Israël te vertegenwoordigen tijdens het Eurovisie Songfestival, aanstaande mei in Bakoe in Azerbeidzjan! Gefeliciteerd!'

Yigal wist niet precies hoe hij haar stilte moest interpreteren; in andere jaren was deze mededeling meestal met hysterisch gejubel en uitzinnige blijdschap begroet.

'Yarden? Ben je daar? Heb je gehoord wat ik zei?'

Ze was sprakeloos van ongeloof. Zij? Het Songfestival? Uitverkoren? Waar hád hij het over?

In die paar momenten van stilte dacht Yarden terug aan haar jeugd in de noordelijke stad Haifa, toen ze met het hele gezin elk jaar trouw naar het Songfestival hadden gekeken. Op geen enkel moment in haar leven had ze zich durven voorstellen dat er ooit een dag zou komen dat zij zelf Israël zou vertegenwoordigen bij dit belangrijke evenement. Ze kéék niet eens, de laatste jaren, maar ze was wel bijna de enige – al haar vrienden waren totaal in rep en roer tijdens het Songfestival en konden complete liedjes in gebroken Albanees meebrullen. Maar haar eigen muziek was van een compleet ander genre dan de mierzoete Europop die op het Songfestival werd uitgeserveerd, en dus had ze zichzelf nooit met het evenement in verband gebracht. En bovendien: hoe had ze in de pijnlijke tijd die achter haar lag, kunnen denken aan zo'n oppervlakkig glittercircus ... Maar aan de andere kant: misschien was het wel precies wat ze nodig had om uit de emotionele maalstroom te raken, die haar nu al weken aan de oranje bank gekluisterd hield.

Effie, die wel kon raden wat er door haar hoofd spookte, nam soepel het gesprek over. 'Yarden, dit is fantastisch! Het comité is vanmorgen bijeengekomen en ze hebben jou gekozen. Ze willen jou! Het is een goed ding wat hier gebeurt!'

Langzaam maar zeker drong door wat er net tegen haar was gezegd. Zij, Yarden Oz, was uitgekozen om Israël te vertegenwoordigen. Van alle getalenteerde artiesten in het land was zij die ene uitverkorene die zou mogen afreizen naar ... 'Wacht eens even. Wáár was het ook weer, dit jaar?'

'Azerbeidzjan,' zeiden Effie en Yigal tegelijk.

'Waar is dat in godsnaam? Is dat überhaupt wel in Europa?'

'Het ligt op dezelfde manier in Europa als Israël in Europa ligt,' zei Effie. 'Het is een derdewereldland met een overwegend Arabische bevolking, net als het zuiden van Israël – maak je geen zorgen, we zullen ons er prima thuis voelen.' Yarden wist zich even geen raad met Effies flauwe grapjes en tactloze gedrag, en voelde de behoefte zich te verontschuldigen tegenover Yigal.

'Vergeef hem alsjeblieft, Yigal, hij komt zelf uit het zuiden en ...' Voordat ze haar zin kon afmaken, kwam Yigal al tussenbeide met een overduidelijke lach in zijn stem. 'Dan weet hij in ieder geval waar hij het over heeft.'

Yardens lichaam werd in bezit genomen door een warm en uitgelaten gevoel. Na de afschuwelijke maand die ze net had doorgemaakt, kon ze eindelijk weer eens breeduit glimlachen, met een echte lach, niet de geposeerde selfieblik die ze tevoorschijn toverde als ze op de foto moest met lieve maar irritante kinderen, nadat ze net uit een veldhospitaal was gekomen waar een soldaat zonder benen lag opgebaard tussen zijn ontroostbare familie. Dit was een echte, gelukkige glimlach. Zij, Yarden Oz, was Israëls nieuwe inzending voor het Eurovisie Songfestival.

En toen drong het pas écht in zijn volle omvang tot haar door.

'En wat gaat er nu dan allemaal gebeuren?'

Yigal reageerde als eerste. 'We gaan zo snel mogelijk een persbericht uitsturen. Maar naar alle waarschijnlijkheid is het nieuws – het Televisiebureau kennende – allang uitgelekt en weet iedere journalist in het land al dat jij het bent geworden. De komende dagen gaan we bij mij op kantoor bespreken wat het betekent om Israël te vertegenwoordigen op dit evenement en wat we verder allemaal moeten regelen.'

'Yarden, we moeten echt alles afzeggen en ons helemaal focussen op dit project. We gaan verdomme het land vertegenwoordigen!' Ze kreeg het idee dat Effie nog veel blijer was dan zij, en begon zich af te vragen waarom.

Yarden ging rechtop zitten, nog steeds stil en diep in gedachten. Het was net tot haar doorgedrongen dat zij de hoop van een compleet land op haar schouders had genomen. En je hoefde geen fan te zijn van het Songfestival om te weten dat de arme zielen die de afgelopen paar jaar niet tot de finale waren doorgedrongen, in de media genadeloos waren gelyncht. Carrières kwamen tot een abrupt einde; de kranten spraken van een afgang op nationale schaal; het werd weer een nationale sport om het antisemitisme in Europa de schuld te geven van de slechte resultaten; en luide proteststemmen eisten dat Israël zich terugtrok om verdere vernedering in de toekomst te voorkomen.

'Ik weet niet zeker of ik dit wel wil doen.' Nu was het de beurt van Effie en Yigal om ademloos stil te vallen. 'Kijk eens wat er is gebeurd met al die deelnemers die de finale niet hebben gehaald. Afgeslacht door de media. Waarom zou ik dat risico nemen? Het gaat lekker met me; de mensen vinden mijn muziek prachtig ... Waarom zou ik dit mezelf aandoen en alles op het spel zetten? Ik kijk niet eens naar dat stomme programma.'

Yigal was de eerste die zijn stem had teruggevonden. 'Yarden, luister. Dit is een heel grote eer. Een comité van doorgewinterde professionals heeft jou gekozen uit een overvloed aan sterke kandidaten. Kom nou gewoon morgen naar mijn kantoor en ontdek hoe het werkt en wat er allemaal moet gebeuren. Als je het dan nog steeds echt niet wilt, zeg je alsnog nee. Geen man overboord. We hebben nog niet eens het persbericht uitgestuurd, dus er is nog volop tijd om alles rustig te laten marineren.'

Yarden beloofde niks, maar ging akkoord met een oriënterend gesprek.

Zodra het gesprek was beëindigd, belde Yigal hun pr-bureau en gaf opdracht direct een persbericht uit te laten gaan met de boodschap dat Yarden Oz, zangeres van het jaar, had bevestigd dat zij namens Israël zou deelnemen aan het Eurovisie Songfestival. Het zou veel moeilijker voor haar zijn alsnog te weigeren als de persaanvragen kwamen binnenstromen, vooral omdat ze nog maar drie korte maanden geleden was gekroond tot zangeres van het jaar. Het comité had niet de kandidaat gekozen die hij van zijn superieuren had moeten afvaardigen, dus het kon Yigal hoegenaamd niet schelen wat juffrouw Oz allemaal vond of voelde: van nu af aan ging alles zoals hij het wilde.

Diezelfde avond brachten het journaal en alle online nieuwssites de deelname van Yarden. Op één site stond zelfs al een commentaar van een vooraanstaande muziekjournalist die uitlegde waarom het een grote fout zou zijn als Yarden zich zou inlaten met een instituut dat al in de jaren zeventig ten grave had moeten worden gedragen. Ze zat aan haar bureau in de werkkamer en bladerde vol ongeloof door alle artikelen, blogs en comments op social media, die uiteenliepen van 'veel succes' tot 'ze kan niet zingen' tot 'we worden geheid weer laatste met die lelijke stoephoer'.

Ze kon haar ogen niet geloven. Als dit een indicatie was van de manier waarop het bureau zakendeed, wat stond haar dan nog allemaal te wachten? Haar eerste reflex was direct een post op Facebook te publiceren met de mededeling dat er een vergissing in het spel moest zijn geweest, want dat ze absoluut niet ging meedoen met het Songfestival. Maar omdat ze wel kon raden waarom Yigal had gedaan wat hij had gedaan, besloot ze geen overhaaste beslissingen te nemen en de boel voor nu even op zijn beloop te laten. Ze was niet in de stemming voor een zinloos gevecht, zoals dat gevecht dat net was afgelopen, daar in het zuiden van haar land.

4

Wie is Dikla Biton?

FEBRUARI, TEL AVIV

EEN DAG VOORDAT HET COMITÉ ZOU SAMENKOMEN IN HET gebouw van het Televisiebureau, voelde Yanai Tenenbaum zich alsof de dag des oordeels was aangebroken. Hij wíst gewoon uit welke hoek de wind waaide, en wie er waarschijnlijk zou worden uitgekozen. De shortlist was niet officieel bekendgemaakt, maar Niv Zalah, de afgelopen jaren het vice-hoofd van de delegatie, had hem aan Yanai doorgebriefd, samen met de namen van de mensen die in het comité zitting zouden nemen. Toen Yanai de e-mail van Niv las, werd alles zwart voor zijn ogen.

'Wie is in godsnaam Dikla Biton, en wat heeft ze moeten doen om op die shortlist te komen?' Op de lijst stond natuurlijk het vaste rijtje vertrouwde gezichten als Rayah Fadida, die zich elk jaar in alle denkbare bochten wrong, maar nooit verder kwam dan de tweede plaats, en Zvita Pick, die zichzelf maar weer eens naar voren had geëlleboogd.

'Die man heeft sinds Diva geen bruikbaar liedje meer geschreven, maar hij weet nog het laatste drupje leven uit een citroen te persen,' mopperde Yanai. Hij las verder. Yarden Oz stond er voor het eerst bij, en Shiri Maimon natuurlijk, die stond standaard op de lijst sinds ze het een paar jaar geleden zo goed had gedaan op het Songfestival. Marina Maximilian en Idan Reichel waren er ook bij, maar Yanai wist dat er geen schijn van kans bestond dat Idan mee zou willen doen. Bleef over: Dikla Biton, de krassende kraai uit Katamon, een ultrareligieuze wijk in Jeruzalem.

Yanai had al lang geleden laten weten hoe hij dacht over het onprofessionele beslissingsproces rond het Songfestival, en de vijf jaar die waren versteken zonder finaleplaats voor Israël gaven hem gelijk. Ja, er waren ergere dingen, zoals oorlog en terrorisme en honger, en natuurlijk hadden de mensen wel wat anders aan hun hoofd dan het Eurovisie Songfestival, maar aangezien het Televisiebureau er toch al veel geld in investeerde, konden ze het net zo goed professioneel aanpakken. In de ogen van Yanai was het Songfestival een belangrijk wereldwijd platform om de Israëlische muziek te promoten. En natuurlijk ook om het land zélf onder de aandacht brengen, met zijn zogenaamde 'pluralistische waarden', aan een breed en grotendeels onwetend Europees publiek.

'Yanai, je weet dat ik er precies hetzelfde over denk. Je hebt gelijk. Maar mijn handen zijn gebonden. Shlomo uit Jeruzalem is een buitengewoon machtige man, en hij heeft een gigantische invloed hier bij het Televisiebureau. Hij is dikke maatjes met de baas, en de baas heeft hem beloofd dat de zangeres die zijn goede vriend Shlomo naar voren heeft geschoven, naar het Songfestival gaat. Wat wil je dat ik doe? Schreeuwen? Huilen? Bijten en krabben? Dat heb ik allemaal al gedaan. Wil je dat ik met dit verhaal naar de pers loop? Dan lig ik er meteen uit. Zonder dollen; wat wil je dat ik doe?'

'Niv ... uit hoofde van jouw functie als assistent-hoofd

van de delegatie: vind je niet dat het een goed idee zou zijn als we eindelijk weer eens tot de finale zouden doordringen, en dat we dan misschien iemand zouden moeten sturen die verdomme een serieuze kans maakt? En nu we het er toch over hebben: jullie pakken het hele proces sowieso verkeerd aan. Het gaat niet om de artiest, het gaat om het liedje. Ik moet je nageven: het talent dat je de afgelopen jaren hebt afgevaardigd is fantastisch geweest – het waren de liedjes die rampzalig waren. Begin nou eens met het vinden van het juiste liedje, en zoek er dan de geschikte artiest bij.'

'Geloof me: ik heb het geprobeerd! Denk je dat ik het leuk vind jaar na jaar vanaf de zijlijn naar de finale te kijken? Hoe denk je dat het voelt om ieder jaar door de pers aan stukken te worden gescheurd? Wie denk je dat er elke keer de schuld krijgt van alwéér een daverende mislukking? Niet het hoofd van de delegatie, dat is een ding dat zeker is. Nee, meneer de poortwachter krijgt de schuld. En ik ben de poortwachter. Elk jaar dreigen ze dat ik er word uitgeflikkerd. Je hebt gelijk, oké? Maar ik ga het niet opnemen tegen de grote baas. Met alle respect: het is maar het Songfestival. Ik heb hier nog meer ijzers in het vuur.'

Yanai had meer dan genoeg van dat eeuwige gedoe. Misschien had Niv wel gelijk: misschien moest hij niet nóg meer vijanden maken bij het Televisiebureau. Hij moest tenslotte nog vaker met die mensen door één deur, en hij kon altijd nog aan de slag als perscontact of woordvoerder namens een ander land, dat had hij de afgelopen jaren wel vaker gedaan. Soms waren de liedjes slecht geweest en hadden de artiesten iets te wensen overgelaten, maar hij was maar twee keer in de halve finale blijven steken. Hij leverde altijd vakwerk af, waar hij dan ook vorstelijk voor werd betaald. Tien keer zo veel als in Israël. Waarom zou hij niet, als hij dan toch de hoer ging spelen, een eersteklas escort zijn? Die zijn eigen klanten kon kiezen en belachelijk veel geld opstreek? Waarom zou hij niet weer aan het werk gaan voor een Oostblokland? Hij kende de mentaliteit al: het uitsloven, de limousines, de luxehotels, de uitzinnige feesten waar de champagne vloeide als – nou ja – champagne. Je kon moeilijk zeggen dat het een zwaar leven was. Het kon echt veel erger. Je zou bijvoorbeeld maar elke dag naar het Televisiebureau moeten ... dat zoog pas apenballen.

Yanai belde Mirit.

'Wat is er nou weer?'

'Dikla Biton. Ga naar YouTube en zoek Dikla Biton.'

'Wat? Waarom?'

'Omdat we net klaar zijn met oorlog voeren en je een beetje moet lachen. En dan huilen, want Dikla wordt morgen door jouw geweldige comité gekozen als afgevaardigde van Israël.'

'Oh Yanai, doe me een lol. Het is al erg genoeg dat ik dankzij jou een hele dag van mijn leven onbetaald moet wegkwijnen bij dat vreselijke Televisiebureau. Moet ik nou heus nog erger lijden?'

'Oh, stel je niet aan, tuttebol!'

'Serieus, laat me met rust!'

'Als je maar weet dat ik morgen in de pers laat uitlekken dat jij degene was die Dikla Biton heeft ingebracht. Want Dikla gaat winnen, ik zweer het op je moeders graf!'

'Mijn moeders graf? Vuile hond!'

'Kijk nou maar gewoon even op YouTube: het zal je lachrimpels goed doen. Ik heb je al vaak genoeg gezegd dat je óf aan de botox moet, of een keertje stevig sufgeneukt moet worden. En we weten allebei welke van de twee het meest dringend is!'

'Dat doet de deur dicht! Ik zweer je bij alles wat me heilig is dat ik morgen op haar ga stemmen!'

'YouTube. Nu.'

'Jezus, oké, ik doe het al. Hoe heette ze ook al weer?

'Dikla Biton. Je moet even haar coverversie van "In Your Eyes" beluisteren. Dat is reden genoeg voor vervolging door het Internationaal Gerechtshof in Den Haag, misschien zelfs op beschuldiging van genocide.'

'Wacht. En haar naam komt morgen op tafel bij het comité? Hoe weet je dat?'

'Wat maakt het nou uit hoe ik dat weet? Ik weet het. Ze gaan haar morgen door je strot proberen te duwen. En als ze wordt uitgekozen, hou ik jou persoonlijk verantwoordelijk. Waarom zou je de wereld een goede reden geven ons nog meer te haten dan ze al doen? Je mag dit niet laten gebeuren. Ze is vreselijk. Bijna zo vreselijk als jij.'

'Lul.'

'Wat waar is, is waar.'

'Dus ... wie kan ik morgen nog meer op die lijst verwachten?'

'Oh, je weet wel – het gebruikelijke clubje: Diana, Zvika Pick, Shiri Maimon, Marina en Reichel. Oh ja, en Yarden Oz, die heel goed is, maar die ik nooit had gezien als materiaal voor het Songfestival. Ik weet niet of ze er qua persoonlijkheid bij past.'

'Krijgen we ook al hun liedjes te horen?'

'Nee, dat is ook zoiets: er zijn geen liedjes. Jullie kiezen de artiest, en de artiest kiest het nummer. Eigenlijk is het een schot in het duister.'

'Dus?'

'Dus vertrouw ik erop dat je de juiste keuze maakt.'

'Ja, dat had ik zelf ook wel kunnen bedenken.'

'En ik wil dat je gaat vechten voor je keuze. Naar wat ik begrijp, heeft het hoofd van het Televisiebureau ervoor gezorgd dat het hele comité vol jaknikkers zit. Jij bent eigenlijk de excuustruus, maar dat wil natuurlijk niet zeggen dat je niet kunt proberen iedereen over te halen om de juiste keus te maken.'

'Oké.'

'Dus?'

'Dus ik ben eigenlijk helemaal klaar met jou, en ik ga een blowtje rollen. Ik moet nodig ophouden met al dat moeilijke nadenken en even rustig tot mezelf komen.'

'Schatje, daar heb jij helemaal geen joint voor nodig: die hersencellen van jou zijn allang compleet losgeslagen.'

'Zie je, daarom hou ik nou zoveel van je!'

'Prima! Oh wacht, mijn kat valt bijna uit het raam.'

Het werd doodstil aan de lijn.

'Yanai, ben je daar nog?'

'Ik bedacht me net nog iets.'

'Wat dan?'

'Het had nog erger gekund in het jaar dat ze jou en Elinoam hebben gestuurd: ze hadden ook voor Liel Colette en Haya Samir kunnen kiezen.'

'Ik moest morgen stemmen op Dikla Biton, toch?'

'Dag schat!'

***

Yanai zat in zijn woonkamer en nam een diepe teug van zijn joint. Hij had de afgelopen dagen veel voor elkaar gebokst, maar nu zat hij er helemaal doorheen. Hij was moe, doodmoe. Van het vechten. Van sommige artiesten waar hij mee moest werken. Hij begon zich af te vragen of hij eigenlijk wel het juiste beroep had gekozen. Het werken met journalisten was saai, erger nog: frustrerend. Werken met de media was een exercitie in oppervlakkigheid, en hij werd er kotsmisselijk van. Sinds wanneer was hij aardig tegen mensen waar hij eigenlijk een pleurishekel aan had? Sinds nooit! Hij haatte hypocrisie!

5

Het Televisiebureau

FEBRUARI, TEL AVIV

EEN VAN DE FIJNSTE DINGEN VAN TEL AVIV IS DAT ALLES op loopafstand is. En dus vertrokken Yarden Oz en Effie Bouskila twee dagen na het telefoontje van Yigal Levi te voet vanaf Yardens appartement in de richting van het lijkbleke gebouw waar het Televisiebureau was gevestigd. Er hingen nog altijd donkere wolken in de lucht, restanten van de woeste storm die de week daarvoor over Tel Aviv had geraasd. Ze kwamen onderweg aardig wat kiosken tegen en er viel niet te ontkomen aan de levensgrote foto van Yarden op het wekelijkse tv-magazine, met daaronder in chocoladeletters: WAAROM?

Vanaf het moment dat het Bureau zonder overleg had besloten de kandidatuur van Yarden de wereld in te slingeren, waren de media als een zwerm haviken op het verhaal gedoken. Nu de grote militaire operatie die het land – en vooral de media – weken had verlamd, eindelijk was afgelopen, was er grote behoefte aan nieuwsitems die een groot publiek naar hun sites en kranten zouden lokken, zodat er eindelijk weer eens een paar advertenties konden worden verkocht. En een verhaal over Yarden Oz ging er bij het publiek altijd in als zoete koek. De laatste twee dagen waren Yarden en Effie dus bestookt met interviewverzoeken door vrijwel ieder nieuwsmedium in Israël, maar samen hadden ze besloten geen commentaar te geven, zeer tot verdriet van Yardens pr-agent, die dol was op gratis publiciteit. Maar het voelde verkeerd.

Yarden was nog steeds behoorlijk geschokt door de oorlog. Hoe zou ze, zo kort nadat er tientallen mensen waren omgekomen, zo veel mensen gewond waren geraakt, een glamoureus vrolijk masker van make-up kunnen opzetten? Ze wist niet of ze wel kon faken dat ze dolgelukkig was – nee, ze wist wel zeker dat ze dat níét kon! Ze was – op haar manier – nog altijd in de rouw.

'Hoe heeft hij dat kunnen doen? Hoe heeft hij zich in zijn hoofd gehaald dat ik nu niet meer zou kunnen weigeren? Het is belachelijk! Het ene moment belooft hij te zullen wachten, een minuut later draait hij honderdtachtig graden en gooit er een persbericht uit!'

'Yarden, ik begrijp niet dat je überhaupt verrast bent. Vanaf de eerste keer dat je aan een van hun shows hebt meegewerkt, weet je al dat ze een – uh – ongebruikelijke manier van werken hebben. Ik praat het niet goed – in tegendeel. De man is een eikel. Maar wie weet is dit wel een geweldige kans! We zijn sinds dat persbericht volkomen platgebeld! Iedereen wordt eindelijk weer wakker na die afschuwelijke oorlog!'

'Oké, prima. Maar als we meedoen aan het Songfestival, moeten we dus met deze mensen samenwerken. En na wat ze me net hebben geflikt, kan ik ze niet meer vertrouwen. Wie weet wat ons nog meer te wachten staat!'

'Wie weet. Maar het kan geen kwaad te luisteren naar wat Yigal te zeggen heeft. Als het ons niet bevalt, kunnen we altijd nog nee zeggen.'

'Je weet net zo goed als ik dat hij al vóór ons heeft besloten. Als we nu nee zeggen, lijkt het alsof ik bang ben om het op te nemen tegen de rest van Europa en dat ik niet in mezelf geloof.'

'Misschien heb je wel gelijk. Maar misschien gaan we wel een heleboel plezier beleven aan ons ritje in deze opwindende achtbaan!'

Yarden keek hem afkeurend aan. 'Misschien. Maar voor we iets doen, wil ik precies weten wat me te wachten staat.'

Yarden en Effie liepen door de poorten van het Bureau naar binnen, recht in de armen van Menashe Cohen en Niv Zalah, die stonden te glimmen als twee kleine kinderen die net een stuk chocoladetaart hadden gepikt.

'Wat fantastisch dat jullie er zijn!' juichte Menashe, en trakteerde ze beiden op een stevige omhelzing. Yarden probeerde zich te herinneren of ze de man, die haar zojuist had plat gehugd, ooit had ontmoet. En ze wist absoluut zeker dat ze geen idee had wie de man was die naast de grote knuffelaar stond.

'Yarden, Effie, zo leuk jullie te ontmoeten. Ik ben Menashe Cohen, en ik ben het hoofd van de Israëlische delegatie voor het Eurovisie Songfestival in Azerbeidzjan. En dit is Niv Salah, mijn rechterhand. Wij wijken vanaf nu niet meer van je zijde!'

Niv vulde aan: 'We zijn diep vereerd dat je erin hebt toegestemd Israël te vertegenwoordigen, en we zijn ervan overtuigd dat we met jou in de gelederen eindelijk weer eens de finale gaan halen.'

Yarden keek ze allebei diep in de ogen en zei: 'Ja, dat is nou juist zo vreemd, ik heb helemaal nergens in toegestemd. Want niemand heeft mij iets gevraagd. Ik kreeg ineens een telefoontje met de mededeling dat ik was gekozen, ik vroeg om wat bedenktijd, en voor ik het wist hadden jullie de pers al ingelicht. Als dit de manier is waarop jullie hier zakendoen, weet ik echt niet hoe we samen de komende maanden moeten doorkomen. En is het geen wonder dat jullie van die belabberde kijkcijfers scoren.'

Niv en Menashe keken er niet van op – ze hadden door de jaren heen wel gekkere dingen meegemaakt. Wat moest je anders verwachten van een organisatie die werd geleid door iemand uit de politieke baantjescarrousel, die alleen zijn eigenbelang in het oog hield en geen idee had hoe je moest omgaan met artiesten?

Ze liepen in stilte naar het kantoor van het Hoofd en Yarden had het gevoel dat ze meeliep in een begrafenisstoet. Misschien waren ze wel onderweg naar de uitvaart van haar zangcarrière. Ze vroeg zich ineens af of ze niet beter haar mond had kunnen houden. Misschien konden deze twee mannen er helemaal niks aan doen en ze wilde niet weer meteen onnodig de bitch uithangen. Ze besloot tijdens deze vergadering haar kalmte te bewaren.

Menashe klopte op de deur van Yigals kantoor en zwaaide binnen met de air van een uitgelaten vader die zijn dochter op haar bruiloft komt weggeven: 'Hier zijn ze!' Menashe wist precies wat Yigal was: een niksnut die meer problemen veroorzaakte dan hij oploste, en daar achteraf altijd een ander de schuld van gaf. Want zo werkte het Bureau: iedereen lette op zijn eigen hachje, en gooide zonder problemen onschuldige collega's onder de bus.

Helaas was Menashe geen haar beter dan Yigal. Hij vond ook altijd een geschikte zondebok om het falen van Israël op het Songfestival op af te wentelen. Hij wist heel goed dat het selectiesysteem van de kandidaten voor geen meter deugde, dat de onzinnige eis het halve liedje in het Hebreeuws te zingen de zaak meer kwaad dan goed deed, en dat het totaal ontoereikende budget Israël al op een 1-0 achterstand zette tegenover de Europese grootmachten. Hij wist het allemaal, en hij hield zijn mond. Toen hij pas bij het Televisiebureau werkte, had hij nog weleens geprobeerd dingen te veranderen. Maar hij had het al snel opgegeven toen hij ontdekte dat mensen die dingen wilden veranderen op mysterieuze wijze van hun functie werden ontheven. Want iemand die iets wilde veranderen, zei eigenlijk dat er iets niet goed ging, en dat betekende weer indirecte kritiek op het Hoofd, wat natuurlijk nooit de bedoeling kon zijn. Menashe wist dat hij in vijandelijk gebied, waar je continu in de gaten werd gehouden en waar de minste of geringste misstap werd gerapporteerd, altijd moest oppassen en nooit iemand moest vertrouwen. Hij vergeleek zijn werkplek altijd met Noord-Korea of Duitsland in de Tweede Wereldoorlog. Er was nog net geen sprake van fysieke martelingen, maar elke medewerker moest zich wel van tijd tot tijd een ruime stroom scheldwoorden uit de mond van het Hoofd laten welgevallen. Dat resulteerde bij de meeste mensen in totale apathie en een cultuur waarin geruisloos je dagen uitzitten de beste garantie was om je baan te behouden. Af en toe vroeg Menashe zich af of hij niet beter een vette gouden handdruk kon aanpakken en op zoek moest gaan naar een baan waar zijn talent en ervaring meer op prijs zouden worden gesteld.

Yigal stond op om Yarden en Effie te begroeten. Hij had onvoorstelbaar weinig zin in deze ontmoeting met een zangeres van wie hij niets wist, terwijl hij al van alles had te stellen met de vakbond van technici, die dreigde met een staking; chagrijnig en uitgeput personeel dat zich finaal over de kop had gewerkt tijdens de oorlog en natuurlijk de minister-president, de man aan wie hij zijn baan te danken had, die zat te jengelen dat hij om positieve publiciteit verlegen zat. Hij had niet zoveel met zangeressen, met niemand uit de entertainmentindustrie, eigenlijk. Voor een serieuze, politiek georiënteerde man als hijzelf, was entertainment een aanstootgevende verspilling van geld, en het Songfestival een belachelijke en peperdure aanfluiting. Het enige plezier dat hij eraan ontleende was dat hij elk jaar de zoveelste mislukking in het gezicht kon wrijven van degene die er verantwoordelijk voor was.

Als er niet immense druk op hem werd uitgeoefend vanuit het publiek, en dan met name de LHBTI-beweging, waar hij ook geen warme gevoelens voor koesterde, om het zachtjes uit te drukken, had hij allang de stekker uit het hele gedrocht van een show getrokken. Het meisje Yarden, dat nu voor hem zat, had helemaal niet naar het Songfestival zullen gaan. Hij had Shlomo uit Jeruzalem beloofd dat diens protegé uit Katamon zou worden afgevaardigd. Hij had zelfs de moeite genomen voor dit doel een speciaal comité met duidelijke instructies in het leven te roepen. En toen had hij tot zijn grote verrassing van Menashe te horen gekregen dat 'zijn' comité voor een andere kandidaat had gekozen. Yigal had het stellige gevoel dat Menashe iets met deze coup te maken had, en was vastbesloten gruwelijk wraak te nemen. Maar eerst deze vergadering.

'Ik stel het bijzonder op prijs dat jullie vandaag voor mij zijn verschenen.' Zijn toon en woordkeus suggereerden dat er een mededeling van immens belang zou volgen.

’Ik zou willen beginnen met te benadrukken hoezeer we zijn vereerd dat je het op je wilt nemen de vlag van Israël te vertegenwoordigen op het Songfestival, een missie die je, maar mijn stellige overtuiging, met succes gaat uitvoeren!’

Yarden en Effie bleven wat schutterig staan in de hoop dat er nog een verontschuldiging zou volgen voor de onbeschofte actie die hen de laatste twee dagen in een onmogelijke situatie had gebracht. Ze hadden niet verwacht dat de persoon die hun deze loer had gedraaid het onderwerp simpelweg zou negeren.

Effie was het eerst van zijn verbazing bekomen: ‘Yigal, bedankt dat je de tijd hebt willen nemen ons te ontvangen. Voor we verdergaan is er wel iets wat we eerst even willen bespreken ...’

Yigal ging zitten. Hij wist precies wat Effie wilde gaan zeggen en had er werkelijk de kracht niet voor. Hij ging zich niet door deze pup laten vertellen hoe hij zijn televisiestation moest leiden en had waarachtig wel wat beters te doen dan zich de les te laten lezen door een snotneus. Hij zette een begrijpende stem op en deed wat hij het beste kon.

‘Effie, sorry dat ik je meteen even onderbreek. Ik weet wat je wilt zeggen. Wat er is gebeurd: onze pr-afdeling is in de fout gegaan. Er moet onderling iets vreselijk zijn misgegaan in de communicatie, want onze mensen waren er stellig van overtuigd dat Yarden al had toegezegd. Ik begrijp dat je hiermee in een ongemakkelijke situatie bent geplaatst, maar ik hoop oprecht dat dit incident een vruchtbare samenwerking niet in de weg hoeft te staan.’

Yigal had wel vaker met dit bijltje gehakt. Het was niet de eerste, en zeker ook niet de laatste keer dat hij een keiharde leugen moest verkopen. Maar hij kon niet toelaten dat twee onvolgroeide millennials zich ook al gingen bemoeien met het reilen en zeilen van het Televisiebureau, want dat was zo al ingewikkeld genoeg. Als hij een klein fikkie kon blussen met een beetje liegen, had hij daar geen moeite mee.

Zonder Effie ook maar de kans te geven oogcontact met Yarden te maken, barstte Yigal los met een speech over het belang van het Songfestival voor het Televisiebureau. Dat het zo populair was bij de kijkers, dat Yarden vereerd moest zijn dat ze was uitverkoren het hele land te vertegenwoordigen op dit prestigieuze evenement, en dat ze lid zou worden van de Hall of Fame van legendes van het Songfestival als Shlomo Artzi, Rita, en alle anderen. Iedereen in de kamer zat ongemakkelijk heen en weer te schuiven in zijn stoel. Niv en Menashe, omdat zij precies wisten hoe Yigal werkelijk over het Songfestival dacht, en over hen persoonlijk. En omdat ze hem al eerder soortgelijke gepassioneerde speeches hadden horen geven. Yarden, omdat ze zich realiseerde dat haar laatste hoop nog onder deze verplichting uit te komen bijna was vervlogen. Yigal Levi zou geen 'nee' accepteren. Ze hadden waarschijnlijk ook wel 'ja' gezegd als ze eerst een normaal gesprek hadden kunnen voeren over wat hun precies te wachten stond, maar het was gelopen zoals het was gelopen, en ze kon dat nu maar beter accepteren en doorgaan met haar leven.

Effie schraapte hardop zijn keel in een wanhopige poging te laten merken dat ze niet zomaar op hun rug zouden gaan liggen en pootjes geven, maar Yigal negeerde hem compleet en bazelde onvermoeibaar verder over de minister van Cultuur, die had laten weten dat hij zo blij was dat Yarden het was geworden. Het was tenslotte goed voor iedereen om Yarden blij te houden, en het feit dat de minister helemaal niet had opgebeld, was een detail dat ze ook mochten wegschrijven onder 'leugentjes om bestwil'.

Yarden, Effie, Menashe en Niv moesten zich nog een sigaardoorrookte peptalk van een half uur laten welgevallen, zonder er ook maar één woord tussen te kunnen krijgen. Yigal vertrouwde blind op zijn tactiek van uitputting; nog even en ze zouden in alles toestemmen of zelfs de moord op JFK bekennen, als hij maar zou ophouden met praten. Niemand kon mensen zo goed kapot vervelen als hij. Niemand. En ook deze keer liet zijn onfeilbare methode hem niet in de steek.

Na dertig minuten onderbrak Yarden Yigal en zei dat ze Israël zou vertegenwoordigen op het Eurovisie Songfestival. In één simpele zin, niet meer en niet minder. Niet omdat ze ook maar een woord geloofde van wat Yigal allemaal zei, ze wilde alleen maar dat hij zou ophouden met praten. Ze wilde naar buiten en wat frisse lucht inademen, en gewoon toegeven leek de beste manier om uit deze hel te ontsnappen.

'Ik ben heel blij dat je dat zegt,' zei Yigal.

Menashe zag zijn kans schoon om het gesprek over te nemen. Hij had een gloeiende hekel aan zijn baas, maar bewonderde diens overtuigingskracht. Of het nou zijn complete gebrek aan respect voor de gevoelens van anderen was, of een totaal gebrek aan besef van zijn eigen weerzinwekkende persoonlijkheid: hij kreeg altijd wat hij wilde.

'Yarden, het is geen geheim dat jij onze favoriete kandidaat was, en ik ben zo blij dat je aan boord bent! Zullen we het nu dan even hebben over de hoeveelheid tijd en geld die er nodig is om Israël te kunnen vertegenwoordigen bij het Eurovisie Songfestival?'

'Krijgen we dan geld voor deze klus?' vroeg Effie.

Niv en Menashe giechelden beschaamd. 'Nee, het is eigenlijk andersom. Het project zal een flinke aanslag op jullie agenda en financiële middelen betekenen. Het is nu half februari en de wedstrijd is al half mei. We hebben dus ongeveer een maand de tijd om een liedje in te sturen naar de European Broadcasting Union, een videoclip op te nemen, de choreografie naar de regisseur te sturen, persmappen te maken, promotiefoto's en bio's uit te sturen in het Frans en in het Engels, alle formulieren in te vullen, styling en eventueel achtergrondkoor te regelen ... vergeet ik nog iets?'

Yarden kon alle informatie niet meer verwerken en was volledig lamgeslagen door de hoeveelheid werk die er op haar afkwam. Had dat comité niet wat eerder een beslissing kunnen nemen, dan had ze tenminste wat tijd gehad om zich behoorlijk op dit circus voor te bereiden. Het enige wat ze nog kon uitbrengen was: 'Een liedje?'

'Natuurlijk,' zei Menashe, 'we moeten ook een liedje voor je uitzoeken! Of eigenlijk een aantal liedjes, zodat het publiek kan kiezen welke song ze het leukste vinden. En niet te vergeten, de helft van de tekst moet in het Hebreeuws zijn. De rest mag in het Engels, of het Frans, of in elke taal die je maar wilt.'

'Elke taal behalve het Arabisch,' zei Yigal, die intussen was begonnen de achterstallige post weg te werken. Een paar jaar geleden was die Arabische zanger gestuurd en dat was niet goed gevallen bij de minister-president – Yigal had geen zin om nog een keer voor zoiets op zijn lazer te krijgen.

'Wacht eens even... dit moet allemaal binnen een maand worden geregeld?' stamelde Effie.

'Ja,' zeiden Niv en Menashe in koor.

‘En wat zei je nou net over kosten? Wat voor kosten? Wat heeft dat met ons te maken?’ Effie keek met een blik als een verwarde peuter om zich heen.

‘Het Televisiebureau zal de vliegtickets betalen, jullie verblijf in Azerbeidzjan, en het inschrijfgeld. We kunnen ook helpen met de video, maar de ervaring leert dat je die beter zelf kunt produceren – dan haal je er misschien nog wat sponsors mee binnen. De rest is allemaal voor jullie rekening.’

‘De rest? Wat bedoel je met “de rest”?’

‘Nou, gewoon: de kosten van de stylist, de kleding, de regisseur, de choreograaf, achtergrondzangers, video, pr, repeteren, studio-opnames, muzikanten, arrangeren, en eventuele promotiereisjes naar het buitenland. Eigenlijk alles wat je nodig hebt om een act te bouwen waarmee je jezelf en Israël naar behoren kunt vertegenwoordigen.’

‘En hoeveel kost dat ongeveer, zo bij elkaar?’ vroeg Effie.

‘Dat hangt een beetje af van hoeveel je wilt investeren. Er zijn acts die het moesten doen met een lullige anderhalve ton shekels, anderen hebben er een half miljoen in gestoken.’

Yarden en Effie zaten aan hun stoel genageld. Het kille zweet droop van Effies voorhoofd en Yarden werd overspoeld door een gevoel van totale hulpeloosheid. Als ze hadden geweten dat ze zo veel geld zouden moeten ophoesten om hun land te mogen vertegenwoordigen, hadden ze er nog wel twee keer over nagedacht. Ze hadden zo veel te verliezen – en niet alleen al dat geld.

‘Maak je niet druk,’ doorbrak Niv de ijzige stilte. ‘We kunnen allerlei getalenteerde en ervaren professionals aanbevelen en jullie natuurlijk in contact brengen met een heleboel sponsors. Vanaf morgen gaan we een rondje bellen!'

Yigal Levi, het hoofd van het Televisiebureau, voegde er zachtjes aan toe: 'En wat je ook doet, ga niet in zee met Yanai Tenenbaum, die pr-gast. Geloof me: werk niet met die man.'

6

Borreltijd

FEBRUARI, TEL AVIV

'NET KLAAR MET COMITÉVERGADERING. VOEL ME BEZOEDELD. Heb drank nodig. Nu. Jij ook?'

Na een zware dag vol afspraken met klanten en journalisten was Yanai dolblij de naam van Mirit op zijn scherm te zien verschijnen. En nog blijer dat ze zin in een borrel had, want ze deelden samen een vurige passie voor alcohol.

Mirit had namens Israël meegedaan in het jaar dat het Songfestival zijn tenten in Rusland had opgeslagen. Op hun eerste avond in Moskou waren ze samen een supermarkt binnengevallen en waren met zakken vol junkfood en een grote fles plaatselijke wodka naar het hotel teruggekeerd. Tijdens de weken hierna, werd de kamer van Yanai de liederlijke verzamelplaats voor leden van de Israëlische delegatie die even wilden 'bijkomen' van hun zware verplichtingen als het ontmoeten van fans, intelligent doen tegen de pers, en feesten alsof het einde van de wereld was aangebroken.

Volgens het principe 'als je in Rome bent, doe als de Romeinen', kwamen alle gedelegeerden samen op de kamer van Yanai op de elfde verdieping, van wat naar verluid ooit het meest luxueuze hotel van de stad was geweest. Het duurde maar een uur voor de fles wodka was weggepoetst, dus de volgende avond kochten ze er drie. Tegen de derde avond werden ze al breed lachend ontvangen door het personeel van de supermarkt, en waren ze uit budgettaire overwegingen overgestapt op het huismerk, waarvan ze dagelijks vier flessen insloegen.

Als Yanai en Mirit herinneringen ophaalden aan hun belevenissen tijdens het Eurovisie Songfestival, kwamen de dolle nachten in de hotelkamer van Yanai altijd op de eerste plaats. Hun favoriet was de avond waarop de Wit-Russische delegatie het feest had gesponsord met hectoliters warme wodka-chocomel en all-you-can-eat hartvormige brandy-bonbons – een luxe waar de straatarme Israëlische delegatie alleen maar dronken van kon dromen.

Die hele nacht dansten en dronken alle geachte delegatieleden op een YouTube-medley van Russische pop uit een overwerkte laptop, maar alle cadeautjes en gratis drank konden niet voorkomen dat de Wit-Russen er voor de finale al uitvlogen, de sukkels.

Yanai belde Mirit. 'Borrelen! Top-idee! Waar?'

'Ik wil sushi bij mijn drank. Zullen we Onami doen?'

'Zie je daar over een uur!'

Toen ze elkaar troffen op de stoep voor het restaurant, viel het Yanai op dat Mirit er bleek en afgetrokken uitzag. Ze hoefde niet uit te leggen hoe het kwam; dat was zo ook wel duidelijk.

'Je ziet eruit alsof je door zeventig kozakken bent uitgewoond.'

'Was het maar waar, dat zou een traktatie zijn geweest in vergelijking met wat ik vandaag heb doorgemaakt.'

Ze gingen zitten op hun vaste plekje aan de bar en bestelden wat te eten en heel veel drank. Pas toen de heilzame werking van de alcohol zijn effect begon te hebben, durfde Yanai voorzichtig te vragen hoe de vergadering van het comité was verlopen. Mirit vertelde uitgebreid over al het geruzie, over hoe ze halverwege uit de vergadering was gestormd. Ze legde verhit uit dat het comité een schijnvertoning was, en een dekmantel voor beslissingen die allang waren genomen door de hotemetoten van het Televisiebureau – precies zoals Yanai een dag eerder had gezegd. En deed verslag van haar één-op-ééntje met Menashe, en hoe ze vervolgens iedereen had overtuigd tóch voor de beste kandidaat te kiezen.

Het viel haar op dat Yanai bijna niet kon stilzitten op zijn kruk en zowat uit zijn vel sprong van ongeduld om te ontdekken wie de winnaar was geworden – daarom bleef ze maar doorbabbelen en verdronk hem in een zee van detail; om hem een beetje te treiteren uit wraak voor zijn eerdere opmerking over de uitwonende kozakken. Hij had niet per se ongelijk, maar zoiets zei je nou eenmaal niet tegen een dame.

'Genoeg! Het boeit me niks wat daar allemaal is gebeurd! Ik kan wel raden hoe saai die discussies waren! Wie hebben jullie gekozen? Gaan jullie eindelijk Raya Fadida uit haar lijden verlossen? Die vind ik zo zielig: ze zit er elk jaar nét naast. Mag ze nu dan eindelijk een flesje bubbels openmaken?'

Mirit glimlachte stralend naar Yanai. Ze pakte haar eetstokjes op, schonk wat sojasaus in haar schaaltje, mengde er wat wasabi door en doopte er een *roll* met vis en *cream cheese* in. Ze begon met smaak te eten.

'Ik hoop dat je erin stikt,' mompelde Yanai.

'Dikla Biton is het niet geworden, en Raya Fadida ook niet. Ik denk dat Raya inmiddels thuis de haren uit haar hoofd zit te trekken.'

'Geen Raya dus? We laten Raya gewoon weer stikken?'

'Yarden Oz. We hebben Yarden Oz gekozen.'

'Echt? Dat is een verrassing!'

'We hebben YouTube-clips van alle artiesten bekeken, en toen het hele Dikla Biton-drama eenmaal achter de rug was, hebben we elke kandidaat nog even grondig onder de loep genomen en vervolgens objectief en eerlijk gestemd. Yarden kreeg de meeste stemmen. Je kunt wel raden wie er, met twee stemmen verschil, tweede werd,' zei ze met een stem die droop van het cynisme.

'Jullie zijn gemene, gemene mensen. Hoe kun je dat die arme vrouw nou nog een keer aandoen? Het zou me niks verbazen als ze een vloek over jullie uitspreekt en je vannacht wakker wordt met eczeem over je hele lichaam. Ik vind het zo erg voor die arme schat!'

'Je vindt het helemaal niet erg.'

'Nee, inderdaad. Ik ben ten ene male onmachtig medelijden met mensen te hebben. Maar dat wist je al.'

'Dus: ga je dit jaar mee met het Songfestival?'

'Geen idee. Ik heb nog nooit gewerkt met Yarden. Ik heb haar zelfs nog nooit ontmoet. En het is niet het einde van de wereld als ik uitgerekend Bakoe een keertje oversla. Het is daar waarschijnlijk net als in Moskou – ook al zo'n plek waar ik in dit leven niet per se nog een keertje heen hoef. Azerbeidzjan is als buurland van Iran waarschijnlijk een nachtmerrie qua beveiliging. En met alle respect: ik kan me wel leukere plekken om te sterven bedenken dan bij het Eurovisie Songfestival.'

'Lieve schat: vertel eens. Even los van al die Songfestival-waanzin, hoe gaat het verder met je?'

'Het gaat prima. Waarom vraag je dat?'

'Omdat het nog maar een paar maanden geleden is dat jij en Aviad uit elkaar zijn gegaan en het iets té goed met je lijkt te gaan. Dus óf het boek was uit en het was hoog tijd dat jullie er eens een eind aan maakten, óf jij zit in een gigantische ontkenningsfase die je binnenkort keihard in je ballen komt bijten.'

'We hebben het hier al over gehad, Mirit. Het is prima met me. We hebben een paar mooie jaren gehad, hij in een fantastische man, maar ergens klopte het niet meer. Plus: hij begon te praten over kinderen, en ik denk niet dat ik daar al aan toe ben – of ooit zal zijn.'

'Nou, ik vind het jammer dat jullie uit elkaar zijn. Jullie leken zo'n solide stel. Is er nog een kans dat jullie weer bij elkaar komen?'

'Ik zal altijd van hem houden, want hij is echt een geweldige vent, maar ik zie ons niet meer bij elkaar komen. Ik vind het helemaal prima om even alleen te zijn. Ik heb lekker tijd om te werken en na te denken, en natuurlijk ook voor al die mannen die de laatste tijd om me heen zwermen.'

'Oooh, heb je al een lekker projectje op het oog?'

'Neuj. Ik ben niet zo onder de indruk van het aanbod hier in Israël. Misschien moet ik wel wat vers vlees importeren uit Europa. Kun jij niet wat leuks voor me regelen?'

'Tuurlijk. Bij mij lopen ze de deur plat. Jij moet weer zo nodig ingewikkeld doen. Ik zal mijn best doen. Iets uit Europa, zei je toch?'

***

Terwijl Yanai en Mirit sushi aten en drank zaten te slobberen, stoere verhalen ophaalden uit hun tijd in Rusland en breeduit aan het levensgenieten waren, zat Yarden Oz achter haar laptop en vroeg zich af waarom alle media wisten te vertellen dat zij dit jaar namens Israël aan het Eurovisie Songfestival zou gaan deelnemen.

7

Het kwartje valt (eindelijk)

FEBRUARI, TEL AVIV

ONDERWEG VAN HET GRAUWE ONDERKOMEN VAN HET Televisiebureau naar huis, drong langzaam een begin van een besef van wat er de komende maanden allemaal stond te gebeuren, door in het brein van Yarden en Effie. De gigantische hoeveelheid geld die ze zouden moeten uitgeven, de verpletterende druk, het tekort aan tijd – het sloeg allemaal he-le-maal nergens op. Ze hadden minder dan een maand de tijd om een geschikt nummer te vinden, een professioneel team in te huren, te repeteren met een achtergrondkoor en dansers, een jurk uit te zoeken, een video te maken en nog duizend-en-één dingen waarvan ze nu nog niet eens wisten dat ze er óók verantwoordelijk voor waren. Waar moesten ze in godsnaam beginnen? Wat moet er eerst gebeuren? Wie kon er helpen?

'Godgloeiende tering!' waren de eerste woorden die Yarden halverwege huis succesvol aan elkaar wist te rijgen. 'Teringtyfus!'

Effie knikte en herhaalde haar observatie woord voor woord. Wie Yarden zag lopen, zou gemakkelijk de indruk kunnen krijgen dat ze zojuist slecht nieuws over een terminaal familielid had gekregen. Met gebogen hoofd – en dit keer niet omdat ze niet herkend wilde worden – liep ze erbij alsof ze op weg was naar haar eigen uitvaart.

'Ik moet iets zoets – ik ga zo onderuit,' zei Yarden en ze stopte bij een kiosk. Ze werd ineens overvallen door een gevoel van totale zinloosheid. Oog in oog met de ruim beladen schappen met gummybeertjes, chocola en chips, was ze niet meer in staat een keuze te maken, en dat kwam niet door het aanbod van al dat lekkers. Ze brak en begon te huilen.

Ze had in haar wildste dromen nooit verwacht dat ze zou meedoen aan het Songfestival. Ze was er niet in geïnteresseerd en ze had ook geen idee gehad dat ze er zelf zo veel geld in zou moeten investeren. Maar ze was allesbehalve lui. Toen ze meedeed aan de realityshow, had ze al snel ontdekt dat ze niets wist van showbusiness. Dus had ze haar leergeld betaald en ervaren deelnemers uit eerdere seizoenen de oren van het hoofd gevraagd. Over hoe zo'n productie nou precies in zijn werk gaat – hebben de juryleden al vanaf het begin hun eigen favorieten? – en hoe ze het beste haar talenten kon inzetten, niet alleen in de show, maar ook in haar persoonlijke leven. Yarden was geen doetje. Wat ze niet wist, zocht ze uit. Maar meestal had ze meer stress en minder tijd. Ze had het gevoel dat ze zonder bandjes in het diepe werd gegooid, met een goudstaaf aan haar been die haar de diepte in trok.

Yarden besloot eindelijk wat ze wilde snoepen, en veegde haar tranen weg als een peuter die tien tellen de tijd had gekregen om zich weer normaal te gedragen. Net als alle andere moeilijke dingen in het leven, zou ze dit ook weer op eigen kracht moeten ontdekken. En Menashe en Niv hadden haar verzekerd dat ze haar in contact zouden brengen met de beste professionals in de

Songfestival-business. En wat het nummer betrof – dat kwam wel goed. Ze kon zelf proberen iets te schrijven. Of eens rondvragen of iemand een mooi liedje voor haar had – tussen al die talentvolle muzikanten met wie ze voor haar album had samengewerkt, moest er toch wel ééntje zitten die een fantastisch nummer voor het Eurovisie Songfestival op de plank had liggen? Hoe moeilijk kon het zijn?

Ze werd overspoeld door een golf van opluchting. Ze zou het voor elkaar boksen. Effie zou helpen en het zou allemaal in orde komen. Sterker nog: het zou geweldig worden!

Yarden pakte een schep met gummywormen en liet ze in een zakje glijden. 'Deze gaan heerlijk smaken in een flink glas wodka,' zei ze tegen Effie. Het viel haar op dat hij wezenloos naar de wolken staarde. 'Gaat het, lieverd? Ben je wakker?'

'Ja, nee, ik ben de boel gewoon nog even aan het herkauwen. Ik heb het gevoel dat er een smerig spelletje wordt gespeeld. Elke keer als we met het Televisiebureau te maken krijgen, hebben we achteraf een vieze smaak in onze mond. Weet je nog, dat gedoe met die talkshow, zo'n anderhalf jaar geleden? Toen we die Yigal voor het eerst hebben ontmoet? Toen had ik al een slecht gevoel bij die onbetrouwbare slang. En nu flikt hij ons dat geintje met dat persbericht.'

Yarden knikte instemmend met een rood-gele gummyworm tussen haar lippen. 'Waar wil je heen?'

'We moeten op zoek naar mensen de we kunnen vertrouwen en wegblijven bij iedereen die wordt aanbevolen door het Televisiebureau.'

Yarden keek Effie recht in de ogen. 'Nou, in dat geval weet ik wie we als eerste moeten bellen ...' zei ze met een tevreden lach op haar gezicht.

'Yanai Tenenbaum,' zeiden ze in koor.

Yarden en Effie maakten het zich gemakkelijk op de oranje bank, met een wodka-grapefruit-gummyworm-cocktail in de hand. Het was een variant op een oude truc die ze in het leger had geleerd en die het altijd leuk deed op feestjes: als je gummybeertjes in de wodka liet weken, zogen ze alle alcohol op en kon je ongemerkt overal drank mee naar binnen smokkelen. Ze had het snoep een tijdje laten staan omdat de stylist van een kinderprogramma in het bijzijn van de hele crew had geklaagd dat Yarden een paar kilo moest afvallen omdat het budget niet toestond dat alle jurken moesten worden vermaakt.

Het kostte Yarden twee weken om te beseffen dat ze zich toch echt niets ging aantrekken van de verbale diarree van een geconstipeerde nicht. Ze zag er prima uit, dank je wel, en ging zichzelf niets ontzeggen wat ze lekker vond. Dus deed ze een beetje rustig met suiker en koolhydraten, maar genoot verder volop van alle lekkers dat de wereld te bieden had.

Ze zaten met de laptop op schoot en googelden Yanai Tenenbaum. Zijn ervaring en cv waren adembenemend. 'Waarom zou Yigal niet willen dat we met deze man samenwerken?'

'Misschien wilde Yanai hem niet afzuigen, wie zal het zeggen. Maar ik weet één ding zeker: Als Yigal hem niet mag, moeten wij zo snel mogelijk met hem kennismaken.'

Ze belden Yanai en maakten een afspraak voor de volgende dag.

8

De eerste ontmoeting

FEBRUARI, TEL AVIV

DIT WAS DE EERSTE KEER IN DRIE NACHTEN DAT YARDEN vredig had geslapen. Door het gesprek met Effie was ze er weer van overtuigd geraakt dat ze er samen uit zouden komen. Het was nog steeds totale chaos en de tijdsdruk was bespottelijk, maar nu had ze tenminste het idee dat ze op het goede pad zaten. Yarden kwam uit bed en maakte een kop koffie. Ze was blij om te zien dat vrolijke zonnestralen waren begonnen de koude stenen vloer weer op te warmen.

Yanai, daarentegen, had de hele nacht geen oog dichtgedaan. Hij was volkomen verrast door het telefoontje van Yarden en Effie. Hij wist namelijk dat het Televisiebureau uitpuilde van de mensen die alles zouden doen om te voorkomen dat hij ook maar iets te maken zou krijgen met het Songfestival-project. Vroeger, toen hij net met hen samenwerkte, had hij een bijzonder plezierige en vruchtbare relatie met het Bureau gehad. Maar toen hij ook in de rest van Europa een succes werd, besloten de brave mensen bij het Bureau hem ineens af te schilderen als de grote boze vijand. Misschien waren ze jaloers dat hij ook werd ingehuurd als woordvoerder of perscontact voor andere landen. Of misschien waren ze bang dat Yanai hun baantje zou inpikken. Ze lagen immers elk jaar weer onder vuur in de media vanwege hun spectaculaire reeks mislukkingen, en de roep van het volk om dan maar helemaal niet meer mee te doen aan dit rampzalige evenement, klonk luider en luider.

En altijd was daar ook Yanai, die zijn mening niet onder stoelen of banken stak en zware kritiek leverde op de verantwoordelijken voor de organisatie van het Festival, die in zijn ogen zo'n beetje alles verkeerd deden. Hij vond dat het evenement een belangrijke kans was voor Israël en dat die kans werd verkwanseld. Omgaan met de internationale media en hun belangstelling voor delicate politieke onderwerpen was zijn lust en zijn leven. Hij had het liever over de inhoud dan antwoord te geven op vragen als 'wie heeft de jurk ontworpen' of 'wat vind je van het Bulgaarse liedje'. En dus was Yanai de hele nacht op geweest en had alles gelezen en gekeken wat er ooit over Yarden Oz was verschenen: om te ontdekken wat haar grootste drijfveer was.

De ontmoeting vond plaats in Yardens appartement. De salontafel stond vol met bakjes pinda's, cashewnoten en gummywormen die waren overgebleven van de avond daarvoor. Ze had overwogen ook de wodkafles op tafel te zetten, maar het was pas tien uur 's ochtends. Aan de andere kant: in Hong Kong was het al borreltijd, dus misschien toch ... nee, beter van niet.

Na een korte introductie stak Yanai van wal.

'Ik heb wel het gevoel dat ik je moet waarschuwen: dit gaat niet makkelijk worden. We komen net uit een oorlog en de wereld vindt ons momenteel niet zo aardig. De media zullen vijandig zijn en de meeste Europeanen gaan liever dood dan op Israël te stemmen. Weet je nog wat er gebeurde toen de Russen het op de homoscene hadden voorzien? Niet alleen kreeg Rusland geen enkele stem van de West-Europese landen, maar al die stemmen gingen ook nog eens naar een vrouw met een baard om de Russen nog dieper met hun neus in de stront te duwen. Het Eurovisie Songfestival is een politiek platform, net als het leven zelf. Als vertegenwoordiger van Israël zullen ze je beschouwen als spreekbuis, rechterhand én politiek adviseur van de minister-president, en je het vuur behoorlijk na aan de schenen leggen. Wat de Europeanen betreft is je liedje geschreven door de premier, en vertolk je in ieder interview woordelijk de instructies van de minister van Buitenlandse Zaken. Begrijp je wat ik zeg?'

Yarden had niet verwacht dat hij zo direct zo zijn. En ze begreep al helemaal niet wat de politieke situatie in Israël te maken had met het Eurovisie Songfestival. 'Ik heb steeds minder zin om hier iets mee te maken te hebben,' zei ze tegen Effie. 'Eerst gedraagt het Televisiebureau zich achterbaks en leugenachtig, dan ontdekken we dat we alles zelf moeten regelen en betalen, en nauwelijks tijd hebben om de boel te organiseren, en nu krijgen we ook nog te maken met de internationale politiek? Heb ik soms in mijn vorige leven iets misdaan, dat ik dit heb verdiend?'

'Je hoeft je nergens zorgen over te maken. Het klinkt allemaal heel intimiderend, maar het is in de hand te houden. Ik ben al naar een heleboel Songfestivals geweest, waaronder een aantal in vijandige landen, en soms is het allemaal heel politiek geladen. Ik wil alleen maar alle kaarten op tafel leggen, zodat je bent voorbereid op het ergste en precies weet wat je te wachten staat. Ik kan je hiermee helpen, Yarden. Ik neem aan dat het Televisiebureau heeft aangeboden je in contact te brengen met allerlei mensen? Ik weet wie er goed en professioneel zijn, en wie overbodig. Over het geld: ja, je bent de lul. Meedoen aan het Songfestival is een dure grap. Ik heb ooit gewerkt met een afvaardiging die zes miljoen dollar in de act had geïnvesteerd en nog niet eens de finale haalde. Het had waarschijnlijk geholpen als het meisje dat ze hadden gestuurd, kon zingen, maar dat kon ze helaas niet. En dus lagen we eruit. Luister: ik heb heel veel ervaring met dit evenement. Ik weet precies wat werkt en wat niet. Waar je geld in moet steken of niet. Ik kan je helpen besparen, maar ik zeg je ook alvast dat ik wel zal proberen je over te halen geld uit te geven aan dingen die ik echt belangrijk vind, zoals de best denkbare videoclip en een Europese promotietoer. We moeten alles zo goed mogelijk doen, maar waar het uiteindelijk op neerkomt, is dat we een ijzersterke act en een waanzinnig goed nummer hebben. Oh, wacht: hebben we eigenlijk een nummer?'

'Nee,' zei Effie. 'We hebben helemaal niks. We zijn hier volledig door verrast en zijn drie dagen in shock geweest. Dus we hebben nog helemaal niets gedaan. Ja: gisteren hebben we een vergadering met het Televisiebureau gehad, maar daar zijn we niet veel wijzer van geworden. Ze hebben ons verteld dat er een hoop moet gebeuren, maar we hebben nog steeds geen idee van de planning en wanneer we bijvoorbeeld het nummer en de video moeten inleveren. En nu we het er toch over hebben: waarom hebben ze daar zo'n hekel aan jou?'

'Aha! Jullie hebben de beroemde "werk niet met Yanai Tenenbaum"-speech gekregen! Ja, ze mogen me daar niet zo, om het maar zachtjes uit te drukken. Ik denk dat het komt omdat ik er geen probleem mee heb om kritiek op ze te leveren. Misschien is het omdat ik goed ben in wat ik doe, wat altijd uitdraait op ruzie als ik met ze samenwerk. Of misschien ben ik gewoon een waardeloos persoon, en heb ik dat zelf niet in de gaten.'

'Waarover maken jullie dan ruzie?'

'Oh, over van alles. Ik vroeg bijvoorbeeld ooit aan een zangeres wat er tijdens de act op het achtergrondscherm zou worden geprojecteerd. Zij kwaad op mij, want dat was niet haar verantwoordelijkheid, vond ze, en ze belde Yigal. Die zei dat het wel degelijk haar verantwoordelijkheid was en dat ze het moest regelen. Alleen was de deadline al twee dagen eerder verlopen. Dus leek het erop dat we het zouden moeten doen met een waardeloos broddelwerkje van de organisatie, dat de hele act min of meer om zeep hielp. Gelukkig kende ik iemand bij productie die er na de repetitie nog iets van wist te maken, maar op dat moment was het eigenlijk al te weinig, te laat. En dat is nog maar een voorproefje van het soort kleine en grote veldslagen waar je rekening mee moet houden. Als ik me ergens mee bemoei, wil ik dat het goed gebeurt. Ik ben al veel te vaak in situaties beland waarin de artiest zijn zin doordreef en me na het Songfestival, als het al lang en breed te laat was, opbelde om te zeggen dat ik toch gelijk had gehad. Het Songfestival is een unieke wereld met zijn eigen wetten. Elk jaar zijn er nieuwe trends en je moet zo goed mogelijk zijn voorbereid. Maar, zoals gezegd: het belangrijkst zijn de song en het optreden. Want sinds de stem van het publiek 50% van de uitslag bepaalt, is het wel een beetje een circus.'

'Een beetje? Het was toch altijd al een circus?'

'Hoho, sommige acts bij het Songfestival zijn beter dan wat je te zien krijgt bij de Emmy's of de MTV Music Awards. Natuurlijk zijn er ook bizarre optredens met een hoog what-the-fuck-gehalte, maar dat is precies waarom ik het Festival zo fantastisch vind: het ene moment ga je helemaal plat voor een geweldige show en een fantastisch lied, even later pies je in je broek van het lachen. Soms is het bloedserieus, even later vraag je je af of ze die jurk hebben laten maken door een blinde zonder smaak, of dat ze gewoon willen dat hun eigen kandidaat roemloos ten onder gaat. Ik stel voor dat we ons concentreren op het kiezen voor het juiste nummer, want daarmee begint echt alles.'

'Wij zullen de muzikanten waar we elke dag mee werken vragen of ze iets voor ons kunnen schrijven. Heb jij nog iemand die je kunt aanraden?'

'Nou ... toevallig wel! Ik heb al jaren een lied in mijn bureaula liggen. Maak je geen zorgen, ik heb het niet zelf geschreven. Een artiest met wie ik een paar jaar geleden heb gewerkt, heeft het geschreven en ik heb hem laten beloven dat hij het zou bewaren tot het juiste moment was aangebroken. Ik denk dat het perfect bij je zou passen. Er is maar één probleem: het is in het Engels. En het Bureau gaat erop aandringen dat je het voor de helft in het Hebreeuws moet zingen.'

'Ja, waar slaat dat eigenlijk op? Waarom moet het voor de helft in het Hebreeuws?'

'Zij vinden dat je in het Hebreeuws moet zingen omdat je Israël vertegenwoordigt. Ze begrijpen niet dat sinds het Eurovisie Songfestival de taalregel heeft afgeschaft, er nog maar twee keer een liedje heeft gewonnen dat niet in het Engels was. Idioten. Ik probeer ze al jaren uit te leggen dat we Israël vertegenwoordigen, niet de Israëlische folklore. Als ze dat willen, moeten ze artiesten sturen die bruine leren sandalen dragen en falafel eten. Maar het is of je tegen een muur praat. Dus moeten we er maar het beste van maken en werken met wat we hebben.'

'Oké, en hoe gaan we die video en al onze onkosten betalen?'

'Een heleboel artiesten doen commercials om de kosten te dekken. Je hebt mensen die hun geld verdienen met het vinden van sponsors, en met jou als zangeres van het jaar en deelnemer aan het Songfestival zou dat niet al te veel problemen moeten opleveren. Heus, Yarden, als we alles op de juiste manier aanpakken, komt het prima in orde. We moeten die hulpeloosheid van ons afschudden en aan het werk gaan. Elk uur dat we stilzitten, worden de problemen groter. Kom op! Laten we aan het werk gaan!'

Yarden en Effie keken elkaar aan en wisten dat ze de partner hadden gevonden die ze nodig hadden om dit glibberige pad te bewandelen. De directheid en ervaring van Yanai waren een grote aanwinst, en zouden bovendien een grote bron van ergernis voor Yigal zijn, en dat voelde ook wel lekker. Wraak nemen en goede hulp inhuren – een perfecte win-winsituatie!

Yarden wilde een blauwgroene gummyworm pakken, maar bedacht zich net op tijd: ze ging niet met een bolle kop voor het oog van miljoenen kijkers op televisie verschijnen. Ze kon niet geloven dat ze zichzelf dat hoorde denken. Maar het was wat het was.

Ze ging weer rechtop zitten en keek Yanai nog eens nadenkend aan. Toen drong het tot haar door.

'Zes miljoen om aan het Songfestival mee te doen? Zes miljoen? Meen je dat echt?'

9

Voorbereiden op het Eurovisie Songfestival

MAART, TEL AVIV

NA EEN SOMBERE EN REGENACHTIGE FEBRUARI KWAM de langverwachte lente. Regenwolken maakten plaats voor een warme zon en het leven in Israël had zijn normale loop weer hervonden, althans de loop die het vóór de oorlog ook had gehad. De aandacht voor de raketten in het zuiden was alweer afgeleid door het aanstaande Pesachfeest. Yarden, Yanai en Effie waren onvermoeibaar bezig met de voorbereidingen op het Songfestival. Ze hadden gekozen voor een vrolijk popliedje waar ze vertrouwen in hadden, om tafel gezeten met modeontwerpers en choreografen, en een planning gemaakt voor de opnames van de videoclip. Het was Yarden wel opgevallen dat Yanai zich soms iets te veel beslissingsvrijheid veroorloofde. Ze vond hem af en toe zelfs ronduit onuitstaanbaar; hij stond nauwelijks open voor de ideeën van anderen en niemand kwam ertussen, als de grote Yanai aan het woord was. Maar ze wist dat hij het goed bedoelde en dat dit de prijs was die ze moesten betalen voor zijn talent en ervaring. Sinds ze hem een keer stevig op zijn nummer had gezet, ging het wat beter en liet hij af en toe ook iemand anders zijn mening geven.

Yarden raakte steeds meer gewend aan het idee dat ze ging meedoen aan het Songfestival. In de media kwam steeds meer aandacht voor de voorbereidingen en er ging geen dag voorbij of er stond wel ergens een artikel: over Yarden die aan het repeteren was; over Yarden die haar jurk paste, een rondje door het bos jogde, enzovoort. Dat hoorde bij haar werk en Yarden vond het prima. Yanai was lekker bezig met het regelen van interviews met allerlei Songfestival-gerelateerde internationale blogs waar ze nog nooit van had gehoord. Ze had er geen idee van gehad dat er zo veel toegewijde fans bestonden die alle nieuwtjes, hoe klein ook, rond het Songfestival religieus volgden. In haar eigen land werd er vooral op neergekeken, hoewel er door haar deelname wel een storm van publiciteit was opgestoken.

'S Nachts droomde ze niet alleen dat ze zou doordringen tot de finale, maar ook dat ze van een geliefde popzangeres zou veranderen in de zoveelste daverende Songfestival-mislukking. In alle interviews gaf ze aan dat het haar doel was de finale te halen en geen schande over het land uit te storten. Maar diep vanbinnen wilde ze zoveel méér ... nu ze zo ver was gekomen, wilde ze ook de vierde Israëlische overwinning mee naar huis nemen.

Maar de media wezen er fijntjes en onophoudelijk op dat ze geen schijn van kans maakte om te winnen, omdat ze niet van Jemenitische afkomst was, zoals alle drie de eerdere Israëlische winnaars – Dana International, Izhar Cohen en Gali Atari. Ze was te blond, te licht van huid, en ze was niet grootgebracht op pittige bottenbouillon, zoals een keurig Jemenitisch-Israëlisch meisje betaamt. Zou ze daarom niet in staat zijn Europa te veroveren? De tijd zou het leren. Ze wist alleen dat ze moest doen wat ze altijd deed: alles geven wat ze had.

De samenwerking met het Televisiebureau verliep verrassend soepel. Menashe Cohen en Niv Salah deden wat ze konden om haar te helpen en leken oprecht in haar te geloven. Van Yigal Levi, het Hoofd, was tot grote vreugde van Yarden sinds die allereerste ontmoeting niets meer vernomen. Ze was heel blij Niv en Menashe te zien bij de opnames van haar videoclip.

Niv, die ze onweerstaanbaar aantrekkelijk vond met zijn lange, afgetrainde lichaam en diepbruine ogen, kwam op haar aflopen. 'Goedemorgen, schattebout! Zenuwachtig?'

'Schatje! Nee, eigenlijk niet. We zijn er wel klaar voor. Heb je onze outfits al gezien? Ik denk dat het prachtig wordt – als jullie cameramensen het tenminste niet verzieken, natuurlijk.'

'Maak je geen zorgen, dat doen ze zéker,' grijnsde hij een mond vol perfecte parelwitte tanden bloot. Ze voelde zich een beetje suf dat ze opvliegers kreeg van een homoseksuele man. Yanai had haar al verteld dat de meeste mannen in de Songfestival-*scene* 'achterwaarts door de maisvelden renden', zoals hij het plastisch uitdrukte. Het duurde even voor Yarden begreep wat hij bedoelde, maar toen Yanai het geduldig had uitgelegd, pieste ze zowat in haar broek van het lachen. Als dit een voorproefje was van wat haar de komende weken te wachten stond, ging ze nog heel wat plezier beleven.

Ze zag dat Menashe in de hoek stond te bellen. Hij zag lijkbleek en leek ieder moment een paniekaanval te kunnen krijgen. Het zag er beroerd uit en dus vroeg ze aan Niv: 'Wat is er met Menashe? Hij ziet er een beetje pips uit.'

'Oh, hij is gewoon aan het bellen met Yigal. Ze kunnen momenteel niet zo goed samen door een deur, om het maar voorzichtig uit te drukken. Ik denk dat Yigal om de een of andere reden boos op hem is, en hij is niet van het vergevingsgezinde type. Ze zijn al een maand alleen maar aan het bekvechten, vooral over het Songfestival.'

'Waarom? Waar maken ze dan ruzie over?'

'Menashe heeft alles op alles gezet om die eeuwenoude verplichting om de helft van het lied in het Hebreeuws te zingen, van tafel te krijgen. Het is een Europees evenement, het slaat nergens op dat nummer voor een deel in het Hebreeuws te doen.'

'Hij heeft gelijk, het is zo'n opluchting dat hij het voor elkaar heeft gekregen dat ze dat willen veranderen.'

'Zo denken de meeste mensen in de entertainmentindustrie er ook over. Elk jaar gaat Menashe als een gek tegen Yigal tekeer in vergaderingen en discussies, en probeert hij duidelijk te maken dat je geen kreupele knol naar de paardenraces moet sturen, dat je op deze manier al direct met een achterstand start. Maar niemand wilde ooit naar hem luisteren. Die tent is een wespennest en iedereen probeert, als hij de kans krijgt, een spaak in het wiel te steken bij een ander. Ik heb geen idee hoe Menashe ze zover heeft gekregen die achterlijke regel eindelijk af te schaffen, maar ik weet wel dat Yigal een wraakzuchtig mannetje is. Maar Menashe redt zich wel, maak je geen zorgen. Volgende week gaat hij lekker naar de conferentie van delegatieleiders in Bakoe en daar zal hij zich prima amuseren, geloof mij maar.'

Menashe kwam hun richting op. Hij zag er nog steeds bleek en uitgewoond uit – een compleet contrast met zijn gebruikelijke evenwichtige zelf. Yigal had de pik op hem vanaf het moment dat hij tegen diens uitdrukkelijke wens was ingegaan en Yarden had gekozen in plaats van de Kraai van Katamon. En of dat niet genoeg was, had Menashe ook nog eens de eeuwige strijd om de Hebreeuwse helft in zijn voordeel beslecht. Als wraak had Yigal gezorgd dat Menashe niet werd betrokken bij een aantal nieuwe, spannende projecten en zelfs een paar keer geweigerd een afspraak met hem te maken. Als ze elkaar aan de telefoon hadden, konden ze alleen maar bekvechten. Het kwade bloed tussen hem en Yigal begon Menashe behoorlijk op zijn zenuwen te werken. Hij was blij dat hij binnenkort naar Bakoe mocht vliegen en zijn Europese collega's in de armen kon sluiten.

'Menashe, wat is er aan de hand? Je bent lijkbleek,' vroeg Niv bezorgd. Menashe glimlachte en vroeg zich af hoe hij ging vertellen dat Yigal hem zojuist had laten weten dat niet hij, Menashe, maar Dorit Sarfati, een van de producenten bij het Televisiebureau, door Yigal was benoemd tot hoofd van de delegatie. Hij wist dat dit Yigals manier was om hem te straffen omdat hij het comité had toegestaan voor Yarden te kiezen. Hij had verwacht dat hij een forse reprimande zou krijgen. Dat Yigal hem een tijdje als een hond zou behandelen. Maar dit? In zijn ergste nachtmerrie had hij niet aan zien komen dat hij van zijn functie zou worden ontheven en vervangen door een onervaren hittepetit, die nog nooit iets met het Songfestival te maken had gehad. Maar zo werkten de dingen bij het Televisiebureau: als je iemand kon naaien ten koste van een belangrijk en onbetaalbaar project, dan moest dat maar.

Menashe had nog geprobeerd Yigal op andere gedachten te brengen, maar hij wist: als het Hoofd eenmaal had besloten iemand te straffen, kon zelfs de minister-president de arme drommel niet meer redden. Het Eurovisie Songfestival was de enige reden dat Menashe nog bij het Bureau bleef, en nu zijn baby hem was afgepakt, raasde zijn hart van woede en frustratie. Daar stond hij dan tegenover Yarden en Niv, op de set van de video die ze aan het filmen waren, één enkele week voordat hij naar Bakoe had moeten vertrekken – en hij moest ze vertellen dat hij niet langer met ze zou samenwerken.

Menashe was een rationeel persoon en hij ging zeker niet zoiets onverstandigs doen als zich ziek melden bij Yigal – hoe graag hij dat ook wilde. Hij zou eerst met de juiste mensen om tafel gaan en dan pas beslissen wat zijn volgende stap zou moeten zijn. Dus vertelde hij Yarden en Niv op kalme toon dat hij dit jaar om persoonlijke redenen helaas niet langer deel kon uitmaken van het team, en plaatsmaakte voor Dorit Zarfati.

Menashe was een heer, en een bijzonder trots persoon. Hij trok zich nog liever zelf terug uit het project dan Yigal de lol te gunnen dat hij er een drama van zou maken. De waarheid zou ongetwijfeld binnenkort op straat liggen, maar zolang het kon, wilde hij zijn waardigheid bewaren. Hij voelde zich gevleid door de reactie van Yarden en Niv, maar hij bleef in de plooi. 'Dorit is onderweg. Jullie willen er wel voor zorgen dat ze zich thuis voelt en Niv, jij moet haar maar over alles bijpraten.'

Een paar momenten later stapte een saaie vrouw van middelbare leeftijd met gebleekt haar aarzelend de studio binnen. Dorit Zarfati had geen idee wat ze had misdaan om deze straf te verdienen. Erger nog, ze wist niet precies wat er van haar werd verwacht, en waar deze ellende allemaal goed voor was.

Dorit had het grootste deel van haar loopbaan bij het Bureau doorgebracht op onbelangrijke managementfuncties bij goedkope entertainmentproducties, die niet veel vergden van haar tijd en intellect. Ze vond het eigenlijk best prettig riant te worden betaald om elke dag op tijd naar huis te gaan. Nu was ze ineens opgezadeld met een immens project dat veel meer van haar vroeg dan ze ooit had verwacht te moeten geven. Gelukkig kon ze het meeste werk en het grootste deel van de verantwoordelijkheid afwentelen op de schouders van Niv – Dorit had het DNA van het Bureau onverdund door de aderen stromen.

'Mensen, dit is Dorit! Zij gaat me vervangen als hoofd van de delegatie. Ik vertrouw erop dat jullie haar helpen snel en soepel te acclimatiseren,' zei Menashe met een indringende blik op Niv.

Yarden toverde de grootste glimlach die ze kon vinden op haar gezicht en gaf een hand aan de vrouw die verantwoordelijk voor hen zou zijn in Bakoe. Ze had vertrouwen in Menashe gehad, die sterke verhalen over eerdere edities met haar deelde en had verteld dat er dit keer extra beveiliging zou meegaan. Ze had zich veilig bij hem gevoeld en het drong nu plotseling tot haar door dat hij er niet zou zijn om op haar te passen.

De maag van Yanai draaide zich langzaam om. Hij kende Dorit en vond haar best aardig, maar als professional had hij geen hoge pet van haar op. 'Ik kan niet geloven dat we twee weken in Bakoe moeten doorbrengen in het gezelschap van ouwe, grijze Dorit. Wat moeten we in godsnaam doen?'

Niv siste en gebaarde hem om stil te zijn. Dorit stond niet ver bij hen vandaan en hij wilde niet door toedoen van Yanai in de problemen komen.

'We verzinnen wel wat. Net zoals we altijd wat verzinnen. We weten allemaal wie deze beslissing heeft genomen. Ze heeft toch niet echt een idee wat ze hier komt doen, en ze is half doof. Dus we kunnen waarschijnlijk gewoon precies doen wat we willen. En wie weet neemt ze wel het verkeerde vliegtuig, naar Armenië of zo, omdat ze denkt dat ze daar moet wezen. Het wordt lachen, man, maak je geen zorgen.'

***

Na lange, zware uren werken, waren ze eindelijk klaar met de opnames van de videoclip. Yarden zei uitgeput gedag en haastte zich naar huis. Ze wilde alleen nog maar in een warm bad met een groot glas alcoholische drank en een hand gummybeertjes, maar ze wist dat ze haar favoriete *guilty pleasure* dit keer moest laten staan. Ze moest pakken voor haar ochtendvlucht naar Amsterdam. Yarden ging met Yanai naar een pre-Songfestival-event waar ze volgens Yanai 'absoluut' bij moesten zijn. Ze putte troost uit het feit dat het in Amsterdam was, en dat ze zich kon vergrijpen aan de beste cannabis die deze stad te bieden had. Ze was er nog nooit geweest en was benieuwd of Amsterdam zijn reputatie eer aandeed.

Op datzelfde moment kwam Yanai aan in zijn appartement in Noord-Tel Aviv. Hij liep een blokje met de hond en pakte zijn tas. Hij had drie dagen zalig vakantiefeesten in het vooruitzicht. Hij vond het heerlijk dat zijn werk hem op zo veel mooie plaatsen in de wereld bracht. Hij ging op de bank zitten en stak een joint op om vast in de stemming te komen, natuurlijk. Hij viel ter plekke in slaap, met al zijn kleren en schoenen nog aan.

***

Vijf uur later landde een vliegtuig van El Al op Schiphol. Helaas zou de koffer van Yarden Oz zijn bestemming niet bereiken.

10

Israëli te zijn

MAART, AMSTERDAM

'FUCK, FUCK, FUCKER, FUCK, FUCKERDE FUCK! VERDOMME! Waarom heb ik dat toch altijd? Mijn fucking jurk zit in die koffer. Wat moet ik doen? Ik ben alles kwijt!!'

'Kalm aan, het is maar een koffer. En dit hier is geen Bakoe – dat ding komt heus wel terecht. We kopen gewoon alles wat je nodig hebt. Relax. Het is niet of de definitieve tracks in je koffer zitten. Toch? De definitieve tracks zitten niet in je koffer, toch?'

'Ik heb de fucking definitieve tracks. En fijn dat je zo kalm en rustig blijft. Als het jouw koffer was geweest, had je allang dit hele vliegveld tot de laatste steen afgebroken.'

'Yep, maar mijn koffer is gelukkig wel aangekomen. Laten we naar de El Al-balie gaan en de vermissing melden. Hij duikt vast morgen wel weer op. Voor nu hebben we alles wat we nodig hebben. En als ik "alles" zeg, bedoel ik ook alles!'

'Kun je nou werkelijk alleen maar aan blowen denken? Is dat waarom we naar Amsterdam zijn gekomen?'

'Nee, we zijn hier om allebéí een joint te roken en, nog belangrijker, om ons te presenteren op een belangrijk pr-event. Dus gedraag je en stel je niet zo aan.'

Dit was de derde keer dat Yanai het pre-Songfestival-event bezocht, een gigantisch spektakel dat door de Nederlandse Songfestival-fanclub werd georganiseerd. Elk jaar kwamen zo'n dertig afgevaardigden uit de veertig deelnemende landen bijeen om elkaar te leren kennen en op te treden voor het goede doel.

Een paar dagen geleden had Yanai uitgelegd dat het event – naast drie dagen feesten in Amsterdam – een unieke kans was om vast te proeven van wat haar te wachten stond in Bakoe. Dat was voor hem de belangrijkste reden om hierheen te komen. Hoe beter de voorbereiding, des te sterker het optreden!

***

Ze werden door Jan, een van de vrijwilligers, bij het vliegveld opgehaald en naar het hotel gebracht waar het hele gezelschap logeerde.

'We zijn ontzettend blij dat jullie willen meedoen aan ons event. Jullie moeten echt weten dat we dat zeker niet vanzelfsprekend vinden. In jullie kamers ligt een envelop met een schema van alle repetities en pr-momenten. Je zult zien dat er meer dan genoeg tijd is ingeruimd om de stad te ontdekken en lekker je eigen gang te gaan.'

Uitgeput van de vermoeienissen van de video-opname van gisteren, vielen ze bijna in slaap op de achterbank en wisten ze niet veel meer uit te brengen dan wat dankbaar gemompel. 'Ik moet jullie wel nog even laten weten dat er uit verschillende hoeken nogal wat kritiek is gekomen op jullie deelname aan ons event. Je weet wel, vanwege de gebeurtenissen van de laatste tijd in jullie land. Maar ik denk niet dat jullie in de problemen zullen komen, hoor.'

Yanai schoot als eerste wakker. 'Problemen? Tegen wat voor problemen zouden we dan precies kunnen aanlopen?'

'Ik zei niet dat jullie problemen zouden krijgen; ik zei dat jullie waarschijnlijk géén problemen zouden krijgen.'

'Dat had ik wel begrepen, maar laten we er nog even iets dieper op ingaan: wat denk je dat er zou kúnnen gebeuren?'

'Dat weet ik niet precies. Misschien een anti-Israël-demonstratie. Of een paar politieke vragen tijdens interviews. Een van de deelnemers heeft afgezegd toen hij hoorde dat jullie zouden komen.'

'Echt waar?' Nu was het de beurt aan Yarden om wakker te worden. 'Wie heeft er vanwege mij afgezegd?'

'De zanger uit Noorwegen heeft besloten dat hij niet komt opdagen op bijeenkomsten waar Israëli's aanwezig zijn. Hij vindt jullie land een apartheid-staat en boycot daarom ons event.'

Yanai vond het hele geval tamelijk vermakelijk. Hij was verrast dat hij nog niets van de boycot had vernomen voordat ze in Amsterdam aankwamen. Het was niet de eerste keer dat hij kennis had gemaakt met zulke vijandigheid, en het was zijn ervaring dat dit soort boycots meestal waren bedoeld als publiciteitsstunt en er weinig serieuze politieke overtuiging achter zat.

'Ik vind het grappig dat hij afzegt voor jullie event, maar het wel tegen ons wil opnemen bij het "echte" Songfestival. Volgens mij zitten we zelfs in dezelfde halve finale, dus we zullen hem constant tegen het lijf lopen. Dat wordt lachen, Yarden. We gaan hem tot waanzin drijven!'

Yarden had weinig kaas gegeten van de politieke kant van het Songfestival, en begreep niet waar Yanai zo opgewonden en uitgelaten van raakte. 'Waarom vind je het zo grappig dat iemand actie tegen ons voert?'

'Het is niet dat Noorwegen ons ooit veel punten geeft – toen Dana International won, hebben we precies drie punten van ze gekregen. En al die aandacht levert ons misschien wel weer een paar nieuwsitems op, waarin we op de een of andere manier onze eigen draai aan het verhaal kunnen geven. Onze winst, zijn verlies.'

Ze checkten in bij het hotel en gingen de stad in om wat toiletspullen voor Yarden te scoren en een coffeeshop te zoeken. Ze kochten vier joints om een veilige voorraad te hebben en liepen in de richting van de Bloemenmarkt in het centrum van de stad.

'Denk je dat het oké is om het Anne Frankhuis te bezoeken met twee joints in je zak? Is dat geen heiligschennis?' mijmerde Yarden.

'Niemand weet wat we in onze zakken hebben, en we gaan ze heus niet in haar kamer roken. En zelfs als we dat wel deden, zou ze het vast niet erg hebben gevonden.'

'Oh, je bent zo'n sukkel. Echt!'

'Luister: we beklimmen die trap – goed voor de lijn – kijken daar boven even rond en gaan naar het park om te roken. Wat is het probleem?'

'Geen probleem. Ik heb gewoon honger. Ik heb sinds gisteren niets gegeten.'

'Oké, dan beklimmen we eerst die trappen, kijken rond, scoren iets te kauwen voor de hongerklop en gaan dán roken in het park. Nog iets te mekkeren?'

'Klinkt als een plan.'

Ze aten en rookten, aten nog een keer en namen een taxi terug naar het hotel. Toen ze de lobby in liepen, zagen ze drie mannen uit de auto van Jan stappen. Jan kwam op hen af en stelde ze voor aan Marco, de deelnemer uit Italië.

'Oh my god! Wat een lekker ding!'

Yanai glimlachte en zei: 'Volgens mij heb je zojuist een vriendje gevonden voor al die eenzame uurtjes in Bakoe! Pak 'm, darling!'

'Geen schijn van kans. Ik ben nu niet in staat om te flirten. Mijn mond is zo droog als een veganistisch biscuitje en ik wil alleen nog maar naar bed.'

'Prima. Ga jij lekker pitten. Ik moet nog even met de mensen van de organisatie praten en ons schema doorlopen. Doe lekker een tukje en dan maak ik je wakker rond etenstijd. Misschien regel ik wel dat jij en die Italiaan elkaars toetje worden.'

'Je doet je best maar. Ik ben naar mijn kamer.'

Yanai liep weer de lobby in en knoopte een gesprek aan met een van de organisatoren. Ze namen het schema door en Yanai probeerde uit te vissen of er nog anderen waren die bezwaar hadden gemaakt tegen hun deelname aan het event. Toen ging de liftdeur open en Yarden stapte lijkbleek naar buiten. Ze keek paniekerig rond op zoek naar Yanai en rende totaal overstuur naar hem toe.

'Wat is er? Wat is er gebeurd?'

Ik kwam bij mijn kamer en de deur stond op een kier. Ik dacht dat ik hem misschien niet goed had dichtgetrokken en ging naar binnen om te kijken of er iets gestolen was ...'

'Maar er valt helemaal niets te stelen, je hebt geen koffer.'

'Daar gaat het niet om. Yanai: iemand heeft een hakenkruis boven mijn bed geschilderd. Degene die dit heeft gedaan, wist dat ík in deze kamer logeerde.'

In al zijn jaren had Yanai nog nooit fysiek geweld tegen hem of zijn artiesten meegemaakt, afgezien van af en toe een bedreiging. Maar een inbraak en swastika-graffiti in de hotelkamer, dat was toch wel een heel nieuw level. Iemand wilde hun kwaad doen of in ieder geval heel bang maken. En dat was aardig gelukt.

Yanai rende naar de receptie, vroeg de receptionist de politie te bellen en riep Jan, die een eindje verderop stond. Yarden zag er dodelijk geschrokken uit. En dat was ook niet zo raar, dacht hij bij zichzelf, en nam haar in zijn armen. Ze begon te huilen. Het leek wel of de joints in één keer waren uitgewerkt. 'Hier, neem een glas water. De politie komt zo. We zijn in een openbare ruimte, niemand kan ons hier iets doen.' Yanai probeerde wanhopig de juiste woorden te vinden om Yarden te kalmeren.

De politie arriveerde een paar minuten later en ging samen met Yanai en Yarden naar boven om de kamer te onderzoeken. De rechercheurs vroegen of ze in de gang wilden blijven staan om de plaats delict niet te besmetten terwijl er naar vingerafdrukken werd gezocht. Yanai stelde voor dat ze in zijn kamer zouden wachten tot het onderzoek was afgerond, toen het tot hem doordrong dat er in zijn kamer misschien ook wel was ingebroken. De politie vroeg hem om zijn keycard en probeerde de deur van zijn kamer open te maken. Yanai haalde een paar keer diep adem en probeerde zichzelf te kalmeren. Deze trip was bedoeld als drie dagen puur plezier in Amsterdam; lekker wandelen door de stad, hapje eten, beetje roken, een paar interviews met de internationale media en een leuk optreden van Yarden. Hoe had het zo'n nachtmerrie kunnen worden? Als dit hun welkom in Nederland was, hoe moest het dan niet zijn in Azerbeidzjan?

Bij hun derde poging kregen de politiemensen de deur open en gingen de kamer in. Yarden en Yanai probeerden naar binnen te gluren, maar hun zicht werd geblokkeerd door de rug van een breed gespierde agent. Een paar seconden later kwam het team alweer naar buiten en begonnen de onderzoekers driftig in het Nederlands in hun walkietalkies te spuwen. Yanai kon niet verstaan wat ze zeiden, maar het was wel duidelijk dat er stront aan de knikker was.

Een van de agenten, een boomlange man met groene ogen en blond haar, richtte zich tot Yanai. 'Het spijt me, meneer, maar ze hebben ook bij u ingebroken en een swastika boven uw bed geschilderd. Ik kan u niet binnenlaten in allebei de kamers, voordat we zeker weten dat we niets hebben gemist. Wilt u alstublieft wachten in het restaurant van het hotel – een van onze mensen zal u naar beneden begeleiden en bij u blijven tot we ons onderzoek hebben afgerond.'

'We begrijpen het. Laat u ons alstublieft weten wat u hebt ontdekt, en wilt u dit incident ook rapporteren bij de Israëlische ambassade? Zij zullen ons vermoedelijk wel willen spreken.'

'Natuurlijk meneer. En wilt u nu dan alstublieft iets gaan drinken in het restaurant? En te oordelen naar uw rode ogen, moet u misschien ook even wat eten,' knipoogde de agent naar Yanai.

Yanai en Yarden werden door een politievrouw naar het restaurant geëscorteerd. De aanwezigheid van de politie was als een lopend vuurtje door het hotel gegaan en bijna alle deelnemers en organisatoren hadden zich naar de lobby begeven om te weten te komen wat er allemaal aan de hand was.

Toen ze uit de lift kwamen, liep Jan naar hen toe om zijn verontschuldigingen aan te bieden voor wat er was gebeurd. De politievrouw vroeg iedereen opzij te gaan en Yarden en Yanai door te laten. Ze gingen aan een tafeltje zitten, doodvermoeid en op de rand van de wanhoop. Ze waren de vorige dag om zes uur 's ochtends opgestaan, hadden doorgewerkt tot middernacht, twee uur geslapen, waren naar Amsterdam gevlogen, een koffer kwijtgeraakt, en nu dit ...

'Ik stel voor dat we iets te drinken bestellen en wachten tot de mensen van de ambassade komen opdagen,' zei Yanai.

Yarden was gesloopt. Ze wilde alleen nog maar slapen. Een maand keihard werken, de lange dag van gisteren, de joint van die middag – alles bij elkaar werd het haar te veel. Ze was uitgeput. Ze hoorde Yanai praten, maar kon niet verstaan wat hij zei. 'Ja ja, een antisemitische aanslag,' mompelde ze.

Yanai wierp een blik op haar en realiseerde zich dat ze er helemaal niet meer bij was. Hij pakte een stoel, legde haar voeten erop, en fluisterde dat ze rustig haar ogen kon sluiten, dat hij bij haar was, en dat ze veilig waren. Yarden viel als een blok in slaap. Ze was zo moe dat niets haar meer wakker kon houden; geen ongemakkelijke houding en zeker geen hakenkruis.

Slapen was het laatste waar Yanai aan dacht. De adrenaline pompte als een bezetene door zijn lichaam. Wat was de betekenis van dit incident? Als door-en-door pr-man was zijn geest alweer op zoek naar mogelijkheden deze afschuwelijke gebeurtenis te vertalen in positieve publiciteit en extra stemmen op het Songfestival.

Na ongeveer een kwartier kwam de blonde agent het restaurant binnen met twee mannen die Yanai nog nooit had gezien. Ze stelden zich voor als de Israëlische ambassadeur in Nederland en het hoofd van de beveiliging van de ambassade. De twee mannen vergewisten zich ervan dat ze allebei ongedeerd waren en wilden tot in detail weten wat er was gebeurd. 'Willen jullie terug naar huis, of hier blijven?'

'Wat vinden jullie? Als we hier in levensgevaar zijn, gaan we natuurlijk terug naar Israël. Ik denk niet dat mijn moeder het op prijs stelt als ik in een lijkzak thuiskom.'

Haim, het hoofd van de beveiliging van de ambassade, moest lachen. 'Goed om te zien dat je je gevoel voor humor niet bent verloren. De ervaring leert dat ze je waarschijnlijk alleen maar de stuipen op het lijf wilden jagen. Als ze je echt iets wilden aandoen, hadden ze je niet zo'n waarschuwing gegeven. Sinds de laatste ronde tussen Gaza en Israël, is er hier een nieuwe haatgolf tegen Israël en de Joden in Nederland losgebarsten. Wij maken dit soort dingen bijna elke dag mee, maar gelukkig is er tot op heden nog niemand gewond geraakt. Mensen worden beledigd, hier en daar zie je een swastika, en iemand heeft op straat een duw gekregen omdat hij Hebreeuws sprak, dat is het wel zo'n beetje. Daarom adviseer ik u de kalmte te bewaren: we hebben waarschijnlijk het ergste wel gehad. Ik zal de politie vragen wat het onderzoek heeft opgeleverd, maar er ben er vrijwel zeker van dat ze niets hebben gevonden. De persoon die uw kamers is binnengedrongen, had waarschijnlijk handschoenen aan. Misschien leveren de beelden van de beveiligingscamera's van het hotel nog iets op, dat zullen we ook nog nagaan. Maar ik herhaal: haal diep adem en maak u niet al te druk.'

'Als we besluiten hier te blijven, krijgen we dan politiebescherming?'

'Ik denk het wel, ik zal het ze vragen.'

Yanai keek Haim en de ambassadeur eens diep in de ogen.

‘Nu we het toch over de pers hebben: ik kan wel wat advies gebruiken. Hoe kunnen we dit incident in ons voordeel gebruiken, en wie benadert de pers?’

Nu was het de ambassadeur die een lachje niet kon onderdrukken. ‘Maak je geen zorgen, wij regelen wel een paar interviews met een paar grote kranten en radiostations. We zullen onze uiterste best doen om hier zoveel mogelijk pers uit te slepen. Met de juiste publiciteit kunnen wij de kwestie van antisemitisme en Israëlhaat aan de orde stellen in het Nederlandse parlement. We zullen zorgen dat jullie allebei een nieuwe kamer krijgen, en politiebescherming voor de rest van de duur van jullie verblijf in Nederland. Natuurlijk zijn wij altijd te bereiken als je iets nodig hebt. Blijf voor alle zekerheid zoveel mogelijk in het hotel.’

Yanai belde Effie Bouskila en bracht hem op de hoogte van alles wat er was gebeurd. Zij hadden niemand gevraagd in te breken en swastika’s op de muur te schilderen. Maar nu het toch was gebeurd, konden ze er net zo goed van profiteren.

***

Een uur later werd Yarden wakker met een stijve nek en een pijnlijke rug. Yanai gaf haar een vlugge massage en praatte haar bij over het gesprek met Haim en de ambassadeur.

‘Luister: we gaan dit uitmelken tot we blauw zien! We gaan ervoor zorgen dat de Nederlanders zich zo schuldig voelen dat ze allemaal op ons gaan stemmen. En nog meer goed nieuws: we hebben dan wel huisarrest gekregen, maar we hebben meer dan genoeg wiet en jij kunt werk maken van die Italiaanse hengst waar je zo op glijdt.’

'Jij bent echt gestoord, dat je op een moment als dit aan seks en pr kunt denken, weet je dat?'

'Ik weet het, maar dat is mijn werk, en ik ga me niet verontschuldigen voor het feit dat ik een slaatje wil slaan uit deze situatie. Als we dan toch pijn moeten lijden, wil ik er in elk geval iets voor terugkrijgen. En een nachtje met die Italiaan is je van harte gegund. Maar nu moet ik eerst zorgen dat de politie goed op ons past. Volgens mij heeft die blonde al een oogje op je. Zal ik vragen of hij je vannacht van heel dichtbij wil beveiligen?'

'Jij bent geen pr-agent, maar een pooier.'

'Misschien. Maar dan ben jij de prostituee!'

'Oh, lekker dan! Ik betaal jou en ik moet alsnog de hoer spelen?'

'Oeps, dan ben je inderdaad wel dubbel genaaid.'

Yarden haalde diep adem en stond op om een kop koffie voor zichzelf te maken. Ze stond gedachteloos te roeren toen ze Yanai hoorde loeien: 'Nee hoor, maak maar niks voor mij. Ik heb helemaal geen dorst, dank je wel!'

'Ja ja, aansteller. Wat wil je drinken?'

'Wat jij drinkt!'

Yarden liep met twee koppen koffie terug naar de tafel en ging naast Yanai zitten. De laatste paar uur waren heel vreemd geweest. Ze was niet meer bang, want ze begreep wat Yanai bedoelde: de mensen die bij hen hadden ingebroken, hadden alleen maar geprobeerd hen bang te maken en waren niet van plan geweest geweld tegen haar en Yanai te gebruiken. De beloofde politiebescherming had natuurlijk ook geholpen. Ze had al aardig wat enge momenten meegemaakt toen ze meedeed aan de realityshow, zoals die ene keer dat ze onder de voet werd gelopen door een horde tienermeisjes, waarvan ze eerst dacht dat het haar fans waren die een knuffel wilden, maar al snel ontdekte dat ze eigenlijk fans waren van die jongen die tweede was geworden, en probeerden de kleren van haar lijf te rukken. Het was maar goed dat ze een bodyguard bij zich had gehad.

Als de mensen toch eens wisten wat wij als artiesten allemaal moeten doormaken ... dacht ze en draaide zich om naar Yanai.

'Hé, is er nog iets te roken? Dat kan ik op dit moment in mijn leven namelijk heel goed gebruiken.'

Ze stonden allebei op en liepen naar de deur van het hotel. Er was nog nooit iemand van een jointje doodgegaan. In elk geval was het veel gevaarlijker om Israël te vertegenwoordigen op het Eurovisie Songfestival, dat was zeker. Ze brachten de rest van de avond door met tv-kijken in hun nieuwe hotelkamers. De Italiaan was tot verdriet van Yanai helemaal nergens te bekennen.

***

De volgende dag werd Yarden zo goed als nieuw wakker. Die uitstekende Nederlandse joint had haar geholpen om urenlang te slapen. Ze had zó lekker geslapen in de weelderige mini-suite die ze ter compensatie aangeboden hadden gekregen, dat ze bijna was vergeten wat er gisteren allemaal was gebeurd. De agent die op de gang de wacht hield bij hun kamers, was een pijnlijk geheugensteuntje. Yarden lachte hem stralend toe en klopte op Yanais deur.

'Kom op, laten we beneden gaan ontbijten. We hebben vandaag veel te doen en ik wil ook nog even een stukje door de stad wandelen.'

'Ja, leuk, laten we dat doen! Doe ik eerst even mijn kogelvrije vest uit en plak ik een schietschijf op mijn kont. Kunnen ze me nog makkelijker overhoop schieten! We willen het ze tenslotte niet te moeilijk maken. Straks missen ze nog!'

'Oh, ik hoor het al: iemand is met het verkeerde been uit bed gestapt. Wat is er gebeurd?'

'Dat van dat verkeerde been weet ik niet zo, maar ik heb me vannacht wel het een en ander gerealiseerd.'

'Kom me er alles over vertellen aan het ontbijt! Ik barst van de honger en als ik niet snel iets te eten krijgt, bijt ik jouw kop eraf.'

'Ik hoor het al: die joint is nog steeds niet uitgewerkt! Ik weet niet hoe het met jou zit, maar ik heb vannacht de hele snoepautomaat in de lobby leeg geroofd. Het ergste was dat er helemaal geen Twixen meer waren.'

Yarden grijnsde gemeen.

'Akelig wicht! Jij hebt al die Twixen opgesnaaid.'

'En niemand anders. Fuck het festival – ik heb er drie achter elkaar naar binnen zitten proppen.'

'Vreetzak! Geen probleem hoor. We krijgen waarschijnlijk hoopjes met trooststemmen omdat we een dik meisje afvaardigen. Misschien denken ze wel dat we die chick hebben gehuurd die elk jaar namens Malta meedoet.'

'Wie?'

'Maakt niet uit. Laten we wat gaan eten. Ik wil een stuk volvette Hollandse kaas. Als ik dan word neergeschoten, sterf ik tenminste met een glimlach op mijn lippen.'

Toen ze de eetzaal binnenliepen, kwamen van alle kanten artiesten en mensen van de organisatie op hen toelopen om te vragen hoe het ging, en of ze nog wel een beetje hadden geslapen. Iedereen sprak zijn afschuw uit over wat er was gebeurd, en liet weten dat ze meeleefden en vonden dat Yarden en Yanai heel dapper waren geweest.

'Aww, wat is iedereen lief voor ons!'

'Yarden, schatje, laat je geen rad voor ogen draaien. Diep van binnen hopen ze dat je vanavond nog door een scherpschutter wordt neergehaald. Ik weet gewoon zeker dat een van hen bij ons heeft ingebroken!'

'Ik hoor het al: je bent weer helemaal jezelf. Voel je je beter nu je al dat vergif uit je mond hebt gespuugd?'

'Veel beter, dank je wel, darling! En nu even luisteren. We gaan vandaag in geen geval naar buiten. Ik vind niet dat we het risico kunnen nemen. Bovendien is die politieagent bloedje-heet en wil ik uitvissen of hij misschien ook belangstelling voor mij heeft. Ik weet wel dat het leek of hij jou stond uit te checken, maar je weet maar nooit, en nooit geschoten is altijd mis.'

'Dat is allemaal leuk en aardig, maar hoe zit het met mijn behoeften? Die Italiaan is nergens te bekennen! En alle gekheid op een stokje: wat moeten we hier in het hotel in godsnaam doen tot aan de repetities en mijn optreden? Gaan we hier alleen maar rondhangen?'

'Liever rondhangen dan sterven, schatje. Geen onnodig risico. Ik denk dat ik gewoon wat werk ga doen, mail beantwoorden en zo, en jij kunt vast ook wel iets nuttigs – of lekkers – verzinnen. Om twee uur begint de generale repetitie, daarna moeten we de internationale pers te woord staan, en dan hebben we vanavond de show. Dus je moet er op je paasbest uitzien, en dat gaat inclusief haar en make-up wel een uurtje of drie, vier duren.'

'Je bent weer complimenteus als altijd. Wat bof ik toch dat ik jou aan mijn zijde heb. Moet ik hieruit opmaken dat je helemaal klaar bent met je afstandelijke professionele gedrag en dat je nu meent dat je je werkelijk alles kunt veroorloven?'

'Yarden, iemand die midden in de nacht alle Twixen uit de snoepautomaat opeet, moet niet haar pr-man met eieren bekogelen. We hadden gisteren dood kunnen zijn door jou, en als we vandaag worden vermoord is dat óók jouw schuld. Dus als ik nou niet mijn afstandelijkheid kan laten varen, wanneer dan in godsnaam wel?'

'Oké, leef je uit! Intussen zie ik met lede ogen alle omeletten verdwijnen, dus ga met me mee naar het buffet en vertel me onderweg alles over je openbaringen van vannacht.'

'Nah. Niet nodig. Het waren wiet-openbaringen. Over je leven in de juiste richting krijgen en dat soort shit. Niets interessants, nu ik er zo over nadenk.'

'Ik kon me al niet voorstellen dat jij diepzinnige gedachten had, en zie: ik heb gelijk.'

Ze stapelden hun borden vol met Hollandse kaas toen Yanai vanuit zijn ooghoeken de Italiaan de eetzaal zag binnenlopen. Yanai knipoogde naar Yarden en besloot ter plekke dat het tijd was voor tact en manieren, en een tijd dat je je voor het goede doel best een keer mocht misdragen. Yarden voelde dat er iets mis was en keek over haar schouder.

'Je laat het uit je hoofd, hoor!' Maar het was al te laat.

'Ciao, Italia! Goedemorgen! Mag ik je voorstellen aan Yarden, onze Israëlische afgevaardigde naar het Songfestival? Ze vindt je erg aantrekkelijk en jullie hebben vast een heleboel te bespreken.' Met een triomfantelijke grijns draaide hij zich om en ging met zijn bordje aan tafel zitten bij de zangeres van Malta, die opmerkelijk mager was.

'De wereld is krankzinnig geworden en varkens vliegen,' bedacht hij zich nog en keek belangstellend toe hoe goed Yarden en de Italiaan met elkaar konden opschieten.

***

Drie uur waren voorbij toen Yanai – klaar met zijn werk – energiek op Yardens hoteldeur bonsde. 'Openmaken, bitch! Je koffer is aangekomen en we moeten repeteren en interviews doen.'

Er kwam geen antwoord en hij klopte nog een keer. Niets. Yanai vroeg aan de politieman die hun kamers bewaakte of ze na het ontbijt al was bovengekomen. 'Nee, ik heb haar niet gezien. Ze is niet in haar kamer geweest sinds mijn dienst is begonnen.'

Nu begon Yanai zich zorgen te maken. Ze zou naar haar kamer hebben moeten gaan om zich voor te bereiden op de rest van de dag. In de lobby had hij haar ook niet gezien. 'Kunt u alstublieft aan uw collega's vragen of ze mijn meisje hebben gezien, ik maak me een beetje ongerust.' Voor hij zijn zin goed en wel had afgemaakt, kwam Yarden uit de lift stappen met een tevreden glimlach om haar zachte lippen.

'Ik schrik me helemaal wezenloos! Waar was je?'

Ze gaf geen antwoord, maar drukte wel een natte dikke kus op zijn wang en fluisterde: 'Dank je, dank je, dank je.'

'Waarvoor? Wat heb ik gedaan?'

'Jij hebt niks gedaan. De Italiaan, daarentegen, deed precies wat ik nodig had. Soms is dat gebrek aan tact van jou toch nog ergens goed voor.'

'Mazzeltof, babe. Altijd tot je dienst. Ik wil tien procent commissie. Maar zou je je nu als de sodemieter willen gaan klaarmaken: de bus staat al klaar om te vertrekken!'

'Geef me tien minuten, dan ben ik klaar. En het is heus niet zo dat ze alleen op mij staan te wachten...

De Italiaan is ook te laat!' Ze knipoogde naar Yanai en ging haar kamer binnen om zich voor te bereiden op de drukke avond die voor hen lag.

Ze kleedde zich uit en stapte onder de douche. Onder het hete water veranderde de kleur van haar afgetrainde lichaam van zalmroze in rood. Ze zat heerlijk in haar vel. Marco was precies wat ze nodig had om de ellende van de afgelopen maanden van zich af te spoelen.

Een kwartier later stapte ze in de bus en verontschuldigde zich bij haar collega's omdat ze zo laat was. Marco was er al en hij knipoogde naar haar. Ze gaf hem er eentje terug en ging naast Yanai zitten. Twee politieauto's escorteerden de bus naar hun bestemming.

Een kwartier later kwamen ze allemaal samen in lobby van het zalencentrum. Het stond al stampvol met journalisten met camera's en microfoons, klaar om de Songfestivalsterren aan te vallen alsof ze hysterische fans waren.

'Vanaf nu zit je aan mij vastgeplakt. We zijn hier om zoveel mogelijk interviews te doen. Ik ken de meeste van deze journalisten. Weet je de antwoorden nog op de politieke vragen waar we op hebben geoefend?'

'Ik heb ze allemaal uit mijn hoofd geleerd, en ik ben helemaal klaar voor elke politieke vraag.'

Tijdens het uur daarna was Yarden een geoliede publiciteitsmachine: ze gaf tien interviews aan de internationale pers, en al die tijd stond Yanai als een bodyguard aan haar zijde. Hij keek scherp om zich heen en luisterde aandachtig naar alle vragen die werden gesteld door de reporters. Tot dat moment was er nog niet één vraag over politiek gesteld – het ging vooral over outfits, welke songs ze het leukst vond, en zelfs over Hollandse kaas. Saaie onzin. Maar desondanks was Yanai apetrots op Yarden. Omdat ze geduldig was, lief glimlachte en op elke vraag elegant antwoord gaf.

Het laatste interview was met de BBC. Yanai, die wist hoe het stond met het Israël-sentiment in Groot-Brittannië, was op alles voorbereid en klaar om in te grijpen. James, de interviewer, stelde zich aan beiden voor, en vroeg aan Yarden of ze naast hem wilde komen staan zodat de cameraman zijn apparatuur kon klaarzetten. 'Je bent helemaal uit Israël naar Amsterdam gekomen om mee te doen aan dit evenement, maar als ik de Nederlandse politie moet geloven, word je al de hele tijd achtervolgd door problemen. Hoe zou je je verblijf tot nu toe willen samenvatten?'

Yarden wierp een snelle blik op Yanai en glimlachte. Hij had haar gewaarschuwd dat de Britse media vooral in politiek waren geïnteresseerd. 'We hebben gisteren een paar onplezierige uurtjes meegemaakt, maar dat ligt nu allemaal achter ons. Ik wil graag de politie bedanken voor hun snelle en efficiënte afhandeling van het incident. We voelen ons dankzij hen erg veilig.'

'U had er zeker niet op gerekend dat u in Nederland tegen zo veel haat zou aanlopen?'

'Ik weet niet of al die haat wel voor mij persoonlijk was bedoeld. Iemand wilde kennelijk een boodschap sturen. Wie er ook in onze kamers heeft ingebroken, kent mij niet persoonlijk en weet niets van mij. Daarom kan ik het me niet persoonlijk aantrekken.'

'Denkt u dat het iets te maken heeft met de recente gebeurtenissen in Israël?'

'Nogmaals: ik denk niet dat deze actie tegen mij persoonlijk was gericht. U kunt deze vraag beter stellen aan de dader.'

'Hoe kunt u, als Israëli, uw land vertegenwoordigen bij zo'n belangrijk evenement als het Songfestival, terwijl uw regering Palestijnen ombrengt die vechten voor hun vrijheid, tegen de Israëlische bezetting?'

Yanai begon zich net woedend af vragen wat er zou gebeuren als hij hier en nu de stekker uit het interview zou trekken, toen Yarden hem met een handgebaar tot kalmte maande.

'Ik word erg kwaad van uw beschrijving van de gebeurtenissen in Israël, en ik denk dat u best een andere manier had kunnen bedenken om uw vraag te formuleren. Ik doe mee aan het Eurovisie Songfestival: daar gaat het om muziek, niet om politiek. Ik kom uit Israël, maar ik ben geen politicus en al helemaal geen vertegenwoordiger van onze regering. U moet die zaken van elkaar scheiden. Weet u, u zou dezelfde vraag kunnen stellen aan de Britse deelnemer, die meedoet terwijl er Britse soldaten vechten in Afghanistan en Irak, waar elke dag burgerslachtoffers vallen. We kunnen zelfs de Russische deelnemer vragen waarom hij meedoet terwijl de rechten van de LHBTI-gemeenschap in Rusland systematisch met voeten worden getreden. We kunnen dit spelletje met ongeveer alle deelnemers spelen, maar ik heb toch het gevoel dat ik de enige ben aan wie u dit soort vragen stelt.' Yanai zwol van trots. Dit moment was de beloning voor alle lange gesprekken die hij ter voorbereiding met Yarden had gevoerd.

James gaf niet op en stelde nog een vraag. 'Verwacht u werkelijk dat de mensen in Europa zullen stemmen voor Israël, na alle oorlogsmisdaden die uw regering heeft gepleegd?'

'Uw vraagstelling is alweer bijzonder provocerend. Ik heb nog nooit iemand Israël horen beschuldigen van oorlogsmisdaden. De situatie is ondraaglijk voor alle partijen en ik hoop dat beide regeringen in de nabije toekomst een oplossing voor het conflict zullen vinden. En om uw vraag te beantwoorden: ik heb geen idee wie er wel of niet op mij gaan stemmen. Ik kan alleen maar hopen dat de kijkers kiezen voor hun favoriete liedje. Dat gezegd hebbende: als mensen onze inzending oprecht erg mooi vinden, maar uit politieke overwegingen een andere keus maken, zal ik dat heel verdrietig vinden, maar ik zal het ook begrijpen. De politiek sijpelt door in alle aspecten van ons leven. Waarom zou het met het Songfestival anders zijn?'

Yanai gaf James het teken dat het interview ten einde was – het was het kenmerk van een goede pr-man om te weten wanneer het mooi was geweest. Yanai vond dat Yarden zo goed overeind was gebleven dat hij niet het risico wilde nemen dat ze door de journalist in een eindeloos debat zou worden gelokt.

'Zo! Hoe heb ik het gedaan?'

'Eerlijk? Veel en veel beter dan ik had verwacht! Je hebt precies gezegd wat we hadden voorbereid, en het ging allemaal heel goed.'

'Mooi! Nou, kunnen we dan nu een glas wijn regelen en een beetje plezier gaan maken? Ik ben wel even klaar met glimlachen, foto's en interviews.'

'Zeker weten. Je hebt het verdiend.'

Yanai en Yarden liepen naar de bar en bestelden twee witte wijn.

'Op de finale!' proostte Yanai.

'Op een heleboel *douze points*!' deed Yarden er een schepje bovenop.

Terwijl ze tevreden stonden te nippen aan hun witte wijn, liep een van de organisatoren in hun richting, vergezeld door een politieman. Yarden was als eerste aan de beurt voor de soundcheck, en of ze vast met hem wilde meelopen naar de zaal. 'En je hebt een agent meegenomen om ons te arresteren als ik "nee" zeg?' grapte Yarden.

'Nee, ik heb een agent meegebracht omdat er buiten een paar mensen staan te protesteren tegen de staat Israël en jouw aanwezigheid hier. Het leek ons het beste als jij als eerste de soundcheck doet, zodat de politie je meteen daarna terug naar het hotel kan escorteren. We willen niet het risico lopen dat je iets vervelends overkomt.'

Yarden en Yanai keken hem ongelovig aan, en toen elkaar. Haar optimisme viel in scherven van teleurstelling en ze wilde liefst in bed kruipen en er de eerste paar dagen niet meer uitkomen.

'U hoeft niet bang te zijn. Bij ons bent u veilig,' verzekerde de Nederlandse politieman.

'Ik ben helemaal niet bang. Ik ben moe. Moe van het uitvechten van oorlogen waar ik niets mee te maken heb. Moe van mezelf rechtvaardigen tegen mensen die denken dat ze alles beter weten. Moe van het feit dat u de hele tijd op ons moet passen terwijl u vast wel iets belangrijkers te doen heeft. Moe.' De agent keek verbluft. Yanai sloeg zijn armen om Yarden heen en hield haar stevig vast. Voor het eerst in lange tijd was hij sprakeloos. Zo veel pijn in zo weinig woorden.

***

Na een korte soundcheck werden Yarden en Yanai door de achterdeur naar buiten gesmokkeld, waar een politieauto op hen stond te wachten. De rit naar het hotel verliep in stilte, geen van beiden had nog de kracht om te praten of de situatie te analyseren. Het was pijnlijk duidelijk: sommige Nederlanders vonden Israël een apartheid-staat die Palestijnen vermoordde, en zij moesten daarvoor boeten. Wat de Israëlische regering vanaf nu wel of niet zou doen, zou direct zijn weerslag hebben op Yarden en Yanai.

Ze kwamen terug in het hotel en gingen naar Yardens kamer. Yarden kroop in bed en sloot haar ogen, Yanai ging op de vensterbank zitten en keek glazig naar het meer en de bomen eromheen. Yarden brak als eerste de stilte: 'Is het te laat om ons alsnog terug te trekken?'

'Ja.'

'En dit is hoe het vanaf nu zal gaan?'

'Misschien. Ja.'

'Kunnen we er iets aan doen?'

'Niet echt, nee.'

'Dat is kut.'

'Ja, ik weet het.'

'Dus, zitten we hier opgesloten tot het optreden van vanavond?'

'Nou ja, opgesloten in het hotel. Ik denk dat we best van de kamer af mogen of onder begeleiding een rondje om het hotel kunnen lopen. Misschien een blowtje roken.'

'Nee, ik heb geen zin om te roken. Ik word er nu waarschijnlijk alleen maar depressiever van.'

'Waarom probeer je niet wat te slapen?'

'Dat gaat niet lukken, denk ik. Ik ga wel wat lezen of tv kijken.'

'Oké. Ik ga een uurtje sporten in de *gym*. Zullen we straks afspreken in het restaurant en even wat eten voor het optreden?'

'Goed.'

In de bus die alle artiesten later naar het concert vervoerde, vroeg Marco, de Italiaan, waar Yarden die middag plotseling was gebleven. Ze vertelde hem wat er was gebeurd; de demonstratie op straat, de rit in de politieauto, het gestreste gevoel dat maar niet wilde wegtrekken. Hij hield haar even vast en gaf haar een kus op haar wang. De bus kwam aan bij de muziekhal en alle artiesten begonnen met de voorbereidingen voor hun optreden. De straat stond vol met mensen die een kaartje hadden gekocht. Yanai richtte zich tot een van de agenten die de bus in een politiewagen hadden geëscorteerd. 'Zijn er nog extra veiligheidsmaatregelen getroffen? Ik ben bang dat er mensen tussen het publiek zitten die moeilijkheden willen veroorzaken als Yarden op het toneel staat.'

'Daar hebben we rekening mee gehouden. Iedereen die naar binnen wil, moet langs de beveiligingscontrole en daar hoort ook een scan met een metaaldetector bij. U hoeft zich daar geen zorgen over te maken.'

Maar Yarden en Yanai maakten zich wel degelijk zorgen.

Ondanks de vrees van de Israëli's en de organisatie, verliep het evenement vredig en succesvol. Alle artiesten, inclusief Yarden, kregen een staande ovatie en voor het eerst tijdens hun trip naar Amsterdam, voelde Yarden liefde en warmte van het publiek. Ze stapte van de bühne en liep naar Yanai. 'Zo, dat hebben we ook weer gehad. Ik ben blij dat het erop zit en ik wil dolgraag naar huis. Ik kan niet wachten tot we in het vliegtuig naar Israël zitten.'

***

De volgende dag reden ze in de auto van Jan naar Schiphol. 'Ik hoop dat jullie je toch een beetje hebben vermaakt, ondanks alles wat er is gebeurd,' zei hij verontschuldigend.

Yarden en Yanai glimlachten en zeiden precies tegelijk: 'Absoluut!'

Wat er tijdens hun korte trip naar Amsterdam allemaal was misgegaan, was niet zijn schuld, en hij was overduidelijk blij dat hij van de zorg voor hen was verlost.

Yarden en Yanai gingen door de strenge veiligheidscontrole van El Al en werden overspoeld door een gevoel van opluchting. Ze waren veilig en op weg naar huis, en dat was het enige wat telde. Het kon ze niet eens boeien of de Nederlandse politie de schoften die hun hotelkamers hadden beklad ooit nog zou pakken. Ze wilden alleen nog maar naar huis en alles achter zich laten.

11

Op naar Bakoe!

MEI

HET VLIEGVELD VAN TEL AVIV WAS STAMPVOL MET duizenden mensen, van tientallen nationaliteiten, op weg naar hun bestemming. In een hoek van de vertrekhal, vlak naast de veiligheidscontrole, stond een groep jonge, luidruchtige en opgewonden reizigers die met de minuut groter werd – de Israëlische afvaardiging naar het Eurovisie Songfestival.

Fans en familie waren in groten getale komen opdraven om Yarden, Effie, Yanai, Niv, de achtergrondzangers, Dorit en de band een warm afscheid te bezorgen. Na een paar laatste interviews en fotomomenten ging de groep door de controle en aan boord van het Azerbeidzjaanse vliegtuig, inclusief het riante overgewicht dat door Menashe aan boord was geritseld.

Ze hadden geluk gehad en goede plaatsen weten te bemachtigen op de wekelijkse, drie uur durende vlucht van Tel Aviv naar Bakoe. Als ze hun collega's uit andere Europese landen mochten geloven, moesten de meeste delegaties één of twee keer overstappen – de IJslanders waren zowat 24 uur onderweg. De meeste mensen in de groep zaten gezellig bij elkaar, maar tot zijn afgrijzen zat Yanai in zijn eentje tegen een raampje geplakt. Toen het vliegtuig een uur te laat eindelijk vertrok, zag Yanai de vertrouwde stad Tel Aviv kleiner en kleiner worden en realiseerde hij zich weemoedig dat hij weer op weg was naar een wereld waar hij zo zielsgraag deel van uitmaakte.

***

Als kind keek Yanai trouw naar het Eurovisie Songfestival. Hij nam het programma altijd op en speelde de tape dan letterlijk stuk, wat hem natuurlijk vreselijk veel verdriet deed. Toen hij ouder werd, was hem al snel duidelijk dat hij in de entertainment-business wilde werken, en dan met name in de wereld van het Songfestival. In datzelfde jaar werd Israël vertegenwoordigd door een zanger die Yanai kende, en stapte hij als 17-jarige scholier op het vliegtuig naar Europa om het hele circus van dichtbij mee te maken. Hij had zijn ouders maar niet verteld dat hij hierdoor twee eindexamens zou missen, want hij kon altijd nog voor de herkansing.

Twee jaar later deed hij al verslag van het Songfestival als journalist. Hij kreeg een eigen rubriek met Songfestivalnieuws op een van de grootste radiostations van het land en vloog door heel Europa om de code te kraken en te ontdekken hoe je het Songfestival moest winnen.

Tien jaar en zeven edities later werd hij gebeld door een cliënt, een zanger die hij als een goede vriend beschouwde, en die hem om een grote gunst kwam vragen. Er was een Europese zangeres die voor een promotietour en een tv-optreden naar Israël kwam, en of Yanai haar eventueel tijdens haar verblijf in Israël wilde begeleiden. Zijn vriend had geen idee gehad of er budget beschikbaar was, maar zou het als een persoonlijke gunst beschouwen als Yanai deze moeite voor hem zo willen doen. Yanai, die nog nooit zoiets had gedaan, stemde in, nog meer uit nieuwsgierigheid en voor de uitdaging, dan om het geld.

Tot zijn grote verrassing arriveerde de zangeres in een privévliegtuig met een entourage van 40 mensen, waaronder iemand die exclusief was aangesteld om haar kleding te strijken. De zangeres giechelde een beetje gegeneerd, en Yanai begreep dat deze missie niet zou bezwijken onder gebrek aan geld. Na drie dagen in Israël met twee tv-optredens, talloze radio-interviews en een goed gedocumenteerde date met de Israëlische deelnemer aan het Songfestival, reden ze in haar limousine terug naar het vliegveld. Tijdens dat korte ritje vroeg ze aan Yanai of hij voor de rest van het Songfestivalproject haar pr-manager wilde zijn. Yanai had een betere indruk op haar gemaakt dan alle andere pr-professionals waar ze eerder mee had gewerkt. Gevleid door het aanbod, had Yanai gezegd dat hij dolgraag deel van haar team had willen uitmaken, maar dat hij helaas in die periode al verplichtingen voor een klant in Canada was aangegaan. De zangeres, die duidelijk niet gewend was dat ze werd tegengesproken, gooide duizend euro naar Yanai en zei dat hij met haar mee moest gaan naar Kiev. Toen Yanai zich verontschuldigde en beleefd herhaalde dat hij al verplichtingen had, en dus helaas moest weigeren, spuwde ze drie woorden: 'Noem. Je. Prijs.'

Yanai hield niet van spelletjes. Dit was zijn droom, maar hij had nou eenmaal al iets anders afgesproken en daar kon hij niet zomaar onderuit. Om van haar af te zijn, besloot hij een bedrag te noemen dat geen sterveling ooit zou willen betalen voor elf dagen werk.

'Twintigduizend dollar voor de duur van het contract,' zei hij.

'Deal. Welkom bij het team.'

Yanai knipperde vol ongeloof een paar keer met zijn ogen. Hij kon niet geloven dat iemand hem zo veel geld wilde betalen voor een klus die hij nog nooit had gedaan. Een seconde later kon hij zich wel voor zijn kop slaan dat hij 'dollars' had gezegd, in plaats van 'euro's.

Nadat ze afscheid hadden genomen, belde hij de artiest die hij had zullen begeleiden in Canada. Deze was bijzonder op hem gesteld, wist hoe belangrijk het Songfestival voor Yanai was, en vond het allemaal geen probleem – hij wenste hem alle succes van de wereld.

Bij het Songfestival in Kiev, waar de zangeres het ondanks een investering van zes miljoen dollar niet tot de finale had geschopt, was Yanai nog veel wijzer geworden over de mechanismes van het Songfestival en wat je nodig had om een serieuze kans te maken om te winnen. Een goed lied was niet genoeg. Het hielp absoluut als de zanger of zangeres kon zingen en met geld kon je geen goede stem kopen – misschien een paar stemmen van het publiek, maar niet genoeg om de finale te halen.

Yanai bleef zijn kennis aanscherpen en wist nu alles wat er te weten viel over het Songfestival. Tijdens de vlucht naar Bakoe werd hij overspoeld door gedachten en herinneringen aan een dik jongetje dat belachelijk werd gemaakt om zijn liefde voor het Songfestival, maar dat was uitgegroeid tot een algemeen erkende en bewonderde deskundige. Nadat hij een belachelijke hoop geld had gekregen voor zijn werk in Kiev, waren de plagerijen verstomd. In twee weken tijd had hij meer verdiend dan veel mensen in een jaar. Niet zo slecht. Tegen die tijd had hij zelfs zijn moeder overtuigd dat het Songfestival een podium was waar haar zoon niet alleen geld kon verdienen, maar ook gelukkig kon zijn.

***

Ergens boven Turkije, midden in zijn overpeinzingen, werd Yanai door iets tegen zijn hoofd geraakt. Het was een olijf. Hij stond woedend op om te zien wie die olijf naar hem had gegooid en had al snel een paar lachende schokkende schouders in het vizier. 'Niv, ik hoor je wel stom lachen!' schreeuwde Yanai. Het kon hem niets schelen wie hem zou horen. Het lachende hoofd keek hem nu recht aan terwijl de tranen over zijn wangen biggelden.

'Sorry, ik kon het niet laten. We hebben je wel drie keer geroepen, maar je was zo diep in gedachten dat ik iets anders moest bedenken om je aandacht te trekken.'

'Je had ook gewoon van je dikke reet af kunnen komen en naar me toe kunnen lopen.'

'Hoe had ik dat moeten doen met al die uitgeklapte tafeltjes?'

'Dus je kon niets beters bedenken dan een olijf tegen mijn kop te gooien?'

'Heb je die dingen geproefd? Die zijn echt alleen maar geschikt voor een etensgevecht!'

Dat was het signaal voor Dorit om uit haar coma te ontwaken: 'Niemand gaat hier een voedselgevecht beginnen. We zijn leden van een officiële delegatie. Ga alsjeblieft weer gewoon in je stoel zitten en hou op met die onzin. Ik tolereer dit soort gedrag absoluut niet!' Niv en Yanai keken elkaar aan en wisten dat ze wel een beetje gelijk had. Je kon veel zeggen van Dorit, waarvan niet veel goeds, maar ze had gelijk. Maar dat schoolmeesterachtige toontje ... Niv kreeg er weer helemaal opnieuw de slappe lach van. Alleen nu wat zachter, anders werd de juffrouw boos. Yanai zakte terug in zijn stoel, deed zijn oortjes in en luisterde naar de muziek op zijn iPhone, terwijl hij tevreden verder droomde over zijn successen in het verleden.

12

Dag 2

BAKOE

'ALS IK OP TIJD BENEDEN KAN ZIJN, KUNNEN JULLIE DAT allemaal ook. We zijn hier verdomme om te werken, niet om rond te lummelen.' Yarden was nerveus en kon maar niet ophouden aan haar goudbruine krullen te frunniken. Iedereen had om half tien 's ochtends beneden in de lobby moeten zijn, zodat ze op tijd voor de eerste repetitie in de muziekhal zouden komen. Normaal gesproken kon Yarden het best hebben als mensen een keertje te laat waren, maar de druk en de spanning liepen hoog op en begonnen hun uitwerking op haar zenuwgestel te krijgen. Ze wist dat ze overkwam als een diva en probeerde zichzelf te kalmeren door diep adem te halen en te denken aan een zonnig strand, een joekel van een margarita en een handjevol gummi-wormen. Toen dat ook niet hielp, deed ze haar ogen open, keek Yanai wanhopig aan en zei: 'Kun jij die lui niet uit hun nest gaan rammen?'

'Ik? Ik ben hun moeder niet! We hebben iedereen die we nodig hebben om te repeteren. We gaan niet langer zitten wachten – ze nemen maar een taxi. Kom op, we gaan.'

'Oh, jeetje, je bent nog een ergere bitch dan ik. Hoe is dat in hemelsnaam mogelijk?'

'Ik ben gewoon permanent ongesteld, nou goed? En ik heb vannacht beroerd geslapen. Ik bleef maar dromen over terroristen die het hotel bestormden en ons allemaal om zeep hielpen. Die engerd van een Vadim heeft mijn hele nacht verpest. Ik kan gewoon niet naar behoren functioneren!'

De rest van het gezelschap kwam langzaamaan de lobby binnendruppelen. Eén van hen was Ruthie, die verantwoordelijk was voor het organiseren van het Israëlische feest in de Euroclub. Ruthie was altijd ziekelijk laat, maar het werd haar vergeven vanwege haar onweerstaanbare persoonlijkheid.

Elke delegatie had de beschikking over een luxueuze touringcar met het officiële Songfestival-logo en twee levensgrote stickers met de nationale vlag.

Vadim haalde iedereen bij elkaar en vroeg ze wederom goed rekening te houden met de veiligheidsvoorschriften. Deze briefing klonk al heel wat geruststellender dan de bangmakerij van gisteravond. 'De muziekhal wordt heel goed bewaakt, er is geen reden je zorgen te maken. Wij zullen er ook de hele tijd bij zijn, en je kunt je vrijelijk door het complex bewegen.'

Yarden, Yanai, Effie, Niv, Dorit en de band maakten aanstalten om zich naar de bus te begeven, toen deze tot hun grote verrassing voor hun neus wegreed. 'Wat krijgen we nou?' vroeg Niv.

'We gaan niet met deze bus. Om veiligheidsredenen. Deze bus gaat rondjes door de stad rijden en dient als afleidingsmanoeuvre. Wij gaan met een andere.' Op dat moment kwam er een afgetrapte minibus voorrijden.

'Je hebt er gewoon gein in om ons te treiteren, hè?' Met lede ogen zag Yanai de luxe bus in de verte verdwijnen, op weg naar een eindeloze tocht door de verwaarloosde straten van Bakoe.

'Dat niet, maar het feit dat jij er diep onder gebukt gaat, is wel een bonus,' antwoordde Vadim met een duivelse grijns.

'Ik heb gehoord dat het verkeer hier zo verschrikkelijk is dat het veertig minuten duurt om een stukje van twee kilometer af te leggen. Dat was een stuk comfortabeler geweest in die andere bus. Waarom moest je ons dat kleine genoegen nou ook nog afpakken? Je hebt ons ook al van onze slaap beroofd met je griezelige praatjes!'

Toen iedereen was gaan zitten, vroeg Yanai even de aandacht.

'Luister even, mensen! Dit is de eerste repetitie. En de eerste repetitie is altijd verschrikkelijk. Hij is ook niet voor ons bedoeld, maar vooral voor de mensen van de productie, die het geluid moeten inregelen en de ideale camerastandpunten moeten bepalen. We hebben maar een half uur de beschikking over het podium, dus het mag een wonder heten als we erin slagen het nummer drie keer te doen. Als de repetitie is afgelopen, kunnen we de eerste opnames bekijken. Die zullen zo slecht zijn, dat je wel kunt janken. Niet doen. Kalm blijven. Niet huilen. Ik weet uit ervaring: de tweede repetitie is tien keer beter. Later op de dag zullen we onze eerste persconferentie geven. Yarden, ik en Dorit zijn op het podium, Yarden geeft antwoord op alle vragen, ik kom tussenbeide als er politieke zaken aan de orde worden gesteld. Dat verwacht ik trouwens niet, want de écht belangrijke pers is nog niet in Bakoe aangekomen. Probeer vandaag te genieten en niet alles te zwaar op te nemen. En kijk uit dat je niet wordt doodgeschoten of opgeblazen, want het volgende vliegtuig naar Tel Aviv vertrekt pas over een paar dagen en ik heb geen zin om al die tijd opgescheept te zitten met een stapel bloederige lijkzakken.'

Yarden keek uit het raampje; het was de eerste keer dat ze in dit deel van de wereld was, en ze vond deze brede boulevard eigenlijk best indrukwekkend – hij deed haar denken aan haar geliefde Parijs. Maar in elke zijstraat begon de echte stad, vervallen en vies. Het contrast was verbijsterend: een prachtig groene boulevard tussen verwaarloosde steegjes. Een luxe Mercedes tussen communistische koekblikken uit de jaren zeventig. Massieve winkelcentra met de allerduurste merken, zij aan zij met kleine, donkere winkeltjes. Misschien waren ze toch wat voorbarig geweest toen ze Bakoe oneerbiedig hadden omgedoopt tot Ba-kut, en had deze stad meer te bieden dan ze aanvankelijk had gedacht.

Na een uur rijden, kwamen ze aan bij de concertzaal, een extravagant glitterpaleis dat werd omringd door tientallen gewapende soldaten en politieagenten. Gerustgesteld door de zware beveiliging, ging de groep het backstage-gedeelte binnen, waar alle deelnemers het grootste deel van hun tijd doorbrachten. Ze liepen direct door naar de kleedkamer met de Israëlische vlag en begonnen aan de voorbereiding voor de repetitie.

Yarden en haar band gingen direct door naar haar en make-up, om kennis te maken met de mensen die gingen zorgen dat ze er beeldschoon zouden uitzien. Niv en Dorit meldden zich bij de organisatie om uit te vissen bij welke officiële aangelegenheden ze precies nog meer moesten aanschuiven. Vadim trok de vlag van de deur om geen ongewenste aandacht te trekken, en Yanai ging naar de perskamer om zoveel mogelijk interviews met de internationale pers te organiseren.

Na de make-up en de soundcheck betrad Yarden eindelijk voor de eerste keer het podium om te gaan zíngen. Ze kon nauwelijks geloven dat het moment – na weken van intense voorbereiding – dan eindelijk was aangebroken. Nu ging het om het 'echie'! Nou ja, de repetitie voor het 'echie'.

Haar hart sloeg over toen ze eindelijk midden op het gigantische, extravagante podium stond, omringd door lichten, schermen en technici, allemaal voor háár. Ze dacht: natuurlijk zijn er nóg veertig landen die hier gaan optreden, maar dit is mijn moment, mijn podium, en iedereen staat te wachten tot ik ga zingen ... Ze probeerde uit alle macht cool te blijven, in elk geval aan de buitenkant.

De eerste repetitie verliep precies zoals Yanai had voorspeld. Ze deed haar act drie keer en probeerde zo goed mogelijk in de gaten te houden welke camera's de regie op welk moment gebruikte. Dat was nog niet zo makkelijk, want er waren dertig camera's op haar gericht. Er waren dan ook momenten dat ze zich volkomen hulpeloos voelde en geen idee had welke kant ze op moest kijken. Ze probeerde zichzelf maar vast te houden aan wat Yanai had gezegd: de eerste keer is vooral voor het technische team bedoeld.

Yanai, Effie, Dorit en Niv keken aandachtig mee op de monitoren om te proberen de visie van de regisseur te achterhalen en te beoordelen of hij zich hield aan de instructies die hij twee maanden daarvoor al had gekregen. Maar ze wisten ook dat de regisseur uiteindelijk toch zou doen wat hij zelf wilde, en dat zij alleen maar konden hopen dat hij zich iets zou aantrekken van hun commentaar.

***

Yarden stapte opgelucht van het podium, met een grote smile op haar gezicht. Ze had in Israël wel vaker opgetreden in grote zalen, maar zo'n heftig optreden, met zo'n groot podium, al die felle lichten, de verantwoordelijkheid die op haar schouders drukte – zoiets wende nooit. Tenzij je Madonna of Bono heette, misschien.

'Goed gedaan, schatje! Je hebt het fantastisch gedaan – vooral die laatste opname was echt heel tof.'

'Dankjewel Effie. Ik sta nog helemaal bol van de adrenaline, maar ik weet niet zeker of ik er ook zo over denk. Ik had geen idee in welke camera ik moest kijken. Nou ja, we zullen zo wel zien hoe verschrikkelijk het was, en of Yanai gelijk heeft gehad. Het is sowieso slecht, maar ik ben al dolgelukkig als het beter dan verschrikkelijk is.'

In de regiekamer konden ze inderdaad vaststellen dat Yanai gelijk had gekregen. De opname was verre van perfect en de regisseur had zich totaal niet gehouden aan de instructies die hem van tevoren waren toegestuurd. Ze gaven hun feedback aan de assistent-regisseur, die beloofde alles netjes aan zijn baas door te geven, en dat ze de volgende keer helemaal gelukkig zouden zijn met het resultaat.

'Ik ben uitgehongerd,' zei Yanai tegen het team. 'Is er iets te eten? Ik heb al sinds gisteravond niets meer gegeten en het is nu alweer lunchtijd geweest.'

'We zijn al op zoek geweest naar een knabbeltje, maar er is hier backstage amper een flesje bronwater te vinden. Zullen we anders even gaan kijken in de perskamer? Daar hebben ze allemaal fruit en lekkere dingetjes!'

Op weg naar de kleedkamer kwamen ze de delegatie van Malta tegen, die vlak voor hen had gerepeteerd. Het hoofd van de Maltezers hield Dorit staande, complimenteerde haar met het fantastische lied en de prachtige zangeres, en vroeg of hij even onder vier ogen met Dorit mocht spreken. Dorit maakte met plezier later op de avond wat tijd voor hem vrij in haar agenda.

'Je weet toch wat hij van je wil, hè?' vroeg Yanai aan Dorit.

'Nee? Geen idee. Denk je dat hij op me valt? Ik ben oud genoeg om zijn moeder te zijn!'

'Het is zó schattig dat je dat denkt, en het had ook zomaar gekund, maar nee, hij probeert je niet te verleiden. Omdat dit je eerste keer is als delegatieleider bij het Songfestival, zal ik het je uitleggen. Hij wil uitvissen of je misschien punten wilt ruilen in de halve finale en de finale.'

'Wat bedoel je met "punten ruilen"?' onderbrak Yarden.

'Ik bedoel dat er landen zijn die valsspelen en proberen op een andere manier punten te verzamelen. Je hebt geen idee hoe vaak mij is aangeboden om punten te ruilen of zelfs te kopen of verkopen. Ik ben er nooit op ingegaan, maar het gebeurt heel vaak.'

'Punten kopen?' Nu kon Dorit haar oren niet geloven. 'Lul niet, er worden hier geen punten verkocht.'

'Lieve Dorit, laat me je een verhaaltje vertellen. Een paar jaar geleden was ik met Mirit op het Songfestival. Ik kreeg een telefoontje van iemand die voor de Russische delegatie werkte – of ik met spoed naar de lobby wilde komen. De beveiliging was toen nog niet zo zwaar als nu, dus ik zei "ja". We gingen zitten en hij vroeg of ik hen kon helpen. Ik begreep de vraag niet, dus ik vroeg waar hij dan precies hulp bij nodig had. Hij herhaalde de vraag. Ik dacht dat het misschien niet zo lekker liep met hun pr, dus ik zei dat ik best wilde helpen wat interviews met de Israëlische pers te organiseren, als hij dan omgekeerd bij de Russische pers wat kon regelen voor Mirit en Elinoam. Hij lachte en zei dat ik het niet begreep. Hij leunde voorover en zei dat de Russische delegatie bereid was heel veel geld neer te tellen voor een mooi aantal punten uit Israël.'

'Wat? Echt waar?' Dorit was volkomen verbijsterd door deze onthulling. 'Wil je me vertellen dat Israël punten heeft verkocht?'

'Natuurlijk niet! Zie ik er uit als een hoer? Ik zou zoiets nooit doen. Bovendien heb ik geen invloed op de Israëlische jury, zoals in Rusland, waar ze al lang van tevoren te horen krijgen op wie ze moeten stemmen. Ik heb die man verteld dat wij niet aan dit soort praktijken meededen, en dat hij dus bij ons aan het verkeerde adres was. En daarmee was het gesprek afgelopen.'

'En hoe weet je dan of Malta wel dit soort spelletjes speelt?'

'Ervaring. En een heleboel geruchten. Ik heb veel vrienden in het circuit die me allerlei verhalen hebben verteld over Malta en andere landen die hun de afgelopen jaren allerlei deals hebben aangeboden. Laat me je een tip geven: als het hoofd van een andere delegatie vraagt of hij je onder vier ogen kan spreken, zijn ze hoogstwaarschijnlijk op zoek naar een mogelijkheid om punten te ruilen. Hou dat altijd in je achterhoofd.'

'Ik wil hier niets mee te maken hebben. Ik zeg die afspraak voor vanavond af!'

'Ik ben ook helemaal in shock,' kwam Yarden tussenbeide. 'Ik had geen idee dat dit soort dingen gebeurde!'

'Ik weet echt niet hoeveel landen zich hiermee bezighouden. Ik schat een stuk of tien. Alle voormalig Joegoslavische landen schuiven elkaar de punten toe, dat is een ding dat zeker is. Alle ex-Sovjet-staten spelen puntenpingpong, en dan vooral met Moedertje Rusland, anders breekt er oorlog uit. Ik denk dat Malta er gezellig aan meedoet, en dan misschien nog een of twee landen. Maar maak je niet al te druk. Niemand kan het Songfestival winnen met gestolen punten. Ga maar na: het heeft alleen zin om de hoge punten uit te ruilen, en daar haal je dan maximaal 30 of 40 extra punten mee binnen. Daar kun je het niet mee winnen: dat lukt alleen als je punten van alle landen krijgt. Met valsspelen kun je misschien net de finale halen, maar daar houdt het dan ook op.'

'Zeg je nou dat we maar een kleine kans hebben om de finale te halen? Is dit de reden dat we het de laatste jaren zo slecht hebben gedaan? Als dat zo is, kap ik er direct mee! Ik ga mezelf niet voor lul zetten als iedereen hier valsspeelt!'

'We hebben net zoveel kans als iedereen, min een paar puntjes links of rechts. Vergeet niet dat er ook heel veel mensen zijn die niet op ons willen stemmen omdat ze denken dat we een meedogenloze onderdrukker zijn en dat soort onzin; ik denk niet dat puntenruil ons grootste probleem is. Ik denk dat de kans dat we de finale halen ongeveer fiftyfifty is.'

'En daar zit je verder niet mee?'

'Eerlijk? Niet echt. *Que sera, sera.* Als het lukt, krijg ik alle credits, als het niet lukt, is het allemaal jouw schuld. Mij kan sowieso weinig gebeuren.' Yanai lachte stralend naar Yarden, die er absoluut niet de humor van kon inzien.

'Heel grappig,' zei ze, en Yanai hield verder wijselijk zijn mond.

***

De persconferentie verliep vlekkeloos. De 'pers' bestond vooral uit fanatieke Songfestival-fans die met Yarden op de foto wilden en allerlei onzinvragen op haar afvuurden. In de verste verte was geen vraag over politiek te bekennen, en Yanai verveelde zich wezenloos.

Toen ze aan alle verplichtingen hadden voldaan, vertrok het team met de brakke mini-bus terug naar het hotel. Dit keer duurde de rit maar een kwartier omdat de spits nog niet was aangebroken. Niv kwam overeind en vroeg om een momentje aandacht.

'Ik wil jullie allemaal heel hartelijk bedanken. Jullie zijn fantastisch en super professioneel. Het is een genot om met jullie te werken en ik hoop dat we dit niveau kunnen vasthouden. We hebben nu twee dagen vrij om de stad te ontdekken. Vergeet niet je bij Vadim af te melden als je het hotel verlaat. We hebben vanavond gereserveerd in een restaurant om de hoek bij het hotel – letterlijk twee minuten lopen. Als je zin hebt om mee te gaan, zorg dan dat je om half acht in de lobby bent. Na het eten gaan we naar het openingsfeest van de Euroclub. Voor diegenen onder jullie die nog niet bekend zijn met het concept: de Euroclub is alleen toegankelijk voor delegaties, de productieafdeling, en mensen van de organisatie. Er zijn jaren geweest dat die Clubfeesten fantastisch waren, er zijn ook jaren geweest dat er geen hol aan was. Iedere avond wordt er door een van de delegaties zo'n feest georganiseerd, en wij komen ook nog aan de beurt – de ambassade regelt gratis Israëlische wijn, humus, pitabroodjes en falafel. Vanavond is San Marino de gastheer.'

'Wie is San Marino?' vroeg een van de achtergrondzangers.

'San Marino is een land, debiel.'

'Waar ligt het dan, wijsneus?

'In Italië,' antwoordde Yanai. 'Het is ongeveer net zo groot als Afula, er wonen zo'n dertigduizend inwoners, en het heeft in tegenstelling tot Afula veel meer te bieden dan geroosterde noten en kraampjes met bessensap langs de weg. En aangezien ik er zeker van ben dat er een heleboel gratis drank zal zijn, ben ik absoluut van de partij.'

'Ik ook,' zei Yarden.

'Hey, Niv, hebben we hier trouwens al een leverancier gevonden?'

'Wat bedoel je met "een leverancier", Yanai?'

'Dat weet je heel goed, Niv. Ik dacht dat jij over de voorraad ging.'

'Oh, dat. Nee. Helemaal op. Maar ik zal eens wat rondvragen bij de andere landen, misschien hebben zij connecties.'

'We hebben twee dagen vrij en ik durf hier niet over straat. Ik wil iets omhanden hebben, als je begrijpt wat ik bedoel.'

Dorit vond het tijd om tussenbeide te komen. 'Ik begrijp niet waar jullie het over hebben, en ik wil het ook niet weten, maar niemand gaat hier "iets regelen" voor iemand anders. We hebben geen behoefte aan problemen.'

***

Het restaurant was een groot succes: zalig eten voor een goede prijs, en een geweldige sfeer. De Griekse delegatie was er ook; en het feest van San Marino was een groot succes. Het was een beregezellige avond die tot ver in de nacht doorging. Als deze avond een indicatie was voor de komende twee weken, zou het misschien wel enorm meevallen, dit verblijf in Bakoe. Het maakte uiteindelijk niet uit waar je was, maar met wie je er was, had zijn moeder altijd gezegd, en het leek erop dat ze dit keer gelijk zou krijgen. Met de juiste mensen was Bakoe een prima stad. En met al die drank al helemaal. Zelfs de beveiliging voelde ineens minder streng. Hij vond het nog steeds stom dat er een bodyguard met hem meeliep als hij een broodje wilde halen bij het foodcourt van het winkelcentrum, zeker gezien het feit dat die bodyguard veel meer in de gaten liep dan hijzelf, met zijn oortje. Maar het was nou eenmaal niet anders. En in de wetenschap dat hij zwaar werd bewaakt, kon Yanai voor het eerst in dagen slapen zonder slaappil. Dat heerlijke gevoel zou de volgende ochtend ruw in duigen vallen.

13

Dag 3

BAKOE

YANAI WERD OP DE DERDE DAG IN BAKOE VERFRIST EN energiek wakker. De eerste dag was opgegaan aan inchecken en zaken van organisatorische aard, de tweede had in het teken gestaan van de eerste repetitie en de persconferentie – Yanai was dol op zijn werk, maar het kon soms doodvermoeiend saai zijn. Hij stapte uit bed en besloot een kijkje te nemen bij de sportschool op de bovenste verdieping, van waaruit je een spectaculair uitzicht over de stad scheen te hebben. Hij wilde niet dezelfde fout maken als tijdens de afgelopen paar edities, toen hij drie kilo was aangekomen door overmatig snoepen en een overdosis alcohol. Hij had zichzelf beloofd dat hij dit keer op zijn gewicht zou letten. Hij poetste zijn tanden, rookte een sigaret in het open raam, trok zijn sportspullen aan en ging op weg naar de lift.

Op de gang viel hem wat nieuws op: bij de controlepost zat een man met een Israëlisch beveiligersuniform, een draadje uit zijn oor en een pistool in zijn holster.

'Ook goeiemorgen! En wie ben jij?'

'Ik ben Dan, ik ben gisteravond aan uw beveiligingsteam toegevoegd. Leuk u te ontmoeten.'

'Dag Dan, ik ben Yanai. Ook leuk om jou te ontmoeten. Wat is er loos? Kon Vadim ons niet meer aan en heeft hij om versterking gevraagd?'

Dan lachte. 'Hij heeft ons wel voor Niv gewaarschuwd, als u dat bedoelt.'

'Ons? Met z'n hoevelen zijn jullie dan gekomen?'

'Oh, met een groepje.'

Mag ik weten met hoeveel mensen jullie dan nu op ons passen?'

'Nou, er waren al drie beveiligers met u meegereisd, en vanochtend vroeg is er dus nog een extra team aangekomen.'

Het begon tot Yanai door te dringen dat er iets aan de hand moest zijn. De delegatie was hier aangekomen met drie man beveiliging, er liepen ook aardig wat plaatselijke veiligheidsteams rond, en toch had iemand het noodzakelijk gevonden gezien om nog een team uit Israël na te sturen.

'Dat had je al verteld, Dan. Wat ik vroeg, was: hoeveel van jullie zijn er nu hier in Bakoe aanwezig?'

'We zijn momenteel met vijftien man in het hotel.'

Yanai kon zijn oren niet geloven. Er was absoluut iets heftigs aan de hand, en iedereen die ervan afwist, hield zijn mond dicht. Dit was niet de normale beveiliging voor een evenement als het Songfestival, en Yanai had ook nog nooit zoiets meegemaakt. Toen ze vertrokken, werden ze begeleid door drie man, inclusief Vadim. Dat was al een beetje griezelig, maar het voelde in elk geval lekker veilig. Twaalf extra mensen die op stel en sprong naar Bakoe werden gevlogen, voelde als *overkill* en dat kon nooit een goed teken zijn.

'Zeg Dan, vertel eens even: is er iets wat ik moet weten? Ze sturen niet zo veel beveiliging op ons dak als er niet iets vreemds aan de hand is. Zijn er waarschuwingen geweest? Is er informatie opgedoken? Bedreigingen?'

'U kunt zich heerlijk ontspannen' Dan lachte een mooie rij witte tanden bloot. 'We hebben geen zorgelijke informatie ontvangen. Vadim heeft zich gewoon gerealiseerd dat een team van drie man onvoldoende groot is om u allemaal individueel optimaal te kunnen beveiligen. Daarom heeft hij om versterking gevraagd. Dat is alles.'

Yanai geloofde er niets van, maar besloot de zaak voor nu te laten rusten. 'Dankjewel voor je toelichting, Dan. Ik ga nu naar de sportschool.'

Hij stapte in de lift en drukte op de knop voor de hoogste etage. Yanai was allerminst heerlijk ontspannen. Ze waren in een islamitisch land met een open grens met Iran. Uit gesprekken vóór hun vertrek met Yigal, Dorit en Niv, had hij begrepen dat er bepaalde zorgen waren om eventuele terroristische aanslagen op team Israël. Maar in zijn somberste dromen had hij er niet op gerekend dat ze een beveiligingsteam met een grootte van vijf keer de norm nodig zouden hebben. Wat vertellen ze ons niet? vroeg hij zich gespannen af.

De liftdeur gleed open en onthulde een goed uitgeruste *gym*. Loopbanden met een panorama-zicht over de stad, de wereld aan gewichten en apparaten voor alle denkbare spiergroepen. Yanai stelde een loopband in op een lichte *run* van zes kilometer. Dat zou genoeg moeten zijn om wat van de calorieën van gisteravond te verbranden, dacht hij. Terwijl hij voortsukkelde, keek hij naar de bruisende stad beneden – duizenden auto's in de drukke straten, winkeliers die hun kraam opendeden, mensen op weg naar hun werk. In de verte zag hij de drie nieuwe wolkenkrabbers die 's nachts de skyline domineerden.

Dit was nog lang niet zo slecht – hij kon prima wennen aan dit uitzicht.

Tijdens zijn cooldown zag Yanai Vadim in de hoek staan ijzerpompen. 'Goedemorgen, Vadim. Hoe is het vandaag met je?'

'Hee, Yanai. Alles goed, dankjewel. Lekker geslapen?'

'Ja, eigenlijk wel. Ik weet alleen niet of dat vanavond ook weer gaat lukken.'

'Hoezo? Ben je van plan helemaal uit je plaat te gaan op een feestje?'

'Nee: ik heb vanmorgen Dan ontmoet en ik begrijp dat jullie een *dirty dozen* aan het team hebben toegevoegd?'

'En waarom zou je daarmee zitten?'

'Omdat ik het een beetje vreemd vind dat jullie het eerst met z'n drieën afkonden, en twee dagen later blijkbaar twaalf extra mensen nodig hebben. Ik heb het gevoel dat er iets gaande is, maar jullie ons niet willen vertellen wat het is, om ons niet bang te maken.'

Vadim glimlachte. 'Alles is prima. Je ziet spoken.'

'Dat ik een beetje paranoïde ben, wil niet zeggen dat er niemand achter me aanzit,' glimlachte Yanai even vriendelijk terug.

'Luister: als er concreet gevaar was, stonden we hier niet te praten, maar zaten we in het vliegtuig terug naar Tel Aviv.'

'Ik vind het heel lief dat je me probeert gerust te stellen, maar ik denk nog steeds dat er iets aan de hand is, en ik weet niet zeker of ik het eerlijke verhaal wel wil horen.'

Vadim glimlachte weer naar Yanai en ging onverstoorbaar verder met zijn gewichten.

'Oké, nou, ik ben er klaar mee voor vandaag, ik ga ontbijten. Ga je mee?'

'Strakjes. Ga jij nou maar lekker eten en een beetje ontspannen.'

Yanai nam een snelle douche en ging naar de ontbijtzaal, waar hij Yarden en Niv samen aan een tafeltje zag zitten.

'Goedemorgen meisjes, alles in orde hier?'

'Goedemorgen. Ik heb zo diep geslapen! Ik was echt helemaal kapot gisteren. En jij? Ben jij een beetje bijgekomen?'

'Ja, ik heb heerlijk geslapen. En jij, Niv, engeltje van me? Heb je nog gemerkt dat er een hele horde verse jongens is aangekomen?'

'Gemerkt? Wie denk je dat de bus vanaf het vliegveld heeft geregeld? Wie denk je dat er om drie uur 's nachts uit zijn nest moest komen om alle problemen met de hotelkamers op te lossen? Dat is niet zomaar geregeld, hè, kamers voor twaalf extra mensen!'

'Is dat een "ja"?' Yanai stak zijn tong uit naar Niv.

'Ik begrijp echt niet waarom je zo vroeg in de morgen al zo belachelijk opgewekt bent. Waar komt al die energie vandaan?'

'Ik ben net lekker een eind wezen rennen in de *gym*, zou jij ook eens moeten proberen. Best mooi uitzicht daar. Nou: ik barst van de honger en ik heb trek in iets gezelligs. Zo terug!'

Yanai liet Yarden en Niv achter aan tafel en wandelde naar het buffet. 'Nu Yanai er toch over is begonnen ... hoe zit dat met al die nieuwe beveiligers?' vroeg Yarden aan Niv.

'Ik weet het eerlijk niet. Ik kreeg gisteravond een telefoontje van het Televisiebureau met de mededeling dat er extra beveiliging zou worden ingevlogen en dat ik voor hotelkamers en een bus moest zorgen. Ik heb vanmorgen aan Vadim gevraagd wat er loos is, maar hij hield vol dat alles prima in orde was.'

'Geloof je hem?' vroeg Yarden bezorgd – het incident in Amsterdam sloop weer terug in haar gedachten.

'Ik heb geen reden om hem niet te geloven. Maar zelfs als er wel iets aan de hand was, zou hij het ons toch nooit vertellen. Ik stel voor dat wij ons werk doen, en de veiligheid aan hem overlaten.'

'Ik heb weinig keus – ik word gek als ik hier de hele dag over blijf nadenken. Het is allemaal al spannend genoeg, het voelt net of er een steen op mijn borstkas ligt.'

'Misschien moet je je even lekker laten masseren in de spa, dat helpt echt heel goed tegen stress.'

'Wie heeft er stress?' vroeg Yanai, die terugkwam met een vol beladen dienblad met groente, een omelet, hompen kaas en twee dikke volkorenboterhammen.

'Jij lelijke dikzak! Ga je dat allemaal opeten?'

'Niv, ik begrijp best dat je geobsedeerd bent door je gewicht omdat je gay bent en zo, maar ik heb net zes kilometer gerend en ik heb waanzinnige honger, dus hou je kop.'

Veilig in de schoot van Yarden en Niv besloot Yanai op te houden na te denken over zaken waar hij geen verstand van had, maar te proberen er een leuke dag van te maken.

'We hebben vandaag vrij! Hebben jullie al plannen gemaakt voor vanmorgen? Vanmiddag? Vanavond? Wanneer dan ook?'

'Ik zou wel een lekkere wandeling willen maken over de promenade, even sfeer proeven en de zon op m'n kop voelen.'

'Ja, laten we dat doen, en dan kunnen we op de terugweg iets eten voor dat we ons moeten gaan klaarmaken voor het Euroclubfeest van Cyprus, waar vast weer genoeg te zuipen is.'

'Klinkt als een plan. Niv, ga je ook met ons mee?'

'Natuurlijk ga ik met jullie mee. Wat zou ik anders moeten doen? Helemaal in mijn eentje? Op de enige dag dat ik géén bussen en hotelkamers en toegangspasjes hoef te regelen? Ik moet het alleen wel even bij Vadim melden. Hij zal wel willen dat we een paar lijfwachten meenemen.'

'Nou, lieve Niv, aangezien het je vrije dag is en je toch niets te doen hebt, lijkt me dat inderdaad een mooi klusje! Ga jij ons maar eens netjes en vlug afmelden bij Vadim.'

'Hé, sinds wanneer ben ik jouw loopjongen?'

'Sinds jij je diep in je donkere ziel heel erg tot me aangetrokken voelt, en ik daar handig misbruik van maak.' Yanai blies Niv een handkusje toe en keek hem met onschuldige ogen aan.

'Deze brutaliteit komt je nog duur te staan!'

'Zeker: net zo duur als de drankjes op het feestje van Cyprus.'

'Maar die zijn gratis!'

'Snap je?'

Yarden zat stilletjes mee te genieten van de grapjes en plagerijen van de twee mannen, toen het ineens tot haar doordrong: ze vinden elkaar leuk! Hoe had ze dat al die tijd kunnen missen! En waarom hadden ze dan tijdens al die jaren van samenwerking geen werk van elkáár gemaakt? Ze vond het vreemd, maar ging zich er niet mee bemoeien. Of, bij nader inzien: misschien wel. Als ze toch zat opgesloten in Azerbeidzjan, kon ze net zo goed van de nood een deugd maken en twee lieve mensen koppelen.

'Willen jullie anders niet liever zonder mij een wandeling maken? Ik wil best op mijn kamer blijven, hoor.'

Yanai en Niv keken eerst elkaar, en toen Yarden verwonderd aan.

'Waarom zou jij in je kamer blijven terwijl Niv en ik een wandeling gaan maken? Voel je je niet lekker?'

Yarden begreep in een flits dat ze nog in de ontkenningsfase zaten, of gewoon hun ware gevoelens voor elkaar nog niet hadden ontdekt! 'Oh, nee, sorry – ik dacht gewoon ... Laat maar zitten. Laten we gaan!'

'Wacht even, ik moet ons afmelden bij Vadim!'

'Nou, schiet op dan! Ik krijg opvliegers van dat hotel!'

Vadim vond het goed dat ze gingen wandelen, maar stond erop dat ze bodyguards zouden meenemen. En dus gingen ze op pad met twee mannen van de Israëlische geheime dienst in hun kielzog.

Voor ze het hotel verlieten, kregen ze nog een laatste briefing: draag geen badges van het Songfestival; pas op voor verdachte figuren die achter je aanlopen of eigenaardig kijken; probeer niet op te vallen; als iemand vraagt waar je vandaan komt, zeg dan 'Malta'.

Eenmaal buiten staken ze de drukke weg over en liepen over de promenade langs de Kaspische kust. Een benzinelucht uit de pompstations en raffinaderijen rond de stad hing loodzwaar in de lucht.

'Het ruikt hier als de bek van mijn hond als hij net de uitwerpselen van een andere hond heeft opgegeten,' sprak Niv. Yarden en Yanai lachten zo hard dat ze zich letterlijk aan elkaar moesten vastgrijpen om niet om te vallen. Voorbijgangers bleven belangstellend staan en keken hun ogen uit, dit tot groot verdriet van hun lijfwachten, die op hun beurt schichtig om zich heen begonnen te kijken. Maar Yanai, Niv en Yarden zaten in een moment zonder zorgen en hadden even geen oog voor dreigende omstanders of nerveuze beveiligers. Dit onbezorgde moment hadden ze net even nodig.

Yanai was als eerste uitgelachen en realiseerde zich dat ze al te lang op een en dezelfde plaats hadden stilgestaan. 'Kom op, laten we verder lopen. Als de plaatselijke bevolking ons niet vermoordt, doen onze vrienden het anders wel,' zei hij met een blik op hun escorte.

Ze liepen langs de indrukwekkende *mall* met al zijn luxe-boetieks en genoten van de warme middagzon. Na een half uur kwamen ze aan in de oude stad van Bakoe. Daar liepen ze door smalle steegjes, langs musea, souvenirwinkeltjes en straatverkopers die toeristen flesjes water verkochten voor drie keer de normale prijs. Ze gingen een café binnen dat er ongevaarlijk uitzag en namen plaats op het terras, aan de voet van een reusachtige boom. De bodyguards bedankten beleefd voor koffie en bleven buiten het café staan.

'Het is hier net de oude binnenstad van Jaffa. Dezelfde winkeltjes met dezelfde onbetaalbare troep.'

'Wow, Yarden, dankjewel voor je interessante observatie, Niv, wil jij ook nog iets met ons delen?'

'Ik vind het hier leuk – je zit in een soort magische luchtbel en vergeet voor een moment dat deze stad er eigenlijk uitziet als Gaza.'

'Ja, ik moet toegeven dat het een sprookjesachtig wijkje is,' zei Yanai.

Ze dronken hun cola light en gaven hun voeten een momentje rust voordat ze de oude stad weer zouden verlaten. 'Yarden, Yanai, wacht heel even, ik wil wat souvenirs kopen.' Ze liepen een winkeltje binnen en keken om zich heen. Er was niets ongewoons, alleen de gebruikelijke asbakken, koelkastmagneten, T-shirts met de nationale slogan 'Land of Fire' en goedkope sieraden die speciaal waren bedoeld om toeristen zoveel mogelijk geld uit hun zakken te kloppen.

Terwijl Niv over prijzen en producten in onderhandeling ging met de vrouw die het winkeltje bestierde, gingen Yarden en Yanai op eigen houtje op zoek naar leuke cadeautjes. Na een minuut of vijf rondscharrelen en een paar tips van de schattige verkoopster, stonden Niv en Yarden klaar bij de kassa om af te rekenen. Alleen Yanai had nog niets van zijn gading gevonden. Niv zei tegen Yarden: 'Helemaal niet zo gek, toch?'

'Luister: er is hier toch niets anders te koop, dus we kunnen net zo goed de lokale economie een kleine impuls geven.'

De verkoopster, die alles stond in te pakken, keek op en vroeg aan Niv waar ze vandaan kwamen en of ze hier voor het Songfestival waren.

'Ja, we zijn hier inderdaad voor het Songfestival. We komen uit Malta,' zei Niv, trots omdat hij het juiste antwoord had gegeven.

De verkoopster glimlachte. 'Ik heb begrepen dat Malta een heel mooi eiland is. Er waren hier eerder een paar van uw landgenoten, en die hebben me verteld dat met name uw hoofdstad een bezoek waard is – ach, hoe heet hij nou toch ook weer?'

Niv keek de verkoopster met een stralende glimlach aan. Hoe moest hij in godsnaam weten wat de hoofdstad van Malta was?

'Malta City?'

Yanai kromp inwendig ineen. 'Valletta!' riep hij vanuit de andere kant van de winkel. 'Onze hoofdstad is Valletta.' Hij liep naar Niv en fluisterde hem zachtjes in zijn oor: 'Idioot.' Niv keek Yanai verontschuldigend aan.

'Hoe moest ik dat weten?'

Ze betaalden en gingen naar buiten. Het was bloedheet en ze waren al aardig moe.

'Allemachtig, moeten we echt in die warmte teruglopen naar het hotel? Ik denk niet dat ik het haal – ik ben echt al hartstikke moe,' zei Yarden.

Niv en Yanai glimlachten naar elkaar. 'Het is echt zo overduidelijk dat je nog een Songfestival-maagd bent,' zei Yanai, en Niv pakte zijn telefoon om hun auto op te roepen.

'Waarom lopen in de hitte als je in stijl kunt worden vervoerd?' glimlachte Niv. 'Het is alleen jammer dat we er nu veel langer over doen dan lopend – het is alweer spitsuur.'

'Ik sta liever in de file in een auto met airco, dan uit te drogen op straat. En je moet ook niet vergeten dat er straks weer een party is. Yanai wil vast dat ik vanavond weer een paar interviews geef, dus ik moet goed rusten en geen risico nemen met mijn keel.'

Ze kwamen aan bij het hotel en gingen alle drie naar hun eigen kamer. De twee bodyguards namen Vadim even apart. Toen ze zeker wisten dat ze niet konden worden afgeluisterd, vertelden ze dat ze de hele dag door iemand op afstand waren achtervolgd. Vadim was bezorgd en dacht er even over na. Toen riep hij alle beveiligers bij elkaar voor nieuwe instructies. Vanaf dat moment wilde hij permanent drie patrouilles rond het hotel. Het was immers beter om aan de veilige kant te zitten en een beetje harder te werken, dan achteraf te moeten vaststellen dat er toch iets was misgegaan.

14

Dag 3

AVOND, BAKOE

YARDEN WERD WAKKER IN HAAR COMFORTABELE KAMER op de negende verdieping van het luxe hotel in Bakoe. Een brutaal straaltje zon piepte tussen de zware gordijnen door. Ze rekte zich uitgebreid uit en keek op de wekker op haar nachtkastje. Ze had vier uur geslapen en het was nu zeven uur 's avonds: hoog tijd om onder de douche te springen en zich 'mooi te maken', zoals Yanai haar op het hart had gedrukt.

Ze had om negen uur met de rest van de delegatie afgesproken in de lobby, zodat ze met z'n allen naar het Cypriotische feest in de Euroclub konden afreizen. Een behoorlijk aantal van haar concurrenten zou vanavond hun nummer zingen voor duizenden fans en het complete productieteam, en daar was ze heel benieuwd naar. Maar waar ze zich echt op verheugde, was dat ze Marco weer zou zien.

Sinds hun stomende ontmoeting in Amsterdam, had ze hem behoorlijk gemist; zijn handen, zijn kussen, maar bovenal zijn warmte. Ze deed haar ogen dicht en dacht aan zijn perfecte gezicht, een vleesgeworden advertentie voor Dolce & Gabbana; zijn bruine haar, zijn groene ogen die haar lieten smelten, elke keer als hij haar warmbloedig in de hare staarde. Ja, ze miste zelfs zijn smalle lippen, die ze eerlijk gezegd liever wel wat vleziger had willen hebben, maar je kon niet alles krijgen, en over het algemeen wist hij goed gebruik te maken van wat de natuur hem had toebedeeld.

Het was een cliché, maar er was iets buitengewoon verleidelijks aan Italiaanse mannen, en haar Romeinse god was op deze regel bepaald geen uitzondering. Ze kreeg kippenvel als ze aan hem dacht, maar dit was niet het geschikte moment: tijd om zich 'mooi te maken'! Ze opende de gordijnen en het uitzicht kwam in zijn spectaculaire glorie haar kamer binnen. De zon van Bakoe gloeide boven de horizon en de zee glinsterde of hij vol diamanten lag. Zelfs de achterbuurten van de stad lagen er indrukwekkend bij, hoewel het misschien wel de herinnering aan Marco was, die alles in haar waarneming mooier maakte dan de werkelijkheid. Yarden deed haar slaapshirt uit en stapte onder de douche. Het hete water verjoeg de laatste spinnenwebben van de slaap en ze gaf zich er heerlijk aan over. Toen ze onder de douche vandaan stapte, werd er op de deur geklopt.

'Wie is daar?'

'Vadim. Mag ik even binnenkomen?'

'Ik kom net onder de douche vandaan. Is het belangrijk?'

'Ja, ik moet je echt even een minuutje spreken.'

Yarden wikkelde een handdoek om haar naakte lijf en deed de deur open. Vadim leek er niet van op te kijken en deed zelfs geen op-en-neertje met zijn ogen. Puntje voor Vadim, dacht ze bij zichzelf.

'Er is een kleine verandering van plan. We verzamelen nog steeds om negen uur, maar nu in de lobby van onze eigen verdieping, in plaats van op de begane grond.

We gaan dan samen naar beneden en vertrekken tegelijk uit het hotel.'

'Wat is precies het verschil tussen de lobby beneden en de lobby op deze verdieping?'

'Geen verschil. We regelen gewoon wat dingetjes een beetje anders. Niets om je zorgen over te maken.'

'Geen probleem. Dankjewel Vadim.' Ze deed de deur dicht.

Yarden stond voor haar klerenkast en vroeg zich af wat ze moest aandoen voor Marco. Ze twijfelde tussen een kort zwart rokje en een groen topje met bloemenprint dat haar erg goed stond, of – iets meer ingetogen – een zwarte broek met bijpassend jasje en een blauwe blouse. Na drie minuten dubben, wist ze wat ze moest doen. Ze pakte de telefoon en belde Yanai: 'Kom snel! Het is een noodgeval!'

Vijftien seconden later klopte Yanai buiten adem op haar deur.

'Wat is er gebeurd? Waar is het noodgeval?' hijgde hij bezorgd.

'Oh, sorry. Het is niet zo'n soort noodgeval. Ik vroeg me af wat ik vanavond aan moest doen, en dacht dat jij misschien kon helpen iets uit te zoeken.'

Yanai keek Yarden vol ongeloof aan. 'Dát is je noodgeval? Jij krankzinnige idioot! Ik dacht dat er iets heel ergs was gebeurd! Ik had bijna de beveiliging gebeld!'

'Oh, ja ... alsof ik jou zou bellen als er echt een noodgeval was.'

Yarden zag dat ze Yanai gekwetst had. Maar ze was er niet helemaal zeker van of hij haar nou in de maling zat te nemen, of dat hij werkelijk op zijn teentjes was getrapt. 'Oh, nee, sorry, zo bedoelde ik het niet. Ik wéét dat ik altijd op je kan rekenen. Het spijt me echt!'

'Geen probleem, schatje. Wacht maar tot ze gaan schieten en ik jou als menselijk schild gebruik; als de Sjiitische, Soennitische en Soedanese kogels ontploffen in die prachtige tieten van je – dán zullen we eens zien of je op me kunt rekenen of niet. Naar wijf!'

Yarden glimlachte naar Yanai. 'Oké, oké. Ik zeg toch sorry? Het is geen geval van nood: het is een geval van klédingnood. Marco is er ook en ik weet niet wat ik aan moet doen.'

Yanai keek naar Yarden en toen naar de slordige stapel kleren op het bed.

'Zijn dit onze opties?'

'Ja, ik kan maar niet kiezen. Ik weet wel wat ik aan moet doen om er lekker uit te zien, maar ik weet niet precies wat ik moet dragen voor deze gelegenheid, of er een soort kledingcode is.'

'Die is er eigenlijk niet. Je moet aandoen waar je je lekker in voelt. En waarin je er een beetje appetijtelijk uitziet – dat is goed voor de pr. Wat betreft Mister Italië: geen idee, ik weet niet hoe dat bij jullie hetero's werkt. Ik zou als ik jou was niet voor zwart gaan. Die zwarte wallen onder je ogen zijn al deprimerend genoeg. Doe maar iets fleurigs.'

'Eikel! Ik heb helemaal geen wallen onder mijn ogen. Waarom doe je zo lullig?'

'Die had je nog tegoed van je vorige opmerking.'

'Maar ik heb toch sorry gezegd?'

'Inderdaad. Maar niet vaak genoeg. En we weten allebei dat je de rest van de avond nog zult moeten boeten voor wat je me hebt aangedaan.'

'Yanai, ik waarschuw je. Zet me vanavond niet voor lul, zeker niet als Marco in de buurt is. Of ik doe je wat!'

'Whatever. Is er verder nog iets van uw dienst? Anders ga ik mezelf ook even klaarmaken.'

'Nee, je kunt gaan.'

'Dank u wel.'

'Oh, en trouwens: heeft Vadim ook bij jou aangeklopt om te vertellen dat we op de negende moeten verzamelen?'

'Ja. Hoezo?'

'Zomaar een vraag.'

'Misschien moet je je föhn vragen of hij nog iets kan doen aan dat rattennest dat jij een kapsel noemt.'

'Yanai, stik in een pik en de groeten,' zei Yarden en smeet de deur dicht. Ze besloot te gaan voor het sexy rokje en een paar pikzwarte hakken. Haar benen deden het goed op hakken, en ze hoopte dat Marco er ook zo over zou denken.

Om vijf voor negen zag de lobby van de negende eruit als de kamelenmarkt in het centrum van Tel Aviv: een kleine, overbevolkte en oorverdovende ruimte. Dorit Zarfati, het hoofd van de delegatie, riep iedereen bij elkaar en nam het woord. 'Jullie vertegenwoordigen niet alleen deze delegatie, maar ook de Staat Israël. Daarom vraag ik jullie je verantwoordelijk, beleefd en respectvol te gedragen.'

Niv vulde aan: 'Het is onacceptabel drugs te kopen en te gebruiken, en we komen er gegarandeerd achter als iemand heeft gerookt ...' Hij keek even opzij naar Dorit, die hem bemoedigend toeknikte, en vervolgde toen een toontje lager: '... als iemand heeft gerookt zonder met zijn collega's te delen. Iedereen die in zijn eentje rookt, wordt zonder pardon uitgeleverd aan terroristen en komt eenzaam en ellendig aan zijn einde.'

Dorit was net even een e-mail aan het lezen en had even niet opgelet wat Niv precies had gezegd. Ze schrok overeind door een daverend lachsalvo. 'Wat, wat, ik heb het even gemist?'

'Ik heb nog even herhaald wat je zei; dat iedereen zich beleefd moest gedragen.'

Dorit was gerustgesteld en boog zich weer over de e-mail die ze van het Televisiebureau had ontvangen.

Iedereen was behoorlijk opgewonden over de party: zo veel was er niet te beleven in Bakoe, dus alles leek al snel groots en meeslepend. Vadim en zijn team kwamen de lobby binnen, en ook Vadim wilde nog iets kwijt: 'Goede avond allemaal. Blij dat jullie er allemaal zijn en er niemand te laat is. Zoals jullie weten, hadden we aanvankelijk bij de lobby beneden afgesproken. Maar we willen de routine af en toe een beetje omgooien, zodat we niet te voorspelbaar worden. Vandaag vertrekken we dan ook niet door de hoofdingang, maar via de parkeergarage. Dus ... als jullie je allemaal met de lift naar verdieping -1 willen begeven, kunnen we vanuit daar met de taxi naar de Euroclub. We hebben vier taxi's besteld die er zo zullen zijn, en in elke taxi rijdt ook een van onze mensen mee. We zijn ook gedurende het hele feest ter plaatse, dus als je iets verdachts ziet, aarzel dan niet en kom het direct bij ons melden. Omdat de zaal wordt beveiligd door de plaatselijke politie, kun je ons vinden in de tuin. Als er iemand nog vragen heeft: dit is het moment.'

Effie was de eerste: 'Waarom gaan we met de taxi en niet in onze bus?'

'Zoals ik net zei: we willen zo min mogelijk aandacht trekken.'

'En hoe komen we terug in het hotel?'

'Ook met de taxi. Je mag zelf weten hoe vroeg of laat je terug naar het hotel wilt – er is altijd een beveiliger stand-by om je te vergezellen. Als je maar niet vergeet ons te melden dat je wilt vertrekken.'

De Israëlische delegatie bewoog zich langzaam naar de parkeergarage en iedereen stapte in een taxi. Yarden, Yanai, Niv en Effie zaten in de taxi met Dan, de bodyguard. Dankzij het fameuze verkeer in Bakoe was het weer een eindeloze rit. Yanai maakte van de gelegenheid gebruik om Yarden te briefen over het gewenste verloop van de avond. 'Er zal veel media zijn, zowel plaatselijk als internationaal. Ik weet dat iedereen zich vanavond lekker wil laten gaan, en dat mag ook – maar jij niet. Jij en ik zijn hier aan het werk. Jij zit vanavond aan mij vastgelijmd, en wij gaan zoveel mogelijk interviews geven als menselijk mogelijk is. Er komen ook heel veel hardcore Festivalfans, en jij gaat glimlachen tot je kaken pijn doen, en met iedereen op de foto die dat wil!'

'Je wordt een steeds grotere slavendrijver, heb je dat ook gemerkt?'

'Yarden, doe serieus. We zijn hier aan het werk. Dat hele feestjesgedoe interesseert me geen reet. We zijn hier gekomen om te winnen. Als je dat niet kunt opbrengen, prima, fuck it, dat gaan we dom zuipen en achter de kerels aan. Maar als je er het allerbeste van wilt maken, dan moet je me gehoorzamen.'

'Oh, oh ... Je bent boos. Ik zat je maar een beetje te fokken. Kalm aan!'

'Ik ben kalm.'

'Je klinkt niet kalm.'

'Ik ben kalm,' zei hij.

'Zeker weten?'

'Ja.'

'Echt heel zeker weten?'

'Yarden!'

'Oké, ik hou mijn mond.'

Toen de taxi's bij de zaal aankwamen, liep de hele delegatie als één blok naar binnen en verspreidde zich vervolgens in alle windrichtingen. Effie en Niv beenden direct naar de bar, Dorit ging naar de tuin omdat ze de muziek te hard vond staan, en het achtergrondkoor begaf zich naar de dansvloer.

Yarden klampte zich stevig vast aan Yanai, die op zoek ging naar tv-ploegen en journalisten. Yarden speurde intussen aandachtig de zaal af: eerst de dansvloer, dan alle mensen aan de bar, de rij voor de toiletten, de gasten die nog bij de ingang stonden ... Maar degene die ze zocht, die zag ze niet. Gelukkig kreeg ze geen kans daar overstuur van te raken, want vijf gillende Songfestivalfans kregen haar in de gaten en kwamen in galop op haar afgerend.

Yarden greep Yanai nog steviger vast, maar voor hij de kans kreeg om te reageren, werd ze door de fans omsingeld, wilden ze allemaal met haar op de foto en riepen ze om het hardst dat Yarden de allerbeste zangeres van Europa was en zeker zou gaan winnen. Nadat ze de foto's hadden gemaakt en de meiden waren doorgelopen, keek Yarden Yanai triomfantelijk aan. 'Beeld jij je nou maar niks in: dat zeggen ze tegen elke zangeres met wie ze op de foto mogen. Ze denken heus niet echt dat jij gaat winnen.'

'Je bent weer eens te vriendelijk. Op dit soort momenten ben ik extra dankbaar dat ik met je mag samenwerken. Jij weet echt hoe je een compliment moet geven en iemands zelfvertrouwen kunt opkrikken.'

'Het is heel erg graag gedaan. Maar in de tussentijd zie ik daar verderop een paar cameraploegen je Italiaanse vriendje interviewen. Wil je even dag gaan zeggen?'

'Waar?' gilde Yarden op het volume van een overspannen festivalfan.

'Mijn god, doe nog even wat opvallender! Kom, we wandelen ongeïnteresseerd in die richting en pakken onderweg nog een paar camera's mee, volgens mij staat daar een ploeg uit Moldavië. Niet vergeten te zeggen dat hun liedje prachtig is, de zangeres er live nóg veel beeldiger uitziet, en je nooit zou zeggen dat haar vader een dinosaurus was.'

Yarden luisterde al niet meer. Terwijl ze hand in hand met Yanai in de richting van Marco liep, vroeg ze zich af wat het Italiaanse idool eigenlijk vond van hun kleine escapade. Het was niet dat ze aanbidders tekort kwam, of gebrek had aan seks. Maar er was iets aan deze Italiaanse casanova dat haar het gevoel gaf of ze weer een bakvis van veertien was. Ze werden weer opgehouden door wat fans die op de foto wilden met Yarden. Op dat moment was de afstand tussen hen beiden nog maar een meter of twintig, maar met elke stap die ze nam vroegen er meer en meer fans om een foto, of een handtekening – en ze moest maar aardig blijven, terwijl ze alleen maar in de armen van Marco wilde vallen.

Toen ze op de foto moest met een groepje met de Deense vlag, voelde ze ineens een arm om zich heen, die haar dicht tegen zich aantrok, veel te dicht. Ze dacht dat het gewoon weer een fan was die zich in een mooi plekje op de foto probeerde te manoeuvreren, maar toen alle fans begonnen te gillen van opwinding, keek ze naar rechts en zag ze dat het Marco was, die haar vasthield voor het oog van tientallen camera's. Yarden greep hem stevig bij zijn hand, zodat hij niet kon ontsnappen of voor een vers interview kon worden weggehaald. Zijn sterke en warme omhelzing sprak boekdelen: hij was hier, aan haar zijde. Toen iedereen een foto had gemaakt en de drukte langzaam verdween, bleef Yarden veilig staan in Marco's krachtige armen.

'Je ziet er prachtig uit vanavond. Ik heb naar je gezocht vanaf het moment dat ik binnen was en ik ben zó blij dat ik je eindelijk in mijn armen heb!'

Yarden viel van schrik bijna van haar hakken, maar de stevige grip van Marco voorkwam die vernedering. Ze dacht dat ze zich zijn woorden had ingebeeld, maar zijn groene ogen waren toch heus maar tien centimeter van de hare. Ze wilde hem zo dolgraag kussen, maar dat zou niet gepast zijn voor de ogen van de pers en alle fans. Net toen ze terug wou fluisteren dat ze zich er ook heel erg op had verheugd hem terug te zien, scheen er een fel, wit licht recht in haar ogen.

'Klootzak,' vervloekte ze Yanai in stilte, toen ze hem glimlachend naast drie tv-ploegen zag staan. Er was natuurlijk geen betere publiciteit denkbaar dan twee concurrenten voor de eindoverwinning die elkaar en plein public verliefd in de ogen staarden, en hij had zijn moment gepakt. Dat zal ik die eikel betaald zetten, dacht Yarden – hij had haar op z'n minst drie minuten alleen met Marco kunnen gunnen! Maar al snel had ze zichzelf weer onder controle, glimlachte, en liet Yanai zijn dingetje doen.

Ze gaf interviews aan de Maltese, Griekse en Cypriotische tv-stations en lepelde braaf op dat ze allemaal een heel goed liedje hadden, en dat hun inzending zeker een goede kans maakte het Songfestival te winnen – ze kon tenslotte moeilijk zeggen dat ze zich de helft van dat nummer niet kon herinneren, en de andere helft afschuwelijk vond. Ze hield het motto van Yanai in gedachten:

‘het is helemaal niet erg jezelf een beetje te prostitueren voor wat extra punten’. En Marco hield haar tijdens de gezamenlijke interviews de hele tijd heerlijk vast, dus dit zou ze gemakkelijk de hele avond kunnen volhouden. Toen de camera’s waren verdwenen, dacht Yarden eindelijk even rustig met Marco te kunnen bijpraten. Maar ook hij had een ‘Yanai’ aan zich vastgeplakt, en deze verontschuldigde zich voor het ongemak, maar hij moest Marco toch heus nog even van haar afpakken voor nóg een paar interviews. En zo werd ze bruut losgerukt van de man naar wie ze zo had verlangd. Marco knipoogde en verdween in de drukte.

Yanai kwam naast haar staan. ‘Niet huilen, we zijn hier nog tien dagen – er is meer dan genoeg tijd om hem af te lebberen. Wil je iets drinken? We zijn nog niet helemaal klaar met de pers, maar je ziet eruit alsof je wel een borrel kunt gebruiken.’

‘Ja. Alcohol. Nu! En ik loop met je mee. Want als jij denkt dat ik hier in mijn eentje ga staan wachten tussen als die onhuwbare wezens, heb je het toch lelijk mis.’ Ze pakte de arm van Yanai en stapte in de richting van de bar.

‘Uhh, wat?’ stamelde Yanai, die dacht dat hij haar niet goed had verstaan.

‘Onhuwbaar. Of ligt het aan mij als ik denk dat de meeste fans hier een chromosoompje missen?’

Yanai moest lachen. Ze had wel een beetje gelijk.

‘Twee grapefruitwodka’s, alsjeblieft,’ vroeg Yanai vastberaden aan de barman. ‘Luister even: deze avond is voor ons zo afgelopen, en dan hebben we morgen weer een dagje vrij ...’

‘Ja, heerlijk! Ik ga heel lang uitslapen en misschien neem ik daarna wel een lange massage – de prijzen zijn hysterisch, maar dat heb ik er voor een keertje wel voor over.'

'Nou, ja, het ding is: ik wil morgen eigenlijk wat anders doen. Je mag gerust lekker uitslapen en laat je vooral helemaal uit elkaar trekken door een masseur – god mag weten dat je het nodig hebt – maar daarna wou ik proberen wat extra internationale persaandacht voor ons te regelen.'

Yarden rolde met haar ogen. Wat wilde hij in 's hemelsnaam nou weer gaan doen? Had ze niet wat vrije tijd verdiend na al die interviews en neplachjes?

'Ja hoor! Zeg het maar! Wat wil je nu weer dat ik doe? Neuken met de Russische producer voor een paar extra punten? Een Finse journalist aftrekken voor een leuk stukje in de krant? Een paar bomen planten voor het milieu?'

Yanai keek Yarden geschokt en bezorgd aan. Bij alle andere kandidaten met wie hij had gewerkt, hadden het cynisme en de slechte moraal pas veel later in het traject de kop op gestoken. Yanai begon ineens te twijfelen aan zijn idee; misschien moest hij Yarden eerst even wat rust geven ...

'Nee, sorry, zo bedoelde ik het niet. Ik baal er gewoon een beetje van dat ik geen tijd met Marco heb kunnen doorbrengen. Echt, ik meende het niet zo kwaad. Ik doe alles wat je wilt. Wat gaan we doen, morgen?'

'Weet je het zeker? Ik wil je nergens toe dwingen! Ik vergeet altijd dat ik dit al een miljoen keer heb meegemaakt, en precies weet wat me te wachten staat, maar dat het voor jullie als artiesten pas de eerste keer is, en dit allemaal behoorlijk overweldigend en verrassend kan zijn.'

'Yanai, het is oké. Wat gaan we morgen doen?'

'Ik wou eigenlijk alleen maar een uurtje in de perskamer van de concerthal rondlummelen. Dan kunnen we nog wat interviews geven, wat foto's laten maken, het spotlicht op Israël richten, en ons aanminnige zelf zijn.'

'Je bedoelt: net doen of we aardig en charmant zijn.'

'Zie je wel: je snapt het al! Maar als je er geen zin in hebt en liever in het hotel blijft, is dat ook prima. Het is niet echt superbelangrijk en we kunnen het best voor één keertje laten zitten.'

'En sinds wanneer ben jij ineens flexibel en meegaand? Ik doe alles wat je wilt, schatje. Dus als jij vindt dat we naar de perskamer moeten, gaan we naar de perskamer. Ik heb dan morgen nog steeds de hele middag vrij, toch?'

'Absoluut: we kunnen morgenmiddag heel rustig de repetitie van overmorgen voorbereiden!'

'Top! We hebben een date. Zeg maar hoe laat je me komt ophalen voor ons bezoekje aan de perskamer, en vergeet niet tegen Vadim te zeggen waar we naartoe gaan. Ik wil niet dat hij denkt dat ons iets is overkomen. Hoewel ik dan wel eindelijk zou kunnen uitrusten.'

'En we zouden een heleboel troostpunten krijgen als er iets met jou gebeurde.'

'Ohh, was je maar vast dood!' fleemde Yarden en gaf hem een dikke, natte kus op zijn wang.

Een paar minuten na middernacht, nadat Yarden haar lied ten gehore had gebracht aan de duizenden gasten op het Cypriotische feest, vertrok de Israëlische delegatie uit de Euroclub en ging per taxi op weg naar hun veilige hotel.

Iedereen ging naar zijn kamer, behalve het veilgheidsteam. Er waren nieuwe waarschuwingen uit verschillende bronnen binnengekomen en het leek erop dat er de komende dagen iets stond te gebeuren – ze wisten alleen niet wat. Ze besloten veiligheidshalve geen enkel risico te nemen en ongeplande excursies buiten het hotel verder te vermijden.

15

Dag 4

BAKOE

EFFIE EN NIV HADDEN AFGESPROKEN VOOR EEN LEKKER uitgebreid ontbijt – voor zover een ontbijt in een hotel lekker kon zijn. Tot nu toe had Effie het reusachtig naar zijn zin in Bakoe. Niv en Dorit waren verantwoordelijk voor al het papierwerk en het leek erop dat Yanai de verantwoordelijkheid voor Yarden had overgenomen. Hij had dus letterlijk niets te doen, behalve lol maken en non-stop flirten met allerlei achtergrondzangeressen en danseressen uit landen die hij nooit zou kunnen aanwijzen op de kaart van Europa. Er werd drie keer kort geklopt: Niv kwam hem ophalen voor het ontbijt.

'Goeiemorgen, mooie jongen. Lekker geslapen?'

'Goedemorgen, Niv. Als een baby. En jij?'

'Ik voel me net zo fris als een meisje in een tamponreclame. Zullen we gaan? Ik droom al de hele nacht van een omelet met champignons en ik barst van de honger.'

Op weg naar de lift hoorden ze harde stemmen uit de kamer van Dorit komen. Ze keken elkaar aan en renden in volle galop naar de kamer van het hoofd van de delegatie. De deur stond op een kier en ze stormden naar binnen, waar ze Yanai, Dorit en Vadim aantroffen die blijkbaar schreeuwende ruzie hadden. Het duurde even voor ze begrepen dat – als gevolg van een eerder gesprek tussen Vadim en Dorit over de veiligheidssituatie – Dorit, Yanai en Yarden min of meer had verboden die ochtend naar de perskamer in de concertzaal te gaan.

'Goedemorgen allemaal! Waarom staat iedereen te schreeuwen?' kwam Effie tussenbeide.

'Goedemorgen Effie. Ik sta Yanai hier net uit te leggen dat ik hem en Yarden geen toestemming geef om naar de concerthal te gaan. Iedereen moet vandaag in het hotel blijven, punt!'

'Mag ik vragen waarom?'

Vadim gaf antwoord: 'Omdat jullie morgen een zware repetitie hebben, lijkt het ons verstandig dat jullie vandaag in het hotel blijven en je rust pakken, nu het nog kan.'

Effie keek naar Yanai, Yanai keek terug naar Effie en Niv en smeekte met zijn ogen om hulp. Effie snapte de hint. 'Kunnen we even bij het begin beginnen? Ik snap er helemaal niets van.'

'Er valt helemaal niets te snappen of te bespreken, Effie,' zei Dorit. 'Ik heb besloten dat iedereen vandaag in het hotel blijft, en daarmee uit.'

Yanai ontplofte. 'Met alle respect, Dorit: jij maakt helemaal niet uit waar ik heenga en waarom. Ik kwam het niet vragen, ik kwam het melden. Je bent het hoofd van deze delegatie, maar je bent niet mijn moeder, en trouwens: die heeft ook niets te maken met waar ik ga of sta.'

'Yanai, spreek me niet tegen!'

'Of wat? Ga je me straf geven? Moet ik nablijven en honderd keer "ik zal Dorit niet tegenspreken" op het bord schrijven?'

'Yanai, ik waarschuw je!'

Yanai moest lachen: het was net of hij terug was op de middelbare school, waar hij ook altijd in hopeloze discussies met oliedomme leraren verzeild raakte.

Effie drong aan: 'Mag ik alsjeblieft weten waar het over gaat voor we verdergaan met ruzie maken?'

Yanai vertelde hem over zijn idee om een uurtje te gaan rondhangen in de perskamer en zo wat interviews en goodwill te scoren.

'Ik begrijp niet waarom je dat niet zou mogen doen. Vadim, je hebt zelf gezegd dat de concertzaal veilig is, dus wat is het probleem?'

Vadim had een probleem. Aan de ene kant begreep hij dat Yanai en Yarden hun werk zo goed mogelijk wilden kunnen doen, maar aan de andere kant was er de concrete dreiging van een aanslag op hun leven, en had hij strikte orders daar niets over los te laten tegen alle delegatieleden, inclusief Dorit.

'Effie, er is geen enkele reden Vadim hierbij te betrekken,' snauwde Dorit. 'Ik ben hier de baas en dit is mijn beslissing.'

Nu begon Effie ook zijn geduld te verliezen. 'Dorit, ik waardeer je goede bedoelingen, maar Yarden en ik zijn volwassen en onafhankelijke mensen, en we maken zelf wel uit wat we niet of wel gaan doen. Als Yanai vindt dat we naar de perskamer moeten en Vadim vindt het goed, zie ik geen reden om hier te blijven. En ik heb hier ook nog wat te zeggen. Het Televisiebureau betaalt misschien de vluchten en het hotel, maar wij hebben ook een hoop geld in deze onderneming gestoken, en dat geeft ons ook volledig recht van spreken en om beslissingen te nemen. Het spijt me als ik op de vroege morgen al een tikje agressief overkom, en ik wil echt geen ruzie met je maken, maar ik sta voor de volle honderd procent achter Yanai, en wat ik wil, gebeurt.'

Yanai hield zijn mond stijf gesloten, maar inwendig stond hij te juichen. Hij was zielsgelukkig met de steun van Effie. Yarden en hij waren hier om te werken, niet om verplicht uit te rusten omdat het stupide hoofd van de delegatie dat zei. Rusten konden ze later in het graf. Nu moest er aangepakt worden.

Dorit keek gekwetst, maar mompelde precies vier woorden: 'Doe wat je wilt.'

'Dankjewel Dorit, blij dat je het met me eens bent,' zei Effie, en gebaarde naar Niv en Yanai dat ze samen met hem de kamer moesten verlaten. 'We gaan nu ontbijten. Als je zin hebt om mee te gaan ...'

'Nee, dank je, ik heb geen honger.'

De vier mannen liepen naar de lift. Niv zei: 'Jullie worden bedankt. Dit krijg ik dus de hele dag te horen.'

Een bezorgde Vadim hield hen staande bij de lift en zei: 'Als jullie echt naar de concerthal willen, gaan we dat natuurlijk mogelijk maken. Yanai, hoe laat willen jullie vertrekken?'

'Om een uur of twaalf, denk ik. Hoezo?'

'Ik stuur drie van mijn jongens met jullie mee.'

'Drie? Waarom zo veel? Is er iets gebeurd?'

'Nee, nee. Niets gebeurd. Omdat iedereen verder toch in het hotel blijft, kan ik een groter team met jullie meesturen en dat vind ik gewoon prettig. Jullie zijn niet de enigen die hun werk serieus nemen, weet je?' Vadim glimlachte er onheilspellend bij, alsof hij hoopte dat ze alsnog van hun trip zouden afzien en veilig in het hotel zouden blijven.

'Top. Dan zien we je om twaalf uur bij de lift.'

Terwijl Yanai, Effie en Niv eindelijk gingen genieten van een welverdiende omelet met champignons en lente-uitjes, haastte Vadim zich naar de kamer die ze hadden ingericht als hoofdkwartier van de beveiliging. Hij riep het team bij elkaar en deelde de orders uit. Drie beveiligers reden om twaalf uur met Yarden en Yanai naar de concerthal. Zij moesten goed opletten op wat er tijdens de rit om hen heen gebeurde, maar zodra Yanai en Yarden binnen waren, moesten zij buiten blijven en de omgeving in de gaten houden. Drie beveiligers in burger reden in een tweede auto achter hen aan – Vadim maakte zich het meest zorgen over de rit, die in de drukte van Bakoe wel een uur zou kunnen duren en wanneer ze op hun kwetsbaarst zouden zijn. Ze hadden getraind voor een heleboel afgrijselijke scenario's: machinegeweervuur van een passerende motorrijder, een granaat die naar de auto werd gegooid, een raket uit een raam in een hoog gebouw ... de mogelijkheden waren eindeloos. Maar het was nu eenmaal hun missie de Israëli's te beschermen en ze tegelijk niet te hinderen bij hún missie: het winnen van het Songfestival. Vadim was nooit bijzonder geïnteresseerd geweest in het Songfestival, dat hij altijd als een erotisch en dominant homoseksueel festijn had beschouwd. Pas nu hij alles van dichtbij meemaakte, drong het belang en de grootsheid van het evenement in zijn volle omvang tot hem door.

Vadim had alles goed georganiseerd: de hele dag liep er om de twintig minuten een patrouille rond het hotel, op de uitkijk naar mensen die zich verdacht gedroegen of het hotel iets te nadrukkelijk in de gaten hielden. Maar er bekroop hem toch een ongemakkelijk gevoel, waar hij niet helemaal de vinger op kon leggen. Hij besloot het naast zich neer te leggen. Wat er ook zou gebeuren, hij en zijn mensen waren er tegenop gewassen.

Yarden en Yanai waren stipt om twaalf uur bij de lift, waar Vadim al op hen stond te wachten. 'Veel succes vandaag! Er rijden drie man met jullie mee in de auto. We hebben een onopvallend busje gehuurd dat niet in verband valt te brengen met het Songfestival. Jullie worden de hele weg begeleid door een politiewagen, en er rijdt een tweede auto achter jullie, met daarin ons back-up team, voor het geval.'

'Welk geval?' vroeg Yarden.

'Voor het geval dat,' zei Vadim.

Ze snapten het zo ook wel. Yarden pakt de schouder van Yanai en fluisterde in zijn oor: 'Weet je zeker dat je dit wilt?'

Yanai haalde diep adem en dacht een moment terug aan 1996, de tijd van de bomaanslagen in Tel Aviv, toen hij ook een keer bijna was opgeblazen door een zelfmoordterrorist. Hij zou normaal gesproken precies op dat zebrapad hebben gestaan op het moment dat daar de bom ontplofte. Het was een totaal willekeurige onzinbeslissing geweest die hem zijn leven had gered – hij was bang dat hij de bus naar huis zou missen, en besloot daarom niet hier, maar bij hem in de buurt naar de bank te gaan. En daarom draaide hij zich om en liep in de andere richting – wég van het zebrapad. Nog geen veertig passen verder kwam de vreselijke ontploffing. Op dat moment, dat stomtoevallige moment, had Yanai besloten dat hij zich niet langer iets zou aantrekken van dit soort dreiging, en dat wat moest gebeuren dan maar moest gebeuren – je kon immers niet in een permanente staat van angst leven. En dus gaf hij zich over aan Vadim en zijn mannen. Als er echt sprake was van concrete dreiging, had Vadim hen nooit laten gaan.

'Je moet niks, maar ik vind dat we moeten gaan,' fluisterde hij terug. 'Bovendien: ik zit vlak naast je. Als er iets gebeurt, zal ik jou gebruiken als menselijk schild, en kun jij er zeker van zijn dat je direct verlost bent van al je aardse beslommeringen en dat je sterft als een martelaar, bijna net zo heilig als Céline Dion!'

Yarden staarde Yanai met open mond aan. Hoe kon die dwaas dit allemaal grappig vinden? 'Doe je mond dicht! Je ademt allemaal benzinedampen in en dan wil Marco straks helemaal niet meer met je zoenen.'

Yanai, Yarden en hun drie bodyguards stapten in een onopvallende witte auto die op het tweede ondergrondse parkeerdek van het Marriott stond geparkeerd, en reden weg. Ze werden gevolgd door een zwarte taxi met een levensgroot logo van het Songfestival, waarin het tweede team had plaatsgenomen. De kristallen concerthal was geografisch gezien vlakbij, maar het verkeer was de nachtmerrie van elke beveiliger. De politieauto die buiten op hen had staan wachten, ging aan de kop en het kleine konvooi ging op weg.

Yarden bleef nerveus naar links en rechts kijken, op zoek naar duistere types in andere auto's, misschien een wapen, of een motorrijder die hen op de korrel nam. Ze was niet op haar gemak. Yanai raakte haar even geruststellend aan en fluisterde: 'Ik heb zo'n gevoel dat dit niet de dag is dat we gaan sterven. Haal diep adem en doe je ogen dicht, ik beloof dat er niets zal gebeuren.'

Dankzij de politieauto die de weg voor hen baande, stonden ze na twintig minuten al springlevend bij het checkpoint bij de ingang van de hal. Yarden haalde nog één keer diep adem om zichzelf te kalmeren, Yanai was al druk in gesprek met een journaliste die Yarden vaag bekend voorkwam. Ze kon zich niet herinneren of ze door de vrouw in Bakoe of in Amsterdam was geïnterviewd, maar gelukkig hoefde ze al dat soort details ook niet te onthouden.

Terwijl Yarden en Yanai hun opwachting maakten in de gigantische perskamer, waar honderden computers stonden te zoemen en evenzoveel journalisten zaten te werken, stuurde Vadim Dan te voet op patrouille rond het hotel. Hij zou over twintig minuten zelf weer de ronde doen. Even later kreeg hij de melding dat Yarden en Yanai veilig waren aangekomen – weer een zorg minder.

Dan plugde zijn oortje in, deed zijn pistool in de holster, en begon zijn patrouille. Hij nam de lift naar beneden, liep het hotel uit, en ging rechtsaf richting de promenade. Vervolgens de trap af en door de tunnel die het hotel en de promenade ondergronds met elkaar verbond. Daar weer naar straatniveau, onder de verschroeiende zon. Het weer deed hem denken aan Tel Aviv in deze tijd van het jaar – vooral de luchtvochtigheid.

Dan droeg het standaard pak voor leden van de geheime dienst en had het gevoel dat hij in een sauna werd klaargestoomd. Hij werd ook zowat gewurgd door zijn donkerblauwe das. Hij keek spiedend in het rond vanachter zijn zonnebril, liep een eindje verder over de promenade, en ging weer rechtsaf voorbij het hotel. Tot zover alles goed. Er was geen verdacht persoon of voertuig te bekennen. Hij was maar tien minuten onderweg geweest, maar hij zweette zo hard dat het leek of hij kopje onder in een zwembad was gegaan. Hij was weleens op missie geweest onder slechtere omstandigheden, en hier kon hij tenminste gebruik maken van de faciliteiten van een luxehotel, dus hij had eigenlijk weinig te klagen. Hij meldde zich bij Vadim en rapporteerde dat alles in orde was.

Intussen waren Yarden en Yanai druk in de weer met tientallen reporters uit alle windstreken en de onvermijdelijke fans die hen hadden besprongen zodra ze hun neus in de perskamer hadden laten zien. Yarden deed het geweldig, dacht Yanai, toen hij haar zo bezig zag met poseren voor foto's, signeren van programmaboekjes, vragen beantwoorden en omhelzingen aan iedereen uitdelen. Yanai probeerde intussen contact te leggen met de serieuze internationale pers, en te kijken of zij interesse hadden in een interview met Yarden. Het viel hem op dat de pers discreet een stapje terug deed als hun beveiligers de ruimte in kwamen om hun werk te doen, en daar was hij dankbaar voor.

Yanai wilde liever niet dat hun veiligheidssituatie onderwerp van gesprek met journalisten werd, ook al zou dat niet per se een slechte zaak zijn. Artikelen over bedreigingen aan het adres van de Israëlische delegatie waren altijd goed voor een boel media-aandacht en zorgde voor veel medeleven bij het publiek. Maar Yanai wilde dat soort belangstelling nooit uitbuiten. Er waren nou eenmaal dingen die je niet deed, en dit was er een van.

Intussen had hij wel mooi twee interviews geregeld voor Yarden bij camerateams uit Cyprus en Slovenië. Was het allemaal niet voor niets geweest, dacht hij. Yanai pakte Yardens hand en verontschuldigde zich bij de fans die nog niet met haar op de foto waren geweest. Ze moesten nu echt even naar een privé-studioruimte waar een cameraploeg op Yarden zat te wachten, maar Yanai beloofde dat ze na het interview zou terugkomen en met iedereen op de foto zou gaan. Sommige fans protesteerden luidkeels, waar Yanai hard om moest lachen:

het was nou niet of hij vreselijk nieuws was komen vertellen.

Terwijl hij zich doorlopend bleef excuseren, begon ook Yarden – gedisciplineerd als altijd – verlegen schouderophalend te wandelen in de richting van de studio. Zij begreep nog vrij weinig van het uitzinnige enthousiasme van de fans, maar ze begon er al een beetje aan te wennen en de waanzin in hun ogen te waarderen. Zeg nou zelf: wat voor acteur of zangeres zou niet blij zijn met alle aandacht en liefde die ze over zich kreeg uitgestrooid? Voor haar was het publiek als zuurstof, al moest ze de laatste paar dagen af en toe wel een beetje hyperventileren van al die liefde. Het ging allemaal om de juiste dosis. Tien minuten hugs en liefde, een half uurtje rust en vrede. Tien minuten liefde, half uurtje rust. Dat leek haar wel zo ongeveer de juiste verhouding.

Yanai bracht Yarden naar studio nummer 3, waar de crew uit Cyprus al stond te wachten, en stelde haar voor aan de interviewer die Charalambos bleek te heten. Maakte hij nou een grapje, dacht Yarden. Wat is een Charalambos? Oh, mijn god, is dat zijn naam? Hoe spreek ik die uit? Dat krijg ik nooit voor elkaar! Gelukkig was de interviewer gewend aan mensen die zijn naam moeilijk vonden en stelde hij voor dat Yarden hem met zijn bijnaam zou aanspreken: Labis. Dat was een heel stuk beter, dacht ze bij zichzelf ...

Yanai keek door de lens om er zeker van te zijn dat Yarden er goed uitzag in het licht van de studio, en hij leek tevreden. 'We hebben ongeveer tien minuten voor dit interview, dus laten we die tijd nuttig besteden,' zei hij tegen Labis. Deze lachte even vriendelijk terug, en begon met zijn eerste vraag. Yanai verliet de ruimte en liep naar de tafel met frisdrank en water. Hij moest langs een enorme rij fans die stonden te wachten tot Yarden terugkwam en stelde ze allemaal gerust: 'Yarden gaat hier niet weg voordat ze met jullie op de foto is geweest.'

Hij pakte een blikje cola light en liep terug om de boel in de studio in de gaten te houden. Onderweg kwam hij Szilvia, het hoofd van de Hongaarse delegatie, haar pr-man Adam, en hun zanger tegen. 'Hallo, mijn heerlijkste brokjes goulash, hoe gaat het ermee?'

'Hé, Yanai! Ik zie dat we niet de enigen zijn die met de fans komen slijmen en een beetje aandacht van de media proberen te hosselen!'

'Nee, goed om te zien dat je na al die jaren eindelijk iets van me hebt geleerd. Waar mag ik de rekening voor mijn gestolen idee heen sturen?'

'Naar de Hongaarse Televisie, lik-mijn-reet-straat nummer 9, in je dromen!' antwoordde Szilvia ad rem. Tijdens hun jarenlange vriendschap hadden ze onderling een eigenaardig soort humor ontwikkeld, die voor anderen nogal eens gemeen en giftig klonk.

'Engel van mijn hart, ik moet nodig terug naar de studio, Yarden zit daar met de Cypriotische tv. Wil jij nog de kruimels opeten die wij daar hebben laten liggen, of zal ik al die fans daarbuiten al jouw hartsgeheimen verklappen? Dan horen ze ook eens iets interessants uit Hongarije!' Szilvia moest lachen.

'Het lijkt wel of je nog gemener bent dan normaal. Gaat het wel goed met je?'

'Ach, gedoe met de beveiliging. Ze zitten ons onwijs op onze huid. En ik heb ruzie gemaakt met Dorit. Ik gooi er gewoon al mijn ellende uit omdat ik weet dat jij er wel tegen kunt – je vindt het toch niet erg?'

'Geen probleem, ik heb er geen last van.' Szilvia glimlachte en gaf hem een knuffel.

‘Oh nee? Ik ben benieuwd wat je hiervan vindt!’ Yanai draaide zich om naar de rij met fans bij de studio en schreeuwde zo hard mogelijk: ‘Hé, allemaal, moet je eens kijken: hier heb je de Hongaarse zanger!’ Binnen twee seconden rende iedereen in hun richting om met de paprika op de foto te gaan.

Yanai wandelde elegant weg van Szilvia, die hem als dank nog een welgemeend ‘nijlpaardenreet’ nariep, waar hij vreselijk om moest lachen. Hij had het toch maar mooi voor elkaar om de ruimte bij de studio te ontruimen. Hij ging naar binnen en hoorde dat het interview goed ging en Yarden ontspannen was. Hij ging in de hoek zitten en nam een slokje van zijn Cola. Twee minuten later gaf hij het teken dat de interviewer nog één vraag kon stellen – soms moest je eenvoudig een einde maken aan een eindeloze brij met stomme vragen als deze ... Toen het interview was afgelopen, fluisterde Yarden in zijn oor dat ze een sigaret wilde roken.

‘Maar natuurlijk! Je hebt ’m verdiend. Ik zeg wel tegen de andere ploegen dat ze even moeten wachten. Geen probleem!’ Ze liepen naar de uitgang, gevolgd door de ogen van tientallen fans en journalisten.

Vadim was op patrouille rondom het hotel – het was twintig minuten geleden dat Dan de ronde had gedaan, en nu was de beurt aan hem. Vadim nam de lift naar beneden en verliet het hotel. Hij werden bevangen door de hitte en vroeg zich meteen af waarom hij zo’n zweetpak had aangedaan. Hij zette zijn zonnebril op en deed zijn oortje in. Hij had bedacht ditmaal eens linksom te gaan, en de trap en de promenade – inderdaad – eerst even links te laten liggen. Hij was vijf minuten onderweg: links bij de lobby, weer links, en opnieuw bij het enorme parkeerterrein dat speciaal voor het Songfestival was aangelegd. Daarna nog een keer links en Vadim keek weer in de richting van de promenade. Hij zag niets ongewoons en liep verder. Hij kwam aan bij de promenade en wilde de tunnel nemen die hem ondergronds weer naar het hotel zou voeren. Een grote witte bestelbus stond aan de rand van de weg geparkeerd. Vadim hield even stil. Hij keek naar de bestuurder, die de hele tijd schichtig naar links en rechts, en in de achteruitkijkspiegel zat te kijken. Een waarschuwingslampje floepte aan in het brein van Vadim. Normaal zou deze situatie geen reden voor zorg zijn, maar door alle waarschuwingen was Vadim extra voorzichtig geworden. Hij nam geen enkel risico en zelfs de kleinste dreiging moest worden uitgezocht.

Vadim sloop voorzichtig dichter bij de witte bus. De motor liep, de bus had plaatselijke kentekenplaten, maar geen logo's of andere herkenningstekens. Er waren ook geen achterramen, dus het was onmogelijk naar binnen te kijken. Het zou zomaar een doodgewoon verhuisbusje kunnen zijn. Maar wat deed een verhuisbusje midden op de promenade, vlak bij het hotel? Er waren op dit stuk helemaal geen winkels en het was duidelijk aangegeven dat het hier een niet-parkeren-zone was. Het viel hem op dat de bestuurder vooral de tunnel scherp in de gaten hield, alsof hij verwachtte dat daar ieder moment iemand uit zou komen.

Vadim hield twee seconden stil om na te denken. Het was nog te vroeg om groot alarm te slaan – hij wist zelf nog niet eens zeker of er iets aan de hand was, en zo ja, wat dan precies. Het was mogelijk dat hij door deze dagen in Bakoe en de zorgelijke berichten uit Jeruzalem een beetje overprikkeld was geraakt, en overal potentieel explosieve situaties zag. Hij wou zijn team niet overbelasten, maar hij had aan de andere kant toch sterk het gevoel dat er iets ongewoons aan de hand was. Vadim besloot de tunnel in te lopen en te kijken wie hij daar tegenkwam. Zijn donkerblauwe pak had de zon opgezogen en hij voelde zich als een gepofte aardappel. Verdomme, dacht hij, zodra hij terug was in Israël zou hij amok gaan maken op het hoofdkwartier en zorgen dat ze voortaan werden uitgerust met kleding die geschikt was voor dit verzengende klimaat.

Hij liep de trap naar de tunnel af en zag niemand, behalve twee vrouwen van een jaar of dertig met drie kleine kinderen. Vadim bekeek ze snel en besloot verder te lopen. Een eindje verderop in de tunnel zag hij een jonge man die de ingang van het hotel in de gaten hield en verdacht om zich heen keek. Bingo. Vadim maakte zijn holster los zodat hij in geval van nood snel bij zijn wapen kon. Langzaam maar zeker besloop hij de jonge man en probeerde hij te ontdekken waar hij precies naar keek. De afstand tussen de twee mannen was niet meer dan twintig meter, en Vadim voelde zich net een leeuw in de savanne, die op het punt stond een gnoe te bespringen. Elke verkeerde beweging kon het verrassingselement bederven, elk geluid de prooi alarmeren ...

Vadim moest dichterbij zien te komen, zodat hij kon uitvissen wat de man van plan was, zonder een hoop commotie te veroorzaken. Ze waren tenslotte de gasten van de regering van Azerbeidzjaan, en hij wilde liever geen diplomatiek incident op zijn geweten hebben. Hij kwam dichterbij, toen plotseling zijn walkietalkie in zijn oortje begon te sputteren. 'Vadim, kun je me horen, gaat alles goed daar?'

De jonge man draaide zich om, keek een seconde naar Vadim, zag het blauwe pak, het pistool en het oortje, en ging er als een haas vandoor. Vadim zette de achtervolging in en brulde: 'Code rood, code rood in de tunnel bij het hotel!' in zijn walkietalkie.

Dan hoorde Vadim, brulde een paar orders in een tweede walkietalkie die in verbinding stond met de lokale beveiliging van het hotel, en haastte zich de kamer uit. Vadim begon intussen snel in te lopen op zijn prooi. Hij was in zijn middelbareschooltijd veelvoudig regionaal hardloopkampioen geweest en liep minstens drie marathons per jaar. Hij nam de trap naar straatniveau met drie treden tegelijk en zag dat de verdachte in de richting van het witte busje ging. Vadim pakte zijn wapen. Diplomatiek incident of niet, dat busje ging nergens heen, al moest hij de banden lekschieten!

Vlak bij de drukke weg naast het hotel werd de jonge man tegen de grond gewerkt door twee lokale beveiligers die hem daar met vooruitziende blik hadden staan opwachten. Vadim was binnen een paar seconden ter plaatse, nam de verdachte in een stevige houdgreep en drukte hem tegen het asfalt. 'Zorg dat het witte busje niet wegkomt!' Niet voor we weten wat ze in hun schild voerden, hoefde hij niet te zeggen.

De jonge man probeerde los te komen, maar had geen schijn van kans tegen de getrainde professional die hem in een ijzeren greep hield. Vadim keek op en zag dat twee politiewagens tegen het verkeer in de promenade kwamen oprijden, en op die manier de ontsnappingsroute van het busje blokkeerden. 'Die gasten weten wat ze doen,' dacht Vadim, onder de indruk van de snelheid en de efficiëntie waarmee de plaatselijke autoriteiten hadden ingegrepen.

Het werd aardig druk rondom Vadim, het plaatselijke team en de verdachte. Vadim vroeg om back-up van zijn eigen team, pakte even een kalm momentje, haalde even diep adem ... en schoot weer compleet in de stress. Yarden! Yanai! Die waren nog in de concerthal! En als hier iets gebeurde, zou er daar ook best iets aan de hand kunnen zijn! Hij schreeuwde het alarmcodewoord voor het team in de concerthal in zijn walkietalkie en wachtte ongeduldig op een reactie.

Yarden en Yanai waren op weg naar een welverdiend peukje. Yanai dacht na over de moeilijke vragen die de Sloveense tv-ploeg eventueel aan Yarden zou kunnen gaan stellen, Yarden vroeg zich af hoe ze overeind moest blijven op haar torenhoge hakken – ieder zijn ding. Ze had echt zin om een sigaretje op te steken en even vijf minuten weg te zijn van alle hysterische drukte. Ze was niet gewend dat zo veel mensen met haar op de foto wilden, haar wilden aanraken, iets wilden laten signeren, even lachen, nog een foto, maar nu met knuffel ... Het leek misschien de natte droom van elke artiest, maar het was in werkelijkheid vooral uitputtend!

Midden in de persruimte zag Yanai plotseling vijf van hun bodyguards in hun richting rennen, op de voet gevolgd daar een aantal beveiligers van de concerthal. Yanai greep Yardens arm en trok haar tegen zich aan. Hij had geen idee wat er aan de hand was, maar instinctief voelde hij dat hij Yarden moest beschermen.

Hun beveiligingsteam kwam in een cirkel om hen heen staan en een van de beveiligers vroeg beleefd maar dringend of ze hem wilden volgen naar een veilige ruimte. Yarden bevroor. Een seconde geleden was ze nietsvermoedend op weg om een sigaret te gaan roken, nu was ze plotseling omringd door een groep met bodyguards, beschermde Yanai haar met zijn lichaam en voelde ze alle ogen in de zaal op zich gericht. Ze werd overmand door angst en paniek. Ook al werd ze al vanaf hun aankomst in Bakoe 24 uur per dag omringd door veiligheidsmensen, en ook al had ze al een en ander meegemaakt in Amsterdam: dit wende nooit – en hiervoor had ze ook niet getekend toen ze had toegezegd dat ze Israël zou vertegenwoordigen op het Eurovisie Songfestival!

De cirkel met beveiligers begon zich – met Yarden en Yanai in hun midden – te bewegen naar een afgeschermde ruimte waar de directie van de European Broadcasting Union normaal gesproken vergaderde. Yanais eerste impuls was te vragen wat er aan de hand was, maar hij realiseerde zich dat hun laatste uurtje misschien wel had geslagen, en dat het vermoedelijk verstandiger was zijn mond te houden en te doen wat hem werd gevraagd. Hij voelde zich als een gijzelaar bij een kaping, op het moment dat de mariniers komen binnenvallen en iedereen plat op de grond moet gaan liggen. Niet tegenspreken, maar gehoorzamen: dat deed je in dit soort situaties. Er zou later genoeg tijd voor vragen zijn, als er tenminste een 'later' was. Hij greep Yarden nog steviger vast. Als hij zich al hulpeloos voelde, moest zij wel doodsbang zijn. Dit was zijn manier om haar gerust te stellen.

Yanai en Yarden hadden niet in de gaten dat er in de perskamer een behoorlijk tumult was uitgebroken toen ze plotseling door een klein legertje veiligheidsmensen en politie werden weggevoerd. Alle fans en journalisten deden hun camera's aan en probeerden erachter te komen waarom de zangeres van Israël ineens backstage werd geëscorteerd. Twee politieagenten probeerden het filmen tegen te houden, maar dat was onbegonnen werk.

Intussen werden Yarden en Yanai de zijkamer ingeleid. De deur sloeg achter hen dicht en één beveiliger bleef buiten staan om ervoor te zorgen dat er verder niemand naar binnen kon. Yanai en Yarden keken elkaar aan, en hielden elkaar nog steeds angstig en bevend vast. De hele toestand had misschien een minuut geduurd, maar voelde als een eeuwigheid.

En het was nog niet afgelopen: er zaten vier Israëlische beveiligers bij hen in de kamer, van wie er eentje via zijn walkietalkie in contact stond met de buitenwereld. Yanai haalde diep adem; hij wilde dolgraag vragen wat er aan de hand was, maar besloot nog even te wachten.

In de hoek stond een dienblad met vers fruit en flesjes water. Hij schonk een glas water in en gaf het aan Yarden. Ze hadden allebei trillende handen. Wat zou er toch in godsnaam zijn gebeurd? Allerlei scenario's spookten door zijn hoofd, en het kwam ook ineens bij hem op dat hun vrienden iets kon zijn overkomen.

'Ik sta erop dat iemand me nú vertelt wat er is gebeurd. En of er iemand gewond is geraakt!' riep hij schor van frustratie.

De veiligheidsagenten waren niet bijzonder onder de indruk, keken hem zwijgend aan, en luisterden ingespannen naar de stroom van informatie die via hun oortje binnenkwam. Yanai haalde weer diep adem en begreep dat hij moest kalmeren. Hij pakte twee stoelen, gebaarde naar Yarden dat ze moest gaan zitten, en nam zelf naast haar plaats. 'Ik weet niet wat er is gebeurd, maar als het iets heel ergs zou zijn, hadden we het nu wel geweten.' Yanai wist niet meer wie hij nou probeerde gerust te stellen, Yarden of zichzelf. Het enige wat hij echt wilde weten was of er leden van de delegatie gewond waren geraakt. Yanai had in al zijn jaren bij het Songfestival nog nooit zoiets meegemaakt. In de jaren '90 was er in Dublin een bom ontdekt bij de schouwburg, maar daar was Yanai niet in de buurt geweest, en die bom was ook niet speciaal voor Israël bedoeld. Nu voelde hij zich echt een doelwit, maar waarvan? Kidnapping? Een schietpartij? Een bom?

Vijf minuten nadat ze het kamertje waren ingesleurd, richtte de commandant van het team het woord tot Yarden en Yanai. 'Allereerst wil ik me verontschuldigen als we u aan het schrikken hebben gemaakt. Ik begrijp dat dit een ongewone situatie voor u is.'

'Ongewoon? Denk u dat "ongewoon" een juiste woordkeus is voor wat zich hier net heeft afgespeeld?' antwoordde Yanai, terwijl Yarden naast hem trillend aan haar water nipte.

'Nogmaals: onze verontschuldigingen.'

'Ik ben je naam vergeten.'

'Roy.'

'Dank je, Roy. Je hoeft je niet te verontschuldigen. Maar mogen we nu alsjeblieft weten wat er is gebeurd? En, belangrijker: of iedereen in orde is?'

'U kunt gerust zijn: niemand is een haar gekrenkt.'

Yanai ademde opgelucht uit en keek naar Yarden. Het leek of ze weer wat kleur op haar wangen kreeg. 'Alles goed, babe? Nog een glaasje water? Banaan?'

Yarden keek hem met betraande ogen aan. 'Sigaret. Ik wil een sigaret. Nee, een heel pakje.'

'Ze is in orde,' zei Yanai tegen Roy. 'Kun je me nu vertellen wat er is gebeurd?'

'Absoluut. Vadim liep zijn patrouille rond het hotel toen hij iemand zag die zich verdacht gedroeg. Toen hij hem naderde, sloeg de man op de vlucht in de richting van een busje dat vermoedelijk op hem stond te wachten. De politie heeft de man en de chauffeur van de auto aangehouden en ze worden momenteel op het politiebureau verhoord. Iedereen is in orde, maar we waren bang dat er hier ook iets zou kunnen gebeurden, wilden geen enkel risico nemen en hebben jullie dus uit voorzorg in veiligheid gebracht. Dat is het wel zo'n beetje.'

'Zo'n beetje? Is er dan nog meer?'

'We staan nog steeds op code rood en we patrouilleren wat intensiever rond het hotel, voor het geval we iets hebben gemist, maar voor zover ik weet, is iedereen veilig.' Iedereen viel stil – wat viel er verder nog te zeggen?

'Kunnen we nu ergens een sigaretje roken, of is dat nog te gevaarlijk?'

'We hebben natuurlijk liever dat u nog even wacht, maar het is denk ik geen probleem. Wij lusten ook wel een sigaret,' glimlachte Roy.

Yanai dacht aan zijn moeder in Tel Aviv. Die zou niet blij zijn als haar zoon terugkwam in een doodskist, en degene die dat op zijn geweten had, zou ervan lusten. Ze zou in haar woede waarschijnlijk met één machtige klap dit hele veiligheidsteam tegen de grond beuken. Yanai glimlachte bij de gedachte, precies op het moment dat Yarden begon te huilen.

'Het is voorbij liefje, er is niets meer om bang voor te zijn.'

De tranen bleven over haar wangen stromen en Yanai pakte Yarden nog iets steviger vast om haar te troosten.

'Auw, je wurgt me zowat, lamlul, ben je wel normaal?' Yanai keek Yarden aan, zij keek terug, en opeens kregen ze allebei de slappe lach. Roy en de rest van de bodyguards zagen het tevreden aan – lachen deed wonderen tegen stress. Yarden en Yanai konden niet meer stoppen. De tranen liepen over hun wangen, Yanai moest zijn buik vasthouden en Yarden viel letterlijk schaterend van haar stoel. En daar moesten ze weer zó hard om lachen, dat ze nauwelijks meer konden ademhalen.

'Lucht, lucht, ik kan geen adem meer halen!' hijgde Yarden.

'God, wat ben jij stom! Ik lach me dood!'

In de tussentijd stond er een behoorlijk grote groep mensen, inclusief leden van de European Broadcasting Union, het plaatselijke productieteam, en Szlivia voor de dichte deur, razend benieuwd naar wat er nou allemaal aan de hand was. Ze hoorden hysterisch gelach en Szilvia herkende de lach van Yanai uit duizenden: ze hoefde niet langer bezorgd te zijn dat er iets ernstigs was gebeurd.

'Roy, kunnen we nu verdomme een peuk gaan roken' Ik denk dat Yarden ook heel veel behoefte heeft aan twee geasfalteerde longen! En ik vind dat we het allemaal hebben verdiend.'

Roy mompelde wat in de walkietalkie en kreeg kennelijk toestemming van de andere kant van de lijn. Ze mochten gaan roken als ze het veiligheidsteam zouden meenemen. Yarden en Yanai stonden op en Roy deed de deur open. Yanai vroeg hem de deur nog even dicht te doen. Roy deed de deur dicht en iedereen keek naar Yanai.

'Luister even, allemaal. Het is wel duidelijk dat wat hier is gebeurd, allang op straat ligt. Het was midden in de perskamer en die stond vol met een zooitje sensatiebeluste gekken met camera's. We gaan dit als volgt spelen. Roy, als we zo een sigaret gaan roken, moeten jullie zorgen dat er niemand bij ons in de buurt kan komen. Geen pers, geen fans, niemand. Doe maar weer zo'n menselijke cirkel om ons heen. Als we klaar zijn met onze sigaret, en doe er maar lekker lang over, Yarden, zodat iedereen er rustig een foto van kan maken, gaan we rechtstreeks naar de auto's en in een lijn naar het hotel. In de tussentijd laten we iedereen in onzekerheid over wat er is gebeurd – laat ze allemaal maar raden. Ik wil hier alles uithalen wat erin zit.'

Roy glimlachte naar Yanai en zei dat het allemaal geregeld kon worden. Yarden kon alleen uitbrengen: 'Oh mijn god, ik werk met de duivel.' Maar diep vanbinnen wist ze ook wel dat Yanai alleen zijn werk deed. En waarom zouden ze niet van de gelegenheid gebruik maken? Zij hadden niet om al die ellende gevraagd, maar soms gebeurt er wat en dan moet je zien dat je er het beste van maakt. Ze had toevallig precies de man naast zich staan die daar zijn specialiteit van had gemaakt. En zij speelde het spelletje wel mee.

'Wacht! Ik moet even iets checken.' Yarden pakte een spiegeltje uit haar tas, bekeek haar make-up en smeerde haar eyeliner uit, zodat het leek alsof ze had gehuild. Ze deed de spiegel terug in haar tas en lachte naar Yanai.

'Welkom bij de club van list en bedrog, lelijkerd. Je hebt een mooie huilebalk van jezelf gemaakt!'

'Ik heb het geleerd van de meester. En nu wil ik eindelijk die sigaret!'

Ze verlieten de kamer precies zoals Yanai had voorgesteld: Yarden en Yanai in een cirkel van bodyguards die niemand dichtbij lieten komen. Yarden bukte haar hoofd, veegde de lach van haar gezicht en deed haar best er triest en ellendig uit te zien. Yanai hield haar hand stevig vast, alsof hij haar de hele weg moest ondersteunen. Toen ze klaar waren met roken, stapten ze in de auto en gingen op weg. Yanai probeerde zijn aandacht eerlijk te verdelen tussen plannen maken om dit incident publicitair optimaal uit te melken, en zich zorgen te maken over de terugtocht naar het hotel.

16

Dag 4

MIDDAG, BAKOE

TOEN YARDEN EN YANAI TERUG WAREN IN HET HOTEL, en iedereen elkaar opgelucht had omhelsd, riep Yanai Yarden Effie, Niv en Dorit bij elkaar voor een spoedvergadering in zijn kamer.

'Ik wil graag jullie mening over de mogelijke repercussies van dit incident in de media. Aan de ene kant zou het ons goed doen om een persconferentie te beleggen en gewoon te vertellen dat er verdachte personen rondhingen bij het hotel en onze beveiliging besloot het zekere voor het onzekere te nemen. We hebben de camerabeelden vanuit de concerthal om het te bewijzen. Aan de andere kant: Vadim gaat hier vrijwel zeker niet zijn medewerking aan verlenen, en ik weet ook niet zeker in hoeverre ik zelf deze gebeurtenis wil uitbuiten. Soms kun je beter anderen het werk vóór je laten doen. Wat vinden jullie?'

Iedereen keek naar Dorit, als hoofd van de delegatie. 'Ik weet niet wat ik moet zeggen. Ik heb contact gehad met Yigal. Hij zegt dat het Televisiebureau er niets mee te maken wil hebben. Dat hij het vuurtje ook niet wil aanwakkeren. En liever heeft dat wij ons verder zoveel mogelijk afzijdig houden.'

Yanai slikte. Natuurlijk wilden ze er niets meer te maken hebben – dan moesten ze immers een inspanning leveren en godbetert misschien zelf partij kiezen en een mening hebben. Aan de andere kant, dacht hij, ze moesten heel goed nadenken voor ze de grote boze veiligheidsolifant in de kamer wakker zouden maken. Ze zaten publicitair net in een lekkere flow, en dit negatieve thema zou alles overschaduwen, juist op een moment dat het leek dat ze een kans maakten na een droogte van vijf jaar eindelijk weer eens de finale te halen.

Het was Effies beurt. 'Luister, de mensen thuis leven heel erg met ons mee. Alle mediaberichten over hoe dapper we zijn en dat we een aanslag hebben overleefd, dat is goede publiciteit voor ons. Hoe ga je die mensen ervan overtuigen dat er eigenlijk niets aan de hand was?'

Niv kwam tussenbeide: 'We weten helemaal niet of er niets aan de hand is, Effie. Het zou heel goed kunnen dat Vadim ons niet alles vertelt wat hij weet, en dat er dingen spelen waar wij ons niet van bewust zijn. De gebeurtenissen van vandaag maken dat toch wel duidelijk, lijkt me.'

'Niv, we weten allebei: als het hier voor ons te gevaarlijk was, zouden ze ons op de eerste vlucht naar huis sturen. Daar ga ik tenminste vanuit. Heb ik gelijk of niet?'

'Misschien wel, misschien niet. Ik sluit helemaal niet uit dat ze ons na vandaag inderdaad naar huis sturen.'

'Dank jullie allemaal, voor jullie totaal irrelevante inbreng,' overstemde Yanai het gekibbel. 'Ik heb jullie hier gevraagd om te helpen beslissen wat we moeten doen: ik krijg tientallen, zo niet honderden interviewverzoeken voor Yarden van de complete internationale pers. We kunnen kiezen: ofwel we ruimen een dag in voor interviews en misschien een persconferentie, of we sturen een kort, algemeen bericht uit waarin we melden dat er een klein incident is geweest, waarbij niemand gewond is geraakt, en waar we in het kader van de veiligheid verder niets over kunnen zeggen. Kijk: als we een persconferentie beleggen, zou dat opportunistisch kunnen overkomen en als een boemerang kunnen terugkomen om ons in de kont te bijten. Ik wil graag weten of ik draagvlak heb voor het idee om een heel laconiek persberichtje uit te sturen en verder de anderen het werk voor ons te laten doen.'

'Ik begrijp het niet. Wat bedoel je toch telkens met "anderen het werk laten doen",' vroeg Yarden, die tot dat moment alleen nog had geluisterd.

'Dat betekent dat wij iedereen óver ons, in plaats van mét ons laten praten. Laat de media maar YouTube-filmpjes uitzenden waarin wij door een cordon van beveiligers worden weggevoerd. Laat ze maar analyseren en speculeren over een terroristische aanslag. Dat is fantastisch! Wij moeten nul informatie geven, en gewoon uit de weg blijven. Het zal minstens 24 uur *hot news* blijven, misschien zelfs 48, en daarna komen ze allemaal kijken bij de eerstvolgende repetitie en maken hele nieuwe volksstammen kennis met jou en ons liedje. Geven we een persconferentie, is het hele akkefietje binnen een paar uur overgewaaid, omdat ze alle antwoorden hebben en er niets meer valt te vertellen. Niv, wat vind jij?'

'Ik weet het niet, Yanai. Het is jouw beslissing en je hebt gehoord wat Dorit heeft gezegd: het Bureau wil er geen grote toestand van maken. Maar we hebben wel overmorgen een grote persconferentie op de agenda staan. Dan zal iedereen er vragen over stellen. Hoe lossen we dat op?'

'Simpel: alle vragen over het incident gaan naar mij, en ik geef geen commentaar. Eitje.' De kamer bleef stil.

'Ja, zijn we het dan allemaal eens? Ik gooi er een laconiek persbericht uit. En dóór! Goed gewerkt, mensen! Nu nog even over de belangrijke zaken: wat gaan we vanavond doen? Een potje ouwe-lullen-kaarten in de kamer met een borrel?'

Het was wel duidelijk dat niemand vandaag het hotel nog ging verlaten. Niet alleen vanwege de veiligheid, maar ook omdat iedereen zijn rust moest nemen voor de drukke dag van morgen. Ze gingen allemaal naar hun eigen kamer.

Hoewel alles goed was afgelopen, had alle stress Yarden behoorlijk uitgeput. Ze stroopte haar zwarte broek omlaag, deed haar shirt en bh uit, en probeerde te kiezen tussen een heerlijk bubbelbad en een luxueuze douche. Ze zette de verwarming aan en keek hulpeloos in de spiegel. Kon ze nou niet eens meer een simpele keuze maken tussen een douche en een bad? Yaren haalde bedachtzaam haar vingers door haar blonde krullen, toen haar telefoon piepte. Het was een berichtje van Marco: 'Ik zag op het nieuws wat er is gebeurd. Ben je oké?'

Yarden glimlachte alsof de donkere wolken boven haar hoofd eindelijk waren verdwenen. Ze wist wat ze wilde. Ze wilde niet kaarten, ze wilde niet zuipen: ze wilde Marco.

***

Nadat hij zijn persbericht had geschreven en had doorgestuurd naar de pr-coördinator van de organisatie, voor distributie onder de pers, ging Yanai zitten om een beetje televisie te kijken. Hij zapte tot hij een aflevering van *The Big Bang Theory* tegenkwam, waar hij verzot op was. Hij was nog geen kwartier onderweg of zijn laptop begon te zoemen: er kwam een skypegesprek binnen.

'Shit!' Yanai realiseerde zich ineens dat hij was vergeten zijn ouders te bellen om te zeggen dat alles goed met hem was. Dit was natuurlijk zijn compleet hysterische moeder ... Yanai sprintte naar zijn laptop. Tot zijn verrassing was het niet zijn moeder, maar Szilvia.

'Dag darling! Ik zag je net op BBC News. Ik wist niet dat ik van die beroemde vrienden had!'

'Hou op! Je stond er bovenop. Het was echt niet gezellig, hoor.'

'O nee? Jullie konden er anders smakelijk om lachen in dat geblindeerde kamertje. Ik hoorde jullie wel! Wil je mij nu wijsmaken dat je er niet van hebt genoten?'

'Eerst echt niet, hoor. Maar toen viel Yarden van haar stoel en kregen we de slappe lach. Je kent me: ik moet altijd lachen als mensen een windje laten of ergens af vallen, ik heb een beetje simpel gevoel voor humor, ik kan er niks aan doen.'

'Dat weet ik toch. Daarom hou ik zo van je.'

'Dat is zo fijn om te horen! Hé, en jullie? Hadden jullie al je tweede repetitie of is die ook morgen?'

'Morgen. Een uurtje eerder dan jullie. Hé, maar ik wilde je alleen maar even bellen om je succes te wensen voor morgen, met de repetitie en de persconferentie – je zult wel veel vragen krijgen, iedereen heeft het erover.'

'Jij ook veel succes. En wat de pers betreft: ik heb net een persbericht uitgestuurd met de mededeling dat we geen antwoord zullen geven op vragen over het incident of onze beveiliging. Wat ga jij doen vanavond?'

'Wij blijven lekker rustig in het hotel. Jullie?'

'Wij ook. Niemand heeft echt zin zijn leven op het spel te zetten.'

'Je weet dat je altijd welkom bent in mijn kamer als je je niet veilig voelt, hè. Ik maak me zorgen over je.'

'Szilvia, we hebben het hier al over gehad. Je bent echt heel mooi, maar ik val op mannen, en er is niet genoeg alcohol in deze wereld om te zorgen dat ik je op die manier wil aanraken.'

Szilvia lachte, 'Je malligheid is zo charmant! Maak je geen zorgen: niemand is op die manier in jou geïnteresseerd!'

'Oh, nu ga je me beledigen? Moet ik anders een persbericht doen uitgaan waarin staat dat de Hongaarse delegatie die terroristen op ons dak heeft gestuurd? Je weet dat ze nu alles als zoete koek van me slikken.'

'Doe dat, gaan we kijken wat er gebeurt. En trouwens, je gelooft het nooit, maar er is grappig genoeg wel degelijk iemand die jou "op die manier" interessant vindt.'

'Iemand begeert mij? Wie dan? Een terrorist? Ik weet niet of ik daar veel trek in heb.'

'Nee: Adam, onze pr-manager! Je hebt hem ontmoet.'

'Oh, echt? Jullie Adam vindt me leuk? Hoe kwam dat zo?'

'Hij zei dat hij je knap vond. En, dit geloof je niet: hij is Hongaar, maar komt oorspronkelijk ergens anders vandaan. Mag jij één keer raden uit welk land!'

'Ik heb geen idee.'

'Libanon!'

'Echt waar? Ik wist niet dat ze zulke knappe jongens hadden in Libanon.'

'Zo zie je maar weer. Maar is zijn afkomst een beletsel?'

'Niet voor mij. Ik ben helemaal voor de vrede. Vrede in hem, vrede in mij ...'

'Ik begrijp het niet.'

'Maakt niet uit, Israëlisch grapje. Maar is hij serieus geïnteresseerd?'

'Dat zeg ik toch? Hij vroeg zelfs of je al iemand had.'

'Nou, leuk! Dan kom ik hem morgen vast wel tegen bij de repetities, en zullen we wel zien of hij eerbare bedoelingen heeft of lid is van Nasrallah. In het laatste geval krijg jij te maken met ons veiligheidsleger.'

'Ik ben altijd blij als ik mijn steentje kan bijdragen aan het vredesproces in het Midden-Oosten. Komen jullie trouwens naar het Scandinavische feest morgen?'

'Wie zijn dat ook alweer – ik ben even helemaal de weg kwijt met de Euroclub.'

'Zweden, Noorwegen, Finland, IJsland. En dan ben ik er misschien nog een paar vergeten. Het wordt wel een gigantisch feest met veel optredens.'

'We zullen wel zien hoe we ons voelen na de repetitie, en of ons veiligheidsteam ons toestemming geeft. Ik heb het gevoel dat we de komende dagen geen daglicht gaan zien.'

'Alle cynisme op een stokje: dat vind ik echt rot voor jullie.'

'Dankjewel. Ik weet zeker dat Jascha Heifetz zal opstaan uit het graf, zijn viool zal oppoetsen, en speciaal voor de soundtrack van deze avontuurlijke trip naar Bakoe *Stairway to Heaven* zal spelen.'

Szilvia barstte in lachen uit. 'Ik begrijp niet hoe je dit allemaal zo luchtig kan opnemen. Ik was allang hysterisch geweest.'

'Dat komt omdat jij altijd hysterisch bent. Maar even serieus: als Israëli moet je wel grappen over dit soort dingen maken, anders wordt het allemaal zo vreselijk verdrietig. Ik ga nu douchen. Doe me een lol en stuur me een naaktfoto van Adam. Ik wil weleens zien wat hij in zijn mars heeft.'

'Als ik er een had, stuurde ik hem meteen.'

'Maar?'

'Maar ik hou van je?'

'Weet ik toch! Zie je morgen. Dank voor je belletje en slaap lekker!'

Yanai hing op en haalde diep adem. Hij keek door het raam naar het avondlicht en zag de drie indrukwekkende wolkenkrabbers respectievelijk in blauw, rood en groen opgloeien. Hij moest nog één ding doen vanavond. 'Mam? Ik wilde alleen even laten weten dat alles in orde is. Waarom moet je huilen? Mijn god, ik hang nog niet aan de lijn of je moet al huilen? Wat moet dat worden als er echt iets aan de hand is?'

***

Op datzelfde moment hadden de ondervragers van het anti-terrorisme-hoofdkwartier in Bakoe de twee gearresteerde mannen een bekentenis afgedwongen: ze waren inderdaad van plan geweest het Marriott op te blazen, met iedereen erin, inclusief de Israëlische delegatie. Deze aanslag was verijdeld, maar nieuwe dreigementen bleven binnenstromen.

17

Dag 5

OCHTEND, BAKOE

DE TELEFOON RINKELDE IN HET DONKER. HET WAS DE wake-up-call die ze had besteld voor half negen. Yarden opende voorzichtig haar ogen op het ritme van het rinkelen. Het duurde even voor ze wist waar ze was. Die splijtende herrie wilde maar niet ophouden, en net toen ze zich afvroeg wat het in godsnaam was, klonk het lawaai alwéér. Eindelijk herinnerde ze zich dat ze zelf om een wake-up-call had gevraagd, omdat ze er niet op had durven vertrouwen dat ze uit zichzelf wakker zou worden. En vandaag was een heel belangrijke dag was voor haar en de Israëlische delegatie. Yarden nam op en snauwde: 'Ik ben wakker!' in de hoorn. Laat ze maar denken dat ze een kutwijf was. Zo vroeg in de morgen, na zo'n lange nacht met Marco, kon het haar echt niet schelen wat de mensen van haar dachten. Bovendien was het een Azerbeidzjaanse receptionist, en niet Perez Hilton, dus ze kon best een keertje iets minder aardig zijn.

Ze probeerde te gaan zitten, maar werd onmiddellijk duizelig. Allemachtig, wat is er met me aan de hand, vroeg ze zich af: toen kwam de afgelopen nacht weer terug ... Nadat ze het lieve berichtje van Marco had ontvangen, had ze teruggeschreven dat ze in orde was, maar wel een beetje beverig van alle spanning, en dat ze het best leuk zou vinden als hij haar even zou willen helpen met ontspannen. Haar hulpeloze-dame-in-nood-truc had gewerkt: hij kwam eraan. Yarden regelde met Vadim dat Marco naar binnen mocht en een half uur later stond hij voor de deur met twee flessen wijn, een doos met bonbons en een gezinsverpakking condooms. Yarden probeerde zich te herinneren hoeveel ze had gedronken. Ze knipte het bedlichtje aan en zag direct twee lege flessen op de grond liggen. 'Oh fuck, dit is zulk slecht nieuws,' jammerde ze, maar niemand die het hoorde.

Ze voelde zich nog slechter bij de gedachte dat de rest van de delegatieleden haar in deze staat zouden zien en besloot zichzelf tot de orde te roepen. Ze kwam kreunend uit bed, slikte een paracetamolletje met een halve liter water en wankelde in de richting van de douche. In de badkamer werd ze voor de spiegel getrakteerd op een verlopen heks met grote zwarte wallen onder haar ogen. De visagiste kon haar lol op vandaag. Ze draaide de kraan open en wachtte beverig tot het water heet genoeg was om haar kater weg te spoelen.

Drie kwartier later ging ze naar beneden om te proberen iets te eten. Ze had niet bijzonder veel honger en dat ze kotsmisselijk was, hielp ook niet erg. Maar het aspirientje begon te helpen en ze wist dat ze zich beter zou voelen met wat eten in haar maag. Yarden zag niemand anders uit het Israëlische team in het restaurant. Vreemd. Ze keek nog eens rond. Nee, niemand. Stom dat ze niet aan de beveiliger op de negende had gevraagd of er al iemand was gaan eten. Maar misschien was het wel beter zo – nu hoefde ze niet te luisteren naar al het gekwetter en kon ze in alle rust aan haar koffie slurpen en iets vinden dat haar maag kon verdragen.

Twintig minuten, twee koffie en een sneetje droge toast later was er nog steeds geen Effie, Niv, Dorit of Yanai te bekennen. Vreemd. Was er misschien een teamvergadering waar ze niets van wist? Onmogelijk: dan hadden ze wel op haar deur geklopt. Ze liep naar de uitgang van de eetzaal en zag dat andere deelnemers haar vreemd aankeken en hun gezicht afwendden zodra ze terugkeek. Geen wonder, dacht ze: ik zie eruit als een hondsdolle wasbeer. Ze glimlachte vriendelijk, liep door naar de lift, drukte op de knop en wachtte tot de lift haar zou verzwelgen. Ze wilde zo snel mogelijk naar boven, zodat zo min mogelijk mensen haar in deze staat zouden zien. Als ze een ding nu niet kon gebruiken, was het dat ze als onprofessioneel en onverantwoordelijk te kijk zou komen te staan.

Ze probeerde de lift in te stappen, maar botste tegen iemand aan die er net uit kwam. 'Babe! Goedemorgen! Ik was net naar je op zoek! Hoe is het? Heb je een beetje geslapen?' Ze herkende de stem van Niv en keek op. Zijn geschokte gezicht liet niets aan duidelijkheid over. 'Heb je vannacht gevochten? Wat is dit? Wat is er gebeurd?' Yarden keek hem aan en wist niet of ze moest huilen of lachen.

'Hoe durf je zo tegen me te praten? Misschien heb ik wel longontsteking en ben ik hartstikke ziek!' Ze wist niets anders uit te brengen – ze voelde zich al zo beroerd en kon het echt niet hebben als ze ook nog werd uitgelachen.

'Oh, jeetje, sorry!' Niv leek nu oprecht bezorgd. 'Heb je een longontsteking? Hoe weet je dat het een longontsteking is? Ben je al bij een dokter geweest? Heb je koorts?'

Yarden kon haar zelfmedelijden niet langer volhouden. 'Nee, nee, ik heb geen longontsteking, ik heb een beetje een kater. Maar ik heb al koffie en aspirine genomen, dus het wordt zo wel beter.'

'Kater? Hoe kom jij aan een kater? Waar was het feestje' En waar was ik?'

'Er was geen feestje. Marco was op visite met twee flessen wijn, die we allebei hebben opgedronken. Ik heb waarschijnlijk tussendoor te weinig water genomen. Doe me een lol en heb het hier met niemand over? Ik ga me nu aankleden voor de repetitie en werk die wallen wel even weg met een laag make-up. Ziet het er erg verschrikkelijk uit?'

'Nee hoor, valt reuze mee. Het is juist hartstikke vooruitstrevend van Israël om iemand van kleur naar het Songfestival te sturen!'

Yarden begreep hoe de vlag erbij hing. 'Ik ga nu naar boven. Zeg niets. Tegen niemand. Als hier iets van naar buiten komt, kots ik je helemaal onder.'

Niv deed met een vingergebaartje zijn lippen op slot. 'Ik zeg niets, op voorwaarde dat je me straks alles over jou en Marco vertelt!'

'Deal.' Ze stapte in de lift drukte op 9, en hoopte bij God dat ze verder geen bekenden meer zou tegenkomen. Haar gebeden werden verhoord, want behalve een ontmoeting met de beveiliger, die toch altijd zweeg als het graf, bereikte Yarden zonder verdere problemen haar kamer. Ze pakte haar make-up-tasje en ging aan de slag met de restauratie van haar gezicht.

Precies om elf uur verzamelde de hele delegatie zich in de lobby op de negende verdieping voor het vertrek naar de concerthal voor de tweede repetitie. Er hing een opgewonden sfeer, maar iedereen zag er ook gebroken uit. Vijf dagen Bakoe, veiligheidsstress en wilde feesten hadden hun sporen achtergelaten bij de crew, die er nu uitzag als een groep pensionado's na een wandelvakantie door de Himalaya.

Yarden keek om zich heen. Het achtergrondkoor stond te gapen, Roy zag er gepijnigd uit en Effie hing op een bankje met zijn ogen dicht. Alleen Niv en Yanai, samen in een hoekje druk in gesprek, zagen er stralend en oplettend uit. Het was Yarden gelukt haar gehavende gezicht min of meer te herstellen en de koffie en de aspirine deden hun werk. Ze keek opnieuw naar Yanai en Niv, die als twee schoolmeisjes zaten te giechelen en af en toe in haar richting keken. Yarden begreep dat Niv Yanai over hun ontmoeting bij de lift moest hebben verteld. Ze liep naar de twee mannen toe en kon het wel uitschreeuwen van woede – maar hield zich op het laatste moment wijselijk kalm.

'Niv, jij etterbak, wat had ik nou gezegd?'

Niv glimlachte. 'Ik kon gewoon niet geloven dat ik de enige was die vanmorgen was getrakteerd op je schitterende verschijning en ik vroeg me alleen maar even hardop af waar ik die grote eer aan te danken had – Yanai is de enige die het heeft gehoord, trouwens.'

Yarden keek Yanai vorsend aan. Ze ging ervan uit dat hij haar een standje zou geven voor haar onprofessionele gedrag en besloot haar vernedering als een mak schaap te ondergaan. Het was tenslotte ook niet erg professioneel dronken te worden en te weinig te slapen aan de vooravond van een belangrijke repetitie, zeker niet aangezien Dorit en Yanai er allebei een punt van hadden gemaakt te zeggen dat ze vandaag op haar allerbest moest zijn ...

'Ik hoor dat je je hebt vermaakt vannacht?' Daar komt-ie, dacht Yarden. 'Nou, ik hoop dat je ons desondanks het allerbeste van jezelf zult geven en we geen averij zullen oplopen in de planning. Maar hé, als Marco gay was geweest, had ik hem ook de hele nacht als een cowboy bereden. Goed gedaan!'

Yarden glimlachte verrast en verlegen. 'Dank je.' Ze vroeg zich af of ze iets tussen de regels moest lezen.

'Luister, ik ga jou niet bestraffend toespreken, ik ben je moeder niet. Maar ik heb je vandaag wel optimaal geconcentreerd nodig. Ik hoop dat je een leuke nacht hebt gehad en lekker de stress uit je lijf hebt gewerkt. Maar ik moet nu even weten of je er 100% klaar voor bent! Zijn we goed?'

Yarden lachte naar Yanai. Hij had alle reden boos op haar te zijn, maar hij koos voor positieve energie. 'Dankjewel, Yanai. Alles is top. Nog één kop koffie en ik ben er helemaal klaar voor. En in antwoord op je vraag: het was heerlijk, ontspannend, goddelijk. Viva Italia!' voegde ze er brutaal nog aan toe terwijl Vadim kwam aanlopen met de veiligheidsinstructies voor de dag.

Weg via de achterdeur. Ander busje zonder logo's, drie bodyguards in het busje, een tweede team in de volgauto en nog twee man in de politiewagens die vooruitreden om de weg vrij te maken van verkeer. Want een langzaam busje was een kwetsbaar busje, hoefde Vadim niet hardop te zeggen.

Het korte ritje verliep in stilte. Niemand sprak, zong of neuriede. Iedereen keek uit het raam of er iets verdachts te bespeuren was, dat de beveiligers nog over het hoofd hadden gezien. Na een half uur liep de delegatie de kristallen concertzaal binnen, ging door de beveiliging en direct door naar de kleedkamers backstage. Eenmaal daar wist iedereen wat hem of haar te doen stond: Yarden en de band konden meteen door naar de make-up, Niv en Dorit naar de vergaderzaal voor de delegatieleiders, Yanai naar de perskamer aan de andere kant van het complex en de beveiligers naar hun meldkamertje. Het ging allemaal met militaire precisie. Vandaag was geen dag voor bullshit of tegenspraak. Het was een belangrijke dag. Misschien wel de belangrijkste dag tot aan de halve finales – of zelfs de finale!

18

Adam en Szilvia

VLAK VOOR DE TWEEDE REPETITIE, BAKOE

IN SCHRIL CONTRAST MET DE AFGELEEFDE, ONCOMFORTABELE kleedkamer, was de sfeer grandioos in de grote persruimte: honderden journalisten achter evenzovele werkstations, non-stop opgewonden speculaties over de kansen van alle deelnemers om de finale te halen. Mensen uit alle windstreken die hier waren samengekomen om deel uit te maken van het spektakel dat Songfestival heette. Overal in de ruimte stonden tafels, afgeladen met delicatessen en drankjes, en Yanai kon een gevoel van jaloezie en kwaadheid niet onderdrukken. De artiesten achter de schermen kregen helemaal niets. Het was die waardeloze Russische mentaliteit: alles wat op de foto moest, zag er piekfijn uit, maar alles wat niet op televisie kwam was morsig en versleten. Ze hadden hun kleedkamer al omgedoopt tot 'de gaskamer', vanwege de onplezierige, sterke geur die er hing, die nog het meest deed denken aan de oksels van een fanatieke atleet die net de marathon had gelopen.

Yanai ging van tafel naar tafel om te zien welke journalisten al waren gearriveerd. Hij kende de meeste van deze Eurovisie-tijgers al jaren en kon vaak beter met hen overweg dan met Israëlische journalisten – ze waren respectvol en beschaafd. Uiterlijk over een uur moest hij backstage zijn voor de repetitie, dus Yanai begon haastig een praatje te maken met zoveel mogelijk journalisten om te kijken of ze een interview met Yarden wilden doen, en om uit te vissen hoe de wind woei en welke deelnemers favoriet waren voor de finale. Ging Israël het halen of niet? Alle journalisten zeiden dat Israël zonder een spoor van twijfel de finale zou gaan halen, en dat het zo fijn was dat ze weer eens een goede kans maakten, na vijf droge jaren. Maar Yanai, die hier zoveel ervaring mee had, wist dat ze dat tegen elke delegatie zeiden – goeie ouwe Europese beleefdheid.

Natuurlijk vroegen alle reporters naar de gebeurtenissen van de afgelopen dag. Waren ze allemaal in orde? Kon Yanai nog iets meer vertellen over wat er nou precies was gebeurd? Yanai verwees iedereen naar zijn korte verklaring en herhaalde dat hij niets kon zeggen over veiligheidszaken. Wel kon hij tot zijn blijdschap bevestigen dat er niemand gewond was geraakt en dat het incident niet in de weg zou staan van een succesvolle deelname van Israël aan het Eurovisie Songfestival. Terwijl hij stond te praten met Fred van *Billboard Magazine* uit Amerika, werd hij ineens van achter warm en liefdevol omhelsd. Het was Szilvia en naast haar stond Adam, de paprika-humus-versie van Yanai.

***

Yarden zat in haar stoel met haar ogen dicht. Na haar nacht met Marco en het gebrek aan slaap voelde de make-up-sessie als een weldadige massage. Haar visagiste was heel talentvol en lief; toen ze Yarden zag, kreeg ze een vette grijns om haar lippen en vroeg meteen of Yarden een leuk feestje had gehad. Een professionele make-up-artiest kon immers dwars door dikke lagen make-up heen de wallen onder een paar ogen zien ... Yarden raakte helemaal bedwelmd door haar zachte vingers en voelde zich al snel volmaakt ontspannen.

De make-up-kamer zat vol met rusteloze, lawaaiige mensen die in- en uitliepen. Een van de Sloveense achtergrondzangeressen barstte keihard in huilen uit omdat ze haar make-up lelijk vond. Maar Yarden sloot zich af voor alle drukte zodat ze zich kon concentreren op zichzelf en de tweede repetitie die elk moment kon gaan beginnen. Ze nam een slok koffie en deed haar ogen weer dicht. Het hele gedoe voelde ongewoon: ze moest wel vaker in de make-up, maar de grootsheid van het Songfestival en de gigantische verantwoordelijkheid op haar schouders kwamen haar onwerkelijk voor. Effie vertelde haar over de stemming in de pers in Israël, waar de vraag werd opgeworpen of Israël maar beter helemaal niet kon meedoen in het licht van de slechte prestaties van de afgelopen vijf jaar. Of juist wel, ondanks het feit dat Israël door de huidige politieke spanningen toch geen schijn van kans had om te winnen. Omdat iedereen een hekel aan hen had en antisemitisch was.

Hoewel ze pas vijf dagen in Bakoe was, had ze nog niets gemerkt van antisemitisme of anti-Israëlsentimenten. Behalve van die Noorse zanger in Amsterdam, natuurlijk. Yarden nam nog een slok koffie. Hij was niet best, maar het was beter dan niets.

Ze vroeg of Effie haar een momentje voor zichzelf wilde geven, zodat ze zich nog even kon afsluiten van de drukte, de opwinding, de speculatie en de stress. Veilig in de zachte handen van de visagiste sloot ze opnieuw haar ogen en dacht terug aan de lange weg die haar naar dit moment op het Songfestival had gebracht. In die paar serene, magische momenten herinnerde Yarden zich de eerste keer dat ze op het podium stond en een liedje zong. Het was op een familiefeestje en iedereen klapte en gaf complimentjes, zoals familie natuurlijk ook hoorde te doen, hoe vlak ze ook zong. Maar daar was het zaadje geplant voor een levenslange hunkering naar applaus – ze ging door als soliste in het koor op de basisschool en deed mee aan alle zangwedstrijden in haar geboorteplaats. Daarna ging ze drie keer naar het Nationale Kindersongfestival en Haifa's City Youth Music. En al die tijd had ze zangles van een van de beste zangleraren van het land, die ze na langdurig onderzoek had gevonden. Drie jaar reisde ze op en neer tussen Haifa en Tel Aviv om les te krijgen van The Wizard, zoals ze haar noemde, en verbeterde ze haar zangtechniek en zelfverzekerdheid. The Wizard werd een goede vriendin en – zou je kunnen zeggen – therapeut. Yarden had The Wizard alle eer toegekend toen ze de loodzware audities voor de militaire band glansrijk had doorstaan. Haar militaire dienst was fantastisch geweest, behalve een enkele aanvaring met commandanten en andere zangeressen die de aandacht niet konden delen. Maar ze probeerde die nare ervaringen maar liever te vergeten en aan de goede dingen terug te denken. Zelfs toen haar moeder op relatief jonge leeftijd kanker kreeg, was het Yarden die het internet uitpluisde op zoek naar informatie, fel in discussie ging met de artsen, haar moeder naar voren schoof bij experimentele behandelmethoden, zorgde dat ze gezond bleef eten en aan haar zijde stond totdat ze was genezen.

Na haar militaire dienst gaf Yarden zich op voor een muzikale realityshow, maar werd niet geselecteerd. Een jaar later werd ze niet alleen geselecteerd voor een andere show, maar die won ze ook meteen. De rest was geschiedenis: albums, hits, optredens, roem en erkenning. Alles waar ze zo hard voor had gewerkt. Door de jaren heen was het Yarden duidelijk geworden dat roem en glorie het resultaat waren van doen wat ze het liefste deed, en geen doel op zich. En vanaf het moment dat ze volgens dat mantra was gaan leven, was het allemaal een stuk makkelijker voor haar geworden. Ze concentreerde zich puur op het zingen en niet op goedkope provocaties, stak haar energie in haar optredens en niet in roddeljournalisten, en gaf alles wat ze had aan haar fans, die er ook altijd voor haar waren.

'Shit!' Yarden opende haar ogen in paniek. De visagiste liet van schrik haar wimperkruller uit haar handen vallen. Yarden glimlachte. 'Sorry dat ik je aan het schrikken maakte. Het is niets.'

Ze had zich ineens gerealiseerd dat ze al een paar dagen niet op Facebook had gekeken, laat staan een update had geplaatst of – dat was het ergste – antwoord had gegeven op de honderden berichten die inmiddels wel zouden zijn binnengekomen.

Ze stond erop zelf antwoord te geven op alle berichten van haar fans. Dat was een heilige regel. Zelfs als het een beetje tijd kostte: iedereen kreeg antwoord en het kwam van haar persoonlijk. Het drukke schema en de rare bubbel waar ze in zaten, hadden haar focus lelijk in de war geschopt. Ze beloofde zichzelf dat ze vanavond de tijd zou nemen om berichten te beantwoorden. Yarden kwam langzaam tevoorschijn uit de korte time-out die ze zichzelf had gegund, omdat ze wist dat Yanai en Niv elk moment konden binnenstappen en haar zouden meevoeren naar soundchecks, repetities, een persconferentie en duizend interviews. Ze had een lange dag voor de boeg en ze had nog behoorlijk last van haar gebrek aan slaap. Ze wilde weer een slok nemen, maar de koffie was steenkoud en smerig. Ze bedankte de visagiste voor het prachtige stukje werk, bedacht wat ze er zo nog zelf voor de spiegel aan zou veranderen, en wandelde naar de koffieautomaat. Op een dag als deze kon je niet genoeg koffie drinken: ze besloot er een succesvolle dag van te maken!

***

Yanai keek op zijn horloge. Hij had nog wel even tijd voor hij terug moest naar de make-upkamer. Szilvia stond vlak voor zijn neus en spinde als een kat. 'Wat voer je in je schild? Waarom zie je er zo blij-met-jezelf uit?'

'Yanai, je kent Adam, toch? Onze pr-manager, of moet ik zeggen: de Hongaarse "jij".' Ze blééf maar glimlachen en Yanai begreep dat het grote koppelen een aanvang had genomen. Dat was normaal gesproken niet zo'n gek idee, maar Yanai had het vandaag erg druk met de repetitie en de persconferentie en misschien was het niet het perfecte moment om te flirten. Hij gluurde nog eens naar de klok. Nog minstens een half uur voor hij terug moest zijn, tijd zat. Dus waarom deed hij zo nerveus? Yanai haalde diep adem en glimlachte naar Adam. 'Natuurlijk ken ik Adam. Goed je weer te zien. Gespannen?'

'Nou nee, niet echt. Gewoon weer een repetitie. Niks om je druk over te maken, toch?' Adam lachte terug naar Yanai, die hem van top tot teen stond op te nemen. Adam was ongeveer even oud als Yanai, een centimeter of twee langer, had een iets donkerder huidskleur, donker haar en prachtige blauwe ogen. Yanai was niet lelijk, maar ook geen winnaar van de schoonheidsprijs, en hij was enigszins verbaasd, maar vooral gevleid dat zo'n sprookjesprins kennelijk interesse in hem had.

Szilvia brak het ijs op een – voor haar doen – milde manier: 'Adam en ik waren net wat stoom aan het afblazen. Onze zanger heeft echt núl persoonlijkheid en kijkt de hele dag wezenloos in het rond met de blik van een verbijsterde koe. Hij is zo vreselijk stom!'

'Allerliefste, weet je wel zeker dat je dit allemaal in het rond wilt schreeuwen waar de complete wereldpers bij is, tuk op een relletje? Straks pikt een of andere blogger dit nieuwtje op en zit jouw vriend Adam met de gebakken peren. Heb ik gelijk of niet, Adam?'

Adam zag er een beetje ongemakkelijk uit. Hij had nog niet helemaal in de gaten hoe de relatie tussen Yanai en zijn baas precies in elkaar stak en voelde zich een tikje buitengesloten. 'Yanai heeft gelijk. Zullen we een rustiger plekje zoeken?'

'Oepsie! Jullie jongens hebben helemaal gelijk! Wat ben ik toch een flapuit!' Ze maakten aanstalten naar een setje blauwe fauteuils te lopen waar geen journalist te bekennen was, toen Szilvia zei: 'En ik vergeet ook nog dat ik een afspraak heb met Stephanie van de European Broadcasting Union, die staat vast al op me te wachten. Adam, je hoeft niet mee, ik ben zo terug.' Ze blies hun allebei een kusje toe en beende naar de uitgang.

'Je baas is lief, maar wel een tikje doorzichtig. Ze had vast wel een manier kunnen verzinnen om ons samen alleen te laten, die iets minder ongemakkelijk en overduidelijk was geweest.'

'Szilvia is niet zo goed in dit soort dingen, maar ik neem aan dat je dat al wist.'

'Inderdaad, maar ik hou van haar zoals ze is. Ze is mijn Hongaarse zuster. Het helpt natuurlijk dat ze een villa heeft aan het Balatonmeer, waar ik elk jaar op vakantie mag. Dat maakt al het andere weer helemaal goed.' Ze moesten allebei lachen.

'Hé, maar ik begrijp dat je oorspronkelijk uit Libanon komt? Dat verklaart je gezonde teint! Hoe kom je zo in Hongarije terecht?'

'Ik heb tot mijn vijftiende in Libanon gewoond. Toen werd mijn vader ambassadeur in Hongarije. We woonden daar vijf jaar toen hij werd overgeplaatst naar Libië. Na twee jaar had ik het daar wel gezien en besloot terug te gaan naar Boedapest. Ik ben dol op die stad, heb de taal geleerd, een hoop vrienden gekregen en me de Europese mentaliteit eigen gemaakt.'

'En waar zijn je ouders nu? Nog steeds in Libië?'

'Beiroet. Mijn vader werkt nu voor het ministerie van Buitenlandse Zaken. Mijn hele familie woont daar en ik ga een paar keer per jaar op bezoek.'

'Ik hoor altijd dat Beiroet adembenemend is – het Parijs van het Midden-Oosten en een beetje als Tel Aviv. Ik zou er dolgraag een keer heengaan, maar ja, je weet ...'

'Ja, dat is helaas onmogelijk. Ik weet ook niet zeker of ik welkom ben in Tel Aviv – ook al ben ik Hongaars staatsburger en heb ik een Hongaars paspoort.'

'Sterker nog: dat je met me praat, is al strafbaar in Libanon, toch? Als ik me niet vergis, is het voor Libanezen strikt verboden te spreken met Israëli's.'

'Hm. Je hebt gelijk. Als iemand nu een foto van ons maakt en die publiceert, krijg ik inderdaad op mijn donder. Gelukkig weten jij en ik dat dit problemen tussen landen zijn en niet tussen mensen.'

'Je hebt helemaal gelijk. Tijdens al mijn reizen door Europa heb ik zo veel Libanezen en Iraniërs ontmoet, en die waren allemaal hartstikke lief, hadden niks tegen Israël en al helemaal niets tegen mij in het bijzonder.

Maar als dit jou in de problemen brengt – we zitten immers in een ruimte met heel veel camera's – kunnen we misschien beter later op een rustig plekje afspreken en verder kletsen met een glas wijn.'

Adam lachte. 'Het zal allemaal wel loslopen. Ik ben geen publiek figuur en ik denk dat niemand nu behoefte heeft om een foto van ons te maken. Maar ik zou het wel heel leuk vinden vanavond een glas wijn met je te drinken. We zitten in hetzelfde hotel, dus we kunnen bijvoorbeeld naar de hotelbar.'

'Dat klinkt heerlijk, maar ik denk dat jij en ik eerst nog aan het werk moeten op het Scandinavische feest vanavond, ik in elk geval wel, want ik denk dat onze zangeres daar met haar Italiaanse *lover* heeft afgesproken.'

'Oh, dus dit is een Israëlische gewoonte: een scharrel opsnorren op het Songfestival en daar geen gras over laten groeien?'

Een moment leek het of Yanai was geschokt door de plotselinge directheid van Adam, verlegen zelfs. Maar hij sloeg meteen keihard terug. 'Leuk dat je ervan uitgaat dat ik je aantrekkelijk vind. Schattig en een tikje arrogant, als ik zo vrij mag wezen. Maar ik zal je wat verklappen: je hebt helemaal gelijk. Het antwoord is "ja".' Yanai glimlachte ondeugend. 'Onze date is zojuist verplaatst van de bar naar jouw hotelkamer. Kijk: nu heb je iets leuks om je vanavond op te verheugen.'

'Oh ja, en wie loopt er nu op de zaken vooruit?'

'Moet je horen: Israël heeft Libanon al jaren een pak slaag gegeven met allerlei oorlogen. Zullen wij het een beetje vredelievend houden?'

'Vergeet niet: wij hebben ook een paar glorieuze momenten gehad. Maar laten we inderdaad niet kibbelen en het er niet meer over hebben.'

'Geweldig. Dan zien we elkaar vanavond op het feest, en als je lief bent, bouwen we daarna ons eigen feestje.' Yanai stond op en liep in de richting van de kleedkamers. Een mens moest weten wanneer het moment was aangebroken de ander vol verlangen achter te laten. Op de weg naar buiten liep hij Szilvia tegen het lijf, die met een Estlandse vrouw stond te praten, die hij verder niet kende. Hij gaf Szilvia een stevige hug. 'Dank je, dat was precies wat ik nodig had. We hebben een date. Zie je vanavond op het feest!' En toen marcheerde hij door, want met alle respect voor de Libanese kanjer: hij moest aan het werk!

***

Op weg naar de kleedkamer werd Yanai staande gehouden door een lid van de Oekraïense delegatie – te oordelen naar zijn naambordje een belangrijke functionaris, hoewel Yanai nog nooit van hem had gehoord.

'U komt uit Israël, ja?'

'Ja.'

'Ik wil u spreken. Hebt u een paar minuten?'

'Eigenlijk niet. Onze repetitie staat op het punt te beginnen.'

'Het duurt maar een paar minuten. Kom even mee, dit is belangrijk.'

Yanai begreep het al.

'Luister. Wij willen volgend jaar in Oekraïne heel graag gastheer van het Songfestival zijn. Dat is heel belangrijk voor ons. We hebben dit jaar een goed liedje en we hopen dat we gaan winnen. Ik hoop dat u ons daarbij kunt helpen.'

Yanai besloot stommetje te spelen en te doen of hij er niets van begreep. 'Ik denk niet dat ik u daarbij kan helpen.' Hij hoopte dat de kous daarmee af zou zijn, toen de Oekraïner iets deed wat hij niet had verwacht.

'Ik weet wat uw positie is in de Israëlische delegatie en u bent een invloedrijke man.' De Oekraïner pakte een envelop uit zijn binnenzak en legde die in Yanais hand. 'Ik ben er zeker van dat u ons wilt helpen. Twaalf punten van Israël zouden zeer behulpzaam zijn.' De Oekraïner glimlachte en maakte zich uit de voeten.

Yanai was volkomen verbijsterd en moest de bizarre situatie even verwerken. Hij wist niet wat hij moest zeggen en de man ging er razendsnel vandoor. Yanai kon hem moeilijk achterna rennen om de envelop terug te geven – de kans bestond dat hij zou worden aangeklaagd wegens het aannemen van steekpenningen en rotzooien met de uitslag. Hij keek om zich heen. Er was niemand te zien. Hij scheurde de dikke envelop voorzichtig open en keek erin. Het was inderdaad geld, en niet zo'n beetje ook. Yanai telde 15.000 euro. Mijn god, wat moet ik hier mee doen?

Yanai wilde nooit iets te maken hebben met valsspelen en bedrog. Maar aan de andere kant was 15.000 euro een hele berg geld, en geld was er altijd te weinig en er was altijd wel iets te bedenken waarvoor het van pas kwam. Yanai probeerde te bedenken wat hij moest doen en besloot toen geen beslissing te nemen. Hij deed de envelop in zijn zak en liep door naar de kleedkamer. De repetitie gaat zo beginnen en dat is nu het belangrijkste, dacht hij bij zichzelf.

19

De gebeurtenissen van dag 5

BAKOE

DE TWEEDE REPETITIE GING HEEL GOED, TOT GROOT GENOEGEN van de complete Israëlische afvaardiging. Yarden zong het nummer drie keer terwijl het kernteam achter de monitor naast het podium het werk van de regie nauwlettend in de gaten hield. Het leek erop dat de regie goed had geluisterd naar hun aanmerkingen van de vorige keer en hun mening serieus had genomen. Yarden bekeek na de repetitie de opnamen in de regiekamer en was in grote lijnen ook heel gelukkig met het resultaat. Ze zuchtte van opluchting en bedankte het wonder dat ervoor had gezorgd dat haar zintuigen en haar stem haar na vannacht niet in de steek hadden gelaten. Dorit was ook in de zevende hemel. In tegenstelling tot de afgelopen dagen vol spanning, ruzie en onderlinge meningsverschillen die haar delegatie hadden geplaagd, en waar ze een enkele keer hard tegen had moeten optreden, was iedereen eindelijk blij en gelukkig. De sfeer was top!

'Dank jullie allemaal voor jullie harde werk. Ondanks een paar kleine tegenslagen, de afgelopen paar dagen, ben ik heel gelukkig met hoe alles vandaag is verlopen. Ik ga nu mijn rapport uitbrengen aan Yigal Levi over deze geweldige repetitie en zie jullie straks bij de persconferentie. Yanai. Is er nog iets wat ik moet weten over het programma van vandaag?'

'Allereerst: dank voor je vriendelijke woorden, Dorit! Even kijken ... Yarden, jij en ik doen zo direct dus de persconferentie – het heeft weinig zin nog meer mensen achter die tafel te hebben zitten, met het risico dat iemand iets doms zegt. Ik wil wel heel graag dat de rest van jullie op rij één komen zitten om te laten zien dat we een gesloten front vormen. Yarden, ik herinner je er ten overvloede nog een keer aan: ik geef als enige antwoord op politieke vragen, jij blijft lelieblank en onschuldig. Na de persconferentie, die naar schatting twintig minuten zal duren, gaan Yarden en ik door met een paar één-op-één interviews. Dat duurt ongeveer nog anderhalf uur. Jullie mogen kiezen of je liever hier op ons blijft wachten of dan alvast naar het hotel teruggaat. Mag ik jullie eraan herinneren dat we vanavond natuurlijk naar de Scandinavische party gaan? Ik heb al met de organisatie gesproken en het is de bedoeling dat Yarden, samen met ons achtergrondkoor, ons nummer daar gaat zingen. Er zal veel media aanwezig zijn en dit is een mooie kans ons lied nog eens onder de aandacht te brengen. Begrepen?'

Iedereen knikte. Yanai stuurde Yarden en de achtergrondzangers naar de kleedkamer om hun normale kleren aan te gaan doen, zodat hun podium-outfit niet naar de vaantjes ging. 'Schiet alsjeblieft een beetje op, want we hebben nog maar tien minuten tot de persconferentie begint. Effie, kun jij ervoor zorgen dat er niemand achterblijft?'

Effie knikte: 'Jazeker, meneer.'

'Dank je. Zorg dat je daar zo snel mogelijk bent.'

Iedereen vertrok naar de kleedkamers en alleen Yanai, Niv, Ruthie en Dan bleven achter. Niv nam Yanai apart en vroeg: ‘Zeg, wil je mij er niet liever ook bij hebben, zo direct op het podium?’

‘Bij de persconferentie? Waarom zou je dat willen?’

‘Ik vind het vreselijk om te zeggen, maar het zou heel goed zijn voor mijn aanzien bij het Televisiebureau als ik ook op dat podium zat. Kantoorpolitiek – je weet hoe het is.’

‘Nou, als je dat zo graag wilt en ik kan je ermee helpen, natuurlijk, al denk ik niet dat je de kans krijgt om iets te zeggen. Ik neem aan dat Dorit eventuele vragen over het Televisiebureau voor haar rekening neemt, toch?’

‘Ja, ook al heeft ze geen idee waar ze het over heeft. Maar nogmaals: als jij het niet erg vindt en ik gooi geen roet in het eten, zou ik er heel graag bij zitten.’

‘Wat mij betreft geen probleem – als ik jou daarmee kan helpen, ben je van harte welkom bij ons aan tafel.’

‘Ik ben je zeer erkentelijk en als blijk van mijn dankbaarheid wil ik je graag vanavond op een drankje trakteren op het feest, of later als we terug zijn in het hotel.’

‘Schat, dat is hartstikke lief, maar ik heb vanavond al een date na het feest.’

‘Een date? Hoezo? Met wie?’

‘Ken je Adam uit Hongarije? Die hun pr doet? Met hem.’

‘Echt? Hoe heb je dat nou weer geregeld? Wanneer heb je hem leren kennen?’

‘Vandaag, vlak voor de repetitie. Szilvia heeft ons aan elkaar voorgesteld. Hij is knap, vind je niet?’

‘Gaat wel. Hij is niet mijn type.’

‘Mooi, dan hoeven we niet om hem te vechten.’

‘Maar: jammer. Ik had het wel leuk gevonden om even samen iets te drinken en die hele Eurovisietroep een nachtje te vergeten.’

Het duurde even voordat Yanai had verwerkt wat Niv nou eigenlijk zei. Een drankje doen en het Songfestival een nachtje vergeten? Wilde Niv nou een afspraakje? Tijdens hun jarenlange samenwerking had Niv nog nooit gezinspeeld op romantische betrekkingen, of misschien wel, maar dan had Yanai er nog nooit iets van gemerkt. Hij was nogal zwakbegaafd als het ging om het oppikken van hints. Bovendien was hij druk met zijn werk, kwam hij net uit een vaste relatie en was hij de regels van de homo-dating-scene een beetje verleerd. Hij grapte weleens dat hij eigenlijk een woordenboek moest hebben om alle gay-codes te ontcijferen, maar lag er verder niet zo van wakker.

'Niv, even voor alle duidelijkheid, want je weet dat ik een sukkel ben in dit soort zaken: wil je nou een date?' Nu was het de beurt aan Niv om even stil te vallen. De diepe blos op zijn wangen liet geen ruimte voor twijfel, en Yanai begreep eindelijk dat Niv hem leuk vond.

'Oh, Niv, dat is echt superlief. Maar zullen we ons eerst even concentreren op de persconferentie? Sorry dat ik klink als een ondankbare eikel, en ik bedoel het echt niet zo, maar dat is nu echt even het allerbelangrijkste. Als we dit allemaal achter de rug hebben, wil ik het er dolgraag met je over hebben. Je weet dat ik gek op je ben!'

Niv knikte, zei niets, en voegde zich bij de rest die verderop stond te wachten. Yanai haalde lang en diep adem. Hoe kreeg hij het voor elkaar dat op één en dezelfde dag twee zulke knappe mannen op hem vielen? Het duizelde hem van de keuzestress. Aan de ene kant had je Adam, die heel aardig was, aan de andere kant Niv, die hij al jaren kende, met wie hij graag omging en die hij beschouwde als een goede vriend. Maar zou een date juist niet de vriendschap verpesten? Dat wilde hij ook absoluut niet!

Hij duwde zijn ingewikkelde liefdesleven uit zijn gedachten en concentreerde zich op de aanstaande persconferentie. Hij streek even met zijn hand over zijn jasje om zeker te weten dat de envelop met geld er nog was. Hij wilde het niet in zijn tas in de kleedkamer achterlaten – stel je voor dat het geld werd gestolen. Yanai had nog steeds niet besloten wat hij ermee zou doen. Iedereen had zijn prijs, bedacht hij in stilte. Misschien was 15.000 euro wel de zijne.

***

Yanai kwam aan in de persruimte, leverde de lijst met namen in van de mensen die achter de tafel op het podium moesten zitten, zag erop toe dat alle namen op de naambordjes correct waren gespeld en legde ze op de juiste volgorde: Niv voor de kijker uiterst links, daarnaast Dorit, dan Yarden en tenslotte hijzelf.

Yanai wilde tussen de spleet van het gordijn kijken om te zien hoeveel mensen er waren komen opdagen. Minder dan honderd mensen zou een catastrofale mislukking voor hem betekenen. Natuurlijk zouden de meesten fans zijn met blogs die niemand las, maar als er meer dan honderd mensen waren, was de kans groot dat er ook een aantal echte journalisten waren komen opdraven. Het geroezemoes achter het gordijn klonk in elk geval bemoedigend. Maar hij wilde het zeker weten, dus hij nam een kijkje. Tot zijn tevredenheid zat de zaal bomvol met zeker driehonderd mensen. Top!

Nu wilde hij nog zeker weten dat iedereen binnen handbereik was. Hij keek om zich heen. Yarden en Dorit stonden vlak naast hem, maar Niv had zich een beetje afgezonderd. ‘Niv, kom je er ook bij? We moeten zo het podium op.’

Niv keek hem aan, maar bleef staan waar hij stond. Was Niv nou gekwetst? Hoezo? Hij had hem niet afgewezen, hij had geen nee gezegd; hij had alleen maar verteld dat hij een date had met een knappe Hongaar. Trouwens, je kon het bijna geen date noemen, meer een potje losse seks met een lekker ding. Niv zou toch niet jaloers zijn? Hij keek nog een keer naar zijn vriend, maar Niv wendde zijn hoofd af toen Yanai oogcontact wilde maken.

Kut, ik heb hem echt beledigd, dacht Yanai, maar precies op dat moment kondigde de presentator de Israëlische delegatie aan en moesten ze het podium op. Yanai raapte zichzelf bij elkaar en liep met brede lach de zaal in.

Toen ze alle vier op hun plaats zaten, nam Yanai het heft in handen. Hij introduceerde iedereen achter de tafel en op de eerste rij en las een korte verklaring voor.

‘Dank u wel voor uw komst hier vandaag. In zulke groten getale, mag ik wel zeggen. Voor we beginnen, wil ik graag vertellen dat we net klaar zijn met onze tweede repetitie en dat we heel tevreden zijn. Onze speciale dank gaat uit naar het plaatselijke technische team, de regisseur die precies begrijpt wat wij bedoelen en alles doet om ons gelukkig te maken, en natuurlijk naar alle vrijwilligers die zulk fantastisch werk verrichten. Ik ben al bij heel wat edities van het Songfestival aanwezig geweest, maar deze organisatie staat eenzaam aan de top!’

Het publiek applaudisseerde. Zij konden niet weten dat Yanai deze speech elk jaar gaf. Of ze nou blij waren met een repetitie of niet; of de cameramensen, de organisatie of de vrijwilligers hun werk nou een beetje behoorlijk deden of niet, een aardig woord en een potje slijmen kon nooit kwaad. Dat was hoe het in Europa werkte, en al lag Bakoe alleen maar theoretisch in Europa, zo waren de regels van het spel.

'Ik wil er nog aan toevoegen dat we weten dat jullie allemaal hebben meegekregen wat ons gisteren is overkomen. Een en ander is uitgebreid in de pers geweest, maar we hebben er toch voor gekozen geen commentaar te geven, om meerdere redenen. De belangrijkste: we doen nooit mededelingen over ons veiligheidsbeleid. Ik vraag u hier begrip voor op te brengen. Ik wil u tenslotte wijzen op het Israëlische feest in de Euroclub, aanstaande zaterdag, waarvoor u natuurlijk allemaal van harte bent uitgenodigd. Diegenen onder u die al eerder een Songfestival hebben meegemaakt, weten dat het Israëlische feest altijd het beste feest is – u heeft mijn persoonlijke garantie. Ik hoop u daar dus zaterdag allemaal in een goed humeur en met een lege maag te zien, want ik begrijp dat er ruim is voorzien in humus en Israelische wijn! Tot zover de huishoudelijke berichten, we zijn nu klaar om uw vragen te beantwoorden.'

De eerste vier, vijf vragen waren precies zoals Yanai had voorspeld: 'Had Yarden alle andere liedjes al gehoord?', 'Wie tipte Yarden als winnaar?', 'Wat vond ze van Bakoe?', 'Hoe gingen de repetities tot zover?' en 'Had ze al collega's ontmoet en wat vond ze ervan?'. Allemaal tamelijk standaard.

Yanai was ontspannen. Niemand had vragen gesteld over gisteren. Dat was het verschil tussen de internationale pers en de Israëlische: hier werd je verzoek gerespecteerd en was er begrip als je bepaalde dingen niet wilde bespreken. Yarden gaf keurig en diplomatiek antwoord op alle vragen. Ze had alle liedjes gehoord, had een paar favorieten, maar wilde niet verklappen welke omdat ze misschien iemand tekort zou doen die ze nu even was vergeten; Bakoe was prachtig en deed haar denken aan Parijs; de organisatie was vlekkeloos; de repetities heel professioneel; en ze had inderdaad een paar leuke collega's ontmoet. Yarden knipoogde bij die laatste vraag naar Yanai: Marco was hun kleine geheimpje. Dat ging ze niet delen met de fans en de media.

Yanai overwoog één seconde Yarden de stuipen op het lijf te jagen en iedereen te verklappen dat ze iemand had 'ontmoet' – een van haar bloedhete collega-zangers – maar zag er al snel van af. Tactloze opmerkingen maken, en iemand licht vernederen, allemaal leuk en aardig, in de privésfeer, maar er was een tijd en een plaats voor alles, en die dag was niet vandaag en de plaats al zeker niet hier ...

De volgende vraag kwam van een Portugese journalist, die zich afvroeg of Israël volgend jaar het Songfestival zou organiseren als ze deze editie zouden winnen. Yarden en Yanai begonnen vrolijk te lachen en de Portugees leek nogal beledigd door hun reactie. Yanai pakte de microfoon en legde het misverstand uit: 'We lachen u niet uit, we lachen omdat het nog niet bij ons was opgekomen dat we ook maar een schijn van kans maakten om te winnen. Dus we waren een beetje verrast door uw vraag. En daarom moesten we lachen. Excuus. Ik geef uw vraag graag door aan Dorit, het hoofd van onze delegatie.

Yanai schoof Dorit de vraag door uit respect voor haar positie, maar ze leek het niet te begrijpen, of misschien had ze de vraag niet verstaan. Hoe dan ook: ze hield haar mond stijf dicht. Niv schoot haar te hulp en beantwoordde de vraag: 'Daar denken we op dit moment nog helemaal niet over na. Laten we eerst maar eens zien of we kunnen winnen. We hebben het Festival in het verleden in Jeruzalem georganiseerd, maar Tel Aviv en Jaffa zijn ook denkbare gaststeden. Maar nogmaals: laten we niet op de zaken vooruit lopen: we hebben nog een lange weg te gaan voor we hier serieus over na moeten denken.'

Yanai was blij met dit diplomatieke antwoord. Hij glimlachte en knikte naar Niv om te laten merken dat hij het goed had gedaan. Maar Niv keek hem roerloos aan en keek toen weer weg: Yanai begreep dat hij nog steeds gekwetst was.

Een Oostenrijkse reporter vroeg: 'U had het zojuist over uw feest van aanstaande zaterdag en ik vroeg me af of u er al van op de hoogste bent dat er een grote demonstratie in de stad is aangekondigd, met steun van sommige gemeenteraadsleden, tegen de deelname van Israël aan het Songfestival, vanwege de recente militaire operatie in Gaza en de mensenrechtenschendingen die daar zouden zijn gepleegd? Wat vindt u daar van?'

De vier mensen achter de tafel werden compleet verrast: ze wisten niets van de demonstratie. Vadim had ze niets verteld en had er mogelijk zelf ook niets van af geweten. Yanai tikte Yarden tegen haar been en fluisterde dat hij deze vraag voor zijn rekening nam. Maar voor hij de microfoon kon pakken, vroeg de presentator die hen daarnet had voorgesteld aan de Oostenrijkse reporter hoe hij zo zeker wist dat er plaatselijke politici bij deze demonstratie waren betrokken.

Yanai begreep direct dat de presentator afstand wilde nemen van iedere betrokkenheid bij de demonstratie of van een eventuele relatie met lokale politici met banden met de almachtige president van het land; dit om iedere schijn van vermenging van het Songfestival en politiek direct de kop in te drukken. Maar de journalist liet zich niet van de wijs brengen en zei dat hij dit uit betrouwbare bronnen had vernomen.

Yanai wist precies wat hij moest zeggen. Hij had al vaker met dit bijltje gehakt. Hij was dol op dit soort vragen en voelde zich niet in het minst geïntimideerd. Hij had Yarden uitgelegd hoe ze hiermee moest omgaan en zijn antwoord was niet zoveel anders dan hij haar had geleerd.

'Dank u voor deze vraag. Wij wisten niets van deze demonstratie, maar ik kan u wel een antwoord geven. Ja, we zijn Israëli's en we zijn trots dat we ons land mogen vertegenwoordigen. Maar we vertegenwoordigen Israël niet in politieke zin; we zijn hier niet namens de regering van Israël. We zijn artiesten, geen politici. We hebben geen connecties met de regering en we lopen ook niet aan hun leiband. Israël is, net als de meeste Europese landen, een democratie. Net als Azerbeidzjan. En in een democratie hebben mensen het recht om te demonstreren.'

Yanai was zich ervan bewust dat Azerbeidzjan allesbehalve een democratie was, maar het leek hem verstandig het spelletje mee te spelen om niet in de problemen te komen met de autoriteiten. 'Als mensen willen protesteren tegen Israël, is dat hun goed recht, al heeft het weinig zin. Ik zal uitleggen waarom. Israël zal onder alle omstandigheden blijven meedoen aan het Eurovisie Songfestival. Politiek en een liedjeswedstrijd hebben namelijk niets met elkaar te maken. Als de mensen hier bezorgd zijn over hun broeders en zusters in Gaza, moet ik ze toch meedelen dat hier tegen ons te gaan protesteren geen van beide partijen erg veel goed doet. Ik ben van harte bereid de demonstranten te ontmoeten om ze de kans te geven ons te leren kennen. En ons de kans te geven hen te leren kennen. Wij zijn eerst en vooral goede mensen. Stuk voor stuk. En als we elkaar ontmoeten en praten, vinden we misschien samen een zinvolle oplossing, in plaats van onderlinge haat en angst aan te wakkeren.'

Yarden luisterde naar Yanai en knikte instemmend. Ze kon zich haar bezoek aan het zuiden van het land tijdens de militaire actie nog levendig herinneren. De angstige kinderen, de gewonde soldaten voor wie ze in het veldhospitaal had gezongen, alle doden in Gaza en het lijden aan beide zijden van het conflict. Ze wilde iedereen helpen en wist soms gewoon niet hoe.

'Iedereen moet natuurlijk doen wat hij wil, maar het is mijn overtuiging dat een dialoog meer goed doet dan een demonstratie die – met alle respect – toch meestal neerkomt op het zinloos uitwisselen van harde woorden. En trouwens, volgens mij wordt het zaterdagavond heel erg warm, dus ik wil de demonstranten ook aanraden genoeg flesjes water mee te nemen, anders raken ze nog uitgedroogd.'

Alle mensen in de persruimte begonnen opgewonden te klappen voor de woorden van Yanai, die wist dat hij had gewonnen. Hij had zijn land een dienst bewezen en tegelijk afstand genomen van de politiek van de regering, die in andere delen van de wereld als boosaardig werd ervaren. Hoewel er nog een paar minuten tijd over was, besloot Yanai dat het welletjes was geweest en kondigde aan dat Yarden nu beschikbaar was voor foto's en handtekeningen, dat ze daarna in de private interview-ruimte tijd hadden voor één-op-één interviews met de pers, en niemand moest vergeten naar het Israëlische feest te komen.

Twee plaatselijke bodyguards escorteerden Yarden en Yanai naar de plek waar de foto's werden genomen en waar zich meer dan dertig journalisten hadden gemeld voor een interview. Yanai realiseerde zich dat Yarden onmogelijk dertig privé-interviews kon afwerken. Dat zou minstens vier uur duren. Hij begon de kleinste websites en onbeduidende blogs eruit te filteren en hield daarna twaalf interviews over, met prominente tv-zenders en megasites, in anderhalf uur tijd. Geheel volgens plan.

Het was nu vier uur en Yanai rekende uit dat ze rond een uur of zeven terug zouden zijn in het hotel. Dan zou hij genoeg tijd hebben om te douchen, even te rusten, snel iets te eten, en punctueel klaar te staan om naar het Scandinavische feest te vertrekken. Perfect. En als hij na het feest nog een gram kracht in zijn lichaam had, had hij nog een afspraakje met Adam. Yanai keek rond of hij Niv nog ergens zag, maar hij was nergens te bekennen. Hij moest meteen na de persconferentie zijn vertrokken. Yanai nam zich voor een goed gesprek met Niv te hebben zodra alle drukte een beetje voorbij was. Hij wilde niet dat er kwaad bloed tussen hen was, want hij was oprecht bijzonder op Niv gesteld. Alleen niet op een romantische manier.

Yanai liet de kwestie-Niv even voor wat hij was. Hij wilde bij de les blijven, want Yarden moest zo een heleboel saaie interviews afwerken en hij wilde er voor haar zijn. Hij riep Effie en vroeg hem de crew mee te nemen naar de perskamer en ze iets te eten te geven – in de kleedkamers was niets.

'We zijn hier nog zeker anderhalf uur bezig. Wie naar het hotel wil, mag van mij, als Vadim het goed vindt. Zegt hij dat we met z'n allen tegelijk teruggaan dan moeten jullie je maar even zien te vermaken terwijl wij ons hier kapot staan te werken.'

Effie deed wat hem werd gevraagd en Yarden en Yanai liepen naar de interviewruimte. 'Oké, babe, even anderhalf uur doorpakken en dan heb je een paar uur voor jezelf,' fluisterde hij in haar oor.

'Een paar uur? Maak je een geintje? En daarna?'

'Hebben we het feest in de Euroclub. En ik heb gehoord dat daar vanavond een zekere Marco optreedt. Nou blij?'

'Eigenlijk wel, ja.'

'Schat, je bent ook net zo voorspelbaar als een pizzapunt.'

Twee uur later kwamen Yarden en Yanai uitgeput de interviewruimte uit. Met uitzondering van drie politieke vragen, die Yarden bekwaam afhandelde, was er niets ingewikkelds of ongewoons gebeurd. Zelfde vragen, zelfde antwoorden, zelfde verzoek een paar regels voor de camera te zingen, allemaal supersaai maar oh zo belangrijk. Op weg terug naar het hotel, nog steeds in een opperbest humeur dankzij de geslaagde dag, begon de hele crew luidkeels oude Israëlische Songfestivalkrakers te brullen in hun afgeleefde minibus. 'Diva', 'Hallelujah' en 'A-Ba-Ni-Bi' nog het hardst.

Yanai zei dat iedereen die zin had in een feestje zich om kwart voor negen in de lobby van hun verdieping moest verzamelen. 'Het is geen moetje, dus je mag ook hier blijven, behalve natuurlijk als je samen met Yarden op het podium moet staan. Het is hard werken en alweer een prachtige kans om te drinken, te dansen, en het naar je zin te hebben.'

Tijdens de hele rit probeerde Yanai oogcontact te maken met Niv, die op de achterste rij zat. Maar Niv negeerde hem expres. Yanai besloot hem niet langer lastig te vallen. Ze waren geen kinderen meer en als Niv zich gekwetst voelde, moest hij erover praten en ophouden hem te negeren. Of hem in elk geval een kans geven het uit te leggen en zijn excuses aan het bieden. Yanai vond dat stommetje spelen echt heel kinderachtig, besloot zijn tijd er niet langer aan te verspillen en zong uit volle borst 'Viva, Victoria, Cleopatra'. Vanavond wilde hij plezier maken en als er dan een collega was die weigerde zich volwassen te gedragen, zakte die maar lekker in de stront.

Toen ze bij het hotel uitstapten, probeerde Yanai Niv nog bij zijn arm te pakken en hem de kans te geven weer normaal te gaan doen, maar Niv trok zich los, mompelde iets over druk zijn en haast hebben, en liep naar de lift. Yanai liep mee en siste: 'Niv, je bent assistent-delegatieleider, je kunt niet zomaar ophouden met iemand te praten. We zijn een kleine groep in een vijandig land met het gewicht van het Songfestival op onze schouders. Wil je echt de sfeer verpesten?' Niv gaf geen antwoord en bleef stug doorlopen. De lift kwam aan en Niv stapte naar binnen. Yanai besloot op de volgende te wachten – hij wilde Niv niet in het nauw drijven en gaf hem liever wat ruimte, ook al zat hij nog zo fout.

Yanai wist dat ze later weer in hetzelfde busje moesten zitten en hoopte dat Niv vóór het Scandinavische feest in de Euroclub weer zou zijn gekalmeerd. Wat was er in godsnaam met hem aan de hand? Waarom moest hij Yanai op stel en sprong de liefde verklaren? Ze kenden elkaar al jaren en nu Yanai een keer een date had met een knappe man, lag Niv ineens in de kreukels?

Yanai pakte de volgende lift, ging naar zijn kamer en checkte zijn e-mail. Hij gaf antwoord op de spoedjes, haalde een overhemd uit de kast en pakte een strijkijzer. Terwijl het ijzer stond op te warmen, propte hij de dikke envelop in zijn kluisje. Zijn laptop pingde en hij zag dat hij een bericht had van een goede vriend, een journalist die niet was meegegaan naar Bakoe, die vroeg of Yanai hem even wilde bijpraten. Yanai belde hem terug op Skype en vertelde hem over de gebeurtenissen van de dag: de tweede repetitie, de persconferentie, het feest later op de avond, waar Yarden zou optreden, en Bakoe in het algemeen. Hij gaf geen antwoord op politieke vragen en liet natuurlijk ook niets los over het kinderachtige gedrag van Niv. Het was nergens voor nodig de vuile was van de delegatie buiten te hangen en bovendien was die nou ook weer niet zo wereldschokkend.

Het gesprek kabbelde voort en Yanai hield de klok goed in de gaten om er zeker van te zijn dat hij genoeg tijd overhield om iets te eten voor ze naar de Euroclub vertrokken. Hij vroeg zich af of hij anders misschien even naar het winkelcentrum moest lopen om een snack te scoren, maar voor dat plan moest hij dan weer een bodyguard lastig vallen ... Misschien moest hij toch maar iets bestellen bij de belachelijk dure roomservice.

Nog nooit in al zijn jaren bij het Songfestival had hij meegemaakt dat hij moest nadenken of hij wel een broodje kon gaan halen zonder voor zijn kop te worden geschoten. Ze hadden het weliswaar niet per se op hem gemunt, maar na Yarden was hij wel degene die het meest met zijn foto in alle kranten en op websites had gestaan en op tv was geweest. Er hoefde maar een gek met een pistool of een mes te zijn die hem herkende en hij was het nieuwste slachtoffer van de heilige Jihad. Dat was niet eens meer cool, dat was gewoon doodeng.

Terwijl hij beleefd bleef knikken en instemmende geluidjes maakte om de journalist het gevoel te geven dat hij echt luisterde naar diens monoloog over zijn krant en de roddels van het thuisfront, herinnerde Yanai zich hoe hij een jaar eerder, toen Azerbeidzjan won, met Ruthie keihard al die arme drommels had uitgelachen, die het jaar daarop naar fucking Bakoe zouden moeten. En dat zij nooit van z'n leven deel zouden gaan uitmaken van een delegatie die moest afreizen naar een moslimland met een open grens met Iran. Maandenlang bleven ze die grap maken, totdat ze natuurlijk zelf, en van harte, die taak op zich namen, en eigenlijk vanaf het eerste begin wel hadden geweten dat ze dat uiteindelijk zouden doen. Weekdieren dat ze waren, dacht Yanai bij zichzelf.

Hij had zo'n honger dat hij croissants begon te ruiken die er niet waren. Zijn vriend was inmiddels aanbeland bij zijn nieuwe iPhone en dat hij zo bang was dat hij nu zijn Candy Crush-scores kwijt was, dus Yanai vond het ook wel welletjes. Hij besloot het gesprek af te breken en op zoek te gaan naar iets te eten toen er ineens een oorverdovend alarm afging.

Yanai zat twee seconden als versteend in zijn stoel. 'Raketten? Hier? Waar was de schuilkelder en hoe kwam hij daar?' Hij klapte de laptop dicht nog voordat zijn vriend begreep wat er gebeurde. Maar wat gebeurde er eigenlijk?

Yanai hoorde iemand op de deur beuken en zijn naam noemen. Hij deed de deur open en zag een rood aangelopen Vadim op de drempel staan, die eruitzag of hij een enorme aanval van hyperventilatie had. Het viel Yanai nu pas op dat het alarm alleen in zijn kamer afging en niet in de rest van het hotel. Hij zag ook dat overal in de gang nietsvermoedende delegatieleden zonder veel omhaal door de beveiliging hun kamers werden ingeveegd. Vadim kwam de kamer in en keek speurend rond op zoek naar de bron van het alarm. Yanai zag dat Vadim zijn pistool had getrokken en raakte in paniek.

‘Vadim. Alles is oké, er is hier niemand. Ik weet ook niet waarom dat alarm afgaat!’

Vadim leek een beetje te kalmeren. Hij deed zijn pistool terug in de holster en mompelde iets in zijn oortje. Hij wendde zich tot Yanai. ‘Jij bent toch ook niet helemaal lekker bij je hoofd, hè? Weet je hoe erg je ons aan het schrikken hebt gemaakt?’

‘Ik? Wat heb ik nou weer gedaan? Ik zit hier gewoon en dat alarm gaat ineens af! Wat kan ik daaraan doen?’

Vadim pakte Yanai ruw bij zijn schouder en trok hem mee naar het rokende strijkijzer dat de rookmelder had geactiveerd, die nog steeds als een dolle tekeerging.

Yanai keek naar het strijkijzer, keek naar Vadim, en sloot zijn ogen. Dat hij was vergeten dat het strijkijzer aanstond, en dat daardoor iedereen in rep en roer was geraakt – de beveiliging, de uitgeputte delegatieleden – maakte hem ineens zo intens verdrietig, dat hij alleen nog maar wilde huilen. Huilen omdat hij die beveiligingsmensen aan het schrikken had gemaakt, en alle anderen. Huilen omdat hij door de druk en de uitputting was vergeten het strijkijzer uit te zetten. Huilen omdat hij zo’n honger had en niet naar buiten kon omdat hij bang was dat iemand hem dood zou schieten. Hij kon alleen maar huilen.

Vadim zag de blik van Yanai en zijn hangende schouders en begreep wat Yanai op dat moment moest doormaken. Hij liep naar de strijkbout en trok de stekker uit het stopcontact – de eerste zorg was nu die verdomde rookmachine uit te zetten. Hij wachtte samen met Yanai op de komst van de politie, die automatisch was gealarmeerd en legde de situatie uit. Al die tijd stond Yanai als een geslagen hond naast het strijkijzer en hoopte dat hij zou worden verzwolgen door de aarde. Hoewel dat nog de minste van zijn zorgen was. Hoe kon hij, een man met oog voor het kleinste detail, een man die bekend stond om zijn geloofwaardigheid en fotografische geheugen, hoe kon die een strijkijzer vergeten en niet in de gaten hebben dat zijn hotelkamer bijna in vlammen opging? Hij kon zich maar één soortgelijk incident uit het verleden herinneren ...

Twee jaar geleden had hij een drukke periode waarin hij in een tijdsbestek van zes weken vijf keer had gevlogen – een paar shows met zijn artiesten, gesprekken met platenlabels, en een korte vakantie. Met de vijfde vlucht kwam hij terug naar Israël na drie hectische dagen, slapeloze nachten en twee grote shows van een zanger met wie hij samenwerkte. Hij landde in Tel Aviv, ging door de paspoortcontrole en keek op een monitor welke bagageband hij moest hebben. Toen werd hij blanco. Hij wist niet meer waar hij was vertrokken. Het duurde wel een halve minuut voor hij zich kon herinneren in welke stad het vliegtuig die morgen was opgestegen. Hij wist dat het niet Londen was – dat was de eerste vlucht van de trip geweest. Het was ook niet New York, daar was de reis te kort voor geweest. En het was ook niet Milaan, want daar moest hij later die maand nog heen. Na dertig seconden wist hij het nog steeds niet en wilde hij op de grond gaan liggen en met zijn beentjes trappelen van frustratie. Toen schoot het hem te binnen: het was Wenen. Opgelucht liep hij naar de goede band.

Het verhaal ging weken mee als grappige anekdote voor zijn vrienden, maar op het moment zélf kon Yanai er absoluut niet om lachen – net als nu. Het strijkijzer-incident zou zeker de geschiedenis ingaan als een typisch-Yanai-verhaal, maar zo voelde het nu bepaald niet.

Vadim stuurde iedereen weg die kwam kijken om te zien wat er was gebeurd – het veiligheidsteam en zelfs Dorit, die Yanai meteen op een preek trakteerde over opletten met strijkijzers, maar niet eens even vroeg hoe het met hem was. Hij gooide het raam wijd open en vroeg Yanai of hij even naast hem op bed wilde komen zitten.

'Liefje, als je me wilt verleiden, heb je echt het verkeerde moment gekozen. Ik ben niet in de stemming. En als je me een preek wilt geven: daar heb ik nu ook geen behoefte aan.'

'Yanai, kom even zitten.'

Iets in de stem van de veiligheidsman maakte dat Yanai gehoorzaamde.

'Ik ga je geen preek geven en ik ga je ook niet bespringen. Ik wil gewoon even rustig vragen of alles goed met je is. Na alles wat we hier hebben meegemaakt. Ik zie hoe hard je werkt en hoe je de leiding hebt genomen de afgelopen dagen. Ik wil weten of je het nog een beetje volhoudt. Dat strijkijzer is onbelangrijk. Oké, waren we een paar seconden in paniek. Lekker belangrijk. Goeie training voor ons, blijven we scherp van, geen probleem. Ik wil weten of je op een gezonde manier met de stress omgaat en jezelf niet de vernieling in helpt.'

Yanai keek naar Vadim en barstte bijna in tranen uit. Hij omhelsde Vadim en drukte hem bijna tot moes. Dit was de eerste keer dat iemand oprecht belangstelling toonde voor zijn gemoedstoestand en hulp aanbood.

'Yanai, laat me los, wat doe je?'

Yanai bleef Vadim stevig vasthouden. Hij was ontroerd door de bezorgdheid van de stoere professional. Dat was alles wat hij nu nodig had – iemand die hem zág, vroeg hoe het ging. Niet meer en niet minder. Zo weinig, en toch zo veel.

Eindelijk liet hij Vadim los en ging staan. 'Dank je wel, Vadim. Ik ben oké. Ik heb wel ergere dingen meegemaakt. In het ergste geval word ik door iemand neergeschoten en kom ik bij je spoken. Het spijt me van het strijkijzer, ik was aan het bellen en was het volkomen vergeten. Het zal niet meer gebeuren.'

'Blij dat te horen.' Vadim stond op en liep naar de deur. 'Trouwens: een van de jongens loopt zo even naar het winkelcentrum om wat te eten te halen. Moet hij ook iets voor jou meenemen?'

Vadim begreep niet waarom Yanai hem met betraande ogen aankeek. 'Ik neem aan dat dit "ja" betekent. En ja, ik weet nog dat je vegetariër bent. Het eten is er over een kwartier. Doe in de tussentijd iets aan die geur van geroosterde kat in je kamer, je kunt hier nauwelijks ademhalen.'

Yanai zag de deur dichtslaan en glimlachte. Wat kon het hem schelen dat Niv niet tegen hem praatte? Wat maakte het uit dat hij bijna levend was verbrand? Er was eten onderweg, en dat was het belangrijkste. Yanai kon niet weten dat het heel lang zou duren voor hij weer iets te eten zou krijgen.

20

Dag 5, avond

EUROCLUB, HET SCANDINAVISCHE FEEST

ZOALS GEWOONLIJK WAS DE ISRAËLISCHE DELEGATIE DANKZIJ het Ruthie-syndroom meer dan een uur *unfashionably late*.

De ruimte was bedompt door de duizenden mensen die al binnen waren, in afwachting van de optredens die op het programma stonden. Naast alle deelnemende teams aan het Songfestival, waren er ook honderden producenten, journalisten en fans, die hoopten de sterren in eigen persoon te ontmoeten en op de foto met ze te mogen.

De Israëlische delegatie werd begroet met luid applaus en tientallen fans renden op Yarden af om met haar op de foto te gaan.

Omdat ze zo laat waren, had Yanai geregeld dat ze van de ingang tot aan de backstage-ruimte door drie beveiligers werden begeleid. De optredens stonden op het punt te beginnen, maar niemand had hem nog verteld wanneer zij aan de beurt waren.

Met de nodige moeite en een paar ellebogen van de bodyguards, wisten ze backstage te komen, waar zo'n 25 artiesten al stonden te wachten op hun beurt, allemaal in hun wedstrijdoutfit, nippend aan een plastic bekertje met wijn – niet het toppunt van glamour, maar er was niets anders. Yarden was in een opgewekte bui. Ze verheugde zich erop Marco te zien. Yanai was gespannen. Dankzij Ruthie en de beveiligers die niet wilden vertrekken tot zij ook was ingestapt, waren ze te laat en hadden ze misschien een paar goede kansen op interviews gemist. Yanai pakte twee plastic bekertjes en goot ze vol.

'Dankzij Ruthie hoeven we vanavond niet meer te werken. Dus we kunnen er net zo goed een gezellige avond van maken.'

'Yanai! Hoor ik het goed? Zeg je nou wat ik denk dat je zegt?'

'Ik heb er gewoon de kracht niet meer voor vanavond. Het is een lange dag geweest, het heeft toch geen zin als ik me er druk over maak, dus ik kan de situatie maar het beste accepteren en mezelf een beetje vermaken. Tussen jou en mij: de wereld vergaat niet als wij ons één avondje niet kapotwerken. We mogen hier ook wel een beetje van genieten, en kun je me misschien aankijken als ik tegen je praat? Wie ben je aan het zoeken?'

Yarden gaf geen antwoord. Ze keek in het rond. De Servische zangeres werd als eerste op het podium geroepen en kreeg een warm applaus van het publiek. Yanai vond een stoel en ging zitten. Dit werd een lange nacht, wist hij. Even snel uitrekenen: drie minuten per lied, nog anderhalve minuut per artiest om iedereen voor te stellen, een paar woordjes voor de fans, applaus en dankjewels, keer vijftien, zo niet meer. Hij zat hier nog wel anderhalf uur in de herrie. Yanai keek nog even naar Yarden die op zoek was naar haar Italiaan, gaapte en besloot dat hij – als hij toch niets te doen had – nog maar een drankje moest gaan halen.

Onderweg naar de wiebelige drankentafel liep Yanai Christer, het hoofd van de Zweedse delegatie, tegen het lijf. Christer, een heer van middelbare leeftijd, had ooit zelf aan het Songfestival meegedaan, en stond de laatste tien jaar bekend als de Zweedse Mister Songfestival. Yanai was al vier keer jurylid geweest bij de grote Zweedse Finale, het beruchte en gigantische 'Melodifestivalen', dat volgens velen beter was dan het Songfestival zelf, en in Scandinavië belangrijker dan God. Christer en Yanai hadden elkaar ontmoet toen Yanai perschef voor Wit-Rusland was. In die tijd zeiden ze elkaar beleefd gedag, maar veel verder dan dat kwam het eigenlijk niet. Tot Christer op zoek ging naar twee internationale juryleden die konden helpen de liedjes te kiezen die zouden meedoen aan de Zweedse voorronde van 2008, en Yanai hem van alle kanten van harte werd aanbevolen. Hij nodigde Yanai uit in Stockholm en daar had Yanai, samen met veertien plaatselijke juryleden ongeveer 2.000 liedjes geluisterd en er 32 uitgekozen voor het programma dat zes weken duurde en geweldige kijkcijfers haalde.

Vanaf die week waren Christer en Yanai dikke vrienden en in de jaren daarna had Christer Yanai nog drie keer uitgenodigd als voorzitter van het Israëlische juryteam.

'Christer! Goed je te zien. We zijn hier al bijna een week en we zijn elkaar nog niet één keer tegen het lijf gelopen!'

'Hallo, my dear. Wat heerlijk om je te zien. En dankjewel dat je ons feestje wilt komen opluisteren met je aanwezigheid en je prachtige liedje: ik vind het echt beeldschoon.'

'Dank je. En hoe gaat het met jullie hier in Bakoe? Alles oké?'

'Met ons gaat het fantastisch, maar ik begreep dat jullie wat probleempjes hebben gehad. Naar om te horen. Is alles nu weer in orde?'

'Nu wel, hoewel ik iedereen vanavond zowat een hartaanval heb bezorgd. Maar het belangrijkste is dat we hier zijn en dat er wijn is ... wat zou er met deze avond nog mis kunnen gaan, toch?'

Christer lachte. 'Luister: deze avond wordt sowieso gezellig, maar er is iets anders dat ik even aan je moet vertellen. Vanmorgen, bij de productievergadering van dit feest, werd er door de Noorse vertegenwoordiger tot actie opgeroepen tegen jullie deelname hier. Je weet dat de Israëlische kwestie moeilijk ligt in Scandinavië, en dat ook ik door de jaren heen aardig wat kritiek heb gekregen omdat ik jou voor onze landelijke jury had uitgenodigd. Je weet dat ik geen enkel probleem heb met Israël en al helemaal niet met jou, maar de Noren stonden erop dat we jullie optreden van vanavond zouden schrappen.'

'Allereerst: bedankt voor de waarschuwing. Ik wist dat de Noorse zanger zijn optreden in Nederland had afgezegd omdat wij op hetzelfde evenement zouden optreden, maar ik had verder niets meer over of van hem gehoord, dus het was nog niet bij me opgekomen dat een soortgelijk scenario zich nog een keer zou afspelen. Misschien was ik met belangrijkere zaken bezig, dat ik er verder niet meer aan heb gedacht. Maar wat zeg je nu eigenlijk precies?'

'Dat ik en mijn collega uit IJsland, die je ook al heel lang kent, bezwaar hebben gemaakt tegen de uitsluiting van Israël op dit feest. We hebben gezegd dat er een verschil moet zijn tussen de politiek en een zangwedstrijd, maar zij hielden voet bij stuk, en wij ook, en uiteindelijk waren ze het ermee eens dat jullie hier mochten optreden.'

'Dankjewel voor je doorzettingsvermogen. Het is hartverwarmend.'

'Juich maar niet te vroeg, Yanai. Ik heb het gevoel dat ze iets in hun schild voeren en vanavond iets gaan uithalen. Ik weet niet wat, maar ik denk dat je op alles moet zijn voorbereid, dan kom je tenminste niet met je broek op je enkels te staan. Let op voor wat er hier of op het podium gebeurt, is mijn advies.'

'Christer, nogmaals bedankt voor de waarschuwing. We spreken elkaar later deze week.'

Yanai schonk zichzelf een tweede glas wijn in, maar toen hij een slok wou nemen, veranderde hij van gedachten. In plaats van wijn dronk hij twee grote glazen water in één teug leeg, liep terug naar zijn stoel en ging weer zitten. Ik kan blijkbaar echt pas uitrusten als ik in mijn kist lig, dacht hij. Het zou blijkbaar weer een lange nacht worden. Intussen was de Spaanse zanger op het podium geklommen en gaf een nummer ten beste dat grappig genoeg was geschreven door een Zweed die eerder al liedjes had gemaakt voor Rusland, Zweden en Georgië.

Yanai keek naar Yarden, die nog steeds de menigte afspeurde naar Marco, en toen naar de zaal. Hij probeerde te bedenken wat voor onaangename verrassingen de Noren voor hen in petto hadden. Misschien zou het publiek tijdens het optreden van Yarden wel Noorse vis naar haar gaan smijten. Hij begon het script zelfs nader uit te werken, maar vond het toch wat onsmakelijk en ging in zijn geest op zoek naar andere mogelijkheden.

Dat waren er niet zo veel. Hij had wel zo'n idee wat hem ongeveer te wachten stond. Hij pakte de lokale telefoon die hij van de organisatie had gekregen en belde Ronen Oren, de ambassadeur van Israël, die drie maanden geleden een aanslag op zijn leven had overleefd.

'Ronen, goedenavond, alles goed?'

'Yanai? Alles oké? Wat is dat voor herrie?'

'Alles oké, dank je. We zijn hier bij het Scandinavische feest in de Euroclub, en ik kreeg een vriendelijke tip van een vriend die zei dat er een kans bestaat dat de Noren een mediabommetje onder onze kont willen laten ontploffen.'

'Een bom? Was er een bom?'

'Nee, sorry, ongelukkige woordkeus. Ik zeg dat de Noren, de gastheren van dit feest, mogelijk van plan zijn vanavond de media te benaderen en Israël te veroordelen voor de gebeurtenissen in Gaza van een paar maanden geleden. Toen we in Nederland optraden, heeft de Noorse zanger dat event geboycot omdat wij daar ook waren, en het is mij ter ore gekomen dat ze vanmorgen hebben geëist dat ons optreden op dit feest zou worden afgelast. Maar daar hebben de Zweden en de IJslanders een stokje voor gestoken. Ik wil alleen maar even zeggen dat als er een mediabommetje wordt gegooid, jij de pineut bent. Ik kan Israël niet op politiek niveau verdedigen. Wij moeten juist zo ver mogelijk wegblijven bij de politiek, niet vanwege onze persoonlijke opvattingen, maar omdat we in dit soort situaties kunst en cultuur heel goed van politiek moeten scheiden. Als ik commentaar ga geven op wat het ook is dat ze over ons zeggen, verlaag ik mezelf tot hun niveau. Als jij commentaar geeft, staan zij te kijk omdat zij proberen die twee dingen met elkaar te vermengen. Wat vind jij?'

'Ik denk dat je best eens gelijk zou kunnen hebben. En ik denk dat ik naar jullie toe moet komen. Zorg alsjeblieft dat Niv een toegangspas voor me regelt, oké?'

Yanai gaf geen antwoord.

'Hallo. Yanai, kun je me verstaan?'

'Ja, sorry, ik ben nu even niet bij Niv in de buurt. Je kunt hem het best zelf even bellen en zorgen dat hij die pas voor je regelt. Ik weet niet hoe laat we moeten optreden, maar ik denk dat de gastlanden als laatste gaan, dus je hebt nog ongeveer een uur om hier te komen. Ik hoop dat je dat redt met al die files.'

'Je bent zeker vergeten dat ik een politie-escorte heb?'

'Oh ja, nou, dan zie ik je zo.'

Het viel Yanai op dat de telefoon die hij van de organisatie had gekregen telkens rare kraak- en piepgeluidjes maakte. Maar misschien beeldde hij het zich maar in of was de kwaliteit van het netwerk gewoon beroerd. Dat was hoe dan ook niet wat hem op dit moment het meeste dwarszat. Hij probeerde te beslissen of hij een glas wijn zou drinken, of verstandig bij de les zou blijven, toen hij een warme hand op zijn schouder voelde.

***

Als een alcohol- of drugsverslaafde met ontwenningsverschijnselen speurde Yarden minutenlang de zaal af naar een glimp van Marco. Ze moest hem ogenblikkelijk zien. In alle chaos van haar leven van de afgelopen maanden, was hij de enige bij wie ze zich vrij, zeker en gelukkig voelde. En natuurlijk was de seks waanzinnig, dat hielp ook.

Ze zag Yanai, diep in gesprek met iemand die ze niet kende, en nu ook niet wilde leren kennen: Waar. Was.

Marco? Eindelijk zag ze hem, op een witte plastic stoel, diep verborgen in een donker hoekje tussen de coulissen. Hij was in het gezelschap van een vrouw met een kort oranje rokje en perfect glitterkapsel, die haar niet bekend voorkwam.

Yarden dacht dat het wel een achtergrondzangeres uit een ander land zou zijn die de tijd met háár man wilde verdrijven. Ze kreeg een onaangenaam gevoel vanbinnen en begon zich door de menigte een weg te banen naar Marco. Halverwege hield ze stil. Moest ze wel tussenbeide komen? Was dat niet vreselijk onbeleefd en zou het niet lijken of ze een jaloerse *bitch* was? Haar verlangen naar Marco was sterker en ze liep verder in de richting van haar Italiaan. Het zag er wel allemaal heel intiem en vertrouwd uit tussen Marco en de vrouw, en een harde stem in haar hoofd begon te schreeuwen dat ze moest wegblijven en omdraaien. Maar ze kon niet: het verlangen naar zijn handen en zijn bedwelmende geur bracht de stem van haar intuïtie tot zwijgen. Yarden kwam dichterbij en zei met een geforceerde glimlach zachtjes: 'Ciao.' Marco keek haar aan en glimlachte terug.

Yarden zag meteen dat dit een andere glimlach was dan de warme variant die hij normaal voor haar reserveerde, maar voor ze kon bedenken wat ze erin moest lezen, loste Marco het mysterie al voor haar op. 'Yarden, dit is mijn vrouw Daniella. Ze is vandaag aangekomen uit Milaan en blijft tot het einde van het Songfestival.'

Yarden wist niet of ze moest lachen, huilen of slaan. Of dat hij misschien een grapje ten koste van haar maakte – niet een erg leuk grapje. Daniella gaf Yarden een hand en Yarden kon de trouwring onmogelijk missen: 'Leuk je te ontmoeten, ik vind je liedje echt fantastisch.'

Yarden klapte haar open mond weer dicht. Dit was geen grapje, dit was bittere ernst. Die klootzak had haar al die tijd niet verteld dat hij getrouwd was en zij, stomme muts, had hem na 'Amsterdam' nooit gegoogeld … 'Sorry, ik moet snel terug naar mijn team, iedereen staat op me te wachten. Leuk je te ontmoeten.'

Yarden draaide zich om en probeerde zo waardig mogelijk weg te lopen. Ze was misselijk, kwaad, van streek en gekwetst – allemaal tegelijk. Hoe kon zoiets stoms haar overkomen? Ze liep door in de richting van de plek waar ze Yanai het laatst had gezien. Onderweg beukte ze nog iemand een glas wijn uit zijn hand, mompelde vaag een verontschuldiging, en kreeg eindelijk Yanai in het vizier: in een stoel, met achter hem een beeldschone man, die net een hand op zijn schouder legde.

Het kon haar niet schelen wie het was. Dat hele kutfeest kon haar niets meer schelen. Ze wilde alleen nog maar weg. Yanai keek naar de hand op zijn schouder: het was Adam, die met hun zwakbegaafde zanger naar het feest was gekomen.

'Hey, Adam, wat leuk je te zien …' Voor hij nog een woord kon zeggen kwam Yarden bruut tussenbeide. 'Het was te gek, ik ga, doei!' En ze liep naar de achteruitgang.

Yanai begreep er niets van en keek Adam verbijsterd aan. Adam begreep dat er een crisis was, haalde eenvoudig zijn schouders op en zei: 'Ga haar achterna.'

Yanai rende achter Yarden aan en had haar te pakken voor ze de nooduitgang had opengebroken. 'Yarden! Stop! Wat is er in godsnaam met je aan de hand?'

Yarden had zin Yanai keihard met de vlakke hand in zijn gezicht te slaan. Omdat hij een man was en, gay of niet, alle mannen klootzakken waren. Maar ze wist dat hij niets had misdaan, dus haalde ze diep adem en siste: 'Die vuile bloedhond is getrouwd, dat is wat er aan de hand is.'

'Wie is er getrouwd? Welke bloedhond?'

'Marco! Die is getrouwd. Wist jij dat? Zijn vrouw is vandaag aangekomen. Dát is er aan de hand.' Yarden schreeuwde nu bijna en de verblufte omstanders konden woord voor woord meegenieten.

'Yarden! Kalmeer! Ik vind het vreselijk om te zeggen, maar je moet jezelf nu echt even beheersen.' Het brein van Yanai draaide op volle toeren. Hij begreep dat Yarden er zo beroerd aan toe was omdat ze Marco heel leuk vond, zeg maar rustig verliefd op hem was, en net had ontdekt dat hij al een echtgenote bezat. Echt kut voor haar.

'Ik begrijp dat je woedend en gekwetst bent, en ik wil hem met alle liefde straks een schop in zijn ballen gaan geven. Maar je moet zo optreden. Gaat dat wel lukken?'

'Godverdomme Yanai, haal me hier weg bij dat stomme feest. Ik blijf hier geen minuut langer. Ik wil naar het hotel.'

'Oké, ik ga even tegen iemand van de organisatie zeggen dat we weggaan, en dan gaan we Vadim zoeken om vervoer te regelen. Wacht even hier, ik ben zo terug.'

Yanai vond Christer en zei dat Yarden tot hun spijt terug moest naar het hotel en of ze haar optreden voor een keertje konden overslaan. Hij gebruikte het excuus dat altijd werkte: damesproblemen, en rende terug naar Yarden.

'Laten we naar buiten gaan – daar zijn Vadim en zijn mannen. Dan zeggen we dat we weg willen en regelen dat er iemand meegaat met de taxi. Kom op, Yarden, we gaan!'

Yanai hield Yardens hand stevig vast en ze liepen naar de hoofdingang. In tegenstelling tot de normale routine hield hij niet elke twee meter stil voor een fotomoment, maar liep met gemompelde excuses stevig door. Toen ze eindelijk bij de uitgang in de frisse lucht kwamen, zag Yanai Vadim een eindje verderop staan. Hij zwaaide met zijn armen om de aandacht van de veiligheidsman te trekken.

'Luister, ik kan nu even niet uitleggen waarom, maar Yarden en ik moeten nu naar het hotel, desnoods in een taxi. Valt dat te regelen?'

'Als je dat wilt, kan dat. Dan stuur ik Dan met jullie mee en kunnen jullie terug naar het hotel.'

'We zijn je bijzonder dankbaar.'

Een halve minuut later zaten Yanai en Yarden veilig in de gordels achter in een gloednieuwe taxi met Songfestival-logo. Dan zat naast de chauffeur voorin. De taxi vertrok richting het hotel.

Yanai zag de tranen over Yardens wangen biggelen terwijl ze in stilte huilde. Wat een ontzettende ellendeling moest die Marco zijn om zo'n spelletje met haar te spelen. Dan zag het ook in de spiegel, maar hij wist niet waar ze zo overstuur van was en besloot zich er niet mee te bemoeien. De taxi ging wat harder rijden – met deze vaart zouden ze binnen tien minuten bij het hotel zijn, dacht Yanai, en kneep bemoedigend in Yardens schouder. De tranen bleven maar komen.

Het volgende moment werd het lichaam van Yanai naar voren gesmeten toen hun taxi met piepende banden in de remmen moest. Zijn hart ging als een gek tekeer. Hadden ze iemand geraakt, was het een ongeluk?

Hij zag een wit busje vlak voor hun taxi stilstaan op de weg en keek direct naar Yarden.

'Ben je oké? Ben je gewond?'

'Ik ben oké, maar ik heb keihard mijn hoofd gestoten.'

Toen hoorde Yanai Dan schreeuwen: 'Code rood, code rood!' En klonk het geluid van een pistoolschot.

21

Hassan Mohabti

TEHERAN, IRAN, MAART

HASSAN MOHABTI WAS NIET ZOMAAR EEN VAN DE MENSEN die het plan hadden opgevat de Israëlische delegatie te ontvoeren: hij was de man aan de top van de piramide, de man die de groep had opgericht nadat hij op het internet had gelezen over de onderdrukking – door Israël – van de weerlozen zonder stem. Hij wist ook: zelfs als iemand die stemmen wel zou horen, zou niemand luisteren. En de Israëli's waren doof en blind voor wat er onder hun ogen gebeurde en leefden hun dagelijkse leven of er niets aan de hand was. Tijd, vond Hassan, om ze hardhandig wakker te schudden en te raken waar het pijn deed.

In de afgelopen paar weken had hij meer en meer mensen om zich heen weten te verzamelen met hetzelfde gedachtegoed en dezelfde strijdlust: ze waren opmerkelijk eenvoudig te vinden. Hij hoefde maar te vertellen over de gruwelijke slachtpartij die gaande was in Israël of veel mensen boden al aan hem te helpen. Hassan had maar een paar teamleden nodig en koos de strijders die er op papier veelbelovend uitzagen. Samen kochten ze wapens, bespraken wat voor busje ze moesten kiezen, en hoe het verder moest als de kidnapping eenmaal was gelukt. Het waren intensieve weken en de tijd vloog voorbij.

Hij dacht veel aan Bangalore, de stad in India waar hij op zijn 9e was komen wonen en die hij 2 jaar geleden, op zijn 24e, weer had verruild voor Teheran. Hij had zich altijd thuis gevoeld in Bangalore. Hij was klein en tenger gebouwd, had een mokkakleurige huid en kon dus gemakkelijk doorgaan voor een Indiër onder de Indiërs – en dat was hem altijd prima bevallen.

Hij hield ook van Teheran, maar het Teheran waar hij naar terugkeerde, was heel anders dan de stad die hij ooit had verlaten. Teheran was al niet de ideale plaats om te wonen toen hij vertrok, maar in Bangalore had hij veel gelezen over het leven in Iran onder het juk van de internationale sancties, en begrepen dat de situatie er niet bepaald beter op was geworden.

Hassan moest vaak denken aan zijn geliefde vader, die twee jaar geleden aan een agressieve hersentumor was overleden. Hij was heel dankbaar dat zijn vader destijds een baan had aangenomen als vertegenwoordiger van een Iraanse oliemaatschappij in Bangalore en daar met zijn gezin heen was verhuisd. Hij had een fijne jeugd gehad in India, had veel van de plaatselijke gebruiken overgenomen, en was gestopt met het eten van vlees. Al zijn schoolkameraadjes waren vegetariër, en op een dag was hij, elf jaar oud, thuisgekomen en had hij tegen zijn ouders gezegd dat hij niet langer medeschuldig wilde zijn aan de moord op onschuldige dieren. Ze lachten hem uit.

Zijn moeder zei dat die bevlieging wel gauw zou overwaaien, maar zijn vader maakte pittige kip, Hassans lievelingskostje, om te kijken of hij het serieus meende. En toen Hassan weigerde ook maar één hapje van het lekkerste stukje van de kip te nemen, kondigde zijn vader aan vierkant achter de beslissing van zijn zoon te staan, zijn wens om geen dieren te eten te respecteren en hem te helpen waar hij kon. Op zijn negentiende werd Hassan veganist. Hassan en zijn familie bleven als rechtgeaarde moslims in Bangalore trouw naar de moskee gaan en vijf keer per dag bidden. Toen hij na zijn vaders dood eindelijk naar Teheran terugkeerde, ontdekte hij dat de stad in zijn gewoontes en vrijheden totaal was veranderd.

In Bangalore waren geen restricties ten aanzien van het gebruik van internet, in Iran werd alles beheerst door de overheid. Regelmatig was er geen verbinding en soms moest hij stiekem inloggen op onbeschermde WIFI-netwerken om nog hier en daar wat nieuws over de wereld buiten Iran bij elkaar te sprokkelen. Een jaar geleden was hij begonnen met lezen over wat er gaande was in Israël en was geobsedeerd geraakt door de situatie in dat land. Hij las verontrustende verhalen over en petities tegen de moord op onschuldigen, meedogenloze onderdrukking en andere vreselijke dingen. De meeste petities kwamen nota bene uit Israël zelf, begreep hij, maar hadden kennelijk maar weinig impact op de publieke opinie daar. En dát kon hij maar niet bevatten: hoe de mensen in Israël blijkbaar konden wegkijken van al dat leed en onrecht, terwijl hij elke dag pijn voelde, echte pijn, als hij las over dat land waar hij nog nooit was geweest en weinig van wist, behalve dat het grootste deel van de bewoners harteloze moordenaars waren.

Zelf was hij pacifist, maar hij wist dat gewelddadig optreden soms nodig was om iets onder de aandacht van het publiek te brengen en verandering te forceren. Dat was precies wat hij van plan was te doen. En vandaag precies een jaar geleden, toen Azerbeidzjan het

Eurovisie Songfestival had gewonnen, wist hij dat zijn kans om verandering te forceren was aangebroken. Hij had tijdens zijn schaarse momenten online zulke ondraaglijke dingen gelezen over de verschrikkingen in Israël, dat hij niet langer werkloos kon toezien.

In maart had Hassan zijn team van gelijkgestemden bij elkaar gezocht. Ze kwamen af en toe samen, telkens in het huis van iemand anders, en tijdens een van die meetings werd het besluit tot actie genomen. Het enige vraagstuk bleef: wanneer moesten ze toeslaan?

Hassan wist dat hij minstens twee mensen van de Israëlische afvaardiging moest gijzelen om aandacht voor de goede zaak te krijgen. Het zou het allermooist zijn als een van hen die blonde zangeres zou zijn. Hij hield niet van geweld, maar hij was bereid zijn principes opzij te zetten om zijn boodschap succesvol voor het voetlicht te krijgen. Zelfs als de zangeres een beetje zou moeten lijden, was dat een kleine prijs in vergelijking met het lot van honderdduizenden hopeloze, pure zielen die dagelijks moesten zuchten onder het juk van Israël, dat ongestraft kon doorgaan met zijn misdaden dankzij een ongelukkige speling van het recht.

22

Dag 5, avond

BAKOE, BUITEN BIJ DE EUROCLUB

HASSAN MOHABTI ZAT MET ZIJN BROEDERS IN EEN WIT bestelbusje met uitzicht op de Euroclub. Ze hadden de Israëlische delegatie nu een week achtervolgd en hun uiterste best gedaan niet in de gaten te lopen. Een paar dagen geleden was Hassan erachter gekomen dat zij niet de enigen waren die de Israëli's in de gaten hielden; de ontdekking en arrestatie van een andere groep, vlak buiten het hotel, hadden een verpletterende druk op hun schouders gelegd.

Het was behoorlijk vermoeiend om urenlang op de uitkijk te zitten, vooral in het busje, om de hotels en taxi's te observeren, in kaart te brengen hoeveel bodyguards op enig moment bij de delegatie waren, en te proberen daar een patroon in te ontdekken. Aanvankelijk leek het erop dat het een koud kunstje zou worden: het was een grote delegatie, er waren maar drie beveiligers bij – eitje. Maar twee dagen later kwam er midden in de nacht een grote groep nieuwe veiligheidsagenten aan in het hotel, en begreep Hassan dat het ingewikkelder zou worden dan hij had voorzien.

En dus had hij de laatste paar dagen zittend doorgebracht in het bijzonder oncomfortabele busje dat hij twee weken eerder had gekocht in Iran, had hij eten gegeten waar zijn maag niet aan gewend was, en gerookt als een afvallige. Desondanks was Hassan meer vastberaden dan ooit. Hij vergat, ondanks alle vermoeidheid en verveling, geen moment waarom hij hier in Bakoe was gekomen: het helpen redden van de levens van onschuldige zielen die nooit iemand een vlieg kwaad hadden gedaan.

Na een paar dagen intensieve observatie moesten Hassan en zijn groep het eerste veiligheidslek nog vinden dat het mogelijk zou maken hun plan uit te voeren. En het leek erop dat vanavond de beveiliging net zo zwaar was als gebruikelijk. Hassan zat zich dus lelijk te vervelen, totdat hij tot zijn verrassing ineens de zangeres met de blonde bos krullen een taxi in zag stappen, in het gezelschap van twee mannen. De taxi reed weg en Hassan wist dat dit een kans was die hij niet kon laten lopen. Ze volgden de taxi, wat nog best moeilijk was aangezien de chauffeur behoorlijk snel door het verkeer zigzagde. Maar Hassan had leren autorijden in Bangalore – net zo'n verkeersinfarct als Bakoe –, trapte het gaspedaal in, wist de taxi in te halen en dwong de chauffeur midden op de snelweg tot stoppen.

Hassan kon niet geloven dat het moment waarop hij al die maanden had gewacht, eindelijk was aangebroken. Hij had in zijn tijd in Bangalore heel veel Amerikaanse thrillers gezien en zich ingebeeld dat hij de hoofdpersoon was ... en nu was het dan zover. De adrenaline die door zijn aderen stroomde, verdreef in één klap ieder spoor van verveling en de spierpijn en het ongemak van het hangen in dat busje.

Hij voelde zich als een leeuwin op jacht; een vreemde metafoor voor een veganist. Hij ging op zoek naar een betere, maar er wilde hem niets te binnen schieten. Hij was geen olifant op jacht naar voortvluchtig onkruid, of een giraf die beweeglijke boomtoppen probeerde dood te bijten, of een konijn dat een weerloze kropsla wilde verscheuren. Nee, voor deze ene keer was hij dan toch maar de leeuwin die een snelle zebra op de hielen zat, auto's ontwijkend als rotsen in de savanne. Hij had het element van verrassing aan zijn zijde en hij zou zijn prooi hoe dan ook te pakken krijgen. De levens van tientallen, zo niet honderdduizenden, stonden op het spel en hij ging hen, en zichzelf, niet in de steek laten.

Toen hij de taxi van de Israëli's had ingehaald, trapte hij plotseling op de rem, zodat de bestuurder van de taxi hetzelfde moest doen. Daarmee zou hij verwarring stichten en in die verwarring zou hij genoeg tijd hebben uit zijn busje te springen, naar de taxi te lopen, de gijzelaars eruit te halen, en ze in zijn busje te stoppen. Hij had twee dagen opgevouwen in dat rotbusje gezeten: nu was het de beurt aan zijn prooi.

Toen de taxi op een halve meter van het busje tot stilstand kwam, stonden Hassan en zijn twee medeplichtigen al half naast het busje en ze renden naar de taxi van de Israëli's. Hassan zag dat de man naast de chauffeur in een walkietalkie schreeuwde en begreep dat ze geen tijd hadden te verliezen. Hij schoot in de lucht en schrok er zelf van, maar hij had geen tijd er lang bij stil te staan. Hij richtte het wapen op de chauffeur en zijn broeders hielden de passagiers onder schot. Het enige waar hij – stom, stom – niet aan had gedacht, was wie er met de mensen in de taxi zou communiceren. Ze hadden blinddoeken, ze hadden tiewraps om handen te boeien, maar ze hadden niet besproken wie het woord zou voeren en de gijzelaars naar het busje zou dirigeren.

***

Vadim werd binnen één seconde lijkbleek toen tot hem doordrong dat Yarden en Yanai onder hun neus werden weggekaapt. Alle beveiligers rond de ingang van de Euroclub hadden het noodsignaal voor 'terreuraanval' van Dan gehoord, toen het schot, nog wat half verstaanbaar geschreeuw van Yarden en Yanai, en een stem die riep dat ze uit de taxi moesten komen. Daarna viel er een doodse stilte. Degene die had geschoten, moest de walkietalkie van Dan hebben vernield.

De eerste die bij zinnen kwam, was Vadim. Hij schreeuwde orders in zijn walkietalkie en rende met een paar teamleden naar de auto's van de plaatselijke politie. Vadim wist dat hij niet veel tijd had de drie, die behoorlijk in paniek moesten zijn, op te sporen, maar hij had veel vertrouwen in de politie, die tot nu toe had laten zien dat ze bijzonder efficiënt de vrede in Bakoe wist te bewaren. Binnen een paar seconden zaten Vadim en drie collega's in politiewagens, die met gillende sirenes op weg gingen in de richting van het hotel. De resterende vijf beveiligers bij de Euroclub renden naar binnen om de rest van de delegatie te zoeken en terug te brengen naar het hotel.

Vadim was inmiddels van lijkwit in schaamrood van woede veranderd. Hoe kon hij zo stom zijn geweest Yarden en Yanai met maar één bodyguard te laten vertrekken? Waarom was het niet bij hem opgekomen dat meer dan één groep het op hen had gemunt? Hij had zich in slaap laten sussen door zijn talloze gesprekken met de Israëlische en plaatselijke beveiliging na het incident van een paar dagen geleden. De groep die was gearresteerd, had bekend dat ze het hotel van de Israëlische delegatie wilden opblazen, maar dat plan was dus verhinderd. Er waren nog wel wat geruchten over een groep uit Iran die Israëli's wilde kidnappen, maar daar waren verder geen concrete aanwijzingen voor gevonden. En daarom had hij, in één moment van onachtzaamheid, Yanai en Yarden op een zilveren schaaltje aan hun ontvoerders gepresenteerd.

De hele weg naar het hotel was Vadim kwaad op zichzelf, kwaad op Dan omdat hij de kidnapping niet had weten te voorkomen, en kwaad op iedereen die hen naar deze godvergeten kutplaats had gestuurd.

***

Eerst dacht Yarden dat hun taxi bijna een ongeluk had veroorzaakt. Een plotselinge stop, krijsende banden op het gloednieuwe asfalt – wat kon het anders zijn? Ze had haar hoofd gestoten tegen de hoofdsteun van de stoel voor zich en haar hoofd begon te kloppen van de pijn. Yanai vroeg of ze in orde was en om hem niet ongerust te maken, zei ze maar ja. Toen hoorde ze Dan iets mompelen, maar ze kon door de hoofdpijn niet verstaan wat hij zei. Vlak daarna klonk er een oorverdovende knal.

Het kon geen klapband zijn, dacht Yarden, want ze stonden stil. Ze zag een paar mannen uit de richting van een busje komen aanrennen, waarschijnlijk om te kijken of er niemand gewond was geraakt. Maar toen greep Yanai haar beet en riep dat ze plat moest gaan liggen.

***

Dit zouden best eens zijn laatste momenten in dit leven kunnen zijn, dacht Yanai. En was het dan niet vreselijk jammer dat hij moest sterven in een oord als fucking Bakut? Hij zag drie mannen uit het busje komen dat hen zojuist had klemgereden, hoorde Dan schreeuwen in zijn walkietalkie, en kort daarna een schot. Je hoefde geen kernfysicus te zijn om te snappen dat ze werden overvallen door terroristen. Yanai greep Yarden beet en zei dat ze plat moest gaan liggen – een bijzonder macho ding om te doen, wat hij blijkbaar uit de film had opgepikt: de man beschermt altijd het meisje. Maar waar was de beveiliging? Waarom was Dan niet aan het schieten op de man die onderweg was om hen te vermoorden? Yanai had Yarden nog steeds stevig vast en probeerde haar met zijn lichaam te beschermen, maar zijn autogordel beperkte zijn bewegingsvrijheid. In de tussentijd werden ze omsingeld door drie zwijgende mannen met getrokken wapens. Hij wou iets doen – proberen weg te rennen en kijken waarom Dan niets deed – maar zijn lichaam wilde hem niet gehoorzamen. Hij was als verlamd in deze laatste seconden van zijn leven, en dacht teleurgesteld aan alle dingen die hij nog had willen doen, en dat hij echt niet op deze manier aan zijn einde wilde komen. Zijn innerlijke rust werd bovendien ruw verstoord door de toeterende meute automobilisten die niet begrepen waarom twee auto's met hun capriolen het verkeer totaal hadden ontregeld. Het was al later op de avond en er was iets minder verkeer, dus degene die verantwoordelijk was voor oponthoud kon op fel getoeter en een stroom van verwensingen rekenen.

***

De noodstop verraste Dan volledig. Hij had vooruitgekeken, in de richting van het hotel. Hij was zo blij geweest met een rustig avondje in het hotel, weg bij die eeuwige herrie in de Euroclub. Ze waren daar elke avond geweest en hadden al meer dan voldoende meegemaakt sinds ze in Bakoe waren aangekomen. Een avondje voor de buis op zijn prachtige hotelkamer leek hem helemaal niet verkeerd. Dan vroeg zich af op welk kanaal hij een fijne voetbalwedstrijd zou kunnen kijken, hoewel dat ook niet zou gaan meevallen, want het hotel was nieuw en de televisies groot en indrukwekkend, maar de ontvangst was belabberd en onregelmatig, net als streaming video van illegale sites. Plotseling piepten de remmen en kwam de taxi vlak achter een wit busje tot stilstand.

Zonder een moment te aarzelen pakte Dan zijn walkietalkie en gaf code rood, zoals hem was geleerd te doen in geval van een kidnapping. Beter een fout te maken dan waardevolle tijd te verspillen bij een echte noodsituatie. Zodra hij de boodschap had doorgegeven, greep hij naar zijn pistool, maar zijn hand stopte toen hij de knal van het schot hoorde. Hij wilde eerst weten of er niemand gewond was geraakt. Een seconde later keek hij weer op, recht in de ogen van een man die naast de taxi stond en een wapen op hem richtte. Even later zag hij ook de twee andere mannen en hij wist dat hij nooit op tijd bij zijn pistool zou kunnen komen om ze te elimineren. De terroristen openden niet het vuur en zeiden ook niets. Er was iets vreemds aan de hand, iets heel vreemds.

Yarden zag dat er drie mannen met wapens rond hun taxi stonden en gilde het uit. Yanai gilde ook – dat ze haar kop moest houden. Een seconde later schreeuwde een van de gewapende mannen, de kleine magere die het dichtst bij Yarden stond, in het Engels dat ze onmiddellijk uit de taxi moesten komen.

23

Dag 5, 's nachts

BAKOE

MINDER DAN EEN KWARTIER NA DE ONTVOERING BRACHTEN alle media in Israël, Azerbeidzjan en een flink deel van de rest van Europa het nieuws van de ontvoering van drie leden van de Israëlische delegatie bij het Eurovisie Songfestival.

In Israël was het nieuws een enorme schok, die het trauma van de gijzeling bij de Olympische Spelen in München in 1972 in al zijn gruwel deed herleven. Yardens foto was op elke zender te zien en op ieder radiostation werden haar liedjes gespeeld, alsof iemand vast maar had besloten dat ze nooit meer zou terugkomen.

Op datzelfde moment was in Bakoe de pleuris uitgebroken. Overal werden wegversperringen opgericht, het verkeer werd stilgelegd en de Euroclub hermetisch afgesloten – niemand kwam er meer in of uit. Toen de politie binnenviel en een einde maakte aan de Scandinavische avond, brak er lichte paniek uit onder het publiek; de muziek hield plotseling op, alle lichten gingen aan en niemand vertelde wat er aan de hand was. Tientallen politieagenten en Israëlische beveiligers namen overal strategische posities in. Szilvia zag dat alle leden van de Israëlische delegatie een voor een uit de zaal werden geplukt en keek of ze Yanai ergens zag, maar ze kon hem niet vinden in de menigte. De Israëli's werden naar een afgezonderde ruimte gevoerd, waar ze op de hoogte werden gebracht van de ontvoering van Yarden, Yanai en Dan, hun beveiliger. Dorit Zarfati viel flauw toen ze het nieuws hoorde en Ruthie probeerde haar weer bij te brengen door water in haar gezicht te gooien – als het niet zo'n verontrustende situatie was, zou het heel grappig zijn om te zien, dacht Niv.

Na vijf minuten van blinde paniek in de Euroclub, toen duidelijk werd dat alle overgebleven Israëli's veilig en wel waren gevonden en in veiligheid gebracht, kwam een official van de European Broadcasting Union op het podium om te vertellen wat er nog maar een paar minuten geleden was gebeurd.

Szilvia gilde en begon te huilen. Een van haar beste vrienden was ontvoerd en ze was gek van bezorgdheid. Hoe zou het met hem gaan, zou hij niet vreselijk bang zijn, lééfde hij nog wel? Marco hield zijn emoties in bedwang, maar van binnen was hij volledig overstuur. Hij trok zijn vrouw dicht tegen zich aan, maar het was Yarden die hij wilde vasthouden, beloven dat alles goed zou komen, in haar hals wilde zoenen. Maar het was te laat. Hij vroeg zich af of de ontvoering iets te maken had met haar haastige vertrek nadat ze had ontdekt dat hij getrouwd was, of met andere woorden: dat het zijn schuld was dat ze was gekidnapt.

Overal in de stad klonken sirenes en een nietsvermoedende voorbijganger zou kunnen denken dat er een actiethriller werd opgenomen in Bakoe.

Vadim kwam aan bij het hoofdkwartier van de plaatselijke veiligheidsdienst en probeerde de autoriteiten te helpen met de zoektocht naar Yarden, Yanai en Dan.

Iedereen was als de dood dat de ontvoerders de grens naar Iran wilden oversteken, waar de kans ze terug te vinden zo goed als nihil was, en daarom werden alle grensovergangen met het buurland hermetisch afgesloten.

De Azeri's deden alles wat in hun vermogen lag om de puinhoop op te ruimen die ze zo zielsgraag hadden willen voorkomen. Ze hadden zó hun best gedaan Europa een nieuw en radicaal ander imago van Azerbeidzjan voor te schotelen. Ze hadden complete straten gerenoveerd, wegen aangelegd, en een ultramoderne evenementenhal gebouwd. Ze onttrokken hele sloppenwijken aan het zicht! En nu kregen ze als dank voor alle moeite te maken met het absolute horrorscenario: een terroristische aanslag.

De veiligheidsdiensten waren er zo zeker van geweest dat ze ieder plan voor een aanslag hadden onderschept. Ze hadden immers de groep opgepakt die het hotel wilde opblazen en zelfs – dankzij heel goed werk van de geheime dienst – een tweede groep gearresteerd die de Israëlische delegatie wilde ontvoeren naar Iran. Maar voor deze actie hadden ze vooraf geen enkele waarschuwing gehad.

In het jaar na de overwinning bij het Songfestival hadden de Azeri's de banden met allerlei buitenlandse veiligheidsdiensten stevig aangehaald om een fiasco als dit te voorkomen. Ze waren zich er terdege van bewust dat deze ramp gevolgen zou hebben: iemand moest hiervoor boeten met zijn vrijheid of zelfs zijn leven, en dat hoefde niet per se een van de terroristen te zijn. Deze ontvoering was een harde klap in het gezicht van de almachtige president van Azerbeidzjan. En wie verantwoordelijk was voor deze vernedering, zou zijn hele leven geen daglicht meer zien.

***

In een spoedvergadering, midden in die vijfde nacht in Bakoe, besloten de top-officials en een vertegenwoordiging van het publiek dat het Songfestival niet zou worden afgelast, maar dat alle activiteiten eromheen wel met onmiddellijke ingang voor de komende 24 uur werden geschrapt. Ook werd besloten dat alle deelnemers in hun kamer moesten blijven en zwaar bewaakt zouden worden, voor het geval er nog meer ontvoeringen werden beraamd.

Tussen het moment dat het nieuws van de kidnapping bekend werd en het moment dat de vergadering was begonnen, had nog niemand de aanval opgeëist. Daarom was het onmogelijk in te schatten of dit een politieke daad was, of dat het zuiver toeval was dat juist de Israëli's te pakken waren genomen. Daarom werd besloten de beveiliging van alle hotels en de duizenden bezoekers nog verder op te schroeven en twee divisies van het Azerbeidzjaanse leger toe te voegen aan het toch al massieve veiligheidsapparaat.

Na een uur in de zijkamer van de Euroclub, en nadat alle kamers op de negende verdieping van het Marriott uitgebreid waren doorzocht, werd de Israëlische delegatie onder zware bewaking teruggebracht naar het hotel. Dorit, die inmiddels was bijgekomen, kon niet ophouden met huilen, en Niv had de leiding van de groep overgenomen.

Via de telefoon waren de orders van het Televisiebureau in Tel Aviv binnengekomen: de complete delegatie werd onmiddellijk teruggeroepen en moest het eerste het beste vliegtuig uit Bakoe nemen. Niv overlegde kort met Effie en de rest van het team en belde Yigal terug:

het Israëlische team zou onder geen beding vertrekken zonder zijn vermiste leden. Yigal dreigde dat hij Niv zou ontslaan als hij niet zou gehoorzamen, maar dat deed Niv hoegenaamd niets.

Niet een van de Israëli's was bereid te vertrekken vóór bekend was wat er met hun vrienden was gebeurd. Het aloude militaire devies 'we laten niemand achter' ging onverminderd op in burger! Niv werd bovendien verscheurd door schuldgevoel omdat hij Yanai die middag zo onheus had behandeld. Hij was bang dat hij de man van wie hij zoveel hield nooit meer zou zien en dat hij hun laatste uren samen had verpest met zijn kinderachtige gedoe. Hij wilde niet dat het zo zou aflopen en hij wilde al helemaal niet weg uit Bakoe voordat hij zijn vriend weer veilig in zijn armen had.

De negende verdieping zoemde als een bijenkorf. Iedereen stond in de gang en was aan het praten over de eis van het Televisiebureau, hun eigen weigering om naar huis te gaan, en natuurlijk het lot van hun vrienden en de gruwelen die ze moesten doorstaan. Naast het vaste team waren er nu ook vijf militairen op de negende gestationeerd, en nog eens tientallen overal rond het hotel, om te voorkomen dat onbevoegden binnen konden komen, inclusief, natuurlijk, de complete wereldpers.

Szilvia en Adam probeerden de negende te bereiken om iets meer te weten te komen, maar ze werden door de soldaten in de lobby terug de lift in geblaft. Het was totale chaos, maar in ieder geval was de rest van de Israëlische delegatie veilig in het hotel. En dat was meer dan kon worden gezegd over de ontbrekende drie.

24

Dag 5, nacht

ERGENS IN BAKOE

YARDEN, YANAI EN DAN WERDEN ONDER SCHOT GEHOUDEN, uit de taxi gehaald en naar het witte busje gedirigeerd, dat vertrok in de richting van de zuidelijke uitvalsweg van Bakoe. Eén terrorist bestuurde de auto, een tweede hield hen onder schot en de derde bond zwarte blinddoeken om hun ogen.

Yanai voelde dat hij werd gefouilleerd en dat zijn beide telefoons, zijn portemonnee en zijn sigaretten van hem werden afgenomen. Het leek erop dat Yarden naast hem hetzelfde lot onderging en dat Dan de volgende zou zijn. En dat ze Dans wapen zouden vinden – dat kon er ook nog wel bij. De stress en het gevoel van hulpeloosheid waren ondraaglijk. Yanai hoorde Yarden huilen en wilde zijn armen om haar heen slaan, maar dat kon niet omdat zijn handen waren geboeid.

De ontvoerders zeiden geen woord, ook niet tegen elkaar, wat de verlammende angst en de drukkende pijn op zijn borst alleen maar erger maakte. Er waren zoveel vragen: Waar werden ze naartoe gebracht? Waarom waren ze ontvoerd? Wat zou er met hen gebeuren? Werden ze meegenomen naar Iran? Werden ze geëxecuteerd? Zo veel vragen, en geen schijn van kans op antwoorden ...

De stilte in de bus was ondraaglijk. Het enige dat hij hoorde was het snikken van Yarden. Yanai probeerde haar met zijn gebonden handen aan te raken als een gebaar van troost, maar meteen riep iemand: 'Nee!' en hij trok zijn handen zo rustig mogelijk terug.

Lekker bezig, Yanai, mompelde hij in zichzelf. Nu zou hij helemaal de eerste zijn die werd afgeknald. Mijn god! Hij werd gek van die stilte. Waarom zeiden ze niets? Waar wachtten ze nog op? Ze hadden hen gemakkelijk op de snelweg kunnen doodschieten en hun lijken in de taxi laten liggen! Toen bedacht Yanai zich plotseling iets: de terroristen hadden hen inderdáád gemakkelijk direct overhoop kunnen schieten. Maar dat hadden ze niet gedaan: ze waren in leven gelaten en ontvoerd. Kennelijk hadden de terroristen Yarden, Yanai en Dan nog levend nodig! Deze opbeurende gedachte werd helaas direct overschaduwd door het somberste scenario: ze werden ontvoerd naar Iran ...

Yanai voelde het busje scheuren over de drukke wegen van Bakoe, maar het werd hem al snel duidelijk dat ze het centrum hadden verlaten; daar lag overal gloednieuw asfalt, en zij reden nu over een slecht wegdek en soms zelfs over zand en stenen. Het busje botste heen en weer en Yanai stootte telkens zijn hoofd tegen de deurstijl. Hij hoorde Yarden nog steeds zachtjes snikken, maar van Dan kwam geen geluid of ander teken van leven.

Hij wist niet hoelang ze precies hadden gereden, maar het busje kwam tot stilstand na wat zo ongeveer een half uur had geleken. Yanai hoorde Yarden iets prevelen dat op een schietgebed leek en dacht dat hun laatste uur geslagen had. Dit was het einde, hier zou het gebeuren, hier werden ze uit het busje gesleurd, doodgeschoten langs de rand van de weg en begraven in een anoniem graf. Of, nog erger: levend begraven. Zijn hart sloeg over: als er nou iets was waar Yanai altijd bang voor was geweest, was het verdrinken of levend worden begraven.

De deuren van het busje gingen open en er klonk een stem van buiten. Yanai had het idee dat het een duidelijke, maar niet per se onvriendelijke stem was. De man sprak Engels met een accent dat Yanai niet kon thuisbrengen, maar hij had zeker niet de plaatselijke tongval. 'We zijn op onze bestemming aangekomen. We gaan u nu uit de bus helpen. Probeert u zich niet te verzetten, want we zullen niet aarzelen u neer te schieten.'

Yanai voelde een sterke hand onder zijn oksel, hij werd overeind geholpen en uit het busje gehaald. Uit de voetstappen om hem heen kon hij opmaken dat Yarden en Dan naast hem stonden, maar geen van tweeën maakte geluid. De hand onder zijn oksel was weer terug en hij werd naar een onzichtbare plek geleid. Yanai had nog steeds een blinddoek om en had geen idee waar ze waren, maar een ding was zeker, ze waren niet langer in Bakoe. Er hing een sterke geur van benzine in de lucht, waar hij uit kon afleiden dat ze in de buurt van een benzinepomp waren, maar dat hielp weinig, want het hele land was bezaaid met benzinepompen, soms tot in de achtertuin van gewone burgers aan toe. En toch was het voor Yanai duidelijk – door de sterke geur en de hobbelige weg – dat ze al een behoorlijk eind buiten Bakoe moesten zijn. Een paar seconden later leek de geur anders en was de wind gaan liggen. Ze waren een gebouw binnengegaan. Yanai kreeg een oprisping van maagzuur en moest bijna overgeven. De angst en de spanning werden hem te veel. Al die stomme grappen die hij in Rusland met Ruthie had gemaakt over de arme sukkels die dit jaar mee moesten naar Azerbeidzjan waren ineens bewaarheid geworden. Alleen was hij nu de arme sukkel. Hijzelf, Yarden en Dan, die hen had moeten beschermen.

Tussen alle angst en spanning door was Yanai ook kwaad op Dan en Vadim, die hadden gefaald in hun taak. Hijzelf en Yarden hadden ook kunnen falen, maar van hun werk hingen geen levens af.

'We gaan nu naar beneden. Pas op dat u niet valt.'

Dezelfde stem als net ... Yanai zocht op de tast de trap en liep met hulp van zijn begeleider twaalf treden naar beneden. Hij wist niet waarom hij de treden telde, misschien dat die kennis later nog van pas zou komen. Ook Yarden en Dan kwamen de trap af. In elk geval halen ze ons niet uit elkaar, dacht Yanai, dat was goed nieuws. Toen hij van de laatste tree afstapte, hoorde hij een deur opengaan en werd hij door de hand in de richting van die deur geduwd. Eindelijk was hij los.

Yanai begon zich af te vragen wat er nu zou gaan gebeuren. Als ze hen wilden doodschieten, hadden ze dat allang kunnen doen. Hij probeerde kalm te blijven, maar dat lukte maar slecht. Iemand deed zijn blinddoek af maar liet zijn handen gebonden. Het licht in de ruimte leek net zo fel als de zon en een paar seconden lang zag Yanai helemaal niets. Toen zijn ogen aan het licht gewend waren geraakt, keek hij om zich heen. Yarden en Dan stonden naast hem, zonder blinddoek, levend en wel. Tegenover hen stonden hun drie ontvoerders. Een van hen had een donkere huid, was relatief klein van stuk en tenger. De andere twee waren slank en ongeveer net zo lang als Yanai. Dit was de eerste kans om ze goed te bekijken, want dat was in de paniek en verwarring tijdens de kidnapping niet gelukt.

Ze stonden met z'n drieën zwijgend in de kamer. Na een paar seconden liep een van de mannen naar hen toe en maakte hun handen los. Zijn pistool bleef in zijn holster, maar de twee andere mannen hadden hun wapen wel getrokken. Dan gebaarde dat Yarden en Yanai achter hem moesten gaan staan en ze gehoorzaamden onmiddellijk, niet uit angst, maar omdat ze wisten dat Dan de enige was die was getraind om met dit soort situaties om te gaan.

Yanai stond achter Yarden, die achter Dan stond, en hield haar stevig vast. Dit was de eerste keer sinds het moment dat deze nachtmerrie was begonnen dat hij haar kon aanraken, beschermen, of in elk geval troosten of kalmeren. Hoewel hij zelf ook niet bepaald kalm was – het zure gevoel in zijn keel was nog steeds niet weggetrokken.

De magere terrorist begon in het Engels te praten. 'We gaan u geen kwaad doen, tenzij u natuurlijk iets doms uithaalt. We blijven hier een paar dagen, tot het veilig is u ergens anders naartoe te brengen. Vergeef ons, maar we waren eigenlijk niet van plan u vandaag al mee te nemen, en we wisten ook niet precies hoeveel van u er zouden zijn, dus u zult het moeten doen met de twee matrassen die we hebben. We komen morgenochtend terug en dan zullen we praten. Goedenacht.'

De drie mannen verlieten de kamer, deden de deur op slot en gingen de trap op. Hun voetstappen stierven langzaam weg.

Dan was de eerste die iets zei. 'Zijn jullie allebei nog heel?'

Yarden en Yanai bleven stil en keken rond in de kamer. Hij was niet bijzonder groot, ongeveer vier bij vier meter, zonder ramen. Er lagen twee matrassen op de grond en in de hoek stond een toilet.

'Horen jullie mij? Zijn jullie in orde?'

Yarden keek Dan aan en barstte in huilen uit. Yanai hield haar vast. 'Ja Dan, zoals je ziet gaat het prima met ons. Het is hier fantastisch, zelfs de hemel verbleekt in vergelijking met waar we nu zijn.'

Dan verkende de kamer en beklopte zichzelf. Yanai nam aan dat hij dat deed om te controleren of de terroristen niet een verborgen wapen of telefoon hadden gemist. Maar te oordelen naar zijn gezicht was dat niet het geval. Yanai bleef Yarden vasthouden, die maar niet wilde kalmeren en hartverscheurend bleef huilen. Hij keek Dan aan: 'Wat is het protocol in dit soort situaties, Dan? Wat doet Vadim op dit moment?'

'Vadim is samen met de politie op zoek naar ons, natuurlijk. Beelden van straatcamera's aan het bekijken, de commando's van het leger mobiliseren. Ik ben er vrij zeker van dat er binnen een paar uur een vliegtuig met Israëlische commando's in Bakoe aankomt.'

'Heb je enig idee waar we zijn?'

'We zijn niet ver gekomen met het busje, en op basis van de briefing die we in Israël hebben gekregen zou ik denken dat we iets ten zuiden van Bakoe zitten. Als het goed is heeft de politie direct alle wegen en grensposten afgesloten, dus zullen ze ons hier wel een paar dagen vasthouden voor ze proberen ons naar Iran te smokkelen.'

'Naar Iran smokkelen?' Yarden droogde haar tranen en keek Dan angstig aan. 'Nemen ze ons mee naar Iran?'

'Ik zou het echt niet weten. Het is een van de scenario's die we hebben besproken in de voorbereiding. Ik denk dat die drie gasten Iraniërs zijn, maar ik weet het niet zeker. De man die het woord voert heeft een Iraans accent, vermengd met iets anders waar ik mijn vinger nog niet op kan leggen. Ik denk niet dat het veel zin heeft te proberen te raden wat ze van plan zijn, maar een ding is zeker: als ze ons hadden willen vermoorden, hadden ze het allang gedaan. Dus jullie kunnen je ontspannen.'

'Ontspannen? Dan, zeg je nou serieus dat we ons kunnen ontspannen? We zijn hier omdat jij ons niet kon beschermen! Dat was het enige wat van je werd verwacht en dat heb je verkloot! Dus hoezo ga jij tegen ons zeggen dat we kalm moeten zijn? En hoezo ben jij eigenlijk zo belachelijk kalm?'

'Yanai, je kunt tekeergaan wat je wilt, maar daar schieten we niks mee op. Wees gerust kwaad op me, dat maakt me echt niet uit. We zullen de hele toestand rustig evalueren als we hier vandaan zijn, maar nu is het mijn taak om ons in leven te houden.'

Yanai dacht even na over wat Dan had gezegd en zag wel in – ondanks de angst en de stress – dat hij gelijk had. Het had niet veel zin om iemand de schuld te geven. Ze zaten alle drie in hetzelfde schuitje, ontvoerd en opgesloten, en Dan was waarschijnlijk de enige met de vaardigheden om ze nog enigszins te beschermen.

'Je hebt gelijk. Het spijt me.'

'Geen probleem. Ik weet hoe jullie je voelen.'

'Kun je ons dan misschien uitleggen hoe je het voor elkaar krijgt zo verdomde kalm te blijven?'

'Nou, allereerst: in paniek raken gaat sowieso niet helpen. Ten tweede: ik denk veel helderder als ik kalm ben. En ik moet nu een manier bedenken om uit deze kamer te komen.'

Yanai had nog altijd Yarden vast, die was opgehouden met huilen en een stuk rustiger was. Hij zag hoe Dan de kamer verkende: het plafond, de wanden, de vloer, alles was van gewapend beton. Er waren geen ramen en de deur was de enige weg naar buiten.

'Ik moet plassen.' Het was het eerste dat Yarden had gezegd sinds ze waren ontvoerd.

'Plas dan, daar is de wc.'

'Ik kan niet als er mensen kijken.'

'Even serieus, schatje: ik denk dat we wel belangrijkere dingen aan ons hoofd hebben, vind je niet? Als ik jou was zou ik me meer zorgen maken over de vraag of we wc-papier hebben en door kunnen trekken.'

Yanai liep naar Dan en liet Yarden haar dingetje doen.

'Zeg, Dan, heb jij niet het idee dat hier iets heel vreemds aan de hand is?'

'Hoezo "vreemd"?'

'Nou, weet ik eigenlijk niet precies. Maar in alle films die ik heb gezien, dragen de ontvoerders altijd maskers. En deze gasten laten hun gezicht zomaar aan ons zien. In alle films die ik heb gezien, worden de gijzelaars ruw aan hun haren van de trap af gesleurd; deze mannen zijn heel zachtaardig, zelfs beleefd. "Pas op dat u niet van de trap valt." Ze hebben ons niet geslagen of gemarteld – allemaal een beetje raar gezien het feit dat we hier zitten opgesloten in de betonnen kut van hun moeder, vind je niet?'

'Wat ik opmerkelijk vind, is dat je zelfs in deze situatie nog vulgaire teksten uitbraakt.'

'Oh, ja, daar heb ik nog nooit zo over nagedacht: dat komt eigenlijk helemaal vanzelf.' En voor het eerst die avond moest Yanai lachen. Hij was blij dat Dan er was: na vijf dagen lang in zijn eentje de kar trekken, vond hij het wel lekker dat iemand anders even de leiding nam.

'Om eerlijk te zijn: dat was mij allemaal inderdaad ook opgevallen. In de bus probeerde ik te luisteren naar elk geluid dat een aanwijzing kon zijn voor waar we waren, maar er viel niets te luisteren. Ik was verbaasd over hun zwijgzaamheid en ook over hun – laat ik maar zeggen – vriendelijkheid. Er is hier iets gaande dat ik niet begrijp. Ik begin te denken dat onze ontvoerders niet je standaard Iraanse terroristen zijn.'

'Maar wie zijn ze dan wel?'

'Geen idee, maar daar komen we snel genoeg achter. Er is in elk geval geen mogelijkheid uit deze kamer te ontsnappen. We moeten dus gaan nadenken over een manier om de rollen om te draaien.'

Yarden keek hem geschrokken aan. 'Wat bedoel je? Dat we ze een pak slaag geven en hun wapens afpakken?'

'Misschien,' zei Dan.

'Maar ze hebben wapens! Ze zullen ons neerschieten als we proberen te ontsnappen.'

'Yarden, ik heb echt geen idee. We zien wel wat er gebeurt en beslissen wat we doen als het juiste moment is aangebroken. Wie weet komt er wel eentje alleen naar beneden en kunnen we die overmeesteren, zonder dat iemand van ons gewond raakt.'

'Ik weet het niet, ik denk het niet. Ik weet niet of ik dat wel kan.'

'Geen zorgen, we zien wel hoe het loopt.'

Terwijl Yanai en Dan de situatie bespraken, werd de commotie in Bakoe groter en groter. In het eerste uur na de ontvoering was niet één aanknopingspunt gevonden dat zou helpen bij het vinden van de ontvoerde Israëli's. De taxichauffeur had weinig nuttigs te vertellen, behalve dat hij dacht dat het busje in de richting van het zuiden wegreed. En in tegenstelling tot wat werd beweerd in de plaatselijke media, waren er helemaal geen veelbelovende aanwijzingen. Het leek wel of de drie ontvoerde Israëli's van de aardbodem waren verdwenen.

25

Dag 6

AZERBEIDZJAN

YARDEN, YANAI EN DAN BRACHTEN DE NACHT DOOR OP de matrassen in de kamer waar ze gevangen werden gehouden: Dan op het ene matras, Yanai en Yarden – lepeltje-lepeltje – op het andere. Yarden werd om het kwartier in paniek wakker, en de andere twee probeerden haar telkens weer gerust te stellen. Yanai had vreselijke dorst. De ontvoerders hadden niets te eten of te drinken achtergelaten en Yanai moest erg zijn best doen om niet telkens aan een gruwelijke dood door uithongering te denken.

Halverwege de nacht vertelde Yarden hem over een droom waarin een team Israëlische commando's hen was komen redden, net als destijds bij de vliegtuigkaping op het vliegveld van Entebbe. Yanai knikte en bedacht dat het maar beter niet kon aflopen zoals toen in Entebbe, want dan zou óf Dan óf hij het er statistisch gesproken niet levend vanaf brengen. Daar werd hij ook niet vrolijker van.

In tegenstelling tot Yarden, deden Yanai en Dan bijna helemaal geen oog dicht. Yanai lag wakker op zijn matras, hield Yarden vast en dacht na over zijn leven; wat hij had bereikt en wat hij nog wilde bereiken. Zelfs het grote pakket geld in zijn hotelkluisje kwam op in zijn gedachten: hij overwoog of hij het geld zou houden en de stemming zou proberen te beïnvloeden – wat hij nog nooit had gedaan – of dat hij het geld gewoon weer zou teruggeven. Het was wel een hele hoop geld. Yanai hoorde de hele nacht de ademhaling van Dan. Af en toe keek hij even opzij en zag hij dat de bodyguard ook wakker was. De uren kropen voorbij en Yanai had het gevoel dat hij langzaam zijn verstand begon te verliezen.

Uiteindelijk, toen het voor hen morgen leek, hoorde hij voetstappen de trap afkomen. Ze hadden geen idee van de tijd; de felle lamp was de hele nacht irritant blijven branden. Yanai ging overeind zitten op het matras en hield Yarden vast. Dan kwam naast hen zitten. Twee van de drie kidnappers kwamen de kamer binnen. Een van hen had een pistool, de andere – de magere – droeg een dienblad met een glas water en een klein beetje eten.

'We hebben iets te eten voor u meegebracht. Er is maar één glas water: dat zult u moeten delen. Ik vind dat jullie Israëli's maar eens moeten voelen hoe het is om geen toegang te hebben tot fris drinkwater, net als de duizenden dorstige, pure zielen die door Israël worden onderdrukt. We hebben ook expres het licht aangelaten, zodat u ervaart hoe zij zich voelen, op weg naar hun vreselijke lotsbestemming.'

Stilte. Geen van de Israëli's sprak een woord. Yanai begreep dat het afgelopen was met de vriendelijkheid van de ontvoerders. Hij keek naar Dan, die de kidnappers in het oog hield. 'Ik begrijp dat u niets te zeggen hebt over wat zich afspeelt in Israël. Ik zie dat het u niets kan schelen dat er in uw land met instemming van uw regering dagelijks slachtpartijen plaatsvinden. Dat u niets geeft om de kreten van moeders die worden gescheiden van hun baby's en worden weggevoerd naar een vreselijke dood. U bent onderdeel van dat gruwelijke bewind en zult daarvoor boeten.' De magere man had blijkbaar verder niets te zeggen, zette het dienblad neer, en de twee mannen verlieten de kamer.

Yanai gaf het glas met warm water aan Yarden. 'Hier, neem een slokje.'

De drie Israëli's waren nog steeds in shock. Het was wel duidelijk dat ze om de een of andere reden verantwoordelijk werden gehouden en gestraft werden voor wat er in Israël aan de hand was. Yanai bekeek het eten: alleen wat sneetjes brood en fruit. Hij deelde het uit en iedereen nam een paar knabbeltjes. Niemand had echt honger, maar Yanai drong aan: ze moesten wat eten, al was het maar alleen het fruit voor de suiker en gezonde voedingsstoffen! Yanai ging weer naast Yarden zitten en herhaalde in zijn gedachten nog eens de woorden van de ontvoerder.

'Dan, luister, er klopte iets niet aan die toespraak van daarnet. Is dat jou ook opgevallen?'

'Wat dan?'

'"Slachtpartijen"? "Kreten van moeders die van hun baby's worden gescheiden"? Of ik kan zijn rare accent niet goed verstaan, of ze hebben deze man een heleboel bullshit wijsgemaakt. Over welke slachtpartijen heeft hij het in godsnaam?'

Yarden nam een hapje perzik en bemoeide zich met het gesprek. 'Zou hij misschien de honderden slachtoffers van de luchtaanvallen op Gaza bedoelen? Daarbij zijn best veel burgers om het leven gekomen. Heeft hij het daar misschien over?'

'Laten we zeggen dat hij die bedoelt als hij het over een "slachtpartij" heeft. Maar dat verhaal over moeders die worden gescheiden van hun baby's: waar komt dat dan vandaan?'

Dan zei: 'Wat mij dwarszit is de tekst over dat licht en die duizenden pure zielen, op weg naar hun vreselijke lotsbestemming. Wat is dat?'

'Ik heb ook geen idee waar dat over ging. Wie weet wat er voor krankzinnige fabeltjes aan deze mensen zijn verteld ... We weten allemaal dat Hamas behalve raketten ook leugens en kletsverhalen rondstrooit. En weet jij veel: misschien zijn die gasten wel knetterstoned en zien ze dingen die er niet zijn!'

'Ik had niet de indruk dat ze stoned waren. Integendeel: ze maakten een bijzonder heldere indruk, en ze zijn ervan overtuigd dat ze precies weten hoe het er in Israël aan toe gaat.'

Het bleef weer even stil tot Yarden zuchtte: 'Het is vrijdag.'

'Dus? Wil je een kaarsje aansteken of zo?'

'Ik zeg het gewoon.'

'Heb je al je fruit opgegeten?'

'Ja, dank je wel. Ik ga proberen nog wat te slapen.'

Ze gingen alle drie weer liggen op hun matrassen en probeerden ondanks het felle licht in slaap te komen. Ze hadden toch niets beters te doen, en ze waren nog steeds moe na de slapeloze nacht en de angst voor wat komen ging. Ze wilden simpelweg even ontsnappen aan de werkelijkheid. Yanai had nog steeds honger en dorst. De enige opbeurende gedachte die hij kon bedenken was dat gijzelaars altijd beeldig slank thuiskwamen.

Een paar uur later ratelde het slot van de deur. Dan stond al overeind en Yarden en Yanai werden geschrokken wakker. Wat ging er nu gebeuren? Werden ze ergens anders heen gebracht? Zouden ze worden gemarteld?

De magere man kwam binnen met de derde kidnapper, die ze niet meer hadden gezien sinds ze in de kamer waren opgesloten. Het patroon was hetzelfde: de derde man hield hen onder schot. De magere man had een dienblad vast. 'In tegenstelling tot de wreedheid van uw land, waar honderdduizenden onschuldige zielen worden afgeslacht, kan ik de gedachte niet verdragen dat mensen door mijn toedoen moeten lijden. Daarom heb ik besloten u genoeg water en eten te brengen, opdat u niet langer hoeft te lijden.'

Stilte. Niemand zei een woord. Yanai dacht dat een woord van dank misschien op zijn plaats was, ware het niet dat ze hier tegen hun wil werden vastgehouden. Het zou misschien toch al te ironisch zijn hun kidnappers te bedanken omdat ze hen niet van de honger lieten omkomen. Maar hij kon zijn mond weer eens niet houden.

'Het is heel aardig dat u ons water en eten geeft, maar u houdt ons nog steeds onder schot!' Yanai had meteen spijt van zijn scherpe toon en wat hij had gezegd – hij was bang voor de gevolgen. De magere man keek hem aan. Yanai zag geen wreedheid in zijn ogen, wel haat en verachting. Hij waagde het erop nog een vraag te stellen.

'Waarom hebt u ons ontvoerd?'

'U bent hier vanwege de vreselijke misdaden van uw regering en uw volk tegen de onschuldigen. Ik kan al het doden en het gruwelijke misbruik niet aanzien zonder er iets aan te doen. Juist jullie, die de Holocaust in de Tweede Wereldoorlog hebben meegemaakt, zouden de betekenis moeten begrijpen van wat jullie aanrichten. Je zou verwachten dat uitgerekend jullie van India hadden geleerd hoe je de zwakkeren in de samenleving met respect kunt behandelen.'

Yanai was alweer sprakeloos. Wat heeft India hiermee

te maken? Wat voor onzin-informatie had deze man gehoord? Hoeveel Arabieren denkt hij dat er in Gaza wonen als hij beweert dat er honderdduizenden worden afgeslacht?

'Waar heeft u het over? Waar heeft u gehoord dat er honderdduizenden mensen worden afgeslacht in Gaza, dat moeders worden gescheiden van hun kinderen en mensen gruwelijk worden onderdrukt? Ik ga zeker niet beweren dat wij altijd gelijk hebben, maar we hebben het recht onszelf te beschermen als er al jarenlang raketten op onze steden vallen. Er is geen zwart of wit, gelijk of ongelijk, slim of stom – er is een conflict dat al meer dan zestig jaar duurt omdat beide partijen belangen hebben, en soms zijn dat stompzinnige belangen. Maar onder geen voorwaarde mag u beweren dat er honderdduizenden mensen worden omgebracht in Gaza.'

Yanais speech leek de magere man te verrassen – nu was het zijn beurt met zijn mond vol tanden te staan. Na een paar minuten ging hij verder. 'U bent hier niet vanwege Gaza; ik weet niet precies wat daar is gebeurd, maar ik ben met u eens dat een land het recht heeft zich te verdedigen.'

'Maar wacht even ... Waar had u het dan over toen u zei dat er honderdduizenden mensen worden afgeslacht door ons volk en onze regering? Ik begrijp echt niet wat hier gebeurt.'

De magere man haalde diep adem. 'U bent hier omdat de Israëlische regering en uw volk honderdduizenden kalveren slachten die per boot – onder vreselijke omstandigheden, met duizenden per schip – vanuit Australië naar Israël worden gebracht. Ze leven aan boord onder inhumane omstandigheden en lijden verschrikkelijk veel pijn. Deze kalveren worden bruut van hun moeder gescheiden, zwerven weken op zee, ziek, verhongerd en uitgeput, en als ze eindelijk in uw land aankomen, worden ze harteloos geslacht om uw monsterlijke honger naar vlees te stillen.'

Yanais mond viel open. Hij had geen idee wat hij hierop moest zeggen, maar het leek erop dat de magere man nog niet was uitgeraasd. Hij was steeds harder gaan praten en begon nu voluit te schreeuwen. 'Jullie regering en jullie volk zijn onverschillig voor het lot van wezens die zwakker zijn dan jullie. Het lijden van dieren interesseert jullie niets. Zolang jullie maar te eten hebben en niet hoeven na te denken over het leed van die dieren, de angst en de ellende die ze moeten doormaken. Hoe ze worden gescheiden van hun moeders, in massieve schepen worden geschoven, en weken later hongerig en ziek aanspoelen op jullie kust, om te worden geslacht, zodat jullie een weerloze, gemartelde ziel kunnen opeten! Ik kan dit niet langer laten doorgaan en jullie zullen er voor boeten!'

Yanai keek naar de magere man en toen naar Dan. Dan was compleet in shock en Yanai was ook totaal verrast. In de weken voor het vertrek naar Bakoe hadden ze heel wat veiligheidsbriefings gehad en tijdens die meetings waren heel wat scenario's de revue gepasseerd. Maar een ontvoering vanwege dierenrechten? Dat was nieuw. De magere man trilde van woede en Yanai zocht naar een manier om hem te kalmeren.

'Mag ik u alstublieft uw naam vragen?'

'Mijn naam is Hassan Mohabti.'

'Hassan, ik heb heel goed geluisterd naar alles wat je net hebt gezegd, en ik heb maar één vraag: ben je gek geworden?' Yanai kon het niet meer binnenhouden. Alle angst, de schok, dorst, honger en de deplorabele omstandigheden waarin ze werden vastgehouden, kwamen er in een keer uit. 'Je hebt ons ontvoerd vanwege de vleesindustrie in Israël?'

Hassan was niet blij met de vraag van Yanai. 'Misschien begrijpt u niet hoe belangrijk deze kwestie is omdat zij voor u onbeduidend lijkt, en dat bevalt mij helemaal niet.'

Dan voelde de spanning in de kamer toenemen en bewoog zich in de richting van Yanai om hem tot rust te manen. Maar Yanai ging door: 'U denkt dat ik niet begrijp hoe belangrijk dierenrechten zijn? Ik? Dat is het belachelijkste dat ik ooit heb gehoord! Ik voel me nu net als een Israëlische burger die elke dag vecht voor vrede en co-existentie, maar toch wordt geboycot in Europa om wat de Israëlische regering doet. Hassan, je hebt drie Israëli's ontvoerd die part noch deel hebben aan de uitwassen van de vleesindustrie. Sterker nog: ik ben al meer dan twintig jaar vegetariër. Ik raak geen vlees aan omdat ik, net als jij, niet wil dat dieren door mijn schuld moeten lijden. Ik heb zelfs een petitie tegen de import van kalveren uit Australië getekend. Realiseer je je wat je hebt gedaan? Je hebt iemand ontvoerd die er precies hetzelfde over denkt als jij, alleen maar omdat die figuur uit Israël komt. Je hebt niet eens de moeite genomen uit te zoeken wat mijn persoonlijke overtuigingen waren. Hassan, je hebt ons ontvoerd om iets waar we niets aan kunnen doen of veranderen, en we staan ook nog eens aan dezelfde kant! Dus ik vraag nog een keer: ben je gek geworden?'

Yanai kon niet meer ophouden: 'Er worden elke dag in de wereld miljoenen dieren geslacht, óók in Arabische landen. Waarom moet je ons hebben? Waarom niet Zweden, hebben die geen vleesindustrie? Ierland?

Nederland? We zijn echt niet de enige!'

De sfeer in de kamer was gespannen. Dan legde een hand op de schouder van Yanai om hem te bewegen het een tandje rustiger aan te doen. Yarden keek in de ogen van de magere Hassan en probeerde zijn blik te lezen. Zijn ogen leken wat zachter, maar hij had nog niets gezegd sinds Yanai was uitgesproken. Yarden kon de stilte niet langer aan en probeerde de spanning te breken: 'Ik ben trouwens ook al een paar jaar vegetariër.'

Hassan keek haar ongelovig aan. 'Echt waar. Ik ben op mijn achttiende gestopt met het eten van vlees en vis.' Yarden was niet echt een vegetariër, maar misschien zouden ze nu sneller worden vrijgelaten.

Hassan keek naar Dan en wachtte tot deze ook iets zou zeggen. 'Ik ben eerlijk gezegd geen vegetariër,' zei Dan, en er kroop een triomfantelijke grijns over het gezicht van Hassan. 'Ik ben veganist. Ik heb al zes maanden niets meer aangeraakt dat ooit heeft geleefd. Mijn vrouw is vorig jaar in de ban geraakt van de hele vegantrend, en ik heb een paar maanden geleden besloten met haar mee te doen.'

Yanai ging ervan uit dat Dan en Yarden allebei hadden gelogen om bij Hassan in een goed blaadje te komen, en dat ze misschien precies het omgekeerde zouden bereiken. Het was immers wel erg toevallig dat ze geen van drieën vlees aten. Hij meende zich te herinneren dat hij Yarden varkensvlees had zien eten in Amsterdam en een steak hier in Bakoe. Hij bad dat Hassan hen zou geloven.

'Moet ik echt geloven dat jullie alle drie geen dieren eten?'

Yanai zei: 'Je moet geloven wat je wilt. Maar het is de waarheid. Je hebt een blunder gemaakt. Je hebt drie medestanders ontvoerd, in plaats van gewoon contact te leggen en te kijken of we samen het Songfestival-platform konden benutten om aandacht te vragen voor deze kwestie. Dat is mijn werk, dat doe ik voor mijn brood. Ik werk met de media en ik had best een goede manier kunnen verzinnen om dit goede doel aan onze missie te koppelen. Begrijp één ding, Hassan: we staan in deze aan dezelfde kant. Er zijn sinds gisteren een heleboel mensen naar ons op zoek, en als je ons laat gaan, kunnen we een heleboel publiciteit voor je genereren.'

'Je bent een leugenaar,' schreeuwde Hassan Mohabti beschuldigend naar Yanai.

'Luister: als je ons laat gaan krijg je hoe dan ook heel veel media-aandacht. Alle media die nu in Bakoe zijn – en dat zijn er heel wat – zullen ons willen interviewen. Het zal heel gemakkelijk zijn om te vertellen dat we zijn ontvoerd om dierenwelzijn wereldwijd op de agenda te krijgen, en misschien zelfs Israël te bewegen op te houden met het begaan van wreedheden tegen dieren. Dit is een kans om echt impact te maken op de wereld.'

'Ik zal de vraag beantwoorden die u eerder stelde,' zei Hassan.

'Welke? Ik heb er nogal wat gesteld.'

'De vraag waarom we Israëli's hebben ontvoerd.'

'We zijn een en al oor.'

'Ja, het is waar dat deze verderfelijke en moorddadige industrie overal voorkomt. Maar we zijn niet achterlijk. We weten dat de ontvoering van Israëli's meer impact in de media heeft dan wanneer we een paar Grieken of Macedoniërs hadden meegesleurd. We dringen met u tot veel meer mensen door. Laat ik duidelijk zijn: ik heb niets tegen Israël. Ik ben een liberaal. Ik vind dat uw land bestaansrecht heeft en zichzelf mag verdedigen, ook tegen raketten die vanuit Gaza op u worden afgeschoten. Alleen: dieren kunnen zichzelf niet verdedigen. En daarom hebben wij die taak op ons genomen.'

Er ontwaakte hoop in de harten van de Israëli's. Ze voelden de balans van de macht verschuiven tussen hen en de ontvoerders. Ze hadden geen wapens en waren letterlijk machteloos, maar toch voelde het of ze de ziel van de leider hadden geraakt. Yarden, die zich iets veiliger voelde na het gesprek tussen Hassan en Yanai, vervolgde: 'Ik beloof u dat ik het onderwerp aan de orde zal stellen, en ook zal laten weten dat u ons waardig hebt behandeld en geen kwaad hebt gedaan. Ik zou het fijn vinden als u mij er nog wat meer over zou kunnen vertellen, want het klinkt echt vreselijk.'

Hassan staarde verward naar de drie Israëli's. Of ze waren alle drie heel goede acteurs, of ze spraken de waarheid. Maar in beide gevallen ging hij ze niet doodschieten. Hij had alleen gewild dat ze een videoboodschap zouden inspreken om de slachting in Israël onder de aandacht te brengen en de overheid te dwingen de import van kalveren uit Australië stop te zetten, in ruil voor hun vrijlating. Hij besloot zijn oorspronkelijke plan aan de Israëli's te vertellen, en toen hij daarmee klaar was, gaf Yanai antwoord.

'Dat kan natuurlijk ook, maar het zou een vergissing zijn. Mensen zouden altijd denken dat we die dingen in de video alleen maar zeggen omdat er een wapen op ons is gericht. En dat we er geen woord van menen. Laat je ons gaan, dan kunnen we in vrijheid spreken, nog meer impact maken, en nog meer druk op onze regering uitoefenen om een eind aan deze wantoestanden te maken. Als we volledig samenwerken, hebt u de kans iets veel groters te bereiken dan u aanvankelijk voor ogen had. Ik begrijp het dilemma niet.'

Hassan was nog steeds in de war. De Israëli had overal gelijk in, maar wat nou als hij al die mooie dingen alleen maar zei om vrijgelaten te worden, vervolgens op zijn woord terugkwam en het moorden gewoon liet doorgaan? Hij wist niet wat hij moest doen. Het laatste wat hij zei voor hij de deur uitliep was: 'Laat me er over nadenken.'

***

Yarden en Yanai zagen de deur achter de kidnappers dichtslaan. Ze voelden zich omringd door een aarzelend optimisme na het gesprek met de magere Hassan. Yarden omhelsde Yanai en drukte hem een kus op de mond. 'Jij rots in de branding! Ik kan niet geloven hoe goed en dapper je was. Goed gedaan!'

'Ja Yanai, goed gedaan!' Dan sloeg hem liefhebbend op de rug.

'Wat kan ik zeggen? Ik begrijp niet waar de helikopter met mijn eremedaille blijft. Schandalig! Een ding is in ieder geval zeker: die gast is compleet gestoord of hartstikke stoned!'

Dan en Yarden moesten lachen – dat moment was sneller aangebroken dan ze hadden gedacht. Ze waren nog geen 24 uur ontvoerd of ze zagen al licht aan het eind van de tunnel.

'Luister: voor jullie me nomineren voor de Israël-prijs, laten we de huid niet verkopen voordat we de beer hebben geschoten. Ik hoop van harte dat hij doet wat ik hem heb voorgesteld, anders zitten we diep in de stront. Ik zie namelijk nog nergens commando's in de bosjes liggen, en dat betekent waarschijnlijk dat nog niemand een idee heeft waar we zijn. Dit kan nog zomaar heel lang gaan duren. Yarden, wat ben jij trouwens een aartsleugenaar.

Ik geloofde bijna zelf dat je vegetariër was. En jij, Dan! Veganist? Serieus? Gelukkig beweerde je niet dat je alleen maar eten eet dat niet meer dan veertig graden is verhit, want dan had ik mijn lachen niet kunnen bedwingen.'

'Ik begrijp niet waarom je denkt dat ik loog. Ik ben al een paar maanden veganist.'

'Echt?' Yanai was verrast.

'Yep. Mijn vrouw zag allemaal filmpjes op YouTube en wilde nooit meer dieren eten, en ze heeft mij er ook in meegesleept. Ik moet zeggen: het is niet makkelijk, maar het voelt wel een stuk beter.'

'Je bent echt de perfecte ambassadeur voor het veganisme. Ik zou je direct opgeven als je niet zo vreselijk de mist in was gegaan met onze bewaking.'

'Oh, zijn we daar weer aanbeland?'

'Zolang we hier nog zitten, mag ik daar net zo vaak over beginnen als ik wil. En geef toe: je vroeg er ook een beetje om.'

'Ik moet toegeven dat je een idioot bent. Maar na je briljante gesprek met Hassan vergeef ik je.'

'Yarden, waar zit jij met je gedachten?'

'Nergens, eigenlijk. Ik vroeg me af of je meende wat je tegen Hassan zei.'

'Wat?'

'Dat we in de media gaan vertellen over de reden voor de ontvoering en de kalveren op de schepen.'

'Luister: we zijn gekidnapt. Dat is een feit. En we doen mee aan het Eurovisie Songfestival. Dus als we worden vrijgelaten, krijgen we alle media over ons heen. Ik zeg: laten we die aandacht dan ook in ons voordeel gebruiken. Mensen zullen medelijden hebben omdat we iets vreselijks hebben doorgemaakt, en ons tegelijkertijd beschouwen als humanisten. Als dat geen douze points waard is, heet ik geen Yanai meer!'

***

De drie gegijzelde Israëli's namen aan dat de vrijdagzon was ondergegaan. Ze hadden niets meer van Hassan gehoord en hij was ook niet meer teruggekomen met meer eten en water – wat ze hadden gehad, was op. Er hing nog steeds een vleugje optimisme in de lucht, maar de onzekerheid over hun lot en het antwoord op de vraag of het plan van Yanai had gewerkt, zorgde voor aardig wat spanning. Ze waren moe en hadden honger, de kamer was warm en de lucht stond stil. De felle lamp die al brandde vanaf het moment dat ze hier waren opgesloten, dreef ze tot waanzin. Maar toen Dan voorstelde de gloeilamp eruit te draaien, zei Yarden dat ze 'liever de irritante lamp dan het enge donker had'.

Ze zaten op hun matrassen en deelden verhalen en geheimen, afgewisseld met gedachten over wat er ging komen. Yanai besloot het verhaal over de 15.000 euro voor zich te houden. Hij moest zelf nog beslissen wat hij ermee ging doen. Vanavond hadden ze normaal gesproken moeten aanschuiven bij een diner bij de ambassadeur, gevolgd door een bescheiden kaarsenceremonie ter gelegenheid van de sabbat in huize Chabad. Toen ze werden gepland, hadden deze agendapunten een ware hel geleken, maar ze waren achteraf een stuk leuker dan opgesloten zitten in een betonnen kamer zonder zeggenschap over hun eigen leven.

Yanai stelde net een potje 'ik zie, ik zie wat jij niet ziet' voor om de tijd te verdrijven, toen de trap kraakte. Hassan was onderweg naar beneden. Ze hoopten van harte dat ze hem hadden overtuigd van de oprechtheid van hun woorden, en dat hij hen zou laten gaan, maar ze waren er nog allerminst gerust op.

Yarden ging achter Yanai op het matras zitten en Dan kwam overeind. Het slot ratelde. De Israëli's waren gespannen. Yanai merkte dat zijn linkeroog onwillekeurig knipperde. Hij was in zijn hele leven nog nooit zo nerveus geweest als op dit moment. Als mensen het hadden over 'een kwestie van leven of dood', bedoelden ze dat meestal niet letterlijk. Maar dit was er echt een: en het ging om hun leven, niet om dat van duizenden kalfjes.

De deur ging open en Hassan kwam binnen, dit keer met twee man. Dat kon nooit goed nieuws zijn, dacht Yanai, en ze hadden geen schijn van kans alle drie de mannen tegelijk te overmeesteren als de nood aan de man kwam. Yarden en Yanai kwamen overeind en gingen naast Dan staan. De drie gijzelaars wachtten tot Hassan iets zou gaan zeggen. Hij keek hen indringend aan, alsof hij hun bedoelingen wilde peilen. De twee groepen stonden vlak tegenover elkaar. Yanai wilde dat Hassan zijn mond opendeed en zou zeggen wat er ging gebeuren. Hij werd gek van die stilte. Werden ze vrijgelaten, of juist het omgekeerde: zou Hassan hen niet geloven en ergens anders naartoe brengen? Of zou hij ze misschien doodschieten als boodschap aan de Israëlische regering? Yanais hart ging als een gek tekeer. Een druppel zweet liep langs zijn rug. Verdomme, Hassan, voor de dag ermee!

26

Dag 6

BAKOE

ER WAS VEEL GEBEURD IN DE VIERENTWINTIG UUR NADAT de drie Israëli's waren ontvoerd. Duizenden mensen zochten overal in Azerbeidzjan naar sporen die zouden kunnen leiden naar hun verblijfplaats. Er was een avondklok in Bakoe ingesteld. De ontvoering had een lelijke streep gehaald door de plannen van de president om zijn land aan Europa te presenteren als een perfecte vakantiebestemming met een moderne infrastructuur, als een nieuw Azerbeidzjan, de Franse Rivièra van het Midden-Oosten. Alles was in duigen gevallen. Al het geld dat zijn land in het Songfestival had gestoken had net zo goed door de plee gespoeld kunnen worden. Alle journalisten hadden het alleen nog maar over de ontvoering van de Israëlische zangeres en twee andere leden van de delegatie, onder wie, nota bene, de bodyguard die hen had moeten beschermen.

De taxichauffeur was inmiddels een plaatselijke beroemdheid en gaf interviews aan iedereen die naar hem wilde luisteren: over de witte bus die bijna tegen zijn taxi aan was geknald, over drie Iraans ogende mannen die zijn passagiers hadden meegerukt, over een schot dat was afgevuurd maar niemand had verwond, maar 'je wist maar nooit waar die Iraniërs toe in staat waren'.

Aangevoerd door Vadim werkte het Israëlische team onvermoeibaar samen met hun plaatselijke collega's. Uit de schaarse informatie die ze bij elkaar hadden weten te scharrelen, kwamen ze tot de conclusie dat het de ontvoerders moest zijn gelukt de stad uit te komen, maar niet veel verder dan dat. Dankzij de wegversperringen, de aandacht in de media en natuurlijk de aanzienlijke beloning die de president had uitgeloofd voor degene die hen hielp de Israëli's terug te vinden, kwamen er meer en meer tips binnen van mensen die het busje meenden te hebben gezien.

Elke tip werd opgevolgd, maar de meeste bleken vals. Maar er was één tip die heel waardevol bleek. Een inwoner van een plaatsje zo'n veertig kilometer ten zuiden van de hoofdstad, rapporteerde een busje dat die avond in zuidelijke richting door de hoofdstraat was gedenderd. Dankzij de beveiligingscamera van een winkel in die straat wist het veiligheidsteam deze tip te koppelen aan andere brokjes informatie uit dezelfde regio, en uiteindelijk het zoekgebied te verkleinen tot drie kleine buurtschapjes.

Na overleg met de leiding in Israël was besloten niet nog meer Israëlische teams te sturen. Men wilde de Azeri's, die hun uiterste best deden de ontvoerde Israëli's in veiligheid te brengen, niet voor het hoofd stoten. De president had gesproken met de premier van Israël en hem beloofd dat alles in het werk werd gesteld om de gijzelaars ongedeerd terug te vinden, en dat hij de premier persoonlijk op de hoogte zou houden van alle ontwikkelingen.

Alle denkbare media in Israël stonden non-stop bol van de updates, analyses en theorieën, ook al had niemand betrouwbare informatie en wist niemand wie de ontvoerders waren en of de gijzelaars nog leefden.

Na een gesprek met Dorit en Niv kondigde de European Broadcasting Union aan dat de voorbereidingen voor het Songfestival de volgende dag zouden worden hervat. Met tranen in zijn ogen zei Niv dat Yanai nooit zou hebben gewild dat het Songfestival door zijn toedoen niet door zou gaan. Hij wist niet zeker of Yarden er net zo over dacht.

***

De stemming op de negende verdieping was gespannen en deprimerend. De hele delegatie kroop bij elkaar en zat vastgekleefd aan de televisie. Af en toe weerklonk een kreet. Vadim wilde ze alleen maar van geloofwaardige informatie voorzien, en die was er momenteel niet. Dorit en Niv kregen onophoudelijk woedende telefoontjes van Yigal Levi, die ze op hun donder gaf omdat ze de delegatie niet in bedwang wisten te houden. Op een gegeven moment namen ze zijn treitertelefoontjes eenvoudig niet meer aan. Hun gedachten waren alleen maar bij de drie gijzelaars en de hoop dat die veilig en gezond zouden terugkomen. Ook Szilvia en Adam hadden zich bij de Israëli's gevoegd, om ze te helpen en te troosten waar ze konden – het leek wel of Europa vierentwintig uur lang was verenigd in zijn gebeden voor de ontvoerde Israëli's en hun welzijn.

De ironie van dit alles was Niv niet ontgaan: het Eurovisie Songfestival was na de oorlog opgericht met het doel een verscheurd en verdeeld Europa te verenigen, en ziedaar, dankzij drie ontvoerde Israëli's was het eindelijk gelukt. Zijn schuldgevoel over zijn gedrag tegen

Yanai dreef hem tot waanzin en hij beloofde aan wie of wat er ook in de hemel over ons waakte, dat hij zich nooit meer als een eikel zou gedragen tegen zijn vriend. Of tegen wie dan ook.

27

Dag 6

ERGENS IN AZERBEIDZJAN

YARDEN ZAG DAT DE ONTVOERDERS EEN KLEIN TASJE BIJ ZICH hadden, maar kon onmogelijk raden wat erin zat. Er schoot van alles door haar heen: pistolen, messen, een videocamera om hun executie mee te filmen, blinddoeken, alles, behalve de werkelijke inhoud.

De magere man beval hen te gaan zitten. Yarden nam aan dat nu dan het moment was aangebroken dat ze werden doodgeschoten. Het gesprek tussen Yanai en de terrorist had niet geholpen en ze gingen zich houden aan hun oorspronkelijke plan. De tranen begonnen uit haar ogen te stromen. Dit was niet zoals ze zich het einde van haar leven had voorgesteld.

De magere man keek haar vol compassie aan, of daar leek de blik in zijn ogen tenminste op. Compassie, vlak voor hij een eind aan haar leven ging maken. Nou ja, zij kreeg nog compassie, dacht ze bitter. Dat was meer dan de koeien en de kalfjes kregen.

Hassan keek naar de drie Israëli's op het matras en zag dat het meisje huilde. Het maakte hem droevig dat hij verantwoordelijk was voor het leed van een ander menselijk wezen. Maar hij had geen spijt van zijn daden: die waren nodig geweest om zijn doel te bereiken. De afgelopen vierentwintig uur had elke televisiezender die ze konden ontvangen op de satellietschotel aan het huisje, melding gemaakt van de gijzeling. De aandacht had zijn wildste verwachtingen overtroffen en hij wist dat zijn doel was bereikt: iedereen wilde weten wat er was gebeurd en waarom de Israëli's waren ontvoerd. Na het gesprek met de Israëli's en de ontdekking dat ze ook geen vlees aten en oog hadden voor dierenwelzijn, had hij met zijn collega's overlegd.

Het oorspronkelijke plan was de Israëli's te kidnappen, een dag of twee in dit *safehouse* te blijven en de gijzelaars dan door de bergen naar Iran te smokkelen, waar ze veiliger zouden zijn. Maar door het gesprek had hij nog eens goed nagedacht over hun doel en de beste manier om dat te bereiken. Alles wat ze wilden was het voorkomen van het onnodig lijden van honderdduizenden dieren, en als de Israëli's hun bondgenoten konden zijn in het verkondigen van die boodschap, waarom niet? Zij, de kidnappers, zouden worden gezien als humane idealisten in plaats van verwerpelijke terroristen. Tijdens hun gesprek hadden Hassan en zijn broeders besloten hun gevangenen te vertrouwen en ze te laten gaan.

Ze gingen de gijzelaars in ieder geval niet doodschieten, en na lang nadenken hadden ze ook ingezien dat overbrengen naar Iran ook weer een heleboel nieuwe problemen zou kunnen opleveren waar ze eerder niet bij hadden stilgestaan. In veel van de nieuwsberichten werd gespeculeerd over de mogelijkheid dat de gijzelaars naar Iran zouden worden gesmokkeld en Hassan en zijn kameraden maakten zich steeds meer zorgen over de mogelijkheid dat andere terreurgroepen, met een eigen agenda, hun gijzelaars zouden 'overnemen' voor hun eigen doeleinden. En dat hun boodschap ongehoord zou blijven in de media. Ze waren tot de conclusie gekomen dat hun doel zou worden bereikt zolang het verhaal nog groot nieuws was, en zeker als de Israëli's hun woord hielden en de boodschap zouden doorgeven.

Hassan gebaarde naar zijn collega dat deze het tasje moest leegschudden. Dan, Yarden en Yanai zagen hun telefoons en de walkietalkie neerstuiteren op het matras. Ze keken naar elkaar, en toen naar Hassan.

'We hebben besloten u te vertrouwen. Ik snap dat dit vreemd klinkt maar, ja, we vertrouwen u. We geloven dat u de waarheid hebt gesproken, en dat u ons zult helpen een einde te maken aan het leed van onschuldige dieren die nooit iemand kwaad hebben gedaan. Wij gaan nu vertrekken en laten u hier achter met uw telefoons. We verontschuldigen ons voor het ongemak, maar we geloven dat alles in het leven een reden heeft. Ik hoop dat u onze excuses accepteert en dat u ons zult helpen andere levende wezens zulk ongemak te besparen. U bent vierentwintig uur gevangen geweest, maar er zijn miljoenen dieren die hun hele miserabele leven in dergelijke omstandigheden moeten doorbrengen. Ons verzoek is: help ons de dieren te helpen. We weten dat het veel gevraagd is, maar we hopen dat u ons wilt helpen met onze strijd, ondanks het leed dat we u hebben aangedaan. We wensen u veel geluk.'

Hassan en zijn broeders renden de kamer uit en een minuut later hoorden Yarden, Dan en Yanai het busje starten en wegrijden. De kidnappers waren weg, ze waren vrij. Yanai en Yarden vielen elkaar in de armen en barstten in huilen uit. Net vreesden ze nog voor hun leven, nu konden ze gaan en staan waar ze wilden. Vrij! Ze waren vrij!

Dan verspilde geen tijd. Hij deed de batterij terug in zijn walkietalkie en rende met twee treden tegelijk de trap op. Yanai en Yarden gristen hun telefoon mee en sprintten achter hem aan. Niemand wilde een seconde langer dan nodig in dat kamertje blijven.

***

In het politiebureau van Bakoe was Vadim druk aan het helpen alle informatie te analyseren die binnenstroomde, met honderden tips tegelijk van burgers die hoopten op de jackpot. Zijn walkietalkie zoemde. Vadim hield zijn ogen op zijn computerscherm in de verwachting dat het zijn team in het hotel was, dat zich wilde afmelden na een patrouille rond het gebouw. Tot zijn stomme verbazing hoorde hij de stem van Dan: 'Vadim, kun je me horen? Ben je daar?'

In een fractie van een seconde had Vadim de walkietalkie beet. 'Dan, ben jij dat?'

'Ja man, je gaat dit niet geloven, maar ze hebben ons vrijgelaten. Kun je misschien een lift regelen terug naar het hotel?'

Vadim dacht dat hij hallucineerde, maar het was toch echt de stem van Dan, en het kleine lachje aan het eind van de zin was echt. 'Waar ben je? Is iedereen oké? Niemand gewond?'

'We zijn allemaal springlevend en hebben geen schrammetje. Waar we zijn: geen idee. Ik denk een kilometer of veertig ten zuiden van Bakoe. Maar ik heb net pas mijn telefoon aangezet, dus peil mijn signaal en kom ons halen. We zijn allemaal oké maar we barsten van de honger en verlangen naar ons hotel.'

***

Een kwartier later zaten de drie Israëli's in een helikopter onderweg naar Bakoe. Ze moesten eerst even langs de dokter om te controleren of ze helemaal gezond en ongedeerd waren.

Het was acht uur 's avonds en het uitzicht vanuit de helikopter was spectaculair. De droge woestijn en de wonderschone zonsondergang in rode en oranje tinten vormden een schitterend contrast met de moderne stad van glas en staal en vergane glorie. Yanai genoot van het uitzicht. Hij was geknakt, maar niet gebroken. Hij was alweer aan het denken hoe hij deze ontwikkeling in hun voordeel kon gebruiken. Hij dacht na over de magere man, of zij op diens verzoek ambassadeurs van hulpeloze dieren moesten worden, en natuurlijk over wat hen stond te wachten met de pers.

Hij omhelsde Yarden en gaf haar een zoen op haar wang. Hij wilde zijn gedachten met haar delen, maar veranderde van gedachten. Het was niet nodig haar nog zwaarder te belasten en trouwens, hij had zijn gedachten zelf nog niet helemaal op een rijtje. Alles kon wachten tot morgen. Eerst gingen ze eten, douchen en – het belangrijkst van alles – Yanai ging het toilet op zijn kamer compleet aan stukken schijten! Hij had al anderhalve dag niet gekakt en zijn drol gaf al kopjes. Hij glimlachte: zelfs de koningin van Engeland moest poepen en – oh, man, wanneer gaan we landen? Hij geeft al kopjes en wil nu buiten komen spelen.

28

Dag 7

BAKOE

YARDEN KON DE HELE NACHT NIET IN SLAAP KOMEN. Sterker nog: ze had nauwelijks geslapen vanaf het moment dat ze waren ontvoerd. Maar zelfs nu, in haar zachte bed met de airco aan in de kamer, deed ze geen oog dicht. Ze had nog geen moment voor zichzelf gehad sinds de helikopter was geland. Eerst waren ze voor onderzoek naar het ziekenhuis gebracht, om te zien of ze niet gewond of uitgedroogd waren. Van het ziekenhuis ging het naar het hotel, waar de hele delegatie was uitgelopen om ze welkom te heten en hun terugkeer te vieren. Omdat iedereen het hele verhaal wilde horen, was het erg laat geworden. En voordat ze hun vrijlating met hun vrienden konden vieren, moesten ze ook eerst nog om de tafel met Vadim en zijn plaatselijke collega's voor een goed signalement van hun ontvoerders, zodat die snel konden worden opgepakt.

Het viel Yarden op dat iedereen die het verhaal hoorde heel verbaasd was over de reden van hun ontvoering. Ze had nog niet zo diep nagedacht over het vreemde motief van de kidnapper en was gewoon blij dat het achter de rug was en – belangrijker – dat het team unaniem had besloten te blijven en niemand zijn koffers had gepakt.

Om drie uur 's nachts zwoer iedereen dat ze de rit tot het eind toe samen zouden volbrengen. Niemand was gewond, iedereen was oké. Ze waren hier gekomen om met trots hun land te vertegenwoordigen en dat zouden ze doen tot het bittere eind!

Toen Yanai zei dat dit een kans was, en dat ze de ontvoering moesten gebruiken, keek Yarden er al niet eens meer van op. Natuurlijk ging hij op zoek naar een manier om hier voordeel uit te halen en hij had waarschijnlijk gelijk. Toen de wereldpers berichtte dat ze waren vrijgelaten, kreeg Yarden zoveel telefoontjes en berichten dat ze iedereen onmogelijk kon beantwoorden. En daar zat ze dan: acht uur 's ochtends op zaterdag, twee uur voordat ze, zonder een spoor van nachtrust, de pers onder ogen moest komen en het hele verhaal van de ontvoering moest vertellen.

Ze giechelde. Als ze voorheen met maar twee uur slaap naar een persconferentie had gemoeten, was ze bloednerveus geweest. Maar nu, na alles wat ze had meegemaakt, leek het niet echt een kwestie van leven of dood. Alles was relatief, hoewel Yanai natuurlijk stiekem hoopte dat ze er zou uitzien als een treinongeluk. Ze hoorde hem bijna zeggen: 'Dat levert ons zeker weten extra punten op.'

Na een heerlijke douche ging Yarden een half uur later naar beneden om te eten. Toen ze de eetzaal binnenkwam, viel het doodstil en klonk er een seconde later een klaterend applaus door de ruimte. Ze werd er een beetje verlegen van. Ze had niets bijzonders gedaan. Ze was ontvoerd en weer vrijgelaten. Ze voelde zich helemaal niet dapper en wist niet wat ze met deze staande ovatie aan moest, hoewel ze daar niks van liet merken. Ze maakte een buiging en lachte breed naar iedereen in de eetzaal. Toen liep ze door, schepte een bord met eten op en ging bij de rest van de delegatie zitten, die allemaal al halverwege het ontbijt waren.

Yanai stond op om haar te knuffelen en vertelde dat ze net hadden besloten het Israëlische feest van die avond af te gelasten. Het voelde niet goed. Er was weliswaar niemand gewond geraakt en het leven ging door, natuurlijk, maar het doel van het feest was het genereren van pr geweest, en daar hadden ze vanwege de omstandigheden al meer dan genoeg van. En dus zou het feest een verspilling van tijd zijn, tijd die ze beter konden gebruiken om uit te rusten en van de schrik te bekomen.

Ruthie zat erbij met een gezicht als een oorwurm. Yarden begon te eten. Ze had honger. Ze hadden nauwelijks iets gegeten in dat huis, en zelfs na hun vrijlating had ze geen kans gezien iets naar binnen te werken door alle telefoontjes en berichten, en natuurlijk de ondervraging. Ze at rustig door en luisterde naar het gesprek tussen Niv en Yanai, die gelukkig weer met elkaar praatten. 'Het feest is dus godzijdank afgelast. Sorry Ruthie, maar ik had er al vanaf het begin geen reet zin in. We geven nu over drie kwartier een persconferentie in de muziekhal, als we onderweg tenminste niet weer ontvoerd worden.'

Yanai vond het maar vreemd dat er niemand moest lachen. 'Nee? Te vroeg?'

Zijn collega's knikten ongemakkelijk.

'Oh, kom op. Jullie zijn niet gekidnapt. Als ik erom kan lachen, dan jullie toch zeker ook? En als het niet grappig was, dan moeten jullie nóg lachen omdat ik het slachtoffer ben van een kidnapping en jullie dus alles moeten doen wat ik zeg. Ik ga hier alles uithalen wat erin zit en jullie zullen er nog spijt van krijgen dat we ooit zijn ontvoerd.'

Niv zei: 'Ik denk dat we er nog spijt van gaan krijgen dat je ooit bent vrijgelaten.' Yanai gaf geen krimp.

'Schatje, laat me je iets uitleggen. Deze ontvoering is net als de Holocaust. De mensen die het hebben meegemaakt, hun kinderen en zelfs hun achterkleinkinderen mogen er onder bepaalde omstandigheden grapjes over maken. Andere mensen niet, snap je?'

Niv keek naar Yanai en glimlachte, maar Yanai wierp hem een strenge blik toe. Niv keek omlaag en stamelde zijn verontschuldigingen. Toen zag Yarden Yanai lachen. 'We gaan hier nog zoveel plezier van beleven. Je kunt er echt alle kanten mee uit!'

Yarden wist niet zeker of ze helemaal op dezelfde lijn zat, maar ze was erg moe, had enorm honger en wilde gewoon dat die persconferentie voorbij was en ze kon gaan slapen. Ze snapte niet hoe Yanai zo wakker kon zijn na zo'n slapeloze nacht, maar ze was allang gestopt met proberen dit 'Duracellkonijn' te doorgronden.

'Dus, sorry dat ik het programma voor vandaag er nog even bij pak, we hebben het Israëlische feest dus afgelast, maar ik vind dat we morgen wel naar het rodelopermoment moeten gaan – dat is belangrijk. Daarna hebben we de derde repetitie op maandag en de halve finale op dinsdag. Ik heb vanmorgen met Vadim gesproken. Hij heeft het liefst dat we het hotel vanaf nu zo min mogelijk verlaten, en ik ben het met hem eens. Vanaf nu wordt het een zeldzaamheid ons in het openbaar te zien. Het wordt geweldig. Ik ga jullie allemaal verpletteren met canasta.'

Iedereen keek Yanai stilletjes aan. 'Ik ben blij dat jullie allemaal zo enthousiast zijn. Ik zie heus wel dat je tepels hard zijn, Yarden, mij neem je niet in de maling en nee, bedankt, geef mijn portie maar aan Fikkie. Eet nu alsjeblieft je bordje leeg en ga je opknappen voor de persconferentie. Of bij nader inzien: ga maar zoals je bent. Eén blik op jou en iedereen ziet meteen dat we door een hel zijn gegaan! Zitten we gegarandeerd meteen in de finale.'

Yarden lachte naar Yanai.

'Waarom moet je lachen, wat is er?'

'De boer kent de ziel van zijn beest, en na deze ontvoering hoop ik dat het beest niet tegen zijn wil wordt vastgehouden.'

'Wat bedoel je daar nou weer mee?'

'Niets. Zolang het beest maar voorspelbaar is.'

'Dus ik ben hier het beest?'

'In dit geval: ja. Is dat zo erg?'

'Helemaal niet. Liever het beest dan de bitch, zeg ik altijd maar. Oké liefste, je hebt al twee witte bolletjes op, het lijkt wel of je in geen twee dagen hebt gegeten – oh, wacht. Je snapt wel wat ik bedoel. Ga jezelf opknappen.'

***

Drie uur later was de delegatie terug in het hotel. De persconferentie ging erg goed – er waren meer dan duizend journalisten komen opdagen om het verhaal van de ontvoering en terugkomst van de ontvoerde Israëli's aan te horen. Yarden had het begin van het verhaal verteld. De schok, de angstige momenten, de reden voor hun ontvoering. Daarna had Yanai het overgenomen en gepraat over de gesprekken die ze met hun kidnappers hadden gevoerd, de video's die ze hadden gezien over wreedheid tegen dieren, en dat zij als vegetariërs en veganist hadden besloten de burgers van Europa bewust te maken van het leed dat dieren werd aangedaan.

Op die manier hield Yanai zijn belofte aan zijn kidnappers. Hij vertelde dat de premier van Israël al aan de telefoon met hen had gesproken, hen wilde ontmoeten en ook deze kwestie aan de orde wilde stellen.

Het was één uur 's middags en hun agenda was leeg tot de volgende avond, als ze het rode-loper-gala-event moesten bijwonen. Voor de Israëlische delegatie betekende dat luieren in het hotel, canasta spelen tot de zon weer opkwam, baantjes trekken in het zwembad, roomservice en een heleboel slapen. Niet slecht voor een paar mensen die nog maar een dag geleden hulpeloos zaten opgesloten in een klein kamertje en vreesden voor hun leven.

Yanai keek glimlachend uit het raam terwijl de witte minibus zich omringd door politiewagens een weg baande in de richting van het hotel. Uiteindelijk kwam alles goed. Hij hield Yarden vast, die tegen hem aan hing, en keek naar Dan, die twee rijen voor hem zat. Geen trauma, dacht hij bij zichzelf. Was het mogelijk dat hij zichzelf had losgekoppeld van zijn eigen emoties en nog helemaal niet had verwerkt wat er allemaal was gebeurd? Als dat het geval was, dacht Yanai, zou hij nog één week doorgaan met het onderdrukken van gevoelens, totdat het Songfestival achter de rug was. Hij had werk te doen en zou wel professionele hulp zoeken als ze weer thuis waren.

29

Dag 8

HET RODE-LOPER-EVENT

IEDEREEN HAD GEZEGD DAT ZE TWEE DAGEN DE TIJD ZOU hebben om uit te rusten en bij te komen van de ergste vierentwintig uur van haar leven. Ze zou er nu niet zo slecht aan toe zijn als ze het niet had geloofd. Ze hadden beloofd dat ze twee dagen aan het zwembad mocht zitten. Ze hadden het beloofd.

Yarden zat in de luxe limousine die haar naar de rode loper zou vervoeren. Wat een grap: het was precies honderd meter rijden vanaf de verzamelplaats waar alle delegaties samenkwamen voor het rode-loper-moment, de interviews, de foto's met fans en het eten. Nog meer eten. Ze had de laatste twee dagen in het hotel doorgebracht, maar ze had niet aan het zwembad gezeten. En ze had ook niet genoeg gezopen en was ook niet uitgerust.

De persconferentie had heel veel interviewverzoeken opgeleverd en Yanai had Yarden gevraagd ze allemaal te accepteren. Dat had ze gedaan en nu betaalde ze de prijs. Ze was doodmoe, maar zoals haar grootmoeder altijd zei: Rusten doe je maar in het graf. Bij de verzamelplaats was iedereen op haar afgekomen om te vragen hoe het ging. Ze bedankte iedereen en bedacht zich dat het continu lachen eigenlijk nog het meest slopend van alles was. Ze zei tegen Yanai dat het misschien beter was geweest als ze nog een dagje langer gegijzeld waren gebleven – dan had ze misschien nog wat slaap gehad.

Voordat ze in de limousine stapte, kwam Marco nog even naar haar toe lopen om te vragen hoe ze zich voelde. Yarden zag het ongemak in zijn ogen, maar dat kon haar niet bijzonder veel schelen. Ze bedankte hem beleefd, glimlachte vriendelijk en – net toen hij wilde weglopen – struikelde ze totaal per ongeluk over haar hakken en kieperde een glas rode wijn over zijn pak. Een heel vervelend moment, maar dat kon haar geen barst schelen, en ook Yanai niet, die – heel tactloos – niet kon ophouden keihard te lachen.

Yarden bekeek zichzelf in het kleine spiegeltje dat ze uit haar tasje had gehaald. Voor iemand die net ontvoerd was geweest en daarna bijna was verzopen in de Songfestival-verplichtingen zag ze er heel behoorlijk uit. Prachtig, eigenlijk.

De deur van de limousine ging open en Yarden hoorde de aankondiging van het Israëlische team. De massa barstte in juichen uit en klapte en Yarden dacht: Als dit een indicatie was van wat er over twee dagen zou gebeuren, stonden ze er niet slecht voor. De delegatie liep snel naar het prachtige gebouw waar het gala zou plaatsvinden, alleen Yanai, Yarden en een paar beveiligers bleven achter op de rode loper en gingen van reporter naar reporter om vragen te beantwoorden. Lang op hoge hakken staan was niet makkelijk voor Yarden, en ze moest telkens Yanai vastpakken om te voorkomen dat ze onelegant zou vallen. Uiteindelijk deed ze haar schoenen maar helemaal uit. Ze kon niet geloven hoeveel applaus van de fans dat simpele gebaar opleverde.

Toen de interviews voorbij waren, liepen Yarden en Yanai naar binnen, rechtstreeks naar de bar. Het werk was gedaan en nu konden ze zich eindelijk gaan vermaken.

'Je had me wel even kunnen vertellen dat we een uur op die loper moesten staan, dan had ik andere schoenen aangetrokken.'

'Ja.'

'Wat bedoel je, "ja"?'

'Je hebt gelijk.'

'En wat heb ik daaraan, dat ik gelijk heb?'

'Niks.'

'Yanai, wat doe je raar!'

'Ja, wat wil je dat ik er nu nog aan doe?'

Yarden was helemaal in de war. Hij kon haar altijd opvrolijken en uit een sombere bui trekken, maar nu leek hij helemaal in zichzelf gekeerd, waarschijnlijk door de ontvoering.

'Liefje, wat is er? Waarom doe je zo?'

'Hoe?'

'In jezelf gekeerd. Alsof je ongesteld moet worden.'

'Ongesteld? Is het zo duidelijk? Ik dacht dat ik wel ongezien op de rode loper kon bloeden.'

'En je neemt me ook niet in de maling met je cynische grapjes.'

'Ik ben gewoon moe, dat is alles. Ik dacht dat we wat tijd zouden krijgen om uit te rusten, maar we zijn alleen maar van interview naar interview gerend. Dat is geweldig, maar ik ben helemaal leeg. Ik wil zó graag slapen. Ik heb barstende koppijn en ik heb geen idee waarom ik naar speeches en optredens zou moet luisteren waar ik helemaal geen geduld voor heb. Ik begrijp niet waarom mensen die net zijn ontvoerd geen galavrij krijgen. Heeft het Joodse volk nog niet genoeg geleden?'

‘Eerlijk gezegd ben ik ook doodmoe. Wat zullen we gaan doen?’

‘Ik zeg: jij en ik gaan terug naar het hotel. We moeten een goede nacht slaap pakken. De komende dagen met al die repetities worden loodzwaar.’

‘Moet ik je helpen herinneren aan wat er de laatste keer gebeurde toen we eerder naar huis wilden dan de rest?’

‘De bliksem slaat nooit twee keer in op dezelfde plaats en ik denk dat Vadim ons niet laat vertrekken zonder heftige beveiliging – hij zou ons nog het liefst in een tank proppen.’

‘Zijn we het dan eens? Gaan we terug naar het hotel?’

‘Wat mij betreft wel. Ik ga Vadim wel even zoeken. Hij zal wel een hartaanval krijgen, maar daar komt hij wel weer overheen.’

Na een kort gesprek met Vadim kwam Yanai terug bij Yarden, die met blote voeten en een vers glas wijn op hem zat te wachten.

‘Ik zie dat je vast zonder mij bent begonnen met feesten?’

‘Ja, ik heb het eerlijk verdiend! Wat zei Vadim?’

‘Hij zei dat het prima was en vroeg om tien minuten tijd om alles met de politie te coördineren. Ik denk dat hij zich zo schuldig voelt dat hij niet durft te klagen als we zijn leven een ietsjepietsje ingewikkelder maken.’

‘Ik kan echt merken dat je daar serieus mee zit.’

‘Ja, nee, niet echt. Ik wil gewoon een paar uur slapen. Ik ga een slaappil innemen en als ik jou was, deed ik dat ook. De komende twee dagen worden behoorlijk hectisch en ik wil dat je fris bent voor de laatste repetities.’

‘Geen probleem. Geef mij de andere helft van die pil en ik ...’

Voordat ze haar zin kon afmaken voelde Yanai twee armen die hem van achter vastpakten en zag hij een brede grijns over Yardens gezicht kruipen.

De persoon die hem in de knuffelhoudgreep hield, fluisterde in zijn oor: 'Drie keer raden ...'

Yanai dacht even na en zei: 'Een terrorist die het werk komt afmaken?'

Yarden stond nog steeds te grijnzen en gebaarde dat ze wel even een eindje verderop op hem zou wachten. Yanai draaide zich om en keek de knuffelaar aan. Adam zei: 'Ik zag je niet staan bij de verzamelplaats en dacht dat jullie het rode-loper-moment misschien hadden laten lopen.'

'Nee, dat niet. Maar Yarden en ik gaan nu wel terug naar het hotel. We zijn allebei helemaal leeg en mijn hoofd bonst zo hard dat ik er nu echt even de kracht niet voor heb.'

'Begrijpelijk. Ik zag dat jullie hard aan het werk waren en ik wilde niet in de weg lopen om te vragen hoe het ging. Het moet zo vreselijk voor je zijn geweest, maar ik moet bekennen dat ik wel keihard moest lachen om de reden dat jullie zijn gekidnapt. Australische kalfjes, mijn God!'

'Ik denk dat je het een stuk minder grappig had gevonden als het jou was overkomen.'

Adam veegde de lach van zijn gezicht. 'Sorry, zo bedoelde ik het niet.'

'Geeft niet. Echt niet. Ik zou ook hebben moeten lachen als het over iemand anders ging. Ik ben gewoon moe en wil dolgraag naar bed.'

'Is dat een uitnodiging?'

'Een uitnodiging?'

'Naar bed gaan?'

'Wát?'

Adam lachte en knipoogde naar Yanai. 'We moeten vieren dat je veilig bent teruggekeerd. Dus ik dacht dat we misschien een glas wijn konden drinken. Maar nu meende ik te begrijpen dat je me uitnodigde mee te gaan naar het hotel ...'

'Hm. Zo bedoelde ik het niet, en zelfs als ik het wel zo bedoelde, denk ik niet dat ze het goed zouden vinden dat je meereed in de auto, laat staan dat ze je zouden toelaten op onze verdieping. Sinds we terug zijn, houden ze ons extra scherp in de gaten. En als de mensen van ons veiligheidsteam ontdekken dat je Libanees bent, schieten ze je direct dood en schoppen ze tegen je lijk om te kijken of je echt niet meer opstaat.'

'Dat is wel een beetje racistisch, vind je niet?'

'Kun je het ze kwalijk nemen, na alles wat er is gebeurd?'

'Misschien wel, misschien niet.'

Vadim kwam aanlopen en zei tegen Yanai dat de auto bij de ingang op hem stond te wachten en dat Yarden er vast in was gaan zitten.

'Adam, ik moet gaan, maar ik zie je morgen bij de repetities. Zullen we dan verder praten?'

'Absoluut! Slaap lekker.'

Yanai kuste Adam op de wang en liep naar de auto. Hij voelde zijn knieën knikken. Dat kwam niet door Adam, maar door de angst dat ze opnieuw zouden worden ontvoerd. Yarden en hij waren weer alleen onderweg naar het hotel. Wie zei dat er niet opnieuw terroristen in een hinderlaag op hun kans lagen te wachten? Hij telde zes politiewagens om zich heen en wist zichzelf tot bedaren te brengen. Blijkbaar had iedereen zijn lesje geleerd en namen ze geen enkel risico meer. Yanai zat naast Yarden op de achterbank en Vadim stapte in naast de bestuurder.

'Ik zie dat je onze veiligheid alleen nog maar aan jezelf toevertrouwt?'

Vadim glimlachte in de spiegel en zei tegen de chauffeur dat hij kon vertrekken naar het Marriott. Het konvooi van zeven voertuigen raasde met loeiende sirenes door het verkeer – en soms ertegenin – in een recordtijd naar het hotel. Yanai bedacht dat hij hier prima aan zou kunnen wennen.

***

Zodra ze in het hotel waren, ging Yanai naar zijn kamer en belde Mirit. Hij had haar een kort berichtje gestuurd dat hij in orde was, maar had nog niet de kans gehad uitgebreid met zijn vriendin bij te praten.

'Dus je leeft nog? Ik heb je wel een miljoen berichten gestuurd!'

'Ja, sorry. Ik zal je het hele verhaal uitgebreid vertellen als ik terug ben, maar nu heb ik eerst even je advies nodig.' Yanai vertelde Mirit het verhaal van de envelop met Oekraïense euro's die hij in zijn kluis had liggen. En dat hij niet wist wat hij moest doen. 'Aan de ene kant: het is een heleboel geld. Aan de andere kant: ik ben heel erg tegen sjoemelen met punten. Maar aan de derde kant: het is écht heel veel geld!'

Mirit luisterde in stilte.

'Hallo, ben je daar?'

'Ja, ik ben gewoon verbaasd, dat is alles. Jij was altijd zó mordicus tegen dit soort praktijken. Je hebt – als ik me goed herinner – precies zo'n soort aanbod afgeslagen toen wij samen naar het Songfestival waren. Ik vroeg me gewoon af wat er is veranderd.'

'Het is een heleboel geld! Vijftienduizend euro!'

'En jij wilt dan de Israëlische jury beïnvloeden?'

'Nee, dat wil ik niet. En nu ik erover nadenk: ik weet niet eens wie er in de jury zitten. Maar daar kan ik achter komen. Wat vind jij?'

'Ik weet het niet, hoor. Ik zou het niet doen. Ik bedoel: ik doe ook een heleboel optredens alleen voor het geld. Maar dat is niet tegen de wet. Ik weet het niet. Ik zou passen, het is schimmig en druist in tegen alles waar ik in geloof.'

'Echt? Zou je nee zeggen tegen vijftienduizend euro?'

'Ik heb in de loop van de jaren wel tegen meer nee gezegd. Kun je niet gewoon liegen? Zeggen dat je met de jury hebt gesproken, terwijl je dat in werkelijkheid helemaal niet hebt gedaan, en dat geld in je zak steken?'

'Daar heb ik over nagedacht. Maar Russen, Oekraïners, de maffia ... wie weet wat er gebeurt als ze daar ooit achter komen. Ach, ik weet het niet. Ik moet erover nadenken.'

'Vertel eens, hoe is het met Yarden?'

'Yarden? Is oké, gezien de omstandigheden. Niemand hier laat momenteel veel van zijn angst en emoties zien. Ik denk dat we allemaal dapper alles aan het onderdrukken zijn en de moed er proberen in te houden. Maar om eerlijk te zijn: ik vind het momenteel heel moeilijk positief en optimistisch te blijven. De repetities en andere verplichtingen houden me bij de les, maar het gaat allemaal nog wel een keer loskomen.'

'Vast wel. Is er iets wat ik kan doen om te helpen?'

'Het helpt al heel erg dat je naar me luistert. Als ik terugkom, mag je de scherven opvegen.'

'Geen probleem.'

'Luister: ik heb het moeilijk. Positief zijn, glimlachen, beleefd zijn ... ik vind het onder normale omstandigheden al bijna niet te doen – je kent me!'

'Hoewel iedereen je sowieso een ouwe zeur vindt, zou niemand het je kwalijk nemen als je nu naar huis ging, dat weet je toch, hè?'

'Ik denk van wel. En bovendien: ik wil afmaken waar ik aan ben begonnen. De gevolgen zijn van later zorg. Genoeg gezeurd! Zullen we later deze week nog even bellen?'

'Geen probleem, schat. Ik ben er voor je als je even stoom moet afblazen!'

'Dank je wel! Tot snel.'

30

Dag 10

BAKOE

DE COMMOTIE ACHTER DE SCHERMEN WAS NIET TE HARDEN. Twintig teams hadden op deze dag gewacht: de eerste halve finale, waaraan ook Israël zou meedoen.

Eén hele dag met repetities lag alweer achter hen. Yarden en Yanai lagen op een geïmproviseerd matras in hun kleedkamer; een matras dat een verschrikkelijke gelijkenis vertoonde met het exemplaar in het kamertje waarin ze als gijzelaars opgesloten hadden gezeten. Drie kostuumrepetities waren er nu in totaal geweest. Twee gisteren, waaronder een in het bijzijn van de jury, en een vanochtend. Nu hadden ze vijf uur lang niets te doen, tot aan de halve finales, waarin Yarden zou proberen voor het eerst in vijf jaar de finale te halen.

De spanning was ondraaglijk voor alle deelnemers. Iedereen had keihard gewerkt voor het Songfestival en veel tijd, moeite en geld geïnvesteerd om een kans te maken om te winnen, zijn of haar land waardig te vertegenwoordigen en een internationale carrière op te bouwen. In schril contrast met de gespannen sfeer in het algemeen was de Israëlische kleedkamer rustig en sereen. Natuurlijk was iedereen opgewonden, maar alles was relatief: na de ontvoering van hun drie teamgenoten was alles beter dan 'overleven' al een bonus.

Yarden lag met haar ogen dicht en probeerde een tukje te doen. Yanai lag naast haar en staarde naar het plafond. Hij hield van de wedstrijd, maar had een pesthekel aan repetitiedagen – al dat zinloos rondzwerven maakte hem depressief. Hij stond zijn artiesten nooit toe interviews te geven op repetitiedagen: ze moesten volledig zijn geconcentreerd op hun optreden, en niet worden afgeleid door bijzaken of nodeloze hysterie. Er was maar een doel: het halen van de finale. Niets anders deed ertoe.

Toen hij merkte dat hij de slaap niet kon vatten, stond hij stilletjes op en verliet de kleedkamer. Hij vroeg aan de beveiliger die voor de deur stond de eerste uren niemand binnen te laten, om Yarden haar slaap te gunnen. Yanai besloot een ommetje te maken en liep langs de kleedkamers van de andere delegaties. Een slecht idee; al snel werd hij gesmoord door een ondraaglijke melange van winden en lichaamsgeuren die hem verjoeg naar de perskamer aan de andere kant van het complex.

Hij ging op een rustig plekje zitten en schonk zichzelf een klein glaasje wijn in. Yanai wist dat dit nog maar de stilte voor de storm was. Heel snel zou de echte gekte losbarsten – het heen-en-weergedraaf tussen haarsalon, make-up en kleedkamer, en het enorme gevoel van wedstrijdspanning dat iedereen in zijn greep zou krijgen naarmate de halve finale naderde. Dan had hij dus nog twee rustige uren, berekende Yanai, om wat voor zich uit te mijmeren. Hij had het nog niet gedacht of zijn telefoon ging. Het was Szilvia via Skype.

'Hallo schat, hoe is het?'

‘Waar zit je, Yanai? Ik zoek je al een half uur. Ik was ook al bij je kamer, maar jullie bewakers wilden me niet eens even op de deur laten kloppen om te kijken of je daar was.’

‘Goed om te horen dat ze hun werk doen. Ik ben in de perskamer, wil even alleen zijn.’

‘Mooi! We komen eraan.’

‘Wie zijn “we”?’

Szilvia had al opgehangen. Vijf minuten later kwam ze de perskamer binnen met Adam in haar kielzog.

Shit, ik was hem totaal vergeten, dacht Yanai bij zichzelf.

Yanai kwam overeind gaf ze allebei een stevige hug. ‘En hoe gaat het met jullie qua spanning? Helemaal klaar voor de halve finale?’

‘Ja, ja, luister! We moeten even een paar dingen met je delen die je niet gaat geloven!’

‘Nou, op dit moment van mijn leven kijk ik bijna nergens meer van op, hoor, maar laat maar horen.’

‘Hou je kop. Allereerst mag ik je verklappen dat jullie douze points van onze jury hebben gekregen.’

‘Echt? Dat is te gek!’

‘Graag gedaan en ik wist wel dat je daar blij mee zou zijn, maar dat is nog niet alles. Er is nog iets dat je niet zult geloven!’

‘Vertel dan!’

‘Ik zal het Adam laten vertellen, want die heeft het weer van de Slowaakse delegatie gehoord.’

Yanai keek naar Adam, die er heel tevreden met zichzelf uitzag. ‘Oké, weet je nog dat elk hoofd van een delegatie en alle perschefs een telefoon met een plaatselijke simkaart cadeau hebben gekregen?’

‘Natuurlijk. Ik heb er ook een.’

‘Heb je niets vreemds gemerkt aan die telefoon?’

'Wat?'

'Denk even goed na. Is je de afgelopen tien dagen iets eigenaardigs opgevallen als je die telefoon gebruikte?'

'Er was soms wat geruis en af en toe een pieptoon, maar ik ging ervan uit dat het gewoon een beroerde verbinding was.'

'Ja, nou, dat had dus niets te maken met een beroerde verbinding of een slechte lijn!'

'Wat was het dan? Zeg op, man, je bent nog geheimzinniger dan die lui die ons hebben ontvoerd.'

'Onze telefoons worden afgeluisterd!'

'Wat? Wie luistert onze telefoons af?'

'Dat moet haast wel de geheime dienst van Azerbeidzjan zijn.'

'Wacht: hoe weet je dit?'

'Dat is een interessant verhaal. Ik hoorde van de Slowaken dat een van hen aan de telefoon was – zo'n telefoon – met een collega uit Wit-Rusland om uit te vissen of er nog ergens wat te blowen was te vinden. Zoals je weet is de hele stad drooggelegd. Dus die gasten hebben het daarover en nog geen half uur later wordt zowel de Wit-Russische als de Slowaakse bus door de politie tegengehouden en doorzocht.'

'Wat? Serieus?'

'Ja. Wel heel erg toevallig, vind je niet? Dat telefoongesprek kan de enige reden zijn dat ze uitgerekend die twee bussen tegelijk zouden aanhouden.'

'Nu ik erover nadenk: een paar dagen geleden meende ik een moment dat ik vreemde geluiden hoorde, of er nog iemand aan de lijn was. Nu begrijp ik het. Shit!'

'Wat is er?'

'Ik heb wel een paar keer in die telefoon gezegd dat ik Bakoe zo'n kutstad vind.'

‘Oh,’ zei Szilvia, ‘nou zit je serieus in de problemen!’

‘Van nu af aan gaan we, elke keer als we die telefoons gebruiken, eerst uitgebreid vertellen hoe mooi en fijn we het hier vinden, en dat we hier later willen komen wonen. Je kunt geen enkel risico nemen met deze mensen.’

‘Ik denk dat jij wel veilig bent, Yanai. Niemand durft meer iets met jullie uit te halen.’

‘Ik wel, ja, maar jullie zijn Hongaren. Niemand zou jullie missen als jullie verdwenen. Het is niet dat jullie een goed liedje hebben.’

Adam en Szilvia giechelden, en Adam zei: ‘Wat waar is, is waar. Ons nummer is niet al te best, wat nog niet eens zo erg zou zijn als we een goede zanger hadden. Helaas is hij een vervelend talentloos ettertje.’

‘Zijn jullie daarom hier bij mij en niet bij hem?’

‘Dat zou je kunnen zeggen.’

Adam wendde zich tot Szilvia. ‘Moet jij niet eens dat ding gaan doen dat je nog moest regelen?’

‘Wat voor ding?’

‘Je weet wel? Dat ding waar je heel urgent naar moest kijken?’ Adam maakte woeste armgebaren richting de uitgang.

Nu moest Yanai lachen: ‘Lieve Szilvia, hij wil dat je oprot en ons alleen laat.’

‘Oké, oké, ik ga al. Veel plezier! Adam, over een uur hebben we een interview met de Hongaarse televisie. Niet te laat zijn!’ Szilvia stond op en verdween achter de schermen.

‘Zo, mister Libanon, eindelijk alleen! Wat kan ik voor je betekenen?’

‘Hé, het spijt me dat we de afgelopen dagen nauwelijks de kans hebben gehad om te praten.’

‘Ja, joh. We hebben het druk gehad en zijn alweer een dag incommunicado en tegen onze wil vastgehouden in een betonnen kelder zonder eten en drinken. Alleen noemden ze het dit keer werk.'

Adam lachte. 'Je gaat hier heel goed mee om, of je zit nog midden in de ontkenningsfase.'

'Misschien wel allebei. Gelukkig hebben we het Songfestival en geen tijd om over dat soort dingen na te denken. Ik denk dat het allemaal wel weer boven zal komen als we terug zijn in Israël, en dan gaan we wel in therapie. Maar voor nu is het alleen maar een voordeel dat we veel aan ons hoofd hebben.'

'En lukt slapen een beetje? Geen nachtmerries?'

'Ik heb slaappillen. Dus zelfs van nachtmerries word ik niet wakker. Ik heb het er liever niet meer over. Voor nu – in elk geval tot we naar huis vliegen – concentreer ik me liever op het Songfestival en op niets anders.'

'Oké, ik hoor je. Wat ga je vanavond na de uitzending doen?'

'Als we door zijn naar de finale, gaan we het vieren met een heleboel drank. Zo niet, gaan we ons verdriet verdrinken. Met een heleboel drank. Hoe dan ook is er genoeg alcohol in het spel.'

'Fantastisch. Dus we zien elkaar in elk geval in de hotelbar?'

'Met plezier, Adam. Ik hoop dat alle twee onze landen vanavond iets te vieren hebben. Het zou heel droevig zijn als een van ons doorgaat en de ander niet. Of erger: dat we allebei stranden in de halve finale. Dat zou de doodklap zijn.'

'Jullie gaan zeker door. Wie zou er nou niet op jullie stemmen na die ontvoering? Een heleboel gokkers wedden niet alleen dat jullie de finale gaan halen, maar ook dat jullie die gaan winnen, met een straatlengte voorsprong.'

'Bullshit. Je moet nooit geloven wat de bookmakers zeggen. Mensen zetten nu alleen maar hun geld op ons vanwege de aandacht die we door de kidnapping hebben gekregen. Laten we eerst maar eens zien wat er vanavond op het podium gebeurt. Maar wij spreken elkaar hoe dan ook in de hotelbar en maken er een feest van. We leven. Dat alleen al is het vieren waard, toch?'

'We hebben een date!'

Adam vertrok naar de kleedkamers en Yanai deed zijn ogen weer dicht. Dat glas wijn streelde zijn keel. Niemand viel hem lastig. Hij kon eindelijk even tot zichzelf komen. Het duurde precies twee minuten.

Niv tikte op zijn schouder. 'Lig je te slapen? Vind je dit een goed moment om te slapen?'

'Rot op, Niv! Laat me met rust. Ik wil heel even tot mezelf komen!'

'Ik denk niet dat je wilt uitrusten als je hebt gehoord wat ik te zeggen heb.'

'Ik heb het al gehoord, dank je.'

'Waarom doe je dan zo nonchalant?'

'Wat wil je dat ik doe? Onze telefoons werden afgetapt. Lekker belangrijk.'

'Waar heb je het in godsnaam over, Yanai?'

'Waar heb jíj het over, Niv?'

'Dat je een eikel bent. Wie heeft onze telefoons afgeluisterd?'

'Niemand. Ga je nou nog zeggen waar je het over hebt?'

'Nou ... een uur geleden heeft de Noorse zanger iets op Facebook gepost, en dat is viral gegaan.'

'Wat had die lamlul nu weer over ons te zeiken?'

'Hij overweegt uit de wedstrijd te stappen omdat Israël ook meedoet en hij zegt dat we nu zeker gaan winnen vanwege de ontvoering, en dat is oneerlijk naar zijn mening.'

Yanai deed zijn ogen weer dicht en leunde achterover in zijn stoel.

'Hallo? Heb je niet gehoord wat ik net zei?'

'Niv, allerliefste, ik zal je wat vertellen. A: Wat kan het ons schelen wat die droplul op Facebook schrijft. B: Láát hem lekker stoppen. C: Want dat doet hij toch niet. D: Waarom ben je zo bezorgd? We pakken hem nog wel een keer terug. Waarom zou je je elke keer laten opnaaien door iedere scheet van een complete nono?'

'Dus je gaat er niks aan doen?'

'Niets, nada. Hij heeft zojuist ons werk vóór ons gedaan. Als je een ander te lijf gaat, bereik je meestal het omgekeerde van wat je beoogt. Wij zijn gekidnapt en weer vrijgelaten, iedereen vindt ons nu sympathiek. Die Noor is tegen ons: iedereen vindt de Noor een lul. Hij heeft geen idee wat hij doet, en ik kan niet serieus ingaan op iedere stomme actie van de oppositie. Laat hem maar lekker lullen, wij hebben geen commentaar.'

'Oké. Trouwens, Dorit is ook naar je op zoek. Ik weet niet wat ze wil. Ik denk dat ze gewoon zenuwachtig is voor vanavond. Ze wil dat Yarden opstaat en in de make-up gaat.'

'Mijn hemel, die vrouw begint me echt op mijn zenuwen te werken. Ze moeten Yarden lekker nog een half uurtje laten pitten, dan gebeurt er echt niets ergs.'

Yanai sloot voor het laatst een moment zijn ogen. Tot zijn grote verdriet was het gedaan met de rust die hij nooit had gekregen. Hij stond op en rekte zich uit. Hij keek om zich heen in de perskamer. De sfeer voelde feestelijk en vol anticipatie. Het leek alsof hij en Yarden de enigen waren die niet opgewonden waren voor de halve finale. Yanai vroeg zich af of dat nou kwam doordat de ontvoering hen een nieuwe kijk op het leven had bezorgd, of omdat een plaats in de finale hen door de kidnapping nauwelijks meer kon ontgaan. Hoe dan ook: hij kon zich er niet druk over maken.

Waar hij wel dringend een knoop over moest doorhakken, was de kwestie van het Oekraïense geld. Hij moest beslissen of hij het zou aannemen en alles zou verloochenen waar hij voor stond, of het geld zou teruggeven en zeggen dat hij van gedachten was veranderd. Yanai haalde twee keer diep adem, sloot zijn ogen en probeerde zijn hoofd leeg te maken. Toen deed hij zijn ogen weer open: hij had een besluit genomen. Hij zou het geld teruggeven en niet proberen de Israëlische jury te beïnvloeden. Geen hoeveelheid geld op aarde was het verraden van je principes waard. Yanai keek weer op de klok en realiseerde zich dat hij backstage werd verwacht. Hij zou het geld morgen teruggeven.

***

Om kwart voor elf 's avonds nam de Israëlische delegatie haar plaats in tussen de coulissen. Het Griekse team stond op het podium en maakte er een wervelende show van. Nog maar een paar minuten en Yarden en de band moesten Israël vertegenwoordigen op het Eurovisie Songfestival. En samen met negentien andere landen strijden om tien plekken in de finale.

Yanai was blij te zien dat de sfeer redelijk ontspannen was. Het was duidelijk dat iedereen nerveus was, maar hij had het gek gevonden als dat niet zo was: dit was pure, gezonde wedstrijdspanning. Yarden en haar achtergrondzangeressen waren aan het dansen op het ritme van het Griekse nummer. Ze konden het podium al ruiken; ze hadden hun oortjes al in, de microfoons in hun handen en konden niet wachten tot het hun beurt was. Alleen de zangeres uit Albanië was nog vóór hen, een teer gebouwd poppetje dat er doodsbang uitzag.

Yarden was nog steeds aan het dansen toen plotseling op het hele toneel vlammen oplaaiden: een geslaagde vuurwerkstunt van de Grieken, die heel wat geld in hun optreden hadden gestoken. De Israëli's voelden zich ineens als marshmallow in een kampvuur en wisten niet hoe snel ze zich uit de voeten moesten maken, weg van de vlammen.

Yarden liep naar Yanai en begon te lachen. 'Was ik toch bijna mijn wenkbrauwen kwijt geweest! Ze hadden ons weleens mogen waarschuwen voor dat vuurwerk.'

'Luister, Yarden, ik wil nog even iets tegen je zeggen. Ik ben heel erg blij dat we dit avontuur samen zijn aangegaan, ik hou van je en ik geloof in je. Ik weet zeker dat je het fantastisch gaat doen en ons eindelijk gaat verlossen van de vloek dat we nooit de finale halen.'

'Dank je wel, liefste Yanai! Ik hou ook van jou en ik ben superblij dat je hier bij me bent.'

'Mooi! Nog één ding. Als je zo op dat podium staat en je merkt dat je wordt overweldigd door de zenuwen, kijk dan het publiek recht in de ogen en schreeuw diep in je hart zo hard je kunt, maar onhoorbaar aan de buitenkant: "FUCK YOU!"'

'Waarom zou ik dat doen?'

'Omdat het bevrijdend is.'

'Dat zeggen ze ook van dwangarbeid.'

'En van vegetariër zijn, blijkbaar. Maar ... gesnopen?'

'Ja, meneer!'

'Brave meid.'

'Nog één dingetje, meneer!'

'Ja?'

'FUCK YOU, meneer!'

'Idioot.'

'Nee, jij bent de idioot.'

'Dat is misschien ook wel weer waar. Nou. Ga dat podium op en probeer geen stomme dingen te doen. Als we niet doordringen tot de finale worden we afgeslacht, en ik bedoel niet door terroristen.'

'Door wie? Bedoel je de fans in Israël?'

'Ja, die zijn echt verschrikkelijk.'

'Het komt allemaal in orde.'

'En dat moet ik geloven omdat jij het zegt?'

'Zeg ... Ik kan ook dat podium opklimmen en helemaal niet zingen, hè? Zeggen dat de ontvoering me van mijn wil om te zingen heeft beroofd. Zou je dat anders leuk vinden?'

'Leuk idee! En zal ik je dan wurgen vóór of nadat je het toneel opgaat? Je denkt misschien dat je leuk bent, maar je moet hier geen flauwe grappen over maken!'

'Oh, je maakt me zo geil ...'

'Je bent echt zo'n idioot! Kom op: die Albanese trol is bijna klaar met haar fiasco en dan ben jij aan de beurt. Veel succes!'

'Dank je wel! Ik ga er alles aan doen de finale te halen. Beloofd!'

Yarden liep naar ingang van het podium en Yanai bleef achter waar hij was: bij een monitor waarop hij het optreden goed kon volgen. Hij voelde ineens zijn hele lichaam trillen. Hij was nerveus. Ze hadden al zoveel doorgemaakt om het überhaupt tot hier te schoppen: interviews, hard werken, een ontvoering, bekladde hotelkamers... Wie had vijf maanden geleden kunnen voorspellen dat ze in zo weinig tijd zo veel zouden meemaken? Yanai concentreerde zich op de monitor. De Albanese zangeres maakte een buiging. De Israëlische introductievideo begon al te lopen en hij zag hoe de mensen van de crew Yarden en de band naar het podium begeleidden. Het publiek begon te juichen toen de Israëli's opkwamen en Yanai kon alleen nog maar breed lachen. Niv kwam naar hem toe en omhelsde hem stevig.

'Veel succes, Yanai!'

'Dank je wel! Laten we er het beste van hopen!'

Yanai zag nog wat plaatselijke en Israëlische beveiligers hun positie innemen rond het podium, zodat niemand in de buurt kon komen en Yardens optreden verstoren. Het laatste wat ze konden gebruiken was een gek die Yarden tijdens haar optreden kwaad wilde doen.

***

De Albanese ging af en Yarden begon aan de zware klim naar het podium. De video waarmee ze aan het publiek werd voorgesteld, speelde al op het grote scherm. Door de oordopjes hoorde ze alleen het geluid van de video, niet het publiek, maar ze kon wel zien dat iedereen heel enthousiast was en er veel met Israëlische vlaggen werd gezwaaid. Ze was ontroerd. Yarden nam haar plaats in en wachtte tot de orkestband zou inzetten.

Ze wist dat miljoenen mensen thuis in Israël nu aan het kijken waren en voor haar duimden. Ineens viel de last van het vertegenwoordigen van een heel land haar ontzettend zwaar. Ze kon zo vreselijk veel mensen teleurstellen die haar hadden gesteund en lieve berichtjes hadden gestuurd. Ze stond midden in de enorme spotlights en voelde zich ineens alsof ze terug was in dat kleine kamertje, met dat felle licht dat maar niet wilde uitgaan. Yarden voelde zich als verlamd. De video was bijna voorbij en over een paar momenten moest ze zingen. Ze moest de knop in haar hoofd weer omzetten naar 'normaal'. Ze moest glimlachen en er ontspannen uitzien. Ze moest! Een paar seconden voordat de video was afgelopen, deed ze het enige dat ze kon verzinnen: ze opende haar ogen, keek het publiek recht aan, en schreeuwde in volmaakte stilte: FUCK YOU!

***

Precies drie minuten later had Yanai tranen in zijn ogen. Ze had het gedaan! Het beste optreden van haar leven. Alles klopte: haar glimlach, de timing, de natuurlijke uitstraling, perfect camerawerk en vooral een geweldige, vrolijke sfeer. Wat ze ook allemaal had meegemaakt, ze was erin geslaagd de mensen thuis ervan te overtuigen dat ze dat allemaal achter zich had gelaten, en het gewoon geweldig naar haar zin had op dat podium.

Het publiek was buiten zinnen – aan het lawaai te oordelen was dit een favoriet voor de finale. Yarden kwam van het podium af en piepte van opluchting. Ze omhelsde Niv en Yanai en in elkaars armen maakten ze een rondedansje totdat ze plaats moesten maken voor de volgende act. Ze werden meegenomen naar de zogenaamde green room. Daar zaten alle landen die al waren geweest en er ging een warm applaus op toen de Israëli's binnenkwamen.

Yarden, de band, de zangeressen, Dorit, Niv, Yanai en Effie gingen zitten. Ze waren alle tien helemaal high van opwinding na het fantastische optreden van Yarden. Yanais telefoon stond geen seconde stil: alle pers wilde van Yarden weten hoe ze zich voelde na haar optreden en of ze dachten dat Israël zou doorgaan naar de finale.

Yanai keek naar de klok. Nog iets langer dan een uur en ze zouden weten of ze door waren naar de finale of met de staart tussen de benen terug naar huis moesten. Een ober bracht een blad met champagneglazen en twee extra flessen. De groep viel er op aan als dorstige wolven en begon vast met vieren. Yanai keek om zich heen naar de andere delegaties en zag Szilvia, Adam en de rest van de Hongaren zitten. De sfeer was daar heel wat minder uitgelaten. Yanai en Adam maakten oogcontact en glimlachten naar elkaar. Adam schreeuwde: 'Veel geluk!' En Yanai riep meteen terug: 'Geluk hebben we vanavond niet nodig.'

De tijd vloog voorbij in de green room. Na een, twee, drie glazen champagne en het kijken naar de overgebleven acts was het moment van de waarheid aangebroken: de aankondiging van de finalisten!

Yarden kon haast niet geloven dat het moment waarvoor ze zo hard had gewerkt, nu eindelijk was aangebroken. Ze gaf het liever niet toe, maar ze was best een beetje zenuwachtig voor de uitslag. Niemand had beloofd dat ze de finale zouden halen, en met al dat geklets over 'makkelijk winnen' zouden mensen ook zomaar kunnen beslissen juist níét op Israël te stemmen. De ontvoering had dan wel een eind gemaakt aan de speculatie over boycots vanwege de situatie in Gaza, maar de race was nog lang niet gelopen.

Yarden zette haar glas neer en vroeg aan Yanai: 'Wees eerlijk: zijn we door of niet?'

'Ik heb geen idee. Ik denk dat we door zijn, en dat we als laatste worden genoemd.'

'Waarom dat?'

'Omdat de Eurovisie wel van een beetje spanning houdt en ze weten dat Israël al vijf keer achter elkaar is afgevallen in de halve finales. Om ons te stangen, dus eigenlijk. Maar je weet het hier maar nooit. Ik denk echt dat we door zijn. Het zou balen zijn als het niet zo was. Maar ik denk van wel.'

'Dus we zijn door?'

'Hou je kop! Nee, echt: ze gaan beginnen. Maak je klaar om uit je dak te gaan!'

De gastheren hielden de spanning er tot het allerlaatst in. Overal in Europa hielden duizenden en duizenden fans hun adem in en konden niet wachten om te weten te komen of hun favoriet door was naar de finale. Yanai had de uitspraak 'de spanning is te snijden' nog nooit zo toepasselijk gevonden. Hij en Yarden zaten hand in hand, Niv hield hem vast en mompelde willekeurige Bijbelteksten. Dorit zag eruit of het hele gedoe haar niet kon boeien en keek onbewogen voor zich uit. Alleen de band, de achtergrondzangeressen en Effie zwaaiden uitbundig met de vlag.

Iedereen luisterde aandachtig naar de presentatoren. 'Het eerste land dat zich mag gaan opmaken voor de finale is ... Albanië!'

Het publiek juichte voor Albanië. Yanai, Niv en Yarden waren in shock. Dat stomme lied met die zangeres die geen noot kon raken was door naar de finale? Wat is er in godsnaam mis met de jury's van Europa?

'Het tweede land dat naar de finale gaat is ... Hongarije!' Yanai schreeuwde van enthousiasme en zag de vreugde-explosie bij zijn vrienden. Het lied was middelmatig, de zanger niet best, maar toch was hij hartstikke blij voor Adam en Szilvia.

'Als derde land in de finale is gekozen ... Zweden!' Het publiek ontplofte van enthousiasme, net zoals het telkens deed als er een nieuw land werd genoemd. Er gingen nog vijf landen door en er waren nu nog maar twee plaatsen over in de finale. Israël was nog steeds niet gekozen. Yarden mompelde dat ze net zo goed meteen hun koffers konden gaan pakken, dat het afgelopen was en alles voor niets was geweest. De tranen begonnen over haar wangen te biggelen.

'Hou je kop, oké? Het is nog niet voorbij. Ik zei toch dat we als laatste door zouden gaan?'

'Vergeet het maar. Als ze ons nu nog niet hebben genoemd, moeten ze ons wel echt volkomen waardeloos vinden.'

'Het negende land in de finale is ... Estland!' Het publiek ging weer uit zijn plaat en de vlaggen wapperden in het rond.

Yanai zag een cameraploeg scherpstellen op de delegatie naast de Israëli's en wist precies wat dat betekende. Zachtjes fluisterde hij tegen zijn team: 'Maak je klaar.'

De presentatoren begonnen het publiek te vragen welk land de tiende en laatste finaleplaats volgens hen had verdiend. Er werd heel vaak 'Israël, Israël' geroepen en dat deed Yarden toch goed. Als ze het dan niet zouden halen, was het in elk geval een troost dat het publiek haar lied wél mooi had gevonden, want dat was toch het allerbelangrijkste.

'En het tiende en laatste land dat doorgaat naar de finale is ...'

De camera's pingpongden tussen landen die nog niet waren genoemd en Yarden was bang dat ze een hartaanval zou krijgen. Kap een keer met dat overdreven drama – zijn we door of zijn we niet door?

'Het tiende land is Israël!'

Precies op dat moment klapte de Israëlische vlag op het grote scherm en verdween in één klap alle spanning en stress. Ze zaten in de finale! Iets wat de afgelopen vijf jaar niet was gelukt, hadden zij voor elkaar gekregen!

Yanai, Yarden en Niv konden elkaar gewoon niet meer loslaten en huilden dikke tranen van vreugde. Ze hadden het gedaan, tegen alle verwachting in, en ondanks het conflict in Gaza, de internationale kritiek, de dreigende boycot en natuurlijk de ontvoering. Het was ze gelukt: ze zaten in de finale van het Eurovisie Songfestival!

***

Na de persconferentie zat het Israëlische team weer in de minibus op weg naar het hotel. De talloze telefoontjes van het opgetogen thuisfront deden hun werk en de sfeer was opperbest. De delegatie zong dronken van geluk Israëlische liedjes die ooit het Songfestival hadden gewonnen: 'Abanibi', 'Diva' en 'Halleluja'. Het was bijna drie uur 's nachts en iedereen was uitgeput. Dorit stond op en vroeg even de aandacht.

'Ik wil alleen maar even zeggen dat ik bijzonder trots ben op jullie allemaal, en op deze fantastische prestatie. Ik heb ook diverse aardige telefoontjes met felicitaties van het Televisiebureau gekregen, daar is iedereen ook heel trots op jullie. Jullie hebben nu twee dagen vrij, dus rust lekker uit en kom weer op krachten!'

Dorit maakte haar praatje af en ging weer zitten. Yarden en Yanai zaten naast elkaar. Yarden moest telkens gapen maar wist nu al dat ze vannacht nooit in slaap zou kunnen komen, na alle opwinding.

Yanai zat na te denken over de afgelopen avond en wat de komende dagen zouden gaan brengen. Hij rekende op twee dagen droomloze slaap. Maar eerst wilde hij naar zijn kamer en onder een hete douche springen. Veertien uur lang hangen in de muziekhal was bepaald geen pretje, zeker wanneer je niets behoorlijks te eten had gehad.

Eindelijk stopte de minibus voor het hotel. Niv was de eerste die het zag en riep de rest. De mensen van het hotel – die nu al naar huis waren – hadden op het scherm een videokaart achtergelaten met de tekst 'Yarden en Israël altijd nummer één'. Het team ging ermee op de foto en vertrok vervolgens naar de kamers voor een welverdiende nachtrust. Ook Yanai wilde net gaan, toe hij iemand in de lobby hoorde roepen. Het was Adam. 'Gefeliciteerd met het halen van de finale.'

'Dank je, jullie ook. Wees maar blij dat jullie al als tweede werden genoemd, wij hadden de hoop al bijna opgegeven toen we als laatste doorgingen.'

'Je hebt gelijk, maar Hongarije en Israël zijn allebei door en dat is het belangrijkste. En hadden wij niet iets afgesproken over een drankje om het te vieren?'

'Zeker! Dolgraag. Mag ik eerst even douchen? Ik voel me net een Thaise hoer na een bus vol met Duitse toeristen.'

Adam lachte. 'Geen probleem. Ik zit hier in de hotelbar. Wat wil je drinken?'

'Weet je wat? Doe maar een gin-tonic. Een dubbele. Maken we er een feestje van.'

'Oké, zie ik je zo.'

'Top! Trouwens, waar is Szilvia? Viert zij ons feestje ook mee?'

'Ze is in haar kamer. Heb je haar nodig voor een feestje?'

Yanai dacht na. 'Nee, we vieren morgen wel een feestje met haar. Vannacht is het jij en ik.'

31

Dag 11

BAKOE, MOSKOU

NA EEN NACHT VOL DRANK OM TE VIEREN DAT ZE TOT DE finale waren doorgedrongen, én een klein privéfeestje met Adam, besloot Yanai om acht uur 's ochtends dat hij echt wat slaap nodig had. Hij zou even naar de eetzaal wippen om wat te eten, en dan snel terug in bed kruipen om een paar uur zijn ogen te sluiten. Ze hadden twee dagen vrij vóór de hectische repetities van start gingen, dus dit was de ideale gelegenheid om zijn rust te pakken. Dat dacht hij tenminste.

Aan het ontbijt zagen alle leden van de ploeg eruit alsof ze de hele nacht hadden doorgefeest, inclusief Yarden, die oogde alsof ze door een vrachtwagen was overreden.

Tussen een hapje en een geeuw door rinkelde de telefoon die Yanai van de organisatie had gekregen. Hij kende het nummer op het scherm niet, maar omdat het leek op dat van hem, nam hij aan dat hij werd gebeld door een collega uit een ander land die ook zo'n mooi afgeluisterd toestel had gekregen.

'Hallo?'

'Hallo, spreek ik met Yanai?'

'Absoluut!'

'Goedemorgen, u spreekt met Anastasia van de pr van Rusland.'

'Hallo Anastasia, hoe is het?'

'Goed, dank u. Ik geloof niet dat we al de kans hebben gehad officieel kennis te maken.'

'Nee, het is inderdaad jammer dat we elkaar niet eerder hebben ontmoet in een van de leuke kroegjes die je hier overal in de stad hebt, maar het is desondanks hartstikke leuk kennis te maken!'

Het bleef even stil aan de lijn. 'Hoe dan ook: we hebben een aanvraag voor u binnengekregen. De redactie van een landelijke tv-show die ook wordt uitgezonden in Letland en Litouwen heeft me verzocht u te vragen of uw zangeres naar Moskou zou willen komen om haar lied vanavond te zingen. Ze vonden haar gisteren helemaal te gek bij de halve finales.'

'Anastasia, misschien hebben we een slechte verbinding, maar ik dacht dat je vroeg of we vanavond in Moskou wilden komen optreden. We zitten in Bakoe!'

'Dat weet ik. Er vertrekt om twee uur een vlucht naar Moskou en die duurt maar drie uur. U haalt het dus makkelijk. Ik kan u in contact brengen met de producer, als u wilt, en als ik wat collegiaal advies mag geven: ik zou het doen. Dit programma heeft heel hoge kijkcijfers.'

'Nou, allereerst bedankt voor je telefoontje – dat is echt heel aardig. Ik ga kijken of ik het kan organiseren en kom zo snel mogelijk bij je terug.'

In één seconde was alle uitputting verdwenen en knalde de adrenaline door het lijf van Yanai. Hij keek naar Yarden. Ze zat te gapen en met haar eten te spelen en zag er zo moe uit dat Yanai héél even overwoog haar met rust te laten. Maar deze gelegenheid kon hij niet laten lopen. Vooral omdat een goed optreden op de

Russische tv later een heleboel dikbetaalde optredens voor oligarchen in het laatje zou brengen.

Yanai wist dat Yarden een heleboel privégeld had geïnvesteerd in haar deelname aan het Songfestival, en dat ze die investering binnenkort zou moeten gaan terugverdienen. Of ze hem hoorde denken, keek Yarden hem aan en veegde wat haar uit haar gezicht. 'Ik weet niet waar dat over ging, of waarom je zo naar me kijkt, maar het antwoord is nee.'

'Oké, prima, dat is het nee.' Yanai pakte een sneetje speltbrood en begon dat luxueus te beleggen met groene tahin en plakjes wortel en tomaat. Hij nam een grote hap.

'Yanai?'

Yanai was uitgekauwd en slikte. 'Yarden?'

'Wat is er dan?'

'Niks! Alles prima. Jij?'

'Je zei dat je iets zou uitzoeken over vanavond. Waar ging dat over?'

'Wat maakt het uit? Je hebt nee gezegd, dus vergeet het.'

'Kun je me niet ten minste even vertellen wat ze wilden?'

'Nee, vergeet het. Als ik het vertel, wil je het doen, dus je kunt beter maar van niets weten.'

Yanai nam weer een hap.

'Ah, toe?'

'Yarden, laat het los! Ik krijg net een superleuke kans aangeboden, maar als je er geen zin in hebt, hoeven we er ook verder geen tijd aan te verspillen!'

'Ik zweer je: als ik niet zo godvergeten moe zou zijn, stond ik op en sloeg ik je op je bek!'

'Pas maar op, straks vind ik het nog lekker!'

'Yanai! Wie was het en wat moesten ze?'

Yanai pakte zijn glas vruchtensap en nam een gulzige teug – een laatste dramatische pauze voor hij zou vertellen dat ze zo direct naar Moskou zouden vliegen.

***

Een half uur later had Yarden een tas gepakt en was ze klaar om te vertrekken. Yanai had de tickets geregeld met het Russische productieteam en Niv – een en al behulpzaamheid – had Vadim op de hoogte gesteld. Vadim had op zijn beurt een politie-escorte georganiseerd en in overleg met zijn superieuren maatregelen getroffen voor hun beveiliging in Moskou. Effie liet zoals gebruikelijk het vuile werk aan anderen over en lag te slapen op zijn kamer.

Yarden en Yanai vielen al in slaap voordat het vliegtuig goed en wel was opgestegen en werden pas weer wakker toen de wielen neerkwamen op de landingsbaan van vliegveld Domodedovo, vlak buiten Moskou.

Yarden was nog nooit in Moskou geweest en vond het reuze spannend de Russische hoofdstad voor het eerst te zien. Yanai was al twee keer eerder in Moskou geweest – beide keren twee weken. De eerste keer had hij Mirit begeleid tijdens haar Songfestival-campagne, en toen had hij gezworen nooit meer terug te komen in die nare grijze stad met zijn humeurige en chagrijnige mensen en vreselijke files. Maar ondanks die heilige eed was hij nog één keer teruggekomen voor een klus waar hij een belachelijke hoeveelheid geld mee had verdiend.

De studio was niet ver van het vliegveld, maar door het verkeer kon de rit zomaar vier uur in beslag nemen. Onderweg vertelde Yanai Yarden alles over de lotgevallen van de stad en alle bizarre dingen die hij hier had meegemaakt.

Yarden staarde stilletjes uit het raam. Vermoeidheid vrat zich een weg door haar hersens, en de gedachte dat ze misschien nog uren in een auto zouden moesten zitten, maakte dat ze maar blééf gapen.

'Verveel ik je?'

'Nee, maar je bent onsamenhangend aan het babbelen. Ik ben volkomen kapot en als ik de geruchten in het hotel van vanmorgen moet geloven, heb jij vannacht ook niet veel geslapen. Ik begrijp niet hoe je zo wakker kunt zijn.'

'Wat heb je gehoord?'

'Niv vertelde dat je de nacht hebt doorgebracht met een Libanees.'

'Natuurlijk: laten we er een Libanees van maken. Hij komt oorspronkelijk uit Libanon, maar hij is een Hongaar.'

'En daar wordt het beter van?'

'Je bent een schatje. Om je vraag te beantwoorden: ik bloei op in dit soort situaties. Ik ben niet moe, maar ik zal mijn mond houden, zodat jij even kunt slapen. We zitten tenslotte voor de verandering een keer opgesloten in een comfortabele auto, en het ziet ernaar uit dat we nog wel een paar uurtjes onderweg zijn.'

Drie minuten later lag Yarden al te snurken.

***

Vijf minuten voor hun aankomst bij de studio maakte Yanai Yarden wakker en praatte haar snel even bij. 'We zijn precies op tijd voor een snelle soundcheck en de make-up. Ik ben een half uur geleden met de producer door alle vragen heen gegaan en daar zit niks verrassends bij. Ik wil je nog wel graag even iets vertellen over de Russische mentaliteit. In tegenstelling tot wat je gewend bent in Israël, kun je hier niet vragen een opname overnieuw te doen, of wat voorwaarden vooraf te stellen. In Rusland is de regisseur God, en als hij iets beslist, is er geen weg terug. Hou daar dus rekening mee.'

'Waarom vertel je me dit?'

'Weet ik niet. Om te voorkomen dat je iets onaardigs zegt tegen de regisseur of zoiets dergelijks. Onthoud gewoon: Moskou is net zo erg als Bakoe. Wat je aan de buitenkant ziet, is iets heel anders dan wat je krijgt als je eenmaal binnen bent.'

En inderdaad: in de studio leek het alsof de jaren 70 van de vorige eeuw nog altijd in volle gang waren. Maar de kleedkamer was luxueus en de studio's waren uitgerust met de modernste apparatuur. Na een vlugge soundcheck werd Yarden naar de make-up gebracht, waar ze in plaats van de gevraagde koffie een shot pure wodka in haar handen kreeg gedrukt.

'Zijn we in een soort karikatuur beland? Wat gebeurt hier allemaal?'

'Het lijkt erop. Maar het is niet zo'n slecht cliché, dus word wakker, neem een slok en geniet ervan!'

'Als jij het goed vindt ... Nasdrovia!'

Op de weg terug naar het hotel, na de opnames, het interview en haar optreden, stroomde de adrenaline nog in grote hoeveelheden door haar bloed. Ze was wakkerder dan ooit en dolgelukkig! De tv-crew was hartstikke aardig geweest; de vragen van de interviewer over de ontvoering en het winnen van de halve finale waren oprecht en to the point, net als zijn complimenten toen hij haar verzocht haar lied ten gehore te brengen. Toen ze klaar was, kreeg ze een staande ovatie van het publiek – ze was compleet in de wolken.

In de limousine onderweg naar het Four Seasons Hotel naast het Kremlin keek ze haar ogen uit naar de stad en alle iconische gebouwen. Ze checkten in en vertrokken voor een tour langs het Kremlin en zijn omgeving, en genoten met volle teugen van een laat diner in een heerlijk restaurant.

'Kom, babe, we moeten terug naar het hotel. Onze vlucht naar Bakoe vertrekt al over een paar uur.'

'Hoe bedoel je, "een paar uur"? Hoe laat moeten we dan vliegen? Ik weet van niks!'

'We kunnen drie, vier uur slapen voor we moeten vertrekken naar het vliegveld, dan vier uur in de auto, dan de vlucht ... dan zijn we morgenmiddag rond een uur of twaalf weer in Bakoe.'

'Oh, mijn god! Welke gek heeft dat schema bedacht? Het is verschrikkelijk!'

'Het plaatselijke team.'

'Ik hoop dat ze allemaal een kip neuken, SARS krijgen en doodgaan.'

Yanai barstte in lachen uit. 'Tikkie aangeschoten, juffrouw Yarden?'

'Zonder meer. Maar kom óp, zeg. Konden we nou echt niet een vlucht later nemen, zodat we één keertje een normalemensennacht konden slapen?'

'Welzeker hadden we dat gekund, maar ik heb specifiek gevraagd om de eerste vlucht omdat ik niet het risico wilde lopen dat onze vlucht werd geannuleerd en de repetities van vrijdag in de soep zouden lopen.'

'Dus je zegt eigenlijk dat jij verantwoordelijk bent voor deze ramp?'

'Ja.'

'Mooi is dat.'

'SARS?'

'En vogelgriep, verdomme.'

32

Dag 13

DE FINALE – REPETITIES

YARDEN KEEK UIT HET RAAM VAN DE BUS OP WEG NAAR de muziekhal voor de eerste dag van de repetities voor de finale. Ze had van Yanai en Dorit begrepen dat het precies hetzelfde zou gaan als bij de halve finales: twee volle dagen ter plaatse, twee repetities op vrijdag, de generale repetitie op zaterdag, en dan 's avonds de grote finale. En tussendoor dan maar zien dat ze af en toe even rust kon pakken en op krachten kon komen.

Ze was uitgeput van de laatste paar maanden, maar het meest van de laatste twee weken in Bakoe. Immuun voor het uitzicht op zee en de recente renovaties van de stad, dacht Yarden aan alles dat ze had moeten doormaken om het tot de finale te schoppen. Omdat er voor de finale nog wat extra journalisten en medewerkers van het Televisiebureau waren aangekomen, hadden ze eindelijk het viezige minibusje mogen inruilen voor een volwassen, luxe touringcar.

Yarden sloot haar ogen. Er stond nu veel meer druk op de ketel, omdat het hele land rekende op de overwinning na de ontvoering en de goede prestatie tijdens de halve finale. Daar werd ze behoorlijk nerveus van. Ineens voelde alles, behalve winnen, als een mislukking.

Hoe kon dat? Eerst was ze een nationale held omdat ze na vijf jaar de finale had gehaald en nu móést ze ineens winnen? Hadden mensen niet in de gaten dat ze van al die druk alleen maar zenuwachtiger werd? Yarden probeerde het van zich af te zetten.

Als ze die ontvoering uit haar hoofd kon halen, moest het zeker lukken met de druk om te winnen. Ze hield haar ogen dicht en luisterde naar wat er in de bus gebeurde. Het was stil. Niemand zong, praatte, lachte of gaf een ander teken van leven. Iedereen was gewoon te moe, zelfs aan het ontbijt was het stil geweest. En zij hadden nog twee dagen rust gehad, terwijl Yarden op en neer naar Moskou was gevlogen. Hoe moe moest zij dan wel niet zijn?

Yarden opende haar ogen en haalde een honingsnoepje uit haar tas. Ze was bang dat haar keel het zou begeven onder de stress en de vermoeidheid, dus had ze die morgen een sjaal omgeknoopt en gevraagd of de airco uit mocht, hoewel deze helemaal niet koud was. Yarden keek om zich heen. Iedereen in de bus had zijn ogen dicht. Zelfs Yanai, normaal zo energiek, was in slaap gevallen. Ze dacht zelfs dat ze een druppeltje kwijl uit zijn linker mondhoek zag glijden.

Het duurde ongeveer een half uur voor ze bij de hal waren. De slaperige gedelegeerden kwamen uit de bus en wandelden rustig naar de veiligheidspoortjes bij de beveiliging. Een voor een scanden ze hun pasjes en gingen ze door de poortjes, op weg naar de kleedkamer van liedje nummer negen.

Er viel Yarden iets vreemds op aan de ruimte backstage: stilte. Niemand schreeuwde of rende in het rond. Iedereen zag eruit als zombies, iedereen had zich overgegeven aan de vermoeidheid. Twee weken vol repetities, feesten, interviews en keihard werken naderden hun einde, en de prijs die werd betaald, het leidmotief, was uitputting.

Yarden stond voor de deur van de Israëlische kleedkamer. Zoals gebruikelijk doorzocht het veiligheidsteam de kamer en haalde de vlag van de deur. Hadden die maatregelen eerst raar en overdreven beschermend geleken, nu waren ze niets meer of minder dan gewone routine. Het was verbazingwekkend hoe snel vreemde gewoontes een tweede natuur waren geworden. De twee repetities op vrijdag waren inclusief haar, make-up en kleding, net als tijdens de finale, alleen zonder punten en hoogspanning.

Yarden zette haar tassen op de grond en schonk zichzelf een kop koffie in. Ze wist dat ze de komende anderhalf uur zoet zou zijn met haar haar en make-up. Tegen die tijd had iedereen zijn eigen routine: de achtergrondzangeressen gingen naar de make-up, Niv en Dorit naar de ruimte voor Eurovisie-hotemetoten, en Yanai naar de perskamer. Niemand had zin en iedereen vloekte zachtjes in zichzelf.

Onderweg naar de make-up zag Yarden ineens het bordje op de deur van de kleedkamer naast hen. Italië. Ze vloekte onwillekeurig tegen het onschuldige bordje. Dus de komende 24 uur zou Marco pál naast haar zitten? De klootzak!

Yarden liep verder. Alle respect, maar ze ging niet alles waar ze zo hard voor had gewerkt in de waagschaal stellen door zich druk te maken over een Italiaanse sukkel, aan wie ze de afgelopen dagen sowieso geen gedachte had vuilgemaakt. Ze liep naar de make-up met haar hoofd omhoog, een lach op haar gezicht en haar favoriete mantra bij de hand: alles komt in orde.

Voordat hij naar de perskamer ging, wandelde Yanai nog een beetje rond in de open ruimte tussen de kleedkamers. Hij wilde nog niet naar de perskamer, die vast en zeker uit zijn voegen barstte van de energie en opwinding van de journalisten en fans die zich er in drommen hadden verzameld. Hij voelde zich uitgeput en krachteloos.

Hij ging zitten bij een van de met guave gevulde sapmachines en staarde naar een zalige serveerster met een klein snorretje die het spul onder de aandacht van alle voorbijgangers probeerde te brengen. Dit wilde hij de hele dag wel doen. Zitten, staren, nietsdoen. Zijn spieren deden pijn en hij kon zich moeilijk concentreren. Zou hij soms een of ander virus hebben opgepikt in Moskou? Hij vervloekte het moment dat hij had ingestemd met die trip naar dat vervloekte oord, waar nooit iets goeds van kwam. Hij staarde nog eens naar de serveerster en vroeg zich af of de organisatoren de juiste keus hadden gemaakt toen ze haar vroegen als boegbeeld van de schoonheid van hun land en zijn inwoners.

Hij werd zachtjes op zijn schouder getikt en keek op. Het was de Oekraïner, die met een grote glimlach naast hem stond. Yanai keek snel op zijn badge: de man heette Miroslaw.

'Oh, dat is toevallig! Ik wilde u eigenlijk even spreken.'

'En ik wilde u spreken en bedanken voor wat u hebt gedaan.' Miroslaw keek links en rechts en fluisterde toen samenzweerderig in Yanais oor: 'Zelfde deal voor morgenavond?'

Yanai was verrast. 'Waar heeft u het over?'

Miroslaw keek verbaasd. 'De Israëlische jury heeft Oekraïne twaalf punten gegeven. U heeft zich aan de afspraak gehouden en we willen graag dezelfde afspraak voor de finale maken.'

Yanai was verbijsterd. Hoe kon dit zijn gebeurd? Hij had helemaal niet eens met de juryleden gesproken, laat staan ze beïnvloed, dus waarom hadden ze Oekraïne twaalf punten gegeven? 'Luister, Miroslaw, ik was net op weg naar de kleedkamer, kunnen we het hier later over hebben?'

'Zeker! Geen probleem. Ik heb weer een envelop voor u. Die geef ik u dan later.'

Yanai keek Miroslaw na en begreep er geen reet van. Maar voor hij de situatie goed en wel kon analyseren, stond er weer iemand voor zijn neus: Adam.

'Je ziet er slecht uit. Is alles oké?'

'Dank je wel, Adam, jij hebt ook betere tijden gekend.'

'Altijd even complimenteus, hè?'

'Sorry. Ik heb het gevoel dat ik ziek word.'

'Wat heb je dan?'

'Waarschijnlijk vogelgriep, maar het kan op deze plek net zo goed dysenterie zijn.'

'Niks terminaals dus?'

'Tot groot verdriet van een paar mensen niet, nee: ik overleef het wel.'

'Nou, pak jezelf dan beet, want we zitten in de allesbeslissende fase van het Songfestival.'

'Ja, meneer! En hoe gaat het aan jullie kant? Iedereen in orde, of zijn er bij jullie ook al slachtoffers gevallen?'

'Onze zanger heeft griep, maar ik denk dat die psychosomatisch is. Hij was vlak voor de halve finales ook al ziek, dus ik denk dat het door de spanning komt. Szilvia voelt zich ook niet zo lekker, maar ik denk eerlijk gezegd dat iedereen lijdt aan het eind-van-het-Songfestival-syndroom, en gewoon uitgeput is van de laatste twee weken. Ik zag net het hoofd van de Sloveense delegatie keihard met haar hoofd tegen een deurpost knallen. Het is niet grappig, maar ook weer wel, snap je? Iedereen draait op de automatische piloot. Als de mensen thuis eens wisten hoe het werkelijk toegaat achter de schermen, zouden ze met een heel andere blik naar het Songfestival kijken en misschien een beetje meer waardering hebben voor de mensen die eraan meewerken. Denk je ook niet?'

'Sorry, wat?'

'Wat, wat? Heb je niks gehoord van wat ik allemaal heb gezegd?'

'Sorry, ik raakte afgeleid. Ik heb alleen iets over Slovenië gehoord. Ik voel me echt niet zo lekker, ik denk dat ik even naar de ziekenboeg ga om wat pillen te scoren.'

'Zal ik even met je meegaan?'

'Waarom niet? Misschien geven ze jou ook meteen een handje pillen.'

'Ik heb niks nodig.'

'Schatje, je hebt me eergisteren gezoend. Als ik griep heb, heb jij het ook.'

'Misschien heb je wel gelijk. Laten we maar even naar de verpleegster gaan. Trouwens: waar was je de afgelopen paar dagen? Ik heb je hotel geprobeerd te bellen, je mobiel was uitgeschakeld ...'

'Wist je niet dat we in Moskou waren?'

'Wat? Wanneer?'

'Van woensdag tot gisteren. We werden gevraagd voor een interview en een optreden in een belangrijke tv-show, en we zijn ervoor gegaan. Erg cool, maar het was wel de nekslag voor ons – een belachelijk vluchtschema en nauwelijks slaap.'

'Nu begrijp ik waarom je er zo uitziet.'

'Begin je nou alweer?'

'Nee, serieus. Je ziet er niet goed uit en je bent bleek. Kom mee naar de ziekenboeg, straks is het ernstig!'

De diagnose was uitdroging en Yanai werd aan een infuus gelegd om zijn lichaamssappen aan te vullen. Hij was opgelucht, want hij had tenminste niets besmettelijks waarmee hij zijn teamgenoten had kunnen aansteken en hun prestatie in gevaar had kunnen brengen. Yanai moest even rustig blijven liggen op zijn ziekenhuisbed en hij gehoorzaamde zonder mopperen – dit was zijn kans om wat broodnodige rust te pakken.

Niv maakte af waar hij mee bezig was in de hotemetotenkamer en ging naar de kleedkamer. Effie zat op zijn telefoon Candy Crush te spelen.

'Op welk level zit je?'

'Achthonderd-nog-wat. Ik heb al zowat tachtig levels uitgespeeld sinds we hier in Bakoe zijn aangekomen. Ik verveel me te pletter hier en ik heb helemaal niets te doen. Ik zweer je: als ik had geweten dat het zo zou zijn, was ik lekker thuis gebleven.'

'Je kunt toch niet beweren dat je het hier slecht hebt.'

'Nee. Om het hele Songfestival vanachter de schermen mee te maken is echt een geweldige ervaring, maar om eerlijk te zijn: ik heb niks te doen. Jij en Yanai hebben de teugels in handen en er blijft niets over voor mij.'

'Is dat een compliment of kritiek?'

'Nee, nee, zeker geen kritiek. Jullie weten wat jullie doen, dus ik heb een stap achteruit gedaan. Ik heb geen reden me met jullie werk te bemoeien. En ik wil al helemaal niet ondankbaar of kritisch klinken.'

'Ah, oké, bedankt.'

Niv ging naast Effie zitten, pakte zijn mobiel en begon ook aan een spelletje Candy Crush.

'Op welk level zit jij?'

'Duizendeenenzestig. Het wordt steeds moeilijker, maar ik kan er gewoon niet mee ophouden.'

Niv en Effie speelden nog een paar minuten door, tot ze plotseling een Engelstalig gesprek hoorden in de kleedkamer naast hen: die van Noorwegen. Hoorden ze het nou goed? Het ging over Yarden, en Israël! De twee mannen kropen dichter tegen de tussenwand om het gesprek beter te kunnen volgen. Een van de sprekers, vermoedelijk de Noorse zanger, zei dat hij niet begreep dat Israël niet was gediskwalificeerd vanwege de kwestie-Gaza. En waarom de European Broadcasting Union oorlogszuchtige landen toeliet die zich vergrepen aan zwakkere broeders. En dat het extra oneerlijk was dat Israël nu ook nog ging winnen, omdat hun zangeres was ontvoerd, en dat het jammer was dat ze ongeschonden was teruggekeerd.

De Israëli's keken elkaar in shock aan. Dit werd Niv te gortig. Hij ging de kleedkamer uit en beukte op de deur van de Noren. Zonder te wachten op antwoord, stapte hij naar binnen.

'Dat jullie weten dat we jullie woordelijk kunnen verstaan, stelletje arrogante klootzakken!'

Hij smeet de deur weer dicht en keek naar Dan, die de deur van hun kleedkamer bewaakte.

'Hoorde je wat ze zeiden over Yarden?'

'Ja.'

'En wat denk je ervan?'

'Maak je geen zorgen.'

'Wat bedoel je daarmee?'

'Het betekent: maak je geen zorgen. Ik handel dit af.'

Niv was nog steeds boos. Hij wilde die klojo's uit Noorwegen te lijf, maar wat kon hij doen? Een voedselgevecht beginnen? Het was geen kleuterschool. Die zanger op zijn bek slaan? Absoluut niet. Het incident ergens rapporteren? Waar deed je dat dan en wat zou hij ermee bereiken?

Waarschijnlijk niets. Hij besloot het aan Dan over te laten, schreeuwde nog één keer 'Klootzakken!' naar de Noren en ging terug naar de kleedkamer.

Niv en Effie besloten niets over het incident te zeggen tegen de anderen. Het had geen zin vlak voor de eerste repetitie de sfeer te bederven, en iedereen had toch al een slecht humeur.

Langzaam maar zeker verzamelde het team zich in de kleedkamer en begon iedereen zich voor te bereiden op de eerste repetitie – iedereen behalve Yanai, die nog steeds lag te rusten in de ziekenboeg. De sfeer in de kleedkamer zat er al lekker in door de verse energie van de zangeressen, die niet konden wachten om het podium te bestormen. De repetitie was met livepubliek en iedereen wilde een goede indruk maken, al was het maar om een beetje hoger te scoren bij de bookmakers. Israël stond nu al bovenaan, op de voet gevolgd door Groot-Brittannië en Zweden.

Yarden kleedde zich aan en nam nog een slok koffie. Ze voelde zich nog steeds hondsmoe, maar liet zich niet door dat gevoel overweldigen. Ze voelde zich ook niet zielig. Ze mocht zo het podium op en meedoen aan het Eurovisie Songfestival, het belangrijkste muziekevenement ter wereld, en daar pasten alleen maar opwinding en gepaste vreugde bij.

Ze begon samen met de achtergrondzangeressen haar stem op te warmen en toen ze daar mee klaar waren vroeg ze iedereen om nog even te blijven en samen Halleluja te zingen. Ze wilde dat iedereen in een wedstrijdstemming kwam en een positieve sfeer kweken.

De hele delegatie barstte in zingen uit toen plotseling de deur openging en een paar cameraploegen in de deuropening verschenen en opnames van de zingende en dansende Israëli's begonnen te maken. Dat maakte de sfeer nog feestelijker en aan het eind van het lied klapte iedereen voor zichzelf en scandeerde: 'El, El Israël.' Dat was het: de ploeg was klaar om Europa te veroveren.

***

De eerste repetitie was een succes. Zoals verwacht kwam Yarden oog in oog te staan met een uitzinnig publiek en ze gaf dat publiek alles wat ze had. Ze merkte dat ze er echt zin in had, en dat was een goed gevoel. Ze was niet getraumatiseerd, ze was niet depressief, ze was gewoon moe. En daarom trok de wereld een beetje schimmig aan haar voorbij. Maar als het erop aankwam, was ze helemaal bij de les.

De Israëli's gingen terug naar hun kleedkamer om zich om te kleden en uit te rusten. Ze hadden nog ongeveer vier uur tot de tweede repetitie, die zou worden bijgewoond door de internationale juryleden, die hun finalepunten kwamen uitdelen. Daarmee maakte het optreden van die avond de helft van de totaalscore uit en was dus erg belangrijk.

Iedereen was doordrongen van het belang van de tweede repetitie, maar het duurde nog wel even voor het zover was en op dat moment waren ze allemaal vooral op zoek naar een plek om het moede hoofd te rusten te leggen. Yarden was de eerste die Yanai miste, en niemand wist waar hij was. Niv was net van plan de mysterieuze vermissing bij Dan te gaan melden toen het onderwerp van gesprek aanzienlijk opgefrist kwam binnenwandelen.

'Daar ben je! Waar was je? Je hebt de eerste repetitie gemist!'

'Ik was in de ziekenboeg. Ik bleek uitgedroogd te zijn en ze hebben een infuus met vloeistof in mijn aderen geprikt. Maar ik ben blij dat jullie het zonder mij hebben gered.'

Yarden sprong in zijn armen. 'Hoe ben je nou weer uitgedroogd geraakt? Hoe voel je je?'

'Prima. Veel beter. Ik zal wel te weinig hebben gedronken de laatste paar dagen. Ik bedoel: ik heb wel gedronken, maar geen water, en ik heb ook nauwelijks geslapen, vandaar dus. Hoe ging de repetitie?'

'Het ging hartstikke goed! Maar maak jij je daar nou maar even niet druk over, ga lekker zitten en rust een beetje uit! Heb je iets nodig?'

'Nee, dank je. De verpleegster zei dat ik met een paar uurtjes weer helemaal de oude ben. Wat heb ik gemist?'

Niv en Effie keken elkaar aan en Yanai had meteen in de gaten dat ze iets voor hem verborgen hielden.

'Wat is er, Effie? Wat is er aan de hand?'

'Niks, er is niks gebeurd.'

'Leugenaar. Ik zie het aan je kop. Er is iets gebeurd. Vertel nou maar, ik kom er toch wel achter.'

'Yanai, ga zitten en ontspan. Er is niets aan de hand.'

Yanai, die echt de kracht niet had om een kruisverhoor af te nemen, ging zitten op een stoel in de kleedkamer, nam een slok water, en sloot zijn ogen. Het duurde nog een paar uur voor de belangrijke tweede repetitie begon, en die tijd kon iedereen goed gebruiken om te rusten en op krachten te komen. Yarden lag op een matras vlak naast hem, Niv liep de kamer uit, en de bandleden hingen op stoelen en kussens die ze ergens hadden gevonden. De adrenaline van de eerste repetitie was uitgewerkt, en iedereen voelde de vermoeidheid terugkeren.

Een half uur later klonk er ineens een luid gebonk op een deur, en schreeuwde een mannenstem dat ze onmiddellijk moesten opendoen. Yanai schrok wakker en raakte in paniek. Dat kon toch niet bij hen zijn – dat zou Dan, die buiten de wacht hield, nooit hebben toegelaten. Hij kalmeerde een beetje. Yanai liep naar de deur en deed hem een stukje open. Het bonzen ging door. Toen zag Yanai het: het bonzen was bij de buren, bij de Noorse delegatie. Vijf politieagenten renden de kamer in en gaven iedereen het bevel onmiddellijk de ruimte te verlaten, zodat ze deze konden doorzoeken. De hele Noorse delegatie kwam in volledige verwarring naar buiten geschuifeld. Yanai keek naar Dan, die het allemaal machtig grappig leek te vinden.

'Dan, wat is hier aan de hand?'

'Toen je weg was, hadden we hier een klein incidentje en toen heeft iemand anoniem aan de politie gemeld dat er een sterke geur van wiet uit de Noorse kleedkamer kwam. Jammer dat de politie de kamer net kwam doorzoeken toen het hele Noorse team daar vredig lag te rusten. Lullige timing.'

'En hoe weet jij dat iemand de politie heeft getipt?'

'Dat weet ik gewoon.' Dan knipoogde.

'En is er nog iets dat je me wilt vertellen? Waarom iemand aanleiding zag een anonieme melding bij de politie te doen?'

'Ik weet van niets. Misschien dat Niv en Effie je verder kunnen helpen.'

'Dan, ik wil het heel graag begrijpen. Wat is hier aan de hand?'

'Ik denk dat je het beste kunt teruggaan naar de kleedkamer, en dit zaakje aan de professionals moet overlaten. Laten we het erop houden dat de Noren hebben gekregen wat ze verdienden, oké?'

'Als jij het zegt ...'

Yanai ging weer naar binnen en sliep verder. Er was nog een uur te gaan voordat ze weer in de molen van haar, make-up en verkleden moesten, waarna de spannende tweede repetitie ging beginnen. Tot dan konden ze rusten, een luxe die de delegatie van Noorwegen niet was gegund, maar daar hadden ze het kennelijk naar gemaakt.

***

De tweede repetitie was veel beter dan de eerste. Yarden kwam van het podium met vreugdetranen in haar ogen. Ze was zo blij met de tientallen Israëlische fans die voor haar juichten en klapten en zwaaiden met de vlag – het gaf haar precies het goede gevoel. Het leek net of al het harde werk van de afgelopen maanden was samengekomen in een muzikale explosie van drie minuten. Het camerawerk was ook veel beter en het leek alsof iedereen nu ook echt meehielp om de best mogelijke opvoering van het Israëlische lied te garanderen.

Het was iets over een uur 's nachts toen de Israëlische delegatie in de bus klom en naar het hotel vertrok.

De positieve sfeer en de opwinding waren onmiskenbaar – het was een daverend lawaai in de bus, maar niemand leek het te merken of klaagde erover. Iedereen vertelde zijn eigen versie van het verloop van die magische drie minuten: hoe briljant Yarden had gezongen, hoe de fans maar bleven zwaaien met hun vlaggen en het hele publiek meekregen, en hoe de staande ovatie maar bleef doorgaan, lang nadat Yarden het podium had verlaten. Maar ook: hoe perfect het was en dat ze, als het morgen net zo goed ging, alvast konden gaan nadenken in welke zaal volgend jaar het Songfestival in Israël moest gaan plaatsvinden. Yanai stond op en ging naast Niv zitten. 'Ik heb een vraag. Heb jij enig idee hoe de Israëlische jury heeft gestemd? Ik was zo afgeleid door alle gebeurtenissen van de laatste dagen dat ik helemaal ben vergeten het te vragen.'

'Ja, natuurlijk. Onze jury vond Oekraïne heel goed en heeft ze douze points gegeven. Tien aan Zweden. En als je wilde weten of Hongarije nog een puntje heeft meegepikt: helaas. De jury vond het echt waardeloos.'

'Ik geloof het meteen. Nou ... in elk geval bedankt voor de informatie.'

'Geen punt. Was er een speciale reden dat je het wilde weten?'

'Nee, nee. Niet echt,' zei Yanai en hij ging terug naar zijn stoel.

Om kwart over twee was iedereen naar zijn kamer vertrokken voor een extra lange nacht slaap. Ze hoefden pas 's middags in de muziekhal aan te treden, en konden dus heerlijk op krachten komen na de lange, vermoeiende en opwindende dag die ze achter de rug hadden. Er was deze nacht geen drank en geen feest, niemand ging uit of maakte het te laat. Want morgen was de dag waar het allemaal om ging. Yarden was zó blij met de tien uur slaap die haar te wachten stond ...

33

Dag 14

DE DAG VAN DE FINALE

OM HALF VIER 'S NACHTS, MIDDEN IN ZIJN DIEPSTE SLAAP, schoot Yanai in paniek wakker van het geluid van een oorverdovend alarm. Hij keek op zijn wekker en deed het licht aan. Zijn eerste gedachte was dat hij misschien weer was vergeten het strijkijzer uit te zetten, maar dat had hij helemaal niet gebruikt. Misschien had iemand anders dezelfde domme fout gemaakt of gezellig een sigaretje opgestoken in zijn hotelkamer? Yarden werd ook wakker van het geluid van de sirene – het was onmogelijk door die takkeherrie heen te slapen. Niv vloekte en vroeg zich af welke mongool het alarm liet afgaan in de nacht dat ze allemaal hun slaap het hardste nodig hadden. De hele delegatie schrok wakker, maar niemand kon voorzien wat er de komende seconden zou gebeuren.

Achter de gesloten kamerdeuren van de negende verdieping van het Marriott Hotel hoorden ze het geluid van rennende mensen in de gang, en stemmen die schreeuwden dat ze in hun kamer moesten blijven, de deur goed op slot moesten draaien, zich in de badkamer moesten opsluiten en onder geen beding de kamer mochten verlaten. Dat was zo tegen ieders instinct in dat een paar delegatieleden toch de deur opendeden en de gang inkeken. Maar Vadim en de andere beveiligers schreeuwden dat ze onmiddellijk naar binnen moesten gaan en de deur op slot moesten draaien. Toen was het iedereen wel duidelijk dat het menens was.

***

Om 03.28 uur pikten de veiligheidscamera's een gemaskerde man op die via de ondergrondse parkeerplaats naar de liften liep. Het veiligheidsteam van het hotel wilde geen enkel risico nemen en alarmeerde de Israëlische beveiliging.

Na alle gebeurtenissen van de afgelopen twee weken, besloot Vadim direct zijn mensen te mobiliseren volgens het protocol van een indringer op de negende verdieping. Hij zette het alarm aan en gaf iedereen opdracht in zijn kamer te blijven. Zijn agenten verspreidden zich over de hele verdieping – in de gang en in de lobby bij de liften. Het was onmogelijk hen ongezien voorbij te komen. Vadim activeerde voor alle zekerheid ook nog het noodprotocol en vroeg de politie om ondersteuning.

Yanai pakte zijn telefoon en sloot zich op in de badkamer. Hij keek om en zag dat er een hoteltelefoon aan de wand hing. Hij belde het nummer van Yardens kamer.

'Hallo?'

'Ben je oké? Heb je je opgesloten in de badkamer?'

'Yanai?'

'Ja, ik ben het! Zit je in de douchebak?'

'Ja, in de douche. Wat gebeurt er?'

'Geen idee, maar het klinkt niet als een oefening.'

'Yanai, ik ben bang.'

'Ik ook.'

'Wat moeten we doen?'

'Blijven zitten tot we horen dat het veilig is, denk ik.'

'Je blijft toch wel met me aan de lijn, hè?'

'Natuurlijk. Ik ga nergens naartoe. Ik blijf bij je, schatje.'

Er waren nu ook sirenes van buiten het hotel te horen. Yanai gokte dat het politiewagens waren die snel in hun richting kwamen.

'Hoor je? Politie. Ik weet niet waarom, maar er is versterking op komst.'

'Denk je dat we worden aangevallen?'

'Ja.'

'Het is toch niet te geloven dat we weer door die hel moeten gaan?'

'Het was al niet te geloven dat we voor de eerste keer door die hel moesten gaan.'

'Yanai, ik ben serieus bang. Wat moeten we doen?'

'Dit klinkt misschien gek, maar ik denk dat je het beste in bad kunt gaan liggen.'

'Op dit moment vind ik niets gek klinken – ik lig al in bad. Jij?'

'Ik ook. Het komt vast goed. Als er serieus gevaar dreigde, hadden we inmiddels wel schoten gehoord, of zoiets. Het is erg rustig in de gang.'

'Probeer je me nou gerust te stellen?'

'Werkt het niet?'

'Nee.'

'Was ik al bang voor. Ik kan alleen maar zeggen: veel geluk! Voor ons allebei!'

'Echt? Dat is het beste dat je kunt verzinnen?'

'Wat wil je dat ik zeg? Ik hoop dat je niet doodgaat? Ik hoop dat ze dit keer Dorit meenemen? Wat wil je dat ik zeg?'

'Niks. Er zijn geen woorden voor.'

Een minuutje lang bleven ze allebei stil en was er niets te horen behalve het geluid van hun zware ademhaling.

'Yanai?'

'Aan het apparaat!'

'Ik ben bang.'

'Ik weet het. Ik ook.'

Terwijl de hele Israëlische delegatie opgesloten bleef in hun badkamers, probeerden Vadim en zijn team uit te zoeken wat er nou precies aan de hand was. Volgens het hoofd van de beveiliging van het hotel was er een gemaskerde man in de parkeergarage in de lift naar boven gestapt, en was iedereen naar hem op zoek, maar tot zover zonder resultaat. Alle vijftien leden van het Israëlische veiligheidsteam liepen rond met een getrokken wapen.

Vadim begreep dat inmiddels ook de politie was gearriveerd, en dat men op zoek was gegaan naar de onbekende man. Een aantal agenten zou naar de negende komen als versterking voor de Israëli's.

Een paar seconden later schoven de liftdeuren open en riep iemand vanuit de lift: 'Niet schieten!' Vadim schreeuwde terug dat iedereen rustig naar buiten moest komen, met zijn handen omhoog. Het was de plaatselijke politie, vergezeld van de commissaris, die Vadim kende en die dus kon instaan voor de betrouwbaarheid van zijn mensen.

Zes lange minuten nadat het alarm was afgegaan, kreeg Vadim het sein veilig. De beveiliging van het hotel had de man gevonden. Het was een medewerker van de wasserette die vuile lakens en handdoeken kwam ophalen en een bivakmuts op had omdat hij het koud vond. Alles was veilig.

Het Israëlische team ging van deur tot deur om iedereen te vertellen dat het gevaar was geweken, en dat ze weer veilig verder konden slapen. Voorzichtig gingen steeds meer deuren open en wierpen aarzelende hoofden een ongelovige blik in de gang, waar het wemelde van de beveiligers en politie.

Yanai kwam uit zijn kamer en zag Niv en Effie in de gang staan, Dorit uit haar kamer gluren en Ruthie onbedaarlijk huilen. Yarden was nergens te zien. Hij liep naar haar deur en klopte.

'Yarden, doe open. Ik ben het, Yanai.'

Drie seconden later zwaaide de deur open en daar stond ze, met tranen in haar ogen. Yanai stapte naar binnen en nam haar in zijn armen.

'Het is voorbij.'

'Ik weet het, maar ik was zo bang – het deed me zo denken aan de eerste momenten van de ontvoering.'

'Ik weet het. Ik had ook een paar flashbacks. Maar het is nu voorbij. Alles is oké.'

'Yanai, hoe moet dit nou verder?'

'Liefje, dit is onze laatste dag in deze godvergeten plaats. Morgen zijn we thuis en dan is deze nachtmerrie voorbij, ik beloof het.'

'Ik weet niet of ik vannacht nog kan slapen. Ik sta helemaal te trillen.'

'Ik weet het, schatje, ik weet het. Weet je wat? Kom lekker een dutje doen bij mij op de kamer. Delen we een slaappil. We moet echt nog even pitten.'

Vadim liep door de gang heen en weer en vertelde iedereen dat het vals alarm was: er was een verdacht persoon waargenomen en in het licht van de gebeurtenissen van de afgelopen weken hadden ze geen risico willen nemen. Uiteindelijk bleek het een medewerker van een wasserij te zijn. Iedereen kon weer naar bed, er was niets aan de hand.

***

Yanai pakte de hand van Yarden en samen liepen ze naar zijn kamer. Niv en Effie verschenen in de gang. 'Wat gaan jullie doen?'

'Yarden en ik gaan lepeltje-lepeltje liggen. We nemen allebei een halve slaappil en slapen door tot we vanzelf wakker worden.'

Niv glimlachte naar Yanai. 'Oh, dus je hebt besloten om tegen Yarden aan te kruipen? Er zijn hier meer mensen met een trauma, hoor.'

Yanai barstte ongecontroleerd in lachen uit. Yarden keek haar aan en begon ook te lachen. Alleen Effie stond onbewogen te gapen. 'Ja, Niv, wil jij ook met ons meelepelen? Een klein lepeltrio?'

'Nee, nee, ik maakte maar een geintje.'

Effie zag het tafereel geeuwend aan en wist wat hij moest doen om ze allemaal in bed te krijgen.

'Luister, ik wil graag weer gaan slapen, dus laten we het simpel houden. Yarden, jij en ik gaan een tukje doen, dan kunnen die twee ouwe nichten seks hebben en is die spanning eindelijk uit de lucht.' Hij liep naar Yarden en nam haar in zijn armen: 'Lieve Yarden, wil je voor één nacht strikt platonisch de mijne zijn? Is dat oké?'

'Goed idee. Laten die gasten in godsnaam een keer stevig neuken, zijn we daar ook weer van af.'

Yarden en Effie gingen naar Effies kamer, maar voor ze de deur achter zich dichttrokken riepen ze nog: 'Goedenacht en gebruik een condoom!'

De beveiligers waren terug naar hun post en alle andere delegatieleden waren weer in hun bed gekropen. Niv en Yanai stonden moederziel alleen in de gang, een beetje verlegen met de situatie.

'Je weet dat ik een grapje maakte, toch?'

'Nee, daar geloof ik niks van. Maar niets hier in Bakoe verloopt normaal, dus laten we het maar doen.'

'Wat?'

'Ik bood Yarden aan om lepeltje-lepeltje te liggen zodat ze niet zo bang zou hoeven zijn. Maar eerlijk gezegd zou ik het zelf ook best fijn vinden om niet alleen te zijn.'

'Dus?'

'Dus doe ik jou hetzelfde aanbod: lepeltjes. Maar dat is alles: ik wil slapen.'

Niv glimlachte. 'Oké, lepeltjes en slapen.'

***

Na de stressvolle nacht wilde iedereen uitslapen, maar door de opwinding van de finaledag werden veel mensen al vroeg wakker. Het was om half tien al een flink lawaai van zingende en kloppende ontbijtklanten in de gang en het tumult maakte Yanai wakker. Hij probeerde uit alle macht zijn ogen open te wrikken, maar de slaappil was nog niet helemaal uitgewerkt en hij besloot nog een paar minuten verder te tukken. Maar toen gebeurde er iets dat hem aan het lachen én meteen wakker maakte: Niv liet een scheet. En als er iets was dat Yanai aan het lachen maakte, waren het winden. Niv maakte meteen zijn verontschuldigingen, maar Yanai kon niet ophouden met lachen – dus lachte Niv maar mee.

'Goedemorgen. Dat is ook een manier om iemand wakker te maken, jij beest.'

'Het spijt me. Hij was eruit voor ik het wist.'

Yanai begon weer de giechelen. 'Ik lach niet om jou, ik lach om de situatie. Geef toe: het is toch hilarisch!'

'Je bent zo'n kleuter.'

'Dat zal best, maar ik vind dat grappig: al die herrieschoppers op de gang kregen me niet wakker, maar jij wel. Klassiek. Ik ga mijn tanden poetsen en zullen we dan gaan ontbijten?'

'Wil je niet nog even in bed blijven?'

'Nee, je hebt me wakker gemaakt. Waarom zou ik in bed willen blijven liggen?'

'Yanai?'

Yanai keek Niv nieuwsgierig aan. 'Wat?'

'Niks. Laten we opstaan. Ik ga ook even mijn tanden poetsen op mijn kamer. Zie ik je zo in de eetzaal?'

'Perfect.'

Niv vertrok, Yanai zat op bed, keek naar de safe en dacht aan het geld. Zou hij het houden, ook al had hij niets gedaan om het te verdienen? Het was immers stom toeval dat de Israëlische jury Oekraïne twaalf punten had gegeven. Hoe dan ook: het was vies geld. Yanai besloot er later nog eens over na te denken en ging zijn tanden poetsen.

***

In de ontbijtzaal vulde de Israëlische delegatie twee grote luidruchtige tafels. De spanning voor de grote dag hing in de lucht en iedereen was in een tophumeur. Yanai zat naast Niv en iedereen deed een toast op héél vaak douze points! Yanai zag dat Szilvia de eetzaal binnenkwam. Ze zag de Israëli's ook en glimlachte naar Yanai, waarmee ze wilde zeggen dat hij zich bij haar moest komen melden.

'Goedemorgen, engel, hoe is het met je?'

'Fantastisch! Zoals je ziet hebben we allemaal een prima humeur. En jij? Hoe heb jij geslapen?'

'Niet zo best. Ik viel pas om een uur of twee in slaap, toen ging er ergens een raar alarm af, en er kwamen even later ook nog politiewagens aanrijden. Ik begreep er niks van, maar de receptie weigerde informatie te geven en tegen die tijd kon ik natuurlijk met geen mogelijkheid meer slapen.'

'Oh, ja, dat – dat alarm was bij ons op de verdieping.'

'Bij jullie? Was je weer vergeten het strijkijzer uit te zetten?'

'Was het maar waar! Het was een heuse terreurdreiging, dus ze hebben meteen dat alarm aangegooid en tegen ons geschreeuwd dat we in onze kamers moesten blijven en de deur op slot moesten doen. De hele toestand heeft nog geen tien minuten geduurd, maar het was heel griezelig en stressvol.'

'Echt waar? Een terreurdreiging? Wat gebeurde en dan?'

'We zijn vermoord. Nee joh, niks. Een medewerker van de wasserij had blijkbaar een mutsje op dat zijn gezicht bedekte, dus ze dachten dat hij misschien een terrorist was. Nu kunnen we er al om lachen, maar op het moment zelf was het minder leuk.'

'Lachen? Yanai, ik begrijp niet hoe je het volhoudt, met alles wat jullie overkomt! Ontvoeringen, bedreigingen, Israëlische veiligheidstroepen ... ik zou gek worden! Hoe trek je het allemaal?'

'Szilvia, wat moeten we anders dan lachen? Het is deel gaan uitmaken van ons dagelijks leven en er is geen andere manier om ermee om te gaan. Het is allemaal heel eng als het gebeurt, en de volgende ochtend lachen we erom. En zijn we weer een ervaring rijker.'

'Ik ben blij dat je er zo luchtig over denkt, maar jullie "ervaring" heeft wel onze nacht verpest.'

'Als je excuses wilt, ben je aan het verkeerde adres, mijn liefste.'

'Je hoeft je niet te verontschuldigen. Ik wil alleen maar zeggen dat jullie het gewend zijn, en wij niet.'

'Geen zorgen. Je kunt er vanavond uren aan wennen. Het is niet zo dat er in jullie kamp verder iets bijzonders gaat gebeuren.'

'Oh, en bedankt! Wat ben je toch een schat.'

'Daar heb je vrienden voor. Om eerlijk te zijn: ik heb geen idee wat er vanavond voor ons in de sterren staat en ik probeer niet te optimistisch te zijn. Trouwens: weet jij hoe jullie jury gisteren heeft gestemd? Hebben die antisemieten ons nog een paar puntjes toegeworpen?'

'Jazeker, volgens mij hebben mijn lieve antisemieten jullie zelfs tien punten gegeven.'

'Oh, joepie de poepie! Ik heb geen idee hoe onze jury heeft gestemd – niet gevraagd. Hé, ik ga weer even verder ontbijten. Heb je zin om aan te schuiven?'

'Dat is lief van je, maar Adam en ik moeten bij het ontbijt nog een en ander doorspreken. Zie ik je straks in de muziekhal?'

'Ik zou niet weten waar ik anders zou moeten zijn!'

Yanai ging terug naar de luidruchtige Israëlische tafel. Over twee uur zouden ze voor de laatste keer naar de kristallen hal vertrekken, voor de laatste repetitie, en dan dóór naar de avond der avonden, het moment waar ze al die maanden zo hard naar hadden toegewerkt.

Hij tikte een paar keer met zijn mes op een glas sinaasappelsap. 'Goedemorgen, allemaal. Ik denk dat we allemaal heel blij zijn dat deze dag is aangebroken – de laatste etappe van onze fantastische reis. Niv zal jullie zo direct bijpraten over de agenda voor vandaag. Onthoud dat je voor de repetitie van vanmiddag niet in de make-up hoeft, en je ook niet hoeft om te kleden, het is gewoon lekker ontspannen warmdraaien voor de grote avond. We komen tussen de repetitie en het evenement niet meer terug in het hotel, dus niets vergeten! En natuurlijk wil ik jullie vooral op het hart drukken: geniet van vandaag. Blijf positief en laat die goede energie stromen – hoe belangrijk ook: uiteindelijk is het maar het Eurovisie Songfestival, niet een kwestie van leven of dood. In het begin van deze week hebben we afgesproken dat we vooral plezier moesten hebben, en volgens mij zijn we in die opzet ruimschoots geslaagd, toch? Dus veel succes voor ons allemaal, toitoitoi en vergeet niet: morgen vertrekken we voor altijd uit Bakut, en dat is het allerbelangrijkste!'

Een daverend applaus en gejoel barstte los.

'Hé, stil een beetje! We zitten hier niet in een karaokebar, dit is een ordentelijk hotel. Waar zijn jullie manieren!'

***

Niv had iedereen gevraagd zich om half twee te verzamelen in de lobby en iedereen was keurig op tijd. Yarden was blij dat de crew nog steeds in een lekkere positieve flow zat. Iedereen wandelde zo'n beetje naar de bus, toen de conciërge Yanai aanschoot. 'Meneer, er is vanmorgen een envelop voor u bezorgd.'

'Voor mij?'

'Inderdaad: deze envelop is een paar uur geleden voor u langsgebracht.'

Yanai bekeek de envelop. 'Aan Yanai, woordvoerder van de Israëlische delegatie'. Dat was hij. Hij nam de envelop aan en vroeg zich af wat erin zou zitten. Hij verwachtte geen post, er was geen afzender en ... er floepte een rood lampje aan in zijn brein. Geen afzender ... De envelop was heel dun en kon onmogelijk meer dan één velletje papier bevatten. Maar wie zei dat er per se papier in moest zitten? Hij hield de envelop tegen het licht: hij gaf zijn inhoud niet prijs. Yanai besloot geen risico te nemen, liep naar Vadim en reikte de beveiliger de verdachte envelop aan. Vadim rukte de envelop uit zijn handen, spoorde iedereen aan alvast in de bus te gaan zitten, en verdween in het kantoor van het hoofd van de beveiliging van het hotel. Een halve minuut later kwam hij terug met een grote grijns op zijn gezicht. 'Het is fanmail.'

'Wat? Fanmail? Voor mij?'

'Blijkbaar, ja. Hier, lees maar.'

Yanai pakte een velletje papier aan van Vadim en las het. Hij wist niet of hij moest lachen of huilen: 'Beste Yanai. Bedankt dat u woord hebt gehouden. Ik wist dat u ons niet zou teleurstellen. Veel succes vanavond en ik hoop dat u de boodschap blijft verkondigen! Nogmaals sorry voor het ongemak.'

Yanai keek naar het briefje en toen naar Vadim, die zich alweer had omgedraaid. 'Vadim, ga je me in alle ernst vertellen dat dit fanmail is?'

'Ja toch? Ik weet niet wie deze gast is en welke boodschap hij bedoelt, maar ik ben blij te vernemen dat je je woord hebt gehouden.'

'Vadim, jij idioot, dit is van onze ontvoerder, Hassan!'

De lach viel van zijn gezicht en Vadim keerde zich om. Hij las het briefje opnieuw. 'Weet je zeker dat dit van jullie kidnapper afkomstig is?'

'Vadim, als jij niet het verband kunt zien tussen dat briefje en ons verhaal over dierenrechten bij de persconferentie, mag het een wonder heten dat we nog in leven zijn.'

Vadim pakte zijn walkietalkie, begon koortsachtig bevelen te blaffen en liep terug naar het kantoor van de hotelbeveiliging. Dan stak zijn neus uit de bus en riep dat Yanai aan boord moest komen.

'Wachten we niet op Vadim?'

'Hij komt wat later. Hij heeft eerst hier nog iets te regelen.'

***

Yarden volgde wat een dagelijkse routine was geworden: aankomst bij de muziekhal, door de veiligheidspoortjes, wachten tot de bodyguards de kleedkamer hebben doorzocht en dan ... wacht! Ze hoefde nog niet naar haar en make-up! Wat een geluk: niet twee uur stilzitten en hopen dat de visagiste het goed had gedaan, en dat elke haar in haar kapsel keurig in het gelid lag. Het voelde een moment of ze vrij was.

Alle delegaties waren inmiddels backstage gearriveerd. De opgepompte sfeer had wel iets weg van de laatste schooldag voor de grote vakantie.

Yarden ging een kop koffie halen. Ze verliet haar kleedkamer, sloeg zonder te kijken rechtsaf in de richting van het koffieapparaat en botste ergens tegenaan. Ze mompelde sorry en keek op om te zien tegen wie ze was aangeknald. Het was Marco. Ongemakkelijke stilte. Naast Marco stond zijn vrouw, die vriendelijk naar Yarden lachte en vroeg of alles goed met haar ging.

'Ja, natuurlijk gaat alles goed! Waarom zou het niet goed gaan?'

'Oh, sorry ... we hadden je niet meer gesproken na de ontvoering en we waren bezorgd. Gisteren lukte het ook al niet even met je te praten – we wilden gewoon even checken of het goed met je ging.'

'Dat is heel lief van je. Het gaat helemaal goed met me. Leuk je weer even te ontmoeten.'

Yarden liep door naar het koffieapparaat. Marco zien deed haar niets meer. Alles was relatief, bleek maar weer eens. Een week gelegen kon ze niet wachten hem te zien, nu gaf ze niets meer om hem. Zijn verlies, dacht ze.

***

De laatste repetitie ging heel goed. Yarden en de band gingen het podium op en deden wat ze moesten doen. Nu hoefden ze alleen nog maar te wachten tot de finale. Over twee uur moest ze in de make-up – ze zou liever een jaar lang geen kapsalon meer van binnen willen zien, maar wat moest, dat moest nou eenmaal. In de tussentijd ging Yarden lekker liggen op haar matrasje in de kleedkamer en maakte zich klaar voor een dutje.

Yanai was niet moe. De adrenaline hield hem wakker. Hij liep in de perskamer aan iedereen die het horen wilde het verhaal te vertellen van het alarm in de nacht en de terreurverdachte. Dat deed geen kwaad en herinnerde de mensen aan wat ze hadden doorgemaakt – Yanai was helemaal niet vies van een paar medelijdenpuntjes. Zijn telefoon ging en hij zag het nummer van Dorit.

'Hé, Dorit.'

'Ik ben het, Niv, op het toestel van Dorit. Waar ben je?'

'Ik ben in de beeldschone perskamer van dit kristallen paleis! Waar ben jij?'

'Ben je weer dronken? Uitgedroogd soms? Wat is er met jou aan de hand?'

'Niets, ik bewonder gewoon dit prachtige staaltje Azerbeidzjaanse architectuur!'

'Ah, ik snap het. Leuk. Wil je hierheen komen? Vadim zoekt je.'

Yanai haastte zich naar de kleedkamer. Daar werd hij opgewacht door Vadim, Dan en een man die hij niet kende. De man werd aan hem voorgesteld als de hoge commissaris antiterrorisme van de regering van Azerbeidzjan. 'Prettig u te ontmoeten. Wat kan ik voor u betekenen?'

'Yanai, we hebben beelden van een beveiligingscamera in het hotel waar de man logeerde die de envelop voor je is komen afgeven. Wil jij de beelden bekijken en zeggen of hij jullie ontvoerder is?'

Yanai keek naar Dan. 'Had jij dat niet even kunnen doen?'

'De envelop was aan jou geadresseerd, dus willen ze dat jij het doet. Ik snap het ook niet. Ze zijn hier zó dom.'

Yanai bekeek de video. 'Ja, dat is onze kidnapper, Hassan. Ik was ervan overtuigd dat hij allang uit Bakoe was weggevlucht, terug naar Iran. Vreemd dat hij ineens weer op de stoep staat.'

'Dank u, Yanai, wij nemen het vanaf hier weer over.'

Vadim vertrok met de hoge commissaris en liet Dan achter om de kleedkamer te bewaken.

'Wat nu, Dan? Hij is nog steeds in Bakoe. Moeten we ons zorgen maken?'

'Lijkt me niet. Dit gebouw is al hermetisch beveiligd, en nu ze weten dat Hassan hier nog rondloopt, zullen ze er nog wel een schepje bovenop doen.'

'Dus wat dan? Gaan ze proberen hem te vangen? En wat gebeurt er met hem als ze hem te pakken krijgen?'

'Eerlijk? Dat kan me niet schelen. En het zou jou ook niet moeten kunnen schelen. Als ze hem eindelijk te pakken hebben, zitten wij alweer hoog en droog in Israël. En ik denk niet dat er ooit een rechtszaak van komt, dus je hoeft ook niet bang te zijn dat je moet getuigen.'

'Hoe weet je dat?'

'Onze Hassan heeft de president van Azerbeidzjan lelijk in zijn hemd gezet. Als ze hem vangen, is hij er geweest, dat is mijn inschatting. Hoe dan ook: jij hebt wel iets belangrijkers aan je hoofd. Zet het uit je gedachten en laat het gaan.'

'Al gedaan! Hoewel ik moet zeggen dat ik nu wel een beetje medelijden krijg met die arme drommel. Hij deed wat hij heeft gedaan om dieren te redden, en ik begrijp echt niet hoe hij zo dom kon zijn om ons een briefje te komen brengen.'

'Yanai, bespeur ik hier een lichte vorm van het Stockholmsyndroom?'

'Geen idee. Maar hij heeft ons niet gemarteld, en heel snel laten gaan. En het was best aardig van hem om ons succes te wensen.'

'Mijn god, Yanai, je bent echt niet goed wijs.'

'Misschien niet. Maar we gingen het toch achter ons laten? Toedeloe!'

Yanai was van plan terug te gaan naar de perskamer, maar liep halverwege Miroslaw tegen het lijf. De Oekraïner wenkte hem discreet en Yanai probeerde te bedenken wat hij tegen de man zou zeggen. Normaal gesproken zat hij toch niet om een woordje verlegen, maar er kwam nu niets bij hem op.

Miroslaw zei ook niet veel. Hij stopte Yanai een tweede envelop toe en fluisterde dat Oekraïners de mensen belonen die hen helpen. Daarop liep hij verder. Yanai maakte de envelop open. Weer 15.000 euro. Yanai glimlachte. Hij wist ineens wat hij moest doen met het geld.

34

De finale van het Songfestival

DE KRISTALLEN HAL

VIJF MINUTEN VOOR HET MOMENT VAN DE WAARHEID, het hoogtepunt van hun reis, begeleidde Yanai Yarden en de band naar de toegang tot het podium. Yarden oogde opgewonden en een beetje nerveus en Yanai probeerde haar ruimte te geven. Hij wilde niet in haar nek hijgen als ze zo duidelijk een moment voor zichzelf nodig had. Ze keek goed uit dat ze niet te dicht bij het vuurwerk van de Grieken ging staan, waar ze zich tijdens de halve finales bijna aan had gebrand, en mompelde wat onverstaanbaars. Ze keek naar hem en hij lachte terug. Yarden liep naar Yanai en omhelsde hem liefhebbend.

'Ik wil dat je weet dat ik van je hou, en dat ik ontzettend waardeer wat je allemaal voor me hebt gedaan. Ik weet niet wat ik zonder jou had gemoeten.'

'Graag gedaan. Je weet toch dat je over een minuut op moet, hè?'

'Ja, ik ben er klaar voor. Kom maar op!'

'Te gek! Ik ben blij dat te horen! Weet je nog hoe we hier het publiek begroeten?'

'Natuurlijk, ik ga het na het liedje in de microfoon schreeuwen.'

'Goed idee. Ik kan het je nog in drie andere talen leren, als je wilt. Dan kun je de kijkers thuis ook meteen meebeledigen.'

'Doen we ... zodra ik klaar ben met zingen, goed?'

'Ik sta hier op je te wachten! Toitoitoi!'

Yarden gaf Yanai een dikke kus en liep het podium op. Het publiek klapte en juichte toen de Israëlische favoriet haar positie innam. Yarden wuifde en blies kushandjes naar de Israëlische fans, die met grote vlaggen zwaaiden. Een paar seconden voor het einde van het introductiefilmpje keek ze naar Yanai. Hij zag dat ze haar lippen bewoog maar kon niet verstaan wat ze zei. Hij hield zijn hand bij zijn oor om aan te geven dat hij het niet begreep, en of ze het kon herhalen. Toen snapte hij het. Fuck you.

Ze knipoogde en blies hem een kusje toe. Het filmpje was afgelopen, de muziekband begon te lopen.

Yanai zat vastgeplakt aan zijn monitor. Het moment was aangebroken. Al dat harde werk, samengebald in drie korte minuten. Wie had het ooit kunnen geloven? Alles is in drie minuten vereeuwigd. Yanai was zo blij voor Yarden en iedereen die iets te maken had gehad met deze fantastische belevenis. Hij rekende erop dat Yarden het geweldig zou doen, zoals ze hem eerder had beloofd. Hij had iets minder vertrouwen in de regisseur en het camerawerk – soms gingen er dingen fout in de regie, werden afspraken die waren gemaakt bij de repetitie geschonden, en dat soms zelfs expres. Yanai keek geconcentreerd op zijn monitor en hield alles in de gaten wat er op het podium gebeurde. Hij voelde zich alsof hij halverwege de marathon was – als hij op dat podium had gestaan, hadden ze zijn hart als een van de massieve bassdrums kunnen gebruiken. Hij wilde dat het over was. En dat het heel goed was gegaan.

***

Alles wat Yarden zich later kon herinneren was dat ze het podium was opgegaan. Ze wist nog dat ze door de stage-manager naar het kleine puntje laserlicht was begeleid, dat haar startpositie markeerde. Ze herinnerde zich het extatische publiek. Daarna: niets. Black-out. Totale duisternis. Ze wist niets meer van haar drie minuten op dat podium. Als iemand haar niet een paar dagen later een YouTube-filmpje van haar optreden had laten zien, had ze niet geloofd dat het echt was gebeurd en die mensen voor gek uitgemaakt. Ze had er niet één herinnering aan. Drie minuten van haar leven waren compleet uitgewist. Ze wist nog wel dat ze van het podium afkwam, dat Yanai en Niv gillend als schoolmeisjes in haar armen vlógen, en de rest van de band ook buiten zinnen was. Ze wist nog dat ze de tranen uit haar ogen veegde, waarschijnlijk tranen van geluk, wie zou het zeggen?

De afgelopen nacht, zelfs nog voor het incident met het alarm, kon ze niet in slaap komen van alle spanning en opwinding. En toen ze eindelijk sliep, droomde ze dat ze haar tekst was vergeten, dat ze vals zong, en dat haar jurk was gescheurd. Alles dat kon misgaan, gíng ook mis in haar dromen.

Ze werd die nacht drie keer badend in het zweet wakker, ondanks de airconditioning in haar hotelkamer. De tweede keer moest ze echt even uit bed, het licht aan doen, in de spiegel kijken en zichzelf toespreken: dat alles goed zou gaan, dat er niets was om zich zorgen over te maken, dat het gewoon een optreden was als alle optredens, zoals ze er al zo veel had gedaan, en dat ze zou doen wat ze kon, wat er ook gebeurde.

De derde keer dat ze wakker werd, was het zes uur 's ochtends. Tegen die tijd wist ze dat ze niet meer in slaap zou vallen, dus keek ze even op haar Facebook-fanpage. Honderden mensen wensten haar succes, hoopten dat ze veel douze points zou krijgen en Israël eer zou aandoen. Yarden glimlachte. Het was fijn en troostend dat zoveel mensen met haar meeleefden. Het had een element van mystiek – alsof de energie van al die mensen naar haar werd gekanaliseerd en haar hielp om te winnen. Ze ging terug naar bed en sliep nog een uurtje.

***

Nadat ze hadden geschreeuwd en gedanst als geiten op ecstasy, liepen de leden van het team naar de productieruimte om zich te laten verlossen van hun microfoons en headsets. De stage-manager onderschepte Yanai nog even, keek of de rest buiten gehoorsafstand was, en omhelsde Yanai kort.

'Hé, dat meisje van jou deed het fantastisch daarnet. Ik denk dat jullie een geweldige avond tegemoet gaan!'

'Dank je. Leg uit!'

'Ik weet van minstens zeven jury's dat ze jullie twaalf punten hebben gegeven. Ik heb zo'n gevoel dat jullie hier met een vette grijns op jullie gezicht gaan weglopen.'

'Echt? Zeven? Wow!'

Yanais ogen werden alweer vochtig. Zeven jury's hadden de inzending van Israël als allerbeste beoordeeld. Het deed er voor hem niet eens meer toe of ze het lied waardeloos vonden en die punten alleen maar uit medelijden hadden gegeven. Winnen was winnen.

Orna en Moshe Datz deden het heel goed vlak na de Golfoorlog. Milk and Honey won het Songfestival de dag nadat Israël een vredesakkoord met Egypte sloot. Je gebruikt wat je hebt en perst eruit wat er inzit.

Yanai moest zichzelf er even aan herinneren dat de jury's hun inzending heel goed hadden gevonden, maar dat het thuispubliek er ook nog iets over had te zeggen. Yanai liep door naar de plek waar de Azeri's dit jaar de green room hadden ingericht: midden in de zaal, tussen het publiek. Hij had de speciale finalesticker op zijn badge, de hem toegang gaf tot het heiligdom van het Songfestival. Het lawaai was oorverdovend – de zanger uit Finland was net opgekomen – en Yanai bedacht dat ze waarschijnlijk zelfs voor Koekiemonster op de banken waren gegaan. Dat was trouwens niet eens zo'n ondenkbaar scenario, want Ierland had ooit een kalkoen naar het Songfestival gestuurd.

Yanai wandelde langs de delegaties die al hadden plaatsgenomen en zaten te wachten tot het stemmen zou beginnen. Hij zei de mensen uit Groot-Brittannië gedag en liep door de Italiaanse zone heen. Hij bleef een seconde bij Marco hangen en overwoog of hij nog iets tegen hem zou zeggen. Marco keek terug. Uiteindelijk knikte Yanai alleen en liep door. Er was geen reden de sfeer te bederven. Het was over tussen Marco en Yarden en zij kon prima haar eigen boontjes doppen.

Van een afstandje kon Yanai zien dat alle Israëli's al hadden plaatsgenomen op de witte banken en zich prima vermaakten met de glazen wijn die net werden uitgeserveerd. Hij kwam aanlopen met een brede grijns op zijn gezicht en nam plaats tussen Niv en Yarden. Er mochten per team maar tien mensen in de green room. Yarden en de band namen zes plaatsen in beslag, Dorit en Niv nog eens twee, Yanai was negen en Effie maakte de tien vol. Vanwege de gevoelige veiligheidssituatie mochten Dan en Vadim ook plaatsnemen.

'Waar was je?'

'Niv, je gaat niet geloven wat de stage-manager me net heeft verteld.'

'Wat dan?'

'Hij wist te vertellen dat minstens zeven jury's ons twaalf punten hebben gegeven, en dat we hier breedlachend gaan weglopen.'

'Echt? Ik denk dat we hier trouwens sowieso breedlachend gaan weglopen. We hebben de finale gehaald en dat is ook al fantastisch.'

'Ik weet het. Ik heb precies hetzelfde gevoel als jij.'

Niv keek naar Yanai en glimlachte. 'Ik denk niet dat jij hetzelfde gevoel hebt als ik.'

Yanai pakte een glas wijn van de tafel, nam een slok en keek Niv diep aan.

'Ik denk het wel, en ik begrijp dat we het niet meer over het Songfestival hebben, oké?'

Niv ademde diep in. Yanai was dol op dit soort momenten van helderheid. Nu alle druk van zijn schouders was verdwenen en ze het niet meer in de hand hadden, had hij ook eindelijk ruimte in zijn hoofd om aan andere dingen te denken. Yanai wist dat hij Niv een kans moest geven. Ze kenden elkaar al jaren, ze konden heel goed met elkaar opschieten, dus waarom zouden ze die optie niet gaan onderzoeken? Als ze terugkwamen in het hotel, zou hij Niv vertellen dat hij graag wilde ontdekken wat er tussen hen zou kunnen opbloeien. Niv had echter geen zin zo lang te wachten en kuste Yanai.

Als er een ding was waar je de klok gelijk op kon zetten, was het Dorit met haar zure voorschriften. Deze keer was geen uitzondering. 'Er is een tijd en een plaats voor alles, en dit is in geen geval een tijd of plaats om te kussen.'

Yanai wilde wat terugzeggen, maar Niv was hem voor. 'Dorit, bemoei je met je eigen zaken, alsjeblieft. Er is een tijd en een plaats voor homofobe opmerkingen, en dat is nooit en nergens. Doe me een lol en laat ons met rust.' Niv kuste Yanai opnieuw. Yanai wist niet of deze tweede zoen was bedoeld om Dorit te treiteren of om de eerste – die werd onderbroken – af te maken, maar hij speelde het spelletje wel mee. Het was maar een kus op het meest homofiele evenement ter wereld, zeg. Doe even normaal!

Yarden schraapte haar keel. 'Kan ik hier een beetje aandacht krijgen, misschien? Ik kom net van het podium af en niemand die ook maar mijn bestaan erkent!'

'Oh, sorry, Uwe Hoogheid, ik wilde net zeggen dat u het best aardig hebt gedaan.' Yanai knipoogde naar Yarden.

'Je moeder was "best aardig". Hoe deed ik het?'

'Wat vond je er zelf van?'

'Ik heb geen idee. Totale black-out. Herinner me er niks van.'

'Je was fantastisch. En de regisseur was zo aardig de registratie niet te verneuken. Het was echt heel goed en ik denk dat we met opgeheven hoofd naar huis kunnen, of we nou winnen of niet.'

'En levend.'

'Ja, dat ook.'

In de green room leek de avond zo lang als een mensenleven. Steeds meer landen deden hun act en het publiek kon er geen genoeg van krijgen. De sfeer was geladen, maar hoe lang kon een mens in al die opwinding doelloos zitten niksen? Yanai zag Szilvia en Adam met hun zanger de green room binnenkomen en langslopen. Yarden en de band begonnen te klappen en riepen dat de act geweldig was geweest. Yanai kwam overeind en omhelsde Szilvia. 'Gefeliciteerd, lieverd, het is voorbij. Kun je geloven dat het voorbij is?'

'Jullie ook gefeliciteerd. Ik ben zo blij. Het optreden ging goed, maar ik hoop dat ik nog een baan heb als we thuiskomen.'

'Hoezo dat?'

'Heb je ons liedje gehoord? Wij gaan geen hoge ogen gooien. Het is al een wonder dat we de finale hebben gehaald. Ik hoop dat we tiende worden, of daaromtrent, dat zou een prachtig resultaat voor ons zijn.'

'En zo niet, wat dan?'

'Misschien gebeurt er niets, misschien word ik ontslagen. Je weet hoe het gaat bij de Hongaarse televisie: als dingen mislukken, moet er een zondebok worden gevonden die overal de schuld van krijgt en ontslagen wordt.'

'Oh, arme schat, ik vind het niet leuk om te zeggen, maar als het zo zit, pak dan je koffers maar. Jullie komen nog niet in de buurt van die tiende plaats.'

Szilvia moest lachen. 'Je zou best eens gelijk kunnen hebben. Maar weet je wat? Het zou na al die jaren best eens leuk zijn om aan andere, nieuwe projecten te werken.'

'En dáár zou jij weer best eens gelijk in kunnen hebben. In elk geval kun je een lange vakantie nemen en dan gaan we samen lekker niksen in je huisje aan het Balatonmeer.'

'Dat lijkt me heel gezellig. Misschien moet ik Adam dan ook uitnodigen?'

'Hm, ik denk dat ik Niv wil meebrengen, als je het niet erg vindt.'

'Echt, Niv?'

Szilvia keek naar Yanai, toen naar Niv, die naar hen keek, en toen naar Adam, die óók naar hen keek. 'Zoals je wilt. Je weet dat ik dol bent op Niv, maar ik vind dat je dan wel even met Adam moet praten.'

'Dat moet ik ook, maar niet nu. Ik bespreek het na afloop met hem.' Yanai ging terug naar zijn stoel naast Niv.

'Wat was er? Waarom keek ze me zo aan? Wat heb je tegen haar gezegd?'

'Ik heb niets tegen haar gezegd.'

Yanai nam nog een slokje wijn. 'Trouwens, als we thuis zijn, moet je meteen je koffer pakken: we gaan naar Hongarije.'

De avond ging verder en meer en meer acts kwamen op het podium voor wat ongetwijfeld een van de hoogtepunten van hun carrière was. Iedereen was nerveus en sommigen bezweken onder de immense druk op het moment van de waarheid. Tot vreugde van de Israëli's miste de Noor een paar cruciale noten, en even later kregen ze te horen dat de Spaanse zangeres een kwartier voor ze op moest, was flauwgevallen.

Het programma tussen de optredens en het stemmen was begonnen en iedereen wist dat het nog maar een kwartier zou duren voor het meest interessante deel van de avond zou aanbreken: de bekendmaking van de resultaten. Iedereen in de green room was gespannen als een veer. Het moment van de waarheid was aanstaande. Met alle respect voor de optredens, de repetities en het geld dat was geïnvesteerd, dit was waar iedereen voor was gekomen: te weten komen op welke plaats ze aan het eind van de avond waren geëindigd.

Yanai zag dat zelfs Dan en Vadim nerveus waren. Het tussenprogramma was onbeschrijfelijk saai – een beetje dansen, wat plaatselijke volksmuziek en een heleboel irrelevante lichteffecten.

Yarden had al gezegd dat ze er niet langer tegen kon en zo direct een van die dansers van dat podium ging schoppen. Niv vroeg toestemming met haar mee te gaan en alleen Dorit riep iedereen op de kalmte te bewaren.

Yanai greep nog een glas wijn. Jammer dat ze niets te eten hadden gekregen. Zo veel wijn op een lege maag was vragen om moeilijkheden. En zij hadden al sinds twaalf uur niets gegeten. Yanai barstte van de honger. Ze hadden op z'n minst toch wel een rol droge biscuitjes kunnen gooien?

***

Vijf minuten later kwam de presentator op het podium en kondigde aan dat alle resultaten binnen waren en dat nu het meest intense deel van de avond was aangebroken: het tellen van de punten. Het was Yanai opgevallen dat er de hele avond geen woord was vuilgemaakt aan de ontvoering. Hij wist niet zeker of dat goed of slecht was. Of het de moeite van het vermelden waard zou zijn geweest of dat de organisatie groot gelijk had om het compleet dood te zwijgen. Ze waren er tenslotte zonder kleerscheuren vanaf gekomen.

Het eerst land dat punten uitdeelde was Albanië. Vijf punten voor Israël. Yarden was teleurgesteld. 'Vijf maar? Echt?'

'Ben je gek? Vijf is prachtig. Vijf is meer dan twintig andere landen hebben.'

'Nu je dat hebt gezegd, wil ik helemáál hogere scores!'

'Schatje, het komt goed, maak je geen zorgen.' Yanai bad stilletjes dat hij gelijk zou krijgen. IJsland gaf ze maar drie punten, Servië zes, Ierland ook zes. Israël stond nu zevende, Zweden ging aan kop.

Yanai vond het geen veelbelovende start. De kans bestond altijd dat de jury's een nummer goed vonden, maar dat het niet aansloeg bij het grote publiek. Als dat zo was, zouden ze ergens in de kelder eindigen.

Slovenië gaf Israël maar twee punten. Yarden was verpletterd. De hele week had Israël stijf bovenaan gestaan bij alle bookmakers, en dat had hen het gevoel gegeven dat ze niet meer konden verliezen. Maar de realiteit was soms weerbarstig. Zweden had inmiddels een flink gat met de concurrentie geslagen. Ze waren er daar weer in geslaagd een goed nummer op te hoesten en dat perfect uit te voeren. Zweden was altijd een lastige tegenstander.

Nu was Frankrijk aan de beurt om de resultaten bekend te maken. Yanai probeerde de douze-points-camera te vinden die altijd werd gericht op het land dat twaalf punten ging scoren. Een van die camera's was permanent op Zweden gericht, de andere twee zwierven door de green room. Geen enkele camera was ook maar in de buurt van Israël. Hij wist wat dat betekende. Verdorie. Voormalig Songfestival-winnares Anne-Marie David, die de Franse score voorlas, gaf acht punten aan ... Zweden. Het publiek brulde. Tien punten gingen naar Portugal. Yarden greep de arm van Yanai en knéép. Haar nagels sneden in zijn huid. 'Au!'

'De twaalf punten van Frankrijk gaan naar Israël!' zei Anne-Marie David, en de hele Israëlische delegatie sprong op, uitzinnig van vreugde. Effie en de band zwaaiden hun vlaggen, Yarden en Yanai vlogen in elkaars armen en sprongen op en neer. Douze points van Frankrijk voor Israël!

Ondanks zijn lange ervaring met het Songfestival, raakte Yanai nu toch aardig opgewonden. Elke keer dat een van 'zijn' liedjes twaalf punten kreeg, was toch weer een moment van pure extase. Op alle schermen zag de Israëlische delegatie er extatisch uit – Yanai had nog een douze-points-camera achter een bankstel gemist.

Iedereen ging weer zitten, maar Yarden bleef de arm van Yanai stevig vasthouden.

'Kom op! Laat me los! Je hebt mijn arm tot moes geknepen met die nagels, ik lijk wel een junkie.'

'Nou en? Heb je wel door dat we net twaalf punten hebben gekregen! Ik ga dood!'

'Als je zo doorgaat met knijpen, zeker!'

Er deden 42 landen mee aan het Songfestival in Azerbeidzjan, en elk van die landen gaf zijn punten aan het lied dat ze het beste vonden. Halverwege was het duidelijk dat het gevecht om de eerste plaats zou gaan tussen Zweden en Israël, met soms de een, dan weer de ander aan kop.

De sfeer in het Israëlische kamp schommelde tussen euforie en frustratie, met vindingrijke scheldwoorden aan het adres van landen die hen te weinig punten gaven. 21 Landen hadden al hun punten verdeeld toen het tijd was voor een reclameblok. De tussenstand: 171 punten voor Zweden, 168 voor Israël. Tijdens de break kon iedereen even zijn benen strekken. Yarden ging vlug even plassen, Yanai drentelde wat nerveus in het rond. Szilvia kwam naar hem toe. 'Schatje, je bent op weg naar de overwinning. Ik ben zo blij voor jou!'

'Dank je! Ik hoop het toch zo. Ik word gek van die Zweden en hun eeuwig perfectie.'

'Een tweede plaats is ook prachtig!'

'Wil je een klap op je smoel? Hoe durf je dat op dit moment tegen me te zeggen? Ben je gek?'

'Sorry! Ik neem het terug! Jullie gaan winnen!'

Dan en Vadim kwamen aangelopen en het was duidelijk dat ze wilden dat Szilvia terug zou gaan naar haar plek. 'Oeps, ik ga al. Ik zie je straks, als je hebt gewonnen.'

'Wat is er, mannen? Jullie zien er een beetje zorgelijk uit.'

'We hebben net gehoord dat Hassan een kwartier geleden is opgepakt. De politie kreeg informatie over zijn verblijfplaats in handen en ze hebben hem gevonden.'

'Oh, oké. Weet je wat er met hem is gebeurd?'

Dan en Vadim keken elkaar aan.

'Kom op. Ik wil het weten.'

'Hij is dood. Ze hebben hem doodgeschoten.'

'Dat menen jullie niet. Neergeschoten? Ik kan het niet geloven. Willen jullie me wijsmaken dat hij op de politie heeft geschoten? Dat is onmogelijk, dat zou hij nooit doen.'

Dan en Vadim keken elkaar weer aan.

'Jongens, de reclame is bijna voorbij. Vertel me alsjeblieft wat er is gebeurd.'

'Hij heeft niet geschoten. Hij was ongewapend. De politie deed een inval in een appartement en daar werd hij aangetroffen in het gezelschap van twee anderen. We hebben nog niet alle details, maar de commissaris van politie heeft gezegd dat er geen sprake was van een vuurgevecht.'

'Waarom is hij dan doorgeschoten?'

'Niet alleen hij. Ze zijn alle drie doodgeschoten.'

'Maar waarom?'

'Dat heb ik je al verteld, Yanai. Wat zij hebben gedaan was veel erger dan ontvoering. Dat was een kleinigheid vergeleken met hun echte misdaad.'

'De president in verlegenheid brengen?'

'Precies.'

'En waarom vertel je me dit nu?'

'We dachten dat je wel zou willen weten dat je kidnapper was opgepakt.'

Yanai bleef doodstil staan terwijl hij het nieuws op zich liet inwerken. Aan de ene kant had Hassan hen ontvoerd, aan de andere kant had hij hen geen kwaad gedaan en al snel weer vrijgelaten. Yanai kon zich identificeren met Hassans zorgen over het leed van dieren en kon het niet over zijn hart verkrijgen om de magere kidnapper te haten.

'Dank jullie wel voor de informatie. Ik had alleen gewild dat jullie het me niet uitgerekend op dit moment hadden verteld. Ik weet niet wat ik er precies van vind. En ik zou het erg op prijs stellen als jullie het niet aan Yarden zouden willen vertellen.'

Yarden was nog niet terug van de wc, maar de reclame was afgelopen en het stemmen tellen weer hervat. Groot-Brittannië was aan de beurt: tien punten voor Israël, twaalf voor Zweden. De Nederlanders stelden niet teleur en gaven Zweden tien en Israël twaalf punten. Tegen die tijd was Yarden weer terug en er stonden tranen van spanning in haar ogen. De beurt was aan Hongarije en Yanai wierp een strenge blik op Szilvia.

Hongarije gaf vijf punten aan Zweden en tien aan Israël. De stand was nu gelijk.

Yanai dacht aan superspannende ontknopingen van Songfestivals in het verleden. Het was al het spannendste proces ter wereld als je het met je vrienden en een biertje thuis op de bank meebeleefde, laat staan als je zelf je land vertegenwoordigde en je meestreed om de koppositie. Het was niet eens spannend, het was verschrikkelijk. Alles boven de zeven punten werd in dankbaarheid aanvaard, zes en minder vroeg om gruwelijke verwensingen en een dure eed van wraak op de landen die ze hadden uitgedeeld. Precies zeven punten werden met ambivalentie begroet: kon beter, kon slechter.

Tijdens het hele proces werden Yarden, Niv, Effie, Dorit en de band heen en weer geslingerd tussen braaf klappen voor landen die aan de haal gingen met grote aantallen punten, terwijl zij het met weinig tot niets moesten doen, en gillen en schreeuwen als ze zelf flink wat punten binnenharkten.

Om de vijf seconden zei Yarden dat ze snakte naar een sigaret, en dat ze niet langer tegen deze marteling kon. Dan kregen ze weer eens twaalf punten en was alles weer goed. Het tweede deel van de puntentelling voelde als een manische depressie op steroïden: hoge toppen, diepe dalen om je in te begraven.

Met nog drie landen te gaan, stond Zweden vijftien punten voor en leek het erop dat Israël ging verliezen. Yarden had het gevoel dat het tapijt onder haar voeten werd weggetrokken.

'Het is voorbij, hè, Yanai?'

'Misschien. Ik weet niet wie er allemaal precies al hebben gestemd en wie niet, maar ik weet vrij zeker dat Noorwegen nog moet en die gaan natuurlijk de twaalf punten aan Zweden geven, en God mag weten hoeveel aan ons, áls ze ons al überhaupt punten geven.'

En inderdaad: Noorwegen gaf twaalf punten aan Zweden, maar verrassend genoeg óók vier aan Israël. De hele Israëlische delegatie mopperde simultaan 'antisemieten' en moest vervolgens lachen om dat grappige toeval. Het gat tussen Zweden en Israël was nu tweeëntwintig punten met nog twee landen te gaan. Niv was ontroostbaar. Hij was er zeker van geweest dat de ontvoering, het prachtige lied en Yardens exceptionele uitvoering voldoende waren om een gemakkelijke overwinning in de wacht te slepen. Hij stond op uit zijn stoel, boog het hoofd en sprak: 'Lieve vrienden, het is voorbij, we hebben verloren. Ik wens u allen een goede nacht.'

Dit keer waren Yardens tranen die van teleurstelling. Zó dicht bij, maar toch zó ver weg van de overwinning.

'Luister: een tweede plaats is ook prachtig,' klonk Yanai – ook volgens zichzelf – als Szilvia. Hij probeerde geloofwaardig te klinken en liet zijn stem een octaaf zakken. 'Bekijk het zo: het Televisiebureau heeft de hoogst denkbare positie in de wacht gesleept waarbij je volgend jaar níét opdraait voor de kosten van de organisatie. Ze moeten ons dankbaar zijn: wie heeft er zin in dat gedoe?'

Yarden keek hem met betraande ogen aan. 'Zeg me dat je dat niet meent.'

Yanai gaf geen antwoord. Hij meende er niets van.

Nu was het de beurt aan het gastland zijn stem uit te brengen. De landen met de laagste scoren verschenen op het scherm. Zweden en Israël waren er niet bij. Nu wist Yanai zeker dat het afgelopen was en dat de Zweden zeker waren van de overwinning. Acht punten gingen naar Rusland.

'Natuurlijk, die hebben handjeklap gedaan en de punten onder elkaar verdeeld,' mopperde Yanai.

'Tien punten gaan naar ...' De presentator pauzeerde voor een dramatisch effect.

'Zweden,' fluisterde Yarden zachtjes.

'Tien punten gaan naar Turkije!'

Het publiek werd gek en ook de Israëlische delegatie vatte weer moed. Als zij nu de twaalf punten kregen, was er nog kans. De ene helft van de zaal schreeuwde 'Israël, Israël' en de ander helft 'Zweden, Zweden'.

De presentator ging door en kondigde aan dat de twaalf punten van Azerbeidzjan met heel veel liefde naar Israël gingen.

De Israëli's sprongen allemaal op! Zweden had geen enkel punt gekregen van de Azeri's en Israël twaalf. Dat was niet minder dan een wonder, maar er gaapte nog altijd een gat van tien punten tussen de twee landen. Zweden had nog maar drie punten nodig om alsnog de titel in de wacht te slepen.

Niv en Effie probeerden zich te herinneren wie er ook alweer zijn punten nog moest geven, maar ze kwamen er niet uit.

De presentatoren probeerden het publiek tot kalmte te manen en zeiden dat het nu tijd was voor de allerlaatste punten van het allerlaatste land. Yarden, Yanai en Niv hielden elkaars handen vast. Yarden prevelde een gebed, Niv haalde een klein psalmenboekje uit zijn zak en gaf er een kus op.

'Mijn God, stelletje idioten, wat is er mis met jullie?' Yanai kon zelfs onder deze extreme omstandigheden niet tegen bijgeloof.

De gastheren verklapten dat het laatste land een Scandinavisch land was en de moed zonk Yarden in de schoenen. Een ander Scandinavisch land zou altijd punten aan buurland Zweden geven. Ze had verloren. Ze voelde de tranen vloeien en deed haar best haar gezicht te bedekken met haar handen, zodat niet iedereen het verlies van haar gelaatsuitdrukking kon aflezen.

Yanai probeerde intussen nog steeds uit te vogelen welk Scandinavisch land nou nog moest stemmen. Noorwegen was al geweest, net als IJsland. Finland was vriendelijk geweest en ... wacht eens even... 'Wacht!' schreeuwde hij. 'Het is Zweden! Zweden moet nog punten geven.'

Yanai had gelijk. Het land dat aan de leiding ging was het laatste land dat nog punten te vergeven had. Yanai schudde Yarden heen en weer, die nog steeds aan het huilen was. 'Wakker worden, suffe koe, het is nog niet voorbij.'

Yarden keek naar het scorebord, en naar de Zweedse presentatrice, die uitgebreid de gastheren stond te bedanken voor een prachtig Songfestival. Yarden veegde haar tranen weg en probeerde het puntenverschil tussen Zweden en Israël uit te rekenen.

'Yanai, tien punten.'

'Ik zie het. We hebben hun twaalf punten nodig om te winnen.'

'En?'

'Ik weet het niet. Normaal gesproken is het een wonder als we vijf punten van ze krijgen, maar je weet het nooit.'

De landen die minder dan acht punten van Zweden hadden gekregen verschenen op het scherm. Niv slaakte een zucht van opluchting, en Yanai ook. Israël stond er niet tussen.

'Acht punten gaan naar Noorwegen,' zei de Zweedse presentatrice. Yanai en Yarden hielden elkaar handen vast. Minstens een gelijkspel, als de Zweden hen tenminste überhaupt punten hadden gegeven.

'Tien punten van Zweden gaan naar ... IJsland!'

Yanai kreeg zowat een hartaanval. Hij had gedacht dat de tien punten voor een gelijkspel naar Israël zouden gaan.

Het publiek werd helemaal gek. Zo spannend was het Songfestival in geen jaren geweest. Het land dat aan kop ging, kon verliezen als het zijn eigen punten gaf aan de nummer twee, die vlak achter hen stond.

Ook voor de mensen thuis was dit het ultieme Eurovisiedrama. De spanning, de constante wisseling tussen de nummers een en twee, en nu deze climax ... er was nergens anders zoiets als het Songfestival.

De Zweedse presentatrice glimlachte en rekte nog wat tijd. 'Willen jullie weten aan wie Zweden zijn twaalf punten heeft gegeven?'

Het publiek schrééuwde tegen haar. Yarden sloot haar ogen. Ze kon niet langer tegen de spanning. Twee minuten geleden had ze zich er al bij neergelegd dat ze had verloren. Dat het ook mooi was dat ze tweede was geworden op het Songfestival en dat ze er heel dichtbij was geweest. Ze wist dat ze er alles aan had gedaan. Ze was aarzelend begonnen, maar het was een lange zware reis geworden met vluchten en interviews, eindeloos repeteren en weinig slaap, en veiligheidsnachtmerries die ze haar ergste vijand niet zou toewensen. En of dat niet genoeg was, moest ze op een podium klimmen en 200 miljoen mensen overhalen om op haar te stemmen. Zij, Yarden Oz, vond het welletjes en had vrede gesloten met het feit dat ze dit keer niet had gewonnen.

En toen had Azerbeidzjan gestemd, nul punten voor Zweden en twaalf voor Israël. Het maakte niet uit of ze haar echt goed vonden of dat ze wilden goedmaken wat haar allemaal in hun land was overkomen. Hun punten brachten Zweden binnen bereik van Israël.

'Ik kan jullie niet verstaan! Willen jullie weten wie de twaalf punten van Zweden krijgt?'

Het publiek krijste en Yarden ook: 'Schiet op, bitch!'

De Zweedse presentatrice glimlachte en zei iets in het Zweeds. Yanai keek naar Christer, het hoofd van de Zweedse delegatie, die een eindje verderop zat. Zijn blik verried niets.

'Twaalf punten van Zweden gaan naar ...'

***

Yarden barstte in huilen uit. Ze kon de tranen niet tegenhouden die over haar wangen stroomden. Yanai was compleet in shock. Het leek wel of de wereld een paar seconden had stilgestaan. Yarden kwam in zijn armen, niet in staat haar emoties te bedwingen. Wie had kunnen bedenken dat het zo zou aflopen? Drie minuten eerder leek alles verloren en toen was er ineens het onwaarschijnlijke scenario dat Zweden zijn directe tegenstander twaalf punten zou geven. En nu waren ze de winnaar!

'Zwedens twaalf punten gaan naar Israël! Grattis!'

De gastheren maakten bekend dat Yarden Oz uit Israël dit jaar de winnaar was geworden van het Eurovisie Songfestival en nodigden haar uit terug op het podium te komen om haar lied nog een keer voor Europa te zingen. Yarden hoorde haar naam, maar ze kon nauwelijks op haar benen staan, laat staan nog een keer op dat podium haar lied ten gehore brengen. Waren ze gek geworden? Die mensen moesten in een heel vreemd paralleluniversum wonen.

Yarden omhelsde Yanai, maar eigenlijk vooral om zich ergens aan vast te kunnen klampen. Alles om haar heen leek onwerkelijk, een product van haar verbeelding, maar dan wél heel levensecht. Ze wilde niet wakker worden uit deze droom, maar dat hoefde ook niet, want hij was echt. Yarden wist dat ze bij zinnen moest komen. Ze moest direct ophouden met huilen, want dat was het domste cliché ooit in dit soort situaties – de Miss Universe die niet kon stoppen met huilen als ze werd gekroond. Altijd als ze zo'n programma zag, zei ze: 'Kom op, bitch, stel je niet zo aan, het is maar een titel', maar nu stond ze zelf in hun schoenen. Het wás maar een zangwedstrijd, maar nu snapte ze wat er aan de hand was met die huilende schoonheden. Nu begreep ze het harde werken, de sterke wil om te winnen, en al het eten dat ze oversloegen op weg naar de titel. Ze beloofde zichzelf dat ze nooit meer zou neerkijken op die stomme idioten als ze hun ogen uit hun kop jankten als ze wonnen, want die tranen waren met hard werken verdiend. Zij had het beter dan die meiden: zij hoefde niet beeldig rond te trippelen op hoge hakken met een kroontje op haar hoofd. Maar nu moest ze wel dat podium op en zingen, en dat was niet makkelijk, dus weg met die tranen. Yarden veegde ze af en marcheerde in de richting van het podium, maar Yanai hield haar tegen en fluisterde iets in haar oor. Yarden draaide zich om en liep naar de Zweedse deelnemer die tweede was geworden, gaf hem een hug en bedankte hem voor de twaalf punten die ze van zijn land had gekregen. Pas toen liep ze terug naar het podium, als de Israëlische winnares van het grootste en mooiste Songfestival ter wereld.

35

Zondag

TERUG NAAR ISRAËL

DE VLUCHT NAAR ISRAËL VERTROK OM TIEN UUR 'S OCHTENDS uit Bakoe. Dat betekende dat de delegatie het hotel om zeven uur moest verlaten, en zo bleef er na de persconferentie, eindeloze interviews en het inpakken van koffers weer weinig tijd over om te slapen.

Op het vliegveld gooide Yanai de telefoon weg die hij had gekregen van de organisatie en maakte zo een einde aan het afluisteren en achtervolgen. Toen iedereen in zijn stoel zat en de motoren aan het warmdraaien waren, zei Yanai tegen Niv: 'Bakoe is net de Holocaust: nooit meer.'

Toen het vliegtuig opsteeg, klapte iedereen van opwinding. Wat de toekomst ook voor hen in petto had, één ding was zeker: Bakoe lag achter hen, en ze gingen nooit meer terug. Yanai gluurde in zijn rugzak. Dertigduizend euro was veel geld en hij wilde er iets goeds mee doen. Hij besloot het aan een stichting voor dierenwelzijn te schenken – dat was hij Hassan wel verschuldigd.

Ondanks de fantastische overwinning en het vertrek uit Bakoe, lukte het Yanai nu niet optimistisch te blijven. Hij wist dat hem eenmaal thuis in Israël nog een lange weg naar herstel te wachten stond.

Dankwoord

JOËL FRESCO, JE BENT EEN UIT DE HEMEL GEZONDEN ENGEL. Ik zou niet weten wat ik zonder jouw hulp had moeten beginnen. Woorden schieten tekort om mijn dankbaarheid uit te drukken.

Aan alle geweldige mensen van uitgeverij Strengholt, vooral Martijn en Tanya, jullie hebben geholpen mijn droom te verwezenlijken. Het voelt speciaal. Dank je!

Mira Awad, dankzij jou is dit niet weer zomaar zo'n idee van mij gebleven, maar een echt boek geworden. Je bent zo'n bron van inspiratie!

Hagar Yanay, je bent niet alleen een geliefde tante, je bent ook een geweldige schrijfster. Bedankt voor je tips en advies.

Dank aan alle zangers, zangeressen en managers die met me hebben willen werken aan Eurovisie Songfestival-projecten: Angelika Agurbash, Noa, Gil Dor, Veronika and Daniela Nizlova, Shiri Hadar, Ran Shem Tov, Moran Mazor, Anne-Marie David, Shlomo Zach, Moshe Datz, Orna Datz, Miri Perlman, Dana International en Shay Kerem. Zonder jullie was dit boek nooit geschreven.

Dank je, Shirly Nov, voor je oneindige talent. We gaan op een mooie dag het Songfestival winnen.

Speciale dank aan Moshe Amir en Shulamit Amir, die er voor me waren en er altijd voor me zullen zijn.

Dank je dat je dit boek hebt gelezen – jij bent mijn zuurstof.

Alon Amir, Israël, 2021